Pinnick Kinnick Hill
An American Story

West Virginia University Press, Morgantown 26506
© 2006 by West Virginia University Press

First edition published 2003 by West Virginia University Press
Paperback edition 2006

13 12 11 10 09 08 07 06   9 8 7 6 5 4 3 2 1

ISBN 1-933202-14-9 (alk. paper)

Library of Congress Cataloguing-in-Publication Data

Pinnick Kinnick Hill. an American story / G[avin]. W. González ; edited by Mark Brazaitis ;
with a preface by Suronda González ; translated into Spanish (Las colinas sueñan en español)
by Daniel Ferreras
     xxxiv, 246 p.   23 cm.

1. United States Local History. South Atlantic States — West Virginia. 2. Language and Litera-
ture. American Literature — Memoir. 3. Social history and conditions. United States. South
Atlantic States — West Virginia. 4. Communities. United States — West Virginia. 5. Communi-
ties. Spain — Asturias. I. Title. II. González, G[avin]. W. III. Brazaitis, Mark. IV. González,
Suronda. V. Ferreras, Daniel.
IN PROCESS

Library of Congress Control Number: 2003101821

Design by Alcorn Publication Design
Cover painting: "Winter in Anmoore,1929 " by El Pintor
   (Emilio Fernández, Sr., www.arteAsturias.com),
   courtesy of Art Zoller Wagner
Frontise: Spaniards from Asturias on Pinnick Kinnick Hill, 1913
Los españoles de Asturias en la colina Pinnick Kinnick, 1913

Printed in USA by Bookmasters, Inc.

*This book is partly a work of fiction. It is based on true incidents that did occur. However, the
names, persons, characters, and dates have been changed and/or fictionalized.*

Pinnick Kinnick Hill
An American Story

By

G. W. González

Edited by Mark Brazaitis

With a Preface by Suronda González

With a Spanish Translation
Las colinas sueñan en español
By Daniel F. Ferreras

West Virginia University Press
Morgantown 2006

Prefacio

Con humor y franqueza, *Las colinas sueñan en español* es retrato de una comunidad de inmigrantes españoles persiguiendo el sueño americano a principios del siglo XX en un pueblo minero de Virginia Occidental. Es un relato de contienda y desilusión, pero últimamente uno de supervivencia, cooperación, y el descubrimiento de América por parte de un hombre.

La Imprenta de la Universidad de Virginia Occidental es particularmente afortunada por haber recibido el manuscrito para *Las colinas sueñan en español* del hijo del difunto autor, Thomas González. Los eruditos a quienes se mandó el manuscrito para revista académica elogiaron altamente su descripción de la vida en la comunidad española de Virginia Occidental como un documento sin igual, y nuestros redactores notaron el espíritu positivo que irradia continuamente de la narrativa de González, no menos cuando describe los más difíciles acontecimientos que afrontaron su comunidad. El libro es en parte memoria, en parte historia, y en parte novela, todo combinado en una celebración a veces reconfortante y a veces agridulce de cómo una comunidad pequeña española sobrevivió y luego prosperó en la diversidad étnica que era América.

Pensamos que este es un relato importante para americanos de todos los orígenes, pero especialmente para los que tienen antepasados de comunidades hispanohablantes. Por esta razón, hemos traducido la narrativa inglesa del autor al español que podría haber hablado esta comunidad asturiana. Las mismas páginas de *Las colinas sueñan en español* van del inglés al español, y recuerdan el equilibrio necesario para mantener las vivas las identidades étnicas.

Patrick W. Conner, Director
La Imprenta de la Universidad
de Virginia Occidental

Foreword

With humor and frankness, *Pinnick Kinnick Hill, an American Story* paints a picture of a community of Spanish immigrants pursuing the American dream in an early twentieth-century West Virginia mill town. It is a story of struggle and disappointment, but ultimately one of resilience, cooperation, and one man's discovery of America.

The West Virginia University Press is particularly fortunate to have received the manuscript for *Pinnick Kinnick Hill, an American Story* from the late author's son, Thomas González. The scholars to whom it was first sent for academic review highly praised its depiction of life in West Virginia's Spanish community as a document without parallel, and our editors noted the positive spirit which continuously radiates from Mr. González's narrative, not least when he describes the most difficult events his community faced. The book is partly a memoir, partly a history, and partly a novel, all combined in a sometimes heartwarming and sometimes bittersweet celebration of how one small Spanish community survived and then prospered in the ethnic caldron that was America.

We think that this is an important story for Americans of all backgrounds, but especially for those whose ancestors belonged to Spanish-speaking communities. For that reason, we have translated the author's English narrative into the Spanish this Asturian community might have used. The very pages of *Pinnick Kinnick Hill, an American Story* swing between English and Spanish, and recall the balance required to keep ethnic identities alive.

Patrick W. Conner, Director
West Virginia University Press

Montañeros/Mountaineers

Traducido por Maria Isabel Charle

Aunque no soy pariente de Gavin González, el autor de *Las colinas sueñan en español*, crecí, igual que él, entre los inmigrantes asturianos que se establecieron en el Condado de Harrison, en el centro norte de Virginia Occidental. Mis bisabuelos paternos emigraron desde España entre los años 1908 y 1914 en busca de oportunidades en la creciente industria del zinc en este estado. De niña escuché historias sobre la vida en Asturias, el viaje a los Estados Unidos y la vida de los inmigrantes españoles en Virginia Occidental con las ferias, el trabajo duro y la espina de los prejuicios étnicos.[1]

A principios de los años setenta, vino una prima de Asturias a visitar a nuestra familia en Virginia Occidental. Le pusieron Mis España, siguiendo esa tradición que tanto les gusta a los españoles de ponerle apodos a todo el mundo. Igual que en los concursos de belleza internacionales, ella representaba a todo el país que era la tierra natal de nuestra familia. La llegada de Mis España llenó de emoción a mi bisabuela, que no había vuelto a su tierra desde que partiera en 1914. Mis España era el único miembro de la familia dejada atrás unos sesenta años antes que mi bisabuela vería jamás. Vino toda la familia de Ohio y Pensilvania para celebrar el acontecimiento.

Para mí la visita de Mis España fue la primera conexión tangible con un lugar que hasta entonces me había parecido imaginario. Como descendiente de inmigrantes asturianos, me convertí en parte de la red apalache-asturiana que conectaba a los españoles de esa región con los que se establecieron en otros lugares, los que volvieron y los que nunca emigraron. La visita de Mis España redujo la distancia geográfica y psicológica que dividía dos mundos con una historia común.

A pesar de la larga conexión histórica entre Virginia Occidental y Asturias, la relación entre ambas está todavía desvelándose. Unidas por la inmigración, Asturias y Virginia Occidental comparten una importante historia industrial. Ambas han experimentado el boom de la explotación de las riquezas minerales y el estancamiento económico que trajo el declive de la industria. En la actualidad, las dos están haciendo frente a las consecuencias medioambientales de su pasado industrial. Las dos tienen una rica historia de organización sindical y conflictos laborales y al igual que a los Apalaches, a Asturias se le caracteriza en ocasiones de región poblada de atrasadas gentes de montaña. Mientras nuestra historia se desvela, continuamos aprendiendo los unos de los otros y cultivando la comunidad y los lazos personales que establecieron nuestros antepasados hace casi 100 años.

❧❦❧

Cuando la mayor parte de la gente piensa en las masas apiñadas que llegaron a las costas americanas a principios del siglo XX y los lugares donde se establecieron, españoles y Virginia Occidental no son normalmente los primeros

Mountaineers/Montañeros

by Suronda González

While I'm not related to Gavin González, the author of *Pinnick Kinnick Hill*, I too grew up among the Asturian immigrants who settled in north-central West Virginia's Harrison County. My paternal great-grandparents, pursuing opportunities in West Virginia's expanding zinc industry, emigrated from Spain between 1908 and 1914. As a child, I heard tales of life in Asturias, the journey to the United States, and Spanish immigrant life in West Virginia with "ferias," hard work, and the sting of ethnic prejudice.[1]

During the early 1970s, a cousin from Asturias came to visit our family in West Virginia. In the much-loved Spanish tradition of nicknaming, she was dubbed "Miss Spain." Like an international beauty contestant, she represented the entire country, our family's native land. Miss Spain's arrival was a moving event for my great-grandmother, who never returned to her homeland after leaving in 1914. Miss Spain was the only family member my great-grandmother would ever see of those left behind some sixty years earlier. Family gathered from Ohio and Pennsylvania to celebrate.

For me, however, Miss Spain's visit was my first tangible connection to a place that until that time seemed imaginary. A descendant of these Asturian immigrants, I became part of the "Appalasturian" network that connected Spaniards in the region to those who settled elsewhere, to those who returned, and to those who never emigrated. Miss Spain's visit narrowed the geographic and psychological divide between two worlds that share a common history.

Despite the long historic connection between West Virginia and Asturias, understandings of the relationship are still unfolding. Tied together by immigration, Asturias and West Virginia also share an important industrial history. Both have experienced the boom of exploiting mineral riches, and the economic stagnation wrought by industrial decline. Moreover, both are currently facing the environmental consequences of their industrial pasts. Both have a rich history of labor organizing and unrest. And like Appalachia, Asturias is sometimes characterized as a region populated with backward mountain people. As our histories are revealed, we continue to learn from one another, and to cultivate the community and personal networks laid down by our ancestors nearly 100 years ago.

⚓

When most people think about the "huddled masses" arriving on American shores during the early twentieth century, and the various places where they settled, Spaniards and West Virginia are not usually the first thoughts that spring to mind. The reasons are twofold. First, most historical accounts of Spaniards in the New World focus primarily on "discovery" and conquest without giving much attention to later Spanish emigration.[2] Despite the growth of immigrant and community case studies since the 1960s, there has been no

pensamientos que vienen a la mente. Esto ocurre por dos razones. En primer lugar, la mayoría de los relatos históricos sobre los españoles en el Nuevo Mundo se centran principalmente en el descubrimiento y la conquista sin prestar mucha atención a la emigración española posterior.[2] A pesar del crecimiento del número de estudios de caso sobre la comunidad y los inmigrantes desde los años sesenta, la inmigración española a los Estados Unidos no se ha tratado en toda su magnitud en lengua inglesa.[3] En segundo lugar, la presencia de extranjeros en los Apalaches se oscurece con frecuencia con estereotipos populares que pintan la región como un lugar exento de influencias externas y hogar de una población que se ha imaginado como homogénea y descendiente directa de los colonos pioneros. Interpretaciones distorsionadas de los Apalaches como esta ensombrecen su rica historia de inmigración y la forma más apropiada de describirlas es como un simple ejemplo de rechazo y discriminación étnica.[4]

Aun así, la historia de extranjeros y españoles en los Apalaches no se ha perdido. Durante los últimos cuarenta años, intelectuales de la región han prestado una creciente atención a la forma en que los inmigrantes forjaron el pasado y el presente de los Apalaches. Sin embargo, en muchos de estos trabajos se tratan grupos tempranos de inmigrantes como los suizos y alemanes que vinieron antes de 1880. Están empezando a surgir estudios sobre las comunidades de europeos del sur y del este que entraron a millones en los Estados Unidos entre 1880 y 1920.[5] Lo que sabemos sobre estos grupos radica en gran parte en la extensa cantidad de historias de transmisión oral y en importantes documentos reunidos por los inmigrantes, sus familias y vecinos, los cuales conservan el pasado inmigrante de los Apalaches y aumentan nuestra comprensión sobre el papel de esta generación en nuestra historia. Este es el caso de las memorias de Gavin González en *Las colinas sueñan en español*. Escrito hace unos veinticinco años, el manuscrito original y las notas de la investigación estaban hasta hace poco cuidadosamente escondidos en una vieja maleta. La historia de González, que relata la vida de los inmigrantes españoles que se establecieron en el Condado de Harrison en Virginia Occidental a principios del siglo XX, es un tesoro histórico que enriquece nuestra comprensión de la historia de los Apalaches en los Estados Unidos, y también de la española.

Tras una fina capa de ficción, la obra de González es una crónica de gran riqueza descriptiva sobre la vida de los que dejaron sus hogares en Asturias para empezar una nueva vida en una ciudad de minas de zinc en Virginia Occidental. Mientras que los nombres de los lugares se reconocen fácilmente, las verdaderas identidades de los personajes de González son más difíciles de descifrar.[6] Algunos como "El Pintor" todavía forman parte de la memoria colectiva de la comunidad, mientras que otros parecen ser un conglomerado de varios individuos. Aunque los relatos de González respecto a la inquietud laboral y las actividades de la comunidad no son siempre exactos históricamente, están basados en acontecimientos reales.

Al escribir desde la perspectiva del hijo que pertenece a la primera generación de su familia que ha nacido en América, González proporciona su propia historia de la comunidad española cuando ésta se trasladó de las montañas

full-scale treatment in English of Spanish immigration to the United States.[3] Secondly, the presence of foreigners in Appalachia is often obscured by popular stereotypes that paint the region as cut off from outside influences, home to an imagined homogeneous people descended from early pioneer settlers. Such distorted interpretations of Appalachia overshadow its rich immigrant history and are appropriately described as a simple case of "ethnic denial." [4]

Still, the story of foreigners and Spaniards in Appalachia is not lost. Over the last forty years, regional scholars have devoted increasing attention to the ways immigrants shaped Appalachia's past and present. Many of these works, however, examine early immigrant groups like the Swiss and Germans who came prior to 1880. Community studies of southern and eastern Europeans, who entered the U.S. by the millions between 1880 and 1920, are only beginning to emerge.[5] In large part, what we do know about these groups stems from the rich body of oral histories and important documents collected by immigrants, their family members, and neighbors, who preserve Appalachia's immigrant past and broaden understandings of this generation's role in our history. Such is the case with Gavin González's memoir *Pinnick Kinnick Hill*. Written some twenty-five years ago, the original manuscript and research notes were carefully stowed away in an old suitcase until recently. González's story, which recounts the lives of Spanish immigrants who settled in Harrison County, West Virginia in the early 1900s, is a historical treasure that enriches understandings of Appalachian, U.S. and Spanish history.

Through a thin coating of fiction, González's richly descriptive work chronicles the lives of those who left their homes in Asturias to begin a new life in a West Virginia zinc town. While place names are easily decoded, the true identities of González's characters are more difficult to decipher.[6] Some like "El Pintor" continue to be a part of the community's memory, while others appear to be composites of several individuals. Although González's recounting of labor unrest and community activities are not always historically exact, they are based on actual events.

Writing from his perspective of a first-generation American-born son, González provides a personal account of the Spanish community as it transplanted itself from the hills of Asturias to the hills of West Virginia—Pinnick Kinnick Hill in particular. Home to several coal mines beginning as early as 1859, and a stronghold for northern troops during the Civil War, Pinnick Kinnick Hill, overlooking the town of Clarksburg and its surrounding neighborhoods, is the vantage point for the author's examination of the Spanish enclave.[7] Here, the Villanueva family and the characters of González's tale raised their families, eavesdropped on Ku Klux Klan meetings, played in open fields and celebrated "romerias" and feast day with their immigrant neighbors.

While the narrative is heavily rooted in the experiences of the fictional Juan Villanueva family, the story captures the experiences of many Asturianos who moved to the U.S. and West Virginia. Demonstrating his intimate knowledge of the community, González describes the hunger among Asturianos for a better life in America, the vast network that kept Spaniards connected across

de Asturias a las de Virginia Occidental—en particular la colina Pinnick Kinnick. Esta colina, con minas de carbón que datan de 1859, fuerte de las tropas del norte durante la guerra civil y desde donde se avista a ciudad de Clarksburg y los vecindarios que la rodean es el punto desde donde el autor examina el enclave español.[7] Es ahí donde la familia de los Villanueva y los otros personajes de la historia de González criaron a sus familias, escucharon a escondidas las reuniones del Ku Klux Klan, jugaron en los campos abiertos y celebraron romerías con sus vecinos inmigrantes el día de la fiesta.

Aunque la narrativa radica principalmente en las experiencias de la familia de ficción de Juan Villanueva, la historia incluye las experiencias de muchos otros asturianos que se mudaron a los Estados Unidos y a Virginia Occidental. Haciendo gala de un íntimo conocimiento de esta comunidad, González describe el ansia de los asturianos por una vida mejor en América, la amplia red que mantuvo a los españoles en contacto dentro de los Estados Unidos y a través del océano, las insufribles condiciones del trabajo en las fundiciones, las divisiones jerárquicas entre los obreros del zinc españoles, las actitudes anti-inmigrantes, la adaptación de los españoles en Virginia Occidental y finalmente su asimilación a la cultura americana.

La historia de González es en muchos aspectos la de millones de personas que dejaron sus casas y familias a principios del siglo XX ansiosos por encontrar una vida mejor en los Estados Unidos. Es una historia de fanatismo, intolerancia y violencia, pero también de resistencia común, cooperación étnica y aguante—temas que resultan familiares en la historia de los Apalaches. En un tono de humor y franqueza, *Las colinas sueñan en español* retrata la vida de una comunidad de inmigrantes españoles en la industria del zinc a principios del siglo XX.

Virginia Occidental y los inmigrantes

Muy desde el principio, los dirigentes de Virginia Occidental sabían que la inmigración sería vital para el crecimiento y el bienestar económico de este estado recién nacido. En 1864, agotadas las reservas de mano de obra por causa de la Guerra Civil, el estado creó una comisión para atraer a inversores e inmigrantes de países europeos. Las campañas de reclutamiento continuaron también en la década de 1870 cuando el estado hacía publicidad directa hacia los agentes de los barcos de vapor y de emigración en el extranjero.[8]

El crecimiento industrial y comercial a gran escala de las últimas décadas del siglo XIX transformó el estado y el país. El ritmo de construcción del ferrocarril en Virginia Occidental llegó a doblarse. Además, la producción de carbón creció rápidamente y para 1900 tres condados del sur producían tanto carbón como el estado entero en 1890.[9] Este desarrollo económico e industrial sin precedentes hizo que los negocios privados se unieran a la campaña para atraer mano de obra a Virginia Occidental y que los esfuerzos de reclutamiento cobrasen nueva vida. Con los residentes de la zona dudando a la hora de dejar sus granjas y entrar en las minas, las compañías de carbón empezaron a buscar

continents and within the United States, the insufferable conditions of smelter work, the hierarchical divisions among Spanish zinc workers, anti-immigrant attitudes, Spaniards' adaptation to West Virginia, and their eventual assimilation into American culture.

In many ways, González's is the story of the millions who left their homes and families at the turn of the twentieth century to find a better life in the United States. It is a story of bigotry, intolerance and violence, as well as a story of community resistance, cross-ethnic cooperation, and resilience—themes familiar in Appalachia's history. With frankness and humor, *Pinnick Kinnick Hill* paints a broad picture of life in a West Virginia Spanish immigrant zinc community of the early 1900s.

Immigrants and West Virginia

From the very beginning, West Virginia state leaders knew that immigration would be vital to the newborn state's growth and economic health. In 1864, with the labor supply depleted by the Civil War, state officials created a commission to encourage investors and immigrants from European countries. Recruiting campaigns continued into the 1870s as the state advertised directly to steamship and emigration agents abroad.[8]

The large-scale industrial and commercial growth of the nineteenth century's last decades transformed the nation as well as the state. In West Virginia, the pace of railroad construction doubled. Coal production also grew quickly, and by 1900 three southern counties produced as much coal as the entire state had in 1890.[9] Unprecedented economic development and industrial growth drew private business into the campaign to attract workers to West Virginia and reinvigorated recruiting efforts. With local residents hesitant to leave their farms and enter the mines, coal companies sought blacks and immigrants to go underground.[10] By 1915, with immigrants arriving in larger numbers than ever before, more than half of all coal miners in West Virginia were foreign-born, Italians being the largest group.[11]

As West Virginia expanded, so too did Harrison County. Between 1897 and 1910, it ranked among the state's top five coal producing counties, and a lucrative glass industry developed during the early 1900s. By 1903, Clarksburg declared itself the "Fuel City of the Fuel State," "The Center of Inexhaustible Fields of Natural Gas, Oil and Bituminous Coal" offering "unsurpassed opportunities and inducements to the manufacturer."[12] Gas and petroleum operators established themselves in the county seat of Clarksburg, along with tin plate manufacturers and several chemical industries, including those producing zinc slabs, also called "spelter."

Increased jobs and business meant a growing population for the county between 1900 and 1920. In the first decade, Clarksburg's population more than doubled; in the second it nearly tripled. Like other American cities, Clarksburg owed a large portion of its increased population to newly arrived immigrants. The *Clarksburg Daily Telegram* in 1910 reported that, "Large parties coming

personas de raza negra e inmigrantes para ir bajo tierra.[10] Para 1915, mientras llegaban más inmigrantes que nunca, más de la mitad de los mineros de carbón eran extrangeros, con los italianos como grupo mayoritario.[11]

A medida que Virginia Occidental crecía también lo hacía el Condado de Harrison. Entre 1897 y 1910, se colocó entre los cinco primeros estados productores de carbón y una lucrativa industria cristalera se desarrolló a principios del siglo XX. Para el año 1908 Clarksburg se había declarado a sí misma como "la ciudad del combustible en el estado del combustible," "el centro de inagotables yacimientos de gas natural, petróleo y carbón bituminoso" que ofrecía "oportunidades e incentivos inigualables para el fabricante."[12] Se establecieron en el municipio de Clarksburg operadoras de gas y petróleo, así como fabricantes de chapa y varias industrias químicas, incluyendo las que producían hojas de zinc, también llamadas "peltre."

El aumento en el número de negocios y empleos supuso un crecimiento de la población del condado entre 1900 y 1920. En la primera década, la población de Clarksburg aumentó hasta más que doblarse; y en la segunda casi se triplicó. Al igual que otras ciudades americanas, Clarksburg debió gran parte de este aumento de población a los inmigrantes recién llegados. El *Clarksburg Daily Telegram* anunciaba en 1910 que, "Grandes partidas provenientes del Viejo Continente están llegando aquí a diario y se estima que no menos de 500 vinieron a Clarksburg el més pasado."[13] Más que del norte de Europa, como había sucedido anteriormente, gran parte de los inmigrantes que llegaron entre 1880 y 1920 venían de países del sur y el este de Europa. En la misma línea de las tandas nacionales, Virginia Occidental experimentó un considerable aumento en el número de inmigrantes de Italia, Polonia, Rusia, Francia, Portugal y España.

La familia de Juan Villanueva en *Las colinas sueñan en español* y sus vecinos de Asturias estaban entre los nuevos colonos inmigrantes de Clarksburg en las primeras décadas del siglo XX. Según el censo de 1910, 464 españoles vivían en el estado, 85% de ellos en el Condado de Harrison. Los hombres españoles, muchos de los cuales habían trabajado en las fábricas de zinc de la región de Asturias, vinieron al estado para trabajar en la creciente industria del zinc en Clarksburg. Al correrse la voz sobre el trabajo y oportunidades en Virginia Occidental, emigraron muchos más españoles. De 1910 a 1920, la población española de Virginia Occidental llegó a más que triplicarse, con 1.543 habitantes.[14] El crecimiento de la población española en Virginia Occidental, casi dos veces más rápido que el del resto del país, dio lugar al establecimiento de un Viceconsulado español en Clarksburg en los años 20.[15]

La experiencia de la inmigración

El autor mismo reconoce que Juan Villanueva es un hombre excepcional, como también lo es su experiencia de inmigrante. De niño, Juan se pasaba las horas soñando despierto con mapas de los Estados Unidos. Como muchos otros, había oído las historias fantásticas de los indianos,[16] que se marcharon de España con escasos ahorros, para volver de América con una fortuna.

from the old countries are arriving here daily and it is estimated that no less than 500 have come to Clarksburg during the last month." [13] Rather than coming from northern Europe as they had previously, however, immigrants arriving between 1880 and 1920 came largely from southern and eastern European countries. In line with national shifts, West Virginia underwent a substantial increase in immigrants from Italy, Poland, Russia, France, Portugal and Spain.

Pinnick Kinnick Hill's Juan Villanueva family and their neighbors from Asturias were among Clarksburg's new immigrant settlers in the first decades of the twentieth century. According to the 1910 census, 464 Spaniards lived in the state, 85% percent of them in Harrison County. Spanish men, many of whom had worked in zinc factories in the province of Asturias, came to the state to work in Clarksburg's expanding zinc industry. As word spread about jobs and opportunities in West Virginia, many more Spaniards emigrated. From 1910 to 1920, the Spanish population of West Virginia more than tripled to 1,543. [14] The growth of West Virginia's Spanish population, expanding at nearly twice the national rate, led to the establishment of a Spanish Vice Consulate in Clarksburg by the 1920s. [15]

The Immigration Experience

By the author's own admission, Juan Villanueva is an exceptional man, as is his immigration experience. As a boy, Juan spent hours daydreaming over maps of the United States. Like many others, he had heard the fantastic tales of "Indianos" [16] who left Spain with a meager savings, only to return from America with their fortunes in hand.

While Spaniards in West Virginia were far from striking it rich, they wrote encouraging letters home about the availability of jobs and the opportunities they found in the United States. With a kin or community connection already in West Virginia, other Spaniards were inspired to immigrate, resulting in the chain migration of many Asturianos to the area. Recruiters and agents, advertising jobs and assisting immigrants in preparing the paperwork for travel, further fueled this "immigration fever."

Between 1882 and 1936, over four million Spaniards left the Iberian Peninsula seeking opportunities in the Americas. [17] The period extending from 1904 to 1913 represented the period of heaviest out migration. The majority of emigrants went to Argentina and Cuba, with much smaller numbers going to Brazil, Mexico and the United States. It is estimated that less than 2% of the entire emigrant population settled in the United States. [18] Communities like Tampa, Florida and New York were important immigrant receiving cities.

Economic circumstances in Asturias were another motivating factor. The increased privatization of agriculture, coupled with enclosure and the region's growing industrialization, pushed many off their land. Furthermore, Spain, like other countries in Europe, had been experiencing a progressive population increase that shrank the size of family landholdings. These factors, along with

Aunque los españoles de Virginia Occidental estaban lejos de hacerse ricos, escribían alentadoras cartas a casa sobre la disponibilidad de trabajo y oportunidades que habían encontrado en los Estados Unidos. La presencia en Virginia Occidental de un familiar o miembro de la comunidad que sirviese de conexión inspiraba a otros españoles a emigrar. El resultado fue una inmigración en cadena de muchos asturianos a esta zona. Los agentes y otras personas encargadas de la contratación, a base de anunciar trabajos y ayudar a los inmigrantes a preparar los papeles para el viaje, alentaron aún más esta "fiebre migratoria."

Entre los años 1882 y 1936, más de cuatro millones de españoles dejaron la Península Ibérica en busca de oportunidades en las Américas.[17] El período que va de 1904 a 1913 representó la era de mayor flujo. La mayoría fueron a Argentina y Cuba y cantidades mucho más pequeñas fueron a Brasil, México y los Estados Unidos. Se estima que menos de un 2% de toda la población de emigrantes se estableció en los Estados Unidos.[18] Ciudades como Tampa, en Florida, y Nueva York fueron importantes comunidades receptoras de inmigrantes.

Las circunstancias económicas en Asturias fueron otro factor motivador de la emigración. Una creciente privatización agrícola junto con el movimiento de cercados y la prominente industrialización de la región hizo que muchas personas perdieran sus tierras. Añadiendo a esto el hecho de que España, al igual que otros países de Europa, había experimentado un progresivo crecimiento de población que hizo que se redujera el tamaño de las parcelas de tierra de cada familia. Estos factores, junto con una subida de las rentas y los impuestos sobre la propiedad, hicieron la emigración más atractiva para los asturianos.[19]

Además del ansia de mejorar sus oportunidades económicas, la perspectiva del servicio militar en España hizo que muchos emigrasen. El sistema de "quintos"[20] requería que uno de cada cinco mozos de reemplazo quedase vinculado a la tropa. Mientras que los ricos se permitían el lujo de pagar un sustituto, otros no tenían recursos para librarse del paseo con el ejercito de Su Majestad.[21]

La guerra hispano-americana y el conflicto entre España y Marruecos en 1906 hicieron que aumentase la emigración de los que se enfrentaban al servicio militar. Aunque Juan Villanueva se prestó voluntario para ocupar el lugar de otro soldado español y así ganar dinero para el pasaje a los Estados Unidos, otros vieron la emigración como una forma de evitar sus obligaciones militares. Del mismo modo que las familias de los Menéndez, López y Fernández en *Las colinas sueñan en español*, las cuales "habían conocido el servicio militar cuando España se esforzaba en mantener Cuba, Puerto Rico y las Filipinas bajo su control," algunos emigraron para que sus hijos no tuviesen que pasar por la experiencia.(64) El historiador Germán Rueda estima que el 45% de la población asturiana en edad de hacer el servicio militar obligatorio evitó el reclutamiento.

El viaje a América a bordo de un barco de vapor duraba una media de ocho a diez días. Era a menudo un viaje miserable y agotador. Para la mayoría el pasaje a los Estados Unidos había significado meses o años de ahorro para un billete de tercera clase donde las condiciones insalubres, apiñamiento humano, mal tiempo y enfermedades podían hacer el viaje insoportable.

rising property rents and taxes, made emigration appealing for many Asturianos.[19]

In addition to the quest to improve their economic opportunities, the prospect of military service in Spain helped turn many towards emigration. The country's military draft—the "quintos"[20]—required that one young man be drafted for every five men on active duty. While the wealthy had the luxury of paying a replacement, a legal option recognized by Spanish law, others lacked the financial resources to exempt themselves from an extended tour with the King's military.[21]

The Spanish-American War and Spain's conflict with Morocco in 1906 heightened the emigration of those facing military service. While Juan Villanueva willingly took the place of another Spanish serviceman to earn money for his passage to the United States, others saw emigration as a way to circumvent their military obligations. Like *Pinnick Kinnick Hill's* Menendez, Lopez and Fernandez families, who had "all seen military service in Spain's efforts to maintain its hold in Cuba, Puerto Rico, and the Philippines," some left to spare their children the experience. (63) Historian German Rueda estimates that 45% of the eligible Asturian population evaded conscription.[22]

The journey to America aboard a steamship averaged eight to ten days. It was often an exhausting and miserable trip. For most, passage to the United States meant months or years of saving for third-class tickets, where poor sanitary conditions, overcrowding, rough weather, and illness could make the journey unbearable.

The fictional Villanuevas of *Pinnick Kinnick Hill* were spared the typical immigrant travel experience. Juan and his family received free passage from Spain to their final point of departure in Liverpool, England and were "one of few Spanish families traveling first class," to the United States. "Juan had decided long ago that if he were to cross the ocean to America, he would go first class or not at all." The family's good fortune continued after their landing; the Villanuevas encountered no problems at Ellis Island and officials admitted them "in record time." (31)

Likewise, Juan Villanueva had few problems navigating in his new American home. In New York, "Juan, with his knowledge of English, could take care of himself," and he arranged for the family's transportation to his brother's home in St. Louis. (29) The family even had enough extra money to do some sightseeing along the way.

Most of the real-life Asturians in West Virginia were not as fortunate or as independent as the Villanuevas. Ellis Island was a chaotic and frightening place for many. Immigrants' unfamiliarity with American customs and their lack of English compounded the confusion. After the long journey, foreigners often faced an exhausting wait for registration and medical exams by the Public Health Service. Illness or unforeseen problems with documents upset carefully laid plans, and some Spaniards were sent back to their point of departure.[23]

The fictional Villanuevas were also fortunate in being able to immigrate as a family. The history of Spanish immigration to Harrison County follows the

La ficticia familia de los Villanueva en *Las colinas sueñan en español* se libró de la experiencia típica del viaje del inmigrante. Juan y su familia recibieron un pasaje gratuito desde España a su punto de partida en Liverpool, en Inglaterra, y fueron "una de las pocas familias españolas que viajaban en primera clase," a los Estados Unidos. "Juan había decidido hace mucho que si tenía que cruzar el océano, lo haría en primera clase o nada." La buena suerte de la familia continuó después de su llegada; los Villanueva no tuvieron problemas en la Isla de Ellis y los oficiales les admitieron "en muy poco tiempo." (30) [22]

De la misma manera, Juan Villanueva tuvo pocos problemas en su nueva tierra. En Nueva York "Juan, con su conocimiento del inglés, se podía ocupar de eso él mismo," e hizo los preparativos para el viaje a la casa de su hermano en San Luis. (30) La familia tuvo suficiente dinero hasta para hacer turismo en el camino.

En la vida real, la mayoría de los asturianos en Virginia Occidental no tuvieron la suerte ni la independencia económica de los Villanueva. La Isla de Ellis fue para muchos un lugar temible y caótico. La poca familiaridad de los inmigrantes con las costumbres americanas y su desconocimiento del inglés ayudaron a aumentar la confusión. Tras el largo viaje, con frecuencia los extranjeros se enfrentaban a una agotadora espera para inscribirse y pasar por los reconocimientos médicos del Servicio de Salud Pública. Las enfermedades y los imprevistos con los documentos rompían planes trazados con sumo cuidado y a algunos españoles se les envió de vuelta al punto de partida.[23]

Los ficcionales Villanueva también fueron afortunados al ser capaces de emigrar juntos. La historia de la inmigración española en el Condado de Harrison está en línea con la de muchos inmigrantes del sur y el este de Europa a los Estados Unidos en el hecho de que fue mayoritariamente una migración masculina. Como en el caso de los Villanueva, eran normalmente los hombres quienes tomaban la decisión de marcharse de España y los que tomaban las medidas correspondientes. Lo típico era que los padres y los maridos vinieran primero y después mandasen a buscar a sus familias, una vez que habían ahorrado bastante dinero para los pasajes.[24]

Si una mujer casada no quería emigrar, se enfrentaba a una decisión difícil. La doctrina católica y la sociedad española mantenían que como buena madre y esposa, era el deber de la mujer mantener a la familia unida. A esto se añadía el derecho civil español, que negaba a las mujeres casadas menores de veinticinco años el derecho a su propio domicilio y declaraba que el marido debía proteger a su mujer y esta obedecer a su marido.[25]

Era más probable que las mujeres solteras emigrasen si tenían un familiar masculino en Virginia Occidental. Debido a la naturaleza de las leyes de inmigración federales, las autoridades americanas cuestionaban a menudo la moralidad de las mujeres solteras que viajaban solas a los Estados Unidos, sin ninguna conexión "legítima" con un hombre que fuera de su familia. La aceptación general del papel de la mujer tanto en España como en los Estados Unidos, junto con la dependencia económica de sus maridos que tenía la mayoría de las mujeres dejaba a las asturianas con muy pocas opciones.

pattern of many Southern and Eastern European immigrants to the United States in that it was predominantly a male migration. As in the case of the Villanuevas, men were usually the ones who made the decision to leave Spain and initiated the move. Typically, husbands and fathers came first, and then sent for their families once they had saved enough money for tickets.[24]

A married woman who might not want to emigrate was faced with a difficult decision. Catholic doctrine and Spanish society held that as a good wife and mother, it was a woman's duty to keep her family together. Moreover, Spanish civil law denied married women and single women under twenty-five the right to an independent domicile and stated that "the husband should protect his wife, and she obey her husband."[25]

Unmarried women were more likely to immigrate if they already had a male relative in West Virginia. Because of the nature of federal immigration law, American authorities often questioned the morality of single women traveling to the U.S. without "legitimate" connections to a male family member. The widespread acceptance of women's proper role in both Spain and the United States, coupled with most women's financial dependence on their husbands, gave Asturian women little choice.

Asturianos and Work in West Virginia

During the first decades of the twentieth century, Spaniards became an important part of the industrial labor force that built West Virginia. In the southern half of the state, Spaniards from Andalucia, as well as a limited number from Galicia and Asturias, worked in the coalfields of Logan, Raleigh, and Fayette Counties.[26] In the north central part of the state, in Harrison County, the Asturianos of Gavin González's *Pinnick Kinnick Hill* were a driving force in West Virginia's growing zinc industry.

In 1903, when the Grasselli Chemical Company of Cleveland, Ohio finalized plans to locate a plant in Clarksburg, local papers touted it as "one of the largest industrial deals in the state."[27] It was also a contract that ensured growth and prosperity for the community. Grasselli officials issued an immediate call for laborers, carpenters, mechanics, stonemasons, and stonecutters to begin construction of their chemical factory in the city's industrial sector, Steelton, which later became known as Grasselli, and is now called Anmoore.[28] Zinc production began on May 3, 1904. Within a year, Grasselli Chemical announced that it would open a second factory in Clarksburg that would double its capacity.[29] Finally, in 1910, Grasselli began constructing their second factory along the West Fork River in Harrison County.[30] This second location became known as Spelter, the product of zinc smelting, and was called Zeising by some, after Richard Zeising, general manager of the Grasselli Zinc Division.[31] By 1913, Clarksburg, West Virginia was home to the second largest smelter plant in the nation.[32]

Lured by low natural gas prices, other zinc manufacturers had also begun locating in Harrison County. In 1907, the Columbia Zinc Works, known later as

Los asturianos y el trabajo en Virginia Occidental

Durante las primeras décadas del siglo XX, los españoles se convirtieron en una parte importante de la mano de obra que construyó Virginia Occidental. En la mitad sur del estado, españoles de Andalucía y un pequeño número de gallegos y asturianos trabajaban en los yacimientos de carbón de los condados de Logan, Raleigh y Fayette.[26] En el centro norte del estado, en el Condado de Harrison, los asturianos de la obra de Gavin González fueron una de las fuerzas más influyentes en la floreciente industria del zinc en Virginia Occidental.

En 1903, cuando la compañía de productos químicos Grasselli (Grasselli Chemical Company) de Cleveland, en Ohio, finalizó sus planes para construir una planta en Clarksburg, los periódicos anunciaron el acontecimiento como "uno de los tratos industriales más grandes del estado."[27] También fue un contrato que aseguró el crecimiento y la prosperidad de la comunidad. Los dirigentes de Grasselli hicieron un llamamiento público para encontrar obreros, carpinteros, mecánicos, albañiles y picapedreros para empezar la construcción de su fábrica química en Steelton, la zona industrial de la ciudad, la cual se conoció más tarde como Grasselli y que ahora se llama Anmoore.[28] La producción de zinc comenzó el 3 de mayo de 1904. En el plazo de un año, Grasselli Chemical anunció la próxima apertura de una segunda fábrica en Clarksburg, la cual iba a doblar su capacidad.[29] Finalmente, en 1910, Grasselli empezó la construcción de su segunda factoría a orillas del río West Fork, en el Condado de Harrison.[30] Esta segunda localización se conoció como "Spelter," o "peltre" el producto resultante de la fundición del zinc, aunque muchos la llamaban Zeising, por Richard Zeising, el director general de la División del Zinc de Grasselli.[31] Para el año 1913, la segunda fundición más grande del país estaba en Clarksburg.[32]

Atraídos por los bajos precios del gas natural, otras compañías del zinc se habían empezado a establecer en el Condado de Harrison. En 1907, la Columbia Zinc Works, después conocida como Clarksburg Zinc Company, abrió sus puertas en el área de Northview.[33] La demanda de zinc era tal que Columbia anunció que también tenía planes para construir una nueva planta que doblaría su capacidad.[34] Ese mismo año, una tercera empresa del zinc, considerablemente más pequeña, abrió en Lumberport, al norte de Clarksburg.[35]

El éxito de la industria del zinc en Virginia Occidental se debió al sudor de los obreros españoles, que constituyeron el pilar de la industria durante varias décadas. Mientras la producción aumentaba, también lo hacía la demanda de obreros con experiencia y Grasselli encontró los candidatos ideales en los inmigrantes de Asturias. Como región montañosa en la costa norte de España, Asturias, igual que Virginia Occidental, tenía una gran riqueza de recursos minerales, en particular de carbón y zinc. Con su experiencia laboral en fábricas similares en Avilés, Arnao, Mieres y Naveces, la producción del zinc, las réplicas, y el duro trabajo físico en los hornos de fundición no eran nada nuevo para los españoles. Entre 1900 y 1920, los españoles encontraron trabajo en varias compañías americanas que buscaban trabajadores del zinc con experiencia

the Clarksburg Zinc Company, opened for business in the Northview area of the city.[33] The demand for zinc was such that Columbia too announced plans to build a new plant to double its capacity.[34] Later that same year, a third and considerably smaller zinc works opened in Lumberport, just north of Clarksburg.[35]

The success of the zinc industry in West Virginia came by the sweat of Spanish laborers, who formed the backbone of the zinc industry for several decades. As zinc production grew, so did the need for experienced laborers, and Grasselli found ideal candidates in Spaniards from Asturias. A mountainous region along Spain's northwestern coast, Asturias, like West Virginia, was rich in mineral resources, especially coal and zinc. With work experience in similar factories in Aviles, Arnao, Mieres, and Naveces, Spaniards were familiar with zinc production, retorts, and the hard physical labor of furnace work. Between 1900 and 1920, Spaniards found employment with several American companies looking for seasoned zinc workers in Cherryvale, Kansas; Carondolet, Missouri, and Donora and Langeloth, Pennsylvania, as well as in Illinois, New Jersey, and West Virginia.

Many of the Spaniards in central West Virginia had worked in the zinc industry prior to emigrating. Others, like Juan Villanueva, came from farming or fishing families. Once in Harrison County, however, the majority of Spaniards worked in zinc. Even those working in the mines or glass factories, as well as those who farmed and owned local businesses, remained inextricably bound to the industrial economy of the company town. Their family members and friends worked in the furnaces; they depended on income from boarding and caring for zinc workers; their businesses served Grasselli families, and they felt the economic effects of industry ups and downs. Looming at the edge of town, the factory was the nucleus of the Spanish community. Ironically, even Juan Villanueva, the central character of *Pinnick Kinnick Hill*, who vowed to "go back to Spain before…work[ing] in that fiery hell," joined his compatriots in the furnaces when his small grocery store fell on hard times. (37, 161)

While many Asturianos expected abundant and well-paying jobs in the United States, they soon realized that employers' ethnic prejudice limited their opportunities. González comments:

> Men were constantly being hired for the ore-storage, the machine shop, the pottery, the carpentry shop and other departments. But giving a Spaniard a job outside of the furnaces simply wasn't done. …The furnace work was done exclusively by Spanish men. Only during the Great Depression did a few men of other nationalities dare brave the hazards. (33)

With no unions to protect their interests, Spaniards often found themselves at the mercy of plant supervisors' unfair hiring practices.[36]

González recounts, however, that the oppression of workers came not only from company officials, but also from Spanish supervisors in the furnaces—the "tizadores," or firemen. "Not every Tizador was a tyrant at heart. But the majority

para Cherryvale, en Kansas; Carondolet, en Missouri y Donora y Langeloth, en Pensilvania, así como en Illinois, Nueva Jersey y Virginia Occidental.

Muchos españoles de la parte central de Virginia Occidental habían trabajado en la industria del zinc antes de emigrar. Otros, como Juan Villanueva, venían de familias de granjeros o pescadores. Sin embargo, una vez en el Condado de Harrison, la mayoría de los españoles trabajaba en el zinc. Incluso los que trabajaban en las minas o en las fábricas cristaleras y los que trabajaban en granjas o tenían negocios estaban unidos de forma indisoluble a la economía industrial de la ciudad-empresa. Sus familiares y amigos trabajaban en los hornos; dependían de los ingresos que ganaban dando alojamiento y proporcionando cuidados a los trabajadores del zinc; sus negocios abastecían a las familias de Grasselli y sentían las consecuencias de los momentos buenos y malos de la industria. Erguida en los límites de la ciudad, la fábrica era el núcleo de la comunidad española. Irónicamente, incluso Juan Villanueva, el protagonista de *Las colinas sueñan en español*, que había jurado que "volvería a España antes de trabajar en ese terrible infierno," se unió a sus compatriotas en los hornos cuando su pequeña tienda de ultramarinos pasaba por malos tiempos. (36, 160)

Muchos asturianos esperaban encontrar trabajo abundante y bien pagado en los Estados Unidos, pero pronto se dieron cuenta de que los prejuicios étnicos de los empresarios limitaban sus oportunidades. González comentó que:

Se contrataba constantemente a hombres para que trabajaran en los almacenes de mineral, en la sala de las máquinas, en el taller de cerámica, en el de carpintería o en otros departamentos; pero darle un trabajo a un español fuera del alto horno, eso simplemente no se hacía... Sólo durante la gran depresión, unos pocos hombres de otras nacionalidades se atrevieron a desafiar el peligro. (34)

A falta de sindicatos que protegieran sus intereses, los españoles se encontraban a menudo a merced de las injustas prácticas de contratación de los jefes de planta.[36]

Sin embargo, González cuenta que la opresión que sufrían los trabajadores no venía solamente de los directivos de las empresas, sino también de los supervisores españoles en los hornos—los llamados "tizadores." "No todos los tizadores eran verdaderos tiranos. Pero la mayoría de los encargados de los hornos lo eran y siempre lo serían, hombres de la compañía, trabajaran en los altos hornos de fundición de Arnao o de Tombuctú." (32) El que pertenecieran a una misma etnia no era suficiente para sobrepasar las divisiones jerárquicas que existían entre los españoles. Períodos de desempleo y de intentos por parte de la empresa de romper el espíritu de la organización sindical dieron lugar a que muchos asturianos tuviesen que buscar un trabajo en comunidades cercanas o en otros estados donde familiares y amigos hacían trabajos similares.[37]

Con la Primera Guerra Mundial, la frustración de los asturianos en Virginia Occidental fue en aumento. Las estrategias de la compañía Grasselli para suplir la gran demanda se hicieron a costa del aumento de la jornada laboral y

of the firemen were, and always would be 'company men,' whether they worked in the smelter in Arnao (Spain) or in Timbuktu." (33) Their common ethnicity was not enough to bridge the hierarchical divides among Spaniards. Periods of unemployment and company attempts to break the spirit of labor organizers sent many Asturianos searching for jobs in nearby communities or in other states where relatives and friends did similar furnace work.[37]

World War I brought increased frustrations for Asturianos in West Virginia. Grasselli Chemical Company's strategies for meeting heavy demand came at the expense of increased hours and short-staffed crews for Spanish furnace workers.[38] Like many laborers, Asturianos working at Grasselli's plants "did not want to say anything" about increased work loads during the war period "as [they] knew Uncle Sam needed laborers."[39] In addition, striking or agitating for better conditions during wartime might have raised questions about Spaniards' loyalty to the American cause.[40]

By the War's end in 1918, the zinc workers had grown weary. Instead of improving conditions for furnace workers, however, the company continued its wartime policy of understaffing shifts. Moreover, it lowered wages twenty-five cents per week, with no corresponding decrease in hours. The company further exacerbated the situation when it used savings from pay cuts to hire five more firemen so it could grant all "tizadores" an eight-hour day.[41]

With a heritage of labor organizing in Spain, Asturiano zinc workers united in response to the company's labor practices.[42] On June 2, 1919, employees at Grasselli's Clarksburg division walked out demanding wages in line with the cost of living, an eight-hour day, and recognition of the union.[43] The strike lasted two months, and by August 2, 1919 Grasselli Chemical conceded to the workers' demands.

Unlike their counterparts working in West Virginia's coal mines, Grasselli's zinc workers waged a relatively short battle for union recognition and wage concessions.[44] The company granted an eight-hour day, restored workers' wages and agreed to consider wage increases as the market price for spelter rose. It also established premiums for "more efficient furnace workers," and in partial concession to workers' demands added an "extra man on each furnace during summer." In an attempt to avert further disruptions, company officials created departmental committees made up of labor and management representatives to vet workers' concerns. All the men were hired back, and Grasselli issued a public statement that it was "not opposed to organized labor," and that "every man [would] be given a square deal." [45] At the end of the first contract year, however, Grasselli employees struck again.[46]

La Aldea Asturiana

Most of the Spanish immigrants who came to Grasselli and to Spelter between 1900 and 1920 knew very little about the area or what to expect. The limited knowledge they had came from returning Spaniards or from letters they received from family members in the state. Most knew that male relatives and

de designar a grupos más reducidos en cada turno.[38] Al igual que muchos otros trabajadores, los asturianos de las plantas de Grasselli "no querían decir nada" sobre el aumento de la cantidad de trabajo durante la guerra "porque sabían que el 'Tío Sam' necesitaba obreros."[39] Además, organizar huelgas o crear agitación en tiempos de guerra podría haber levantado sospechas sobre la lealtad de los españoles a la causa americana.[40]

Para el final de la guerra en 1918, los trabajadores del zinc se habían cansado. Sin embargo, en lugar de mejorar las condiciones de los obreros de los hornos, la empresa continuó la misma política de asignar trabajadores insuficientes a los turnos que había mantenido durante la guerra. Además, redujo los salarios en veinticinco centavos a la semana sin reducir el número de horas de trabajo. La empresa exacerbó aún más la situación cuando utilizó el dinero que había ahorrado de los cortes salariales para contratar a cinco "tizadores" más y así garantizarles a éstos una jornada laboral de ocho horas."[41]

Con una herencia de organización sindical en España, los trabajadores del zinc asturianos se unieron para responder a las prácticas laborales de la compañía.[42] El dos de junio de 1919, los empleados de la división de Grasselli en Clarksburg salieron a la huelga en demanda de salarios que fueran acordes al coste de la vida, una jornada laboral de ocho horas y que se reconociese el sindicato.[43] La huelga duró dos meses y para el dos de agosto de 1919 Grasselli Chemical accedió a las demandas de los trabajadores.

Al contrario que sus homólogos en las minas de carbón de Virginia Occidental, los trabajadores del zinc de Grasselli libraron una batalla relativamente corta para que se reconociesen sus sindicatos y se asegurasen ciertas condiciones salariales.[44] La compañía les concedió la jornada de ocho horas, devolvió sus antiguos salarios a los obreros y consintió en considerar la posibilidad de subidas salariales según creciera el mercado del peltre. Además, estableció primas para "los trabajadores más eficientes de los hornos" y como concesión parcial a las demandas de los trabajadores, añadió "un hombre extra para cada horno durante el verano." En un intento de prevenir más disturbios, los directivos de la empresa crearon comités de departamento que estaban compuestos por representantes obreros y patronales para revisar las demandas de los trabajadores. Se volvió a contratar a todos los obreros y Grasselli declaró en un comunicado público que "no se oponía a la organización sindical de los obreros."[45] Sin embargo, al final del primer año de contrato, los trabajadores volvieron a la huelga."[46]

La aldea asturiana

La mayoría de los inmigrantes españoles que vinieron a Grasselli y Spelter entre 1900 y 1920 no sabían mucho sobre el lugar o qué esperar de él. Lo poco que sabían lo habían aprendido por los españoles que habían vuelto o por las cartas que recibían de parientes que estaban en el estado. La mayoría sabía que sus familiares y amigos habían encontrado trabajo en Virginia Occidental y también que había otros asturianos en los alrededores.

friends had found jobs in West Virginia, and most also knew that there were other Asturians nearby.

Those who followed relatives to the state were drawn into the circle of friends that their families had already established. These friendships often provided new arrivals with emotional and material support in setting up house, getting along in an English-speaking world, finding a job and adjusting to a new life. "Old country" connections also provided men and women with a built-in circle of friends. Often one would be working and living alongside old neighbors and coworkers from Asturias. In González's story, Marilena Villanueva had known many of her neighbors in Grasselli "for most of her life." (39) This reconstruction of the Asturian community eased the shock of living in a foreign culture and helped immigrants adapt to life in America.

Spaniards further smoothed the transition into American life by blending cultural, industrial and linguistic inheritances with those of their new Appalachian home. When Juan Villanueva arrived in Clarksburg, he was surprised and amused to hear one of the locals address him in the rural Asturian accent. (39) González notes that even Coca-Cola ads in Clarksburg were in Spanish. In addition, Italian neighbors learned Spanish and at times served as translators for Spanish women who had limited knowledge of English.[47]

Because they already had a friend or relative living in the area, most men did not have to worry about having a place to stay once they arrived. For some Spanish women and their children, however, getting established in the United States was not so simple. Some Spanish men were unable to make housing arrangements for their families in advance of their arrival because of financial difficulties or because of the lack of housing. Couples in these situations boarded with other families, and living conditions became crowded.

Women encountered other hardships on reaching West Virginia. Some learned upon arrival that their husbands had gone looking for work in another out-of-state Asturian community. Others were widowed in the new world or left without means of support. Women in this situation were able to eke out a living by taking in boarders, doing laundry, and farming.[48]

Other families' survival depended on the generosity of their neighbors. Spanish immigrants in the Clarksburg area lent financial support to their compatriots in the vicinity. Families or individuals who were in financial need were eligible for "suscripcion," a collection taken up by members of the Spanish community living in and around Clarksburg.[49]

After arriving in the United States, some Spanish families encountered the possibility of yet another major upheaval. The *Clarksburg Daily Telegram* reported in March, 1908, that U.S. Bureau of Immigration officials sought fifteen men who they claimed violated the recently enacted Contract Labor Law which, in an attempt to protect American workers, excluded immigrants who had promises of employment in the United States. These men, along with their families, faced permanent removal from the United States.[50] The local papers dropped coverage of the legal proceedings before their completion, and so the story of these immigrants remains incomplete.

Los que fueron a Virginia Occidental siguiendo a sus familiares eran atraídos hacia el círculo de amigos que ya había establecido su familia. Estas amistades eran las que a menudo proporcionaban apoyo emocional y económico a los recién llegados para encontrar una vivienda, defenderse en un mundo de habla inglesa, encontrar trabajo y adaptarse a la nueva vida. Las conexiones con el Viejo Continente también proporcionaron a los inmigrantes un círculo de amigos preestablecido. Uno se encontraba con frecuencia trabajando y viviendo al lado de antiguos compañeros de trabajo y vecinos de Asturias. En la historia de González, Marilena Villanueva se encontró con "Alguna de la gente que [Marilena] conocía de casi toda la vida." (40) Esta especie de reconstrucción de la aldea asturiana hizo más llevadero el choque emocional resultante de vivir en una cultura extraña, ayudando a los inmigrantes a adaptarse a la vida en América.

Los españoles suavizaron aún más esta transición al mezclar su herencia cultural, industrial y lingüística con los demás habitantes de su nuevo hogar en los Apalaches. Cuando Juan Villanueva llegó a Clarksburg, le pareció divertido y sorprendente a la vez escuchar cómo la gente le saludaba con el acento de la Asturias rural. González cuenta que en Clarksburg hasta los anuncios de Coca-Cola estaban en español. Además, había vecinos italianos que aprendían español y que a veces hacían de traductores para las mujeres que no dominaban mucho el inglés.[47]

Al tener algún pariente o amigo que ya vivía allí, la mayoría de los hombres no tenían que preocuparse por tener dónde quedarse cuando llegaran. Sin embargo, para algunas mujeres y sus hijos no era tan fácil establecerse en los Estados Unidos. Había hombres que no podían tener preparada una casa para cuando llegase su familia debido a problemas económicos o por la escasez de vivienda. Los matrimonios que se encontraban en esta situación se alojaban en casa de otras familias en unas condiciones de amontonamiento y falta de espacio.

Las mujeres se encontraban con estos y otros sinsabores cuando llegaban a Virginia Occidental. Algunas de ellas se encontraban con que sus maridos se habían marchado a otro estado en busca de trabajo en alguna comunidad asturiana. Otras enviudaron o fueron abandonadas en el Nuevo Mundo sin tener con qué mantenerse. Las que se quedaron en esta situación consiguieron ganarse la vida a duras penas alquilando parte de sus viviendas, lavando ropa o trabajando en granjas.[48]

Otras familias tuvieron que depender de la generosidad de sus vecinos para subsistir. Los inmigrantes españoles de la zona de Clarksburg prestaban ayuda económica a los compatriotas que tenían cerca. Las familias o individuos que pasaban por necesidades económicas tenían derecho a lo que se conocía como "suscripción," una colecta que hacía la comunidad española de Clarksburg y sus inmediaciones.[49]

Era posible que algunas familias españolas se topasen con aún más trastornos a su llegada a los Estados Unidos. El *Clarksburg Daily Telegram* informó en un reportaje de marzo de 1908 que el Bureau of Immigration de los Estados Unidos buscaba a quince hombres que, según decían, habían violado la recientemente

While González provides insight into the everyday events of the community and men's industrial life, he gives only glimpses of women's daily routines. Spanish women already established in the community offered newly arrived men an indispensable service by providing living space, food, and laundry services. Women took care of domestic chores, served as midwives, cared for children, and in some cases tended to the farm or store while men worked in the factory. Women built the non-industrial world of Spaniards in America. The homes and communities they created were often a source of stability and constancy in a new world.

Conclusion

Gavin González's reflections in *Pinnick Kinnick Hill* represent a world much changed from the one found in Clarksburg during the 1970s when he wrote his autobiographical novel. In many respects, González is writing at the end of an era. After the 1920s, Spanish immigration to West Virginia dwindled. In 1927, Grasseli Chemical closed down its Anmoore division. In the 1950s, the company sold the Spelter town site and many employees purchased the homes where they had lived for years. With the onset of the energy crisis and the downsizing of industry across the state, zinc manufacturing, which sustained the Spanish community of González's youth, was in steep decline. The first generation of immigrant arrivals were aged, and many of their children left West Virginia for better jobs in other states. As Spaniards moved out, Anglo residents began moving into the neighborhoods. Moreover, González recognizes the loosening of his ethnic ties to Spain, and his strong American cultural identity.

Despite these changes, however, there was still a visible Spanish presence in West Virginia during the early 1970s. Asturianos continued to keep in touch with their families and friends throughout the United States, Cuba, and Spain. One could still hear Spanish spoken among the immigrants and their children who remained in the area. They are the West Virginians who began teaching me Spanish, and sparked my interest in our Spanish immigrant background.

In 2002, I, like González, write at a time that represents the end of an era for this Asturian community in West Virginia. At this point, virtually none of the original immigrants remain. Their children are now the elders of our community. Three generations of my family have worked in West Virginia's zinc industry; my father until only months ago when Harrison County's only remaining smelter, a former Grasselli site, closed for good. The industry that fostered Asturian migration to the north central region of the state, like the original immigrants, is gone. It is again a time for reflection.

The Asturian immigrants who came to West Virginia nearly 100 years ago left behind an important inheritance – their histories. While each person's experiences are unique, study of the Spanish immigrant generation offers important

decretada Ley de Contratos Laborales (Contract Labor Law) la cual, con el fin de proteger a los trabajadores americanos, excluía a los inmigrantes que contaban con la promesa de un empleo en los Estados Unidos. Estos hombres y sus familias se enfrentaban con que se les echase definitivamente de los Estados Unidos.[50] Los periódicos locales dejaron de informar sobre los procedimientos legales de este caso antes de que terminasen, dejando así incompleta la historia de estos inmigrantes.

Aunque González nos da una idea de cómo era el día a día de esta comunidad y la vida de los hombres en la industria, la rutina diaria de las mujeres sólo puede vislumbrarse brevemente. Las españolas que ya estaban establecidas en la comunidad ofrecían a los hombres recién llegados el servicio indispensable de proporcionarles un sitio para vivir, comida, y alguien que les lavase la ropa. Las mujeres se encargaban de las tareas domésticas, hacían de comadronas, cuidaban a los niños y en ocasiones atendían la granja o la tienda mientras los hombres trabajaban en la fábrica. Fueron las mujeres quienes construyeron el mundo no industrial de los españoles en los Estados Unidos. Crearon las comunidades y los hogares que a menudo fueron fuente de estabilidad y constancia en el Nuevo Mundo.

Conclusión

La visión que González nos presenta en *Las colinas sueñan en español* representa un mundo muy diferente a la realidad de Clarksburg durante la década de los setenta, cuando escribió esta novela autobiográfica. En muchos aspectos, González escribe al final de una época. Después de los años veinte hubo un descenso en la inmigración de españoles a Virginia Occidental. En 1927, Grasselli Chemical cerró su división de Anmoore. En los años cincuenta, la empresa puso a la venta la propiedad de Spelter y muchos trabajadores compraron las viviendas donde llevaban años viviendo. La industria del zinc, que había mantenido a la comunidad española de la juventud de González, entró en una profunda decadencia con el inicio de la crisis de la energía y los recortes en la industria de todo el estado. Los miembros de la primera generación de inmigrantes eran ya mayores y muchos de sus hijos se fueron de Virginia Occidental en busca de mejores trabajos en otros estados. A medida que los españoles se iban del estado, residentes de origen anglosajón empezaron a mudarse a estos barrios. Además, González reconoce que se estaban aflojando los lazos que le unían a España y que se sentía fuertemente identificado con la cultura americana.

Sin embargo, y a pesar de los cambios, todavía había una fuerte presencia española en Virginia Occidental a principios de los setenta. Los asturianos seguían en contacto con sus familias y amistades en todos los Estados Unidos, Cuba y España. Uno aún podía oir hablar español entre los inmigrantes y sus hijos que quedaban en la zona. Estos son los habitantes de Virginia Occidental que me enseñaron español y que suscitaron mi interés por nuestras raíces inmigrantes y españolas.

insights into relationships that shaped two worlds. Both regions with strong migratory traditions, West Virginia and Asturias can draw on their common past as they interpret and respond to the new generation of immigrants arriving on American and Spanish shores.

Binghamton, New York
18 January 2002

Special thanks to Stephanie Grove, Ron González, Anita Llaneza, and Lillian Waugh for their research assistance, and also to Thomas Dublin and Barbara Reeves-Ellington for their careful reading of previous drafts of this introduction.

1. Much of the background for this introduction is taken from research conducted for my MA Thesis, "Talking Like My Grandmothers: Spanish Immigrant Women in Spelter, West Virginia." (West Virginia University, 1991) as well as ongoing research and conversations with Asturianos from the Harrison County communities.

2. General histories that mention Spanish immigrants often focus on Basque sheepherders in the southwest. See Leonard Dinnerstein, Rodger Nichols, and David Reimers, *Natives and Strangers: Blacks, Indians, and Immigrants in America.* (New York: Oxford University Press, 1990). Gary R. Mormino and George E. Pozetta, *The Immigrant World of Ybor City: Italians and Their Latino Neighbors in Tampa, 1885-1985* (Urbana: University of Illinois Press, 1987) offers information on Asturianos and Gallegos working in Florida's cigar industry during the early twentieth century. For general information on Spanish immigrants in the United States see Gomez, "Spanish Immigration in the U.S.," in *The Americas* 19 (July 1962): 59-77.

3. For information on Asturian emigration, see Louis Alfonso Martínez Cachero, *La emigración asturiana a América*, (Salinas: Ayalga Ediciones, 1976); For an overview of Spanish immigration to the Americas see Germán Rueda Hernanz, *La emigración contemporánea de españoles a Estados Unidos, 1820-1950 : de dons a misters* (Madrid: MAPFRE, 1993) and Germán Rueda Hernanz and Consuelo Soldevilla, *Españoles emigrantes en América, siglos XVI-XX* (Madrid: Arco Libros, 2000).

4. See Patricia D. Beaver and Helen M. Lewis, "Uncovering the Trail of Ethnic Denial: Ethnicity in Appalachia," in *Cultural Diversity in the U.S. South: Anthropological Contributions to a Region in Transition*, eds. Hill and Beaver (Athens: University of Georgia Press, 1998): 51-68.

5. Loyal Jones, "Reshaping the Image of Appalachia," (Berea, Kentucky: Berea College Appalachian Center, 1986); Margaret Ripley Wolfe, *Aliens in Southern Appalachia: Catholics in the Coal Camps, 1900-1940* (Indiana: University of Notre Dame, 1977); Roberta Stevenson Turney, "The Encouragement of Immigration in West Virginia, 1863-1871," in *West Virginia History* 1 (October, 1950): 46-60; Elizabeth Cometti, "Swiss Immigration to West Virginia, 1864-1884: A Case Study," in *Journal of American History* 45 (June 1960): 66-87; Deborah Weiner, "Middlemen of the Coalfields: The Role of Jews in the Economy of Southern West Virginia Coal Towns, 1890-1951," *Journal of Appalachian Studies* 4 (Spring 1998): 29-56, and Weiner, "The Jews of Clarksburg: Community Adaptation and Survival, 1900-1960," *West Virginia History* 54 (1995): 59-77; Works on Spanish immigration to WV include Suronda Gonzalez, "Forging Their Place in Appalachia: Spanish Immigrant Women in Spelter, West Virginia," *Journal of Appalachian Studies* Vol. 5, No. 2 (Fall 1999): 197-205. While my work focuses exclusively on Asturian immigration, Thomas Hidalgo's more recent study examines the experiences of immigrant coal miners from Asturias, Galicia, and Andalucia in southern West Virginia. See Hidalgo, "Reconstructing A

En 2002 yo, igual que González, escribo en un tiempo que representa el final de una era para esta comunidad asturiana en Virginia Occidental. Ahora mismo no queda prácticamente ninguno de los primeros inmigrantes. Sus hijos son ahora los ancianos de nuestra comunidad. Tres generaciones de mi familia han trabajado en la industria del zinc en Virginia Occidental; mi padre hasta hace sólo unos meses, cuando la única fundición que quedaba en el Condado de Harrison cerró sus puertas definitivamente. La industria que fomentó la migración asturiana a la región del centro norte del estado se ha marchado, tal y como lo hicieron los inmigrantes. Una vez más estamos en tiempos de reflexión.

Los asturianos que vinieron a Virginia Occidental hace casi cien años dejaron tras de sí una importante herencia—su historia. Aunque las experiencias de cada persona son únicas, el estudio de la generación de inmigrantes españoles nos ofrece importantes perspectivas sobre las relaciones que dieron forma a dos mundos diferentes. Virginia Occidental y Asturias, ambas con una fuerte tradición migratoria, pueden hacer uso de su pasado común para interpretar y reaccionar ante la nueva generación de inmigrantes que están llegando a las costas americanas y asturianas.

Binghamton, New York
18 January 2002

Un agradecimiento especial a Stephanie Grove, Ron González, Anita Llaneza y Lillian Waugh por su ayuda en esta investigación y también a Thomas Dublin y Barbara Reeves-Ellington por leer cuidadosamente los borradores de esta introducción.

1. Gran parte del trasfondo histórico de esta introducción está tomado de la investigación realizada para mi tesina "Talking Like My Grandmothers: Spanish Immigrant Women in Spelter, West Virginia." (West Virginia University, 1991) así como de investigación aún en progreso y de conversaciones con los asturianos del Condado de Harrison.

2. Los recuentos históricos generales que mencionan a los inmigrantes suelen centrarse en los pastores vascos en el suroeste de los Estados Unidos. Véase Leonard Dinnerstein, Rodger Nichols, y David Reimers, *Natives and Strangers: Blacks, Indians, and Immigrants in America.* (New York: Oxford University Press, 1990). Gary R. Mormino y George E. Pozetta, *The Immigrant World of Ybor City: Italians and Their Latino Neighbors in Tampa, 1885-1985* (Urbana: University of Illinois Press, 1987) proporciona información sobre asturianos y gallegos que trabajaban en la industria de puros en Florida a principios del siglo XX. Para información general sobre los inmigrantes españoles en los Estados Unidos Véase Gomez, "Spanish Immigration in the U.S.," en *The Americas* 19 (julio 1962): 59-77.

3. Para información sobre la emigración asturiana, véase Louis Alfonso Martínez Cachero, *La emigración asturiana a América,* (Salinas: Ayalga Ediciones, 1976); como resumen de la emigración española en las Américas véase Germán Rueda Hernanz, *La emigración contemporánea de españoles a Estados Unidos, 1820-1950 : de dons a misters* (Madrid: MAPFRE, 1993) y Germán Rueda Hernanz y Consuelo Soldevila, *Españoles emigrantes en América, siglos XVI-XX* (Madrid: Arco Libros, 2000).

History of Spanish Immigration in West Virginia: Implications for Multicultural Education," (Ph. D. Dissertation, University of Massachusetts, 1999) and "En las montañas: Spaniards in Southern West Virginia" *Goldenseal* , 27 (winter 2001): 52-59.

6. Belleport = Bridgeport, Clarkston = Clarksburg, Coe's Run/Glencoe = Anmoore, Crosetti Chemical Works of Philadelphia = Grasselli Chemical Works of Cleveland, Crosetti = Grasselli, Coalton = Spelter, Hillsboro County = Harrison County, Welton = Weston , West View = Northview

7. Robert Jay Dilger and Steve Kovalan, 2002. "Harrison County History" [on-line]. Morgantown, WV: West Virginia University; available from *http://www.polsci.wvu.edu/wv/ Harrison/harihistory.html*; accessed 3 March 2002; and Harvey Harmer, *One Hundred and Fifty Years of Early Methodism in Clarksburg West Virginia: 1788-1938* (WV:n.p., 1938).

8. Mary Johnson , "Immigration and West Virginia: Efforts to Populate the State, 1863-1920," (Paper, West Virginia and Regional History Collection, West Virginia University, n.d.), 4.

9. Ronald D Eller, *Miners, Millhands, and Mountaineers: Industrialization of the Appalachian South, 1880-1930* (Knoxville: University of Tennessee Press, 1986), 133.

10. Ibid, 165; Ronald L. Lewis, *Black Coal Miners in America: Race, Class, and Community Conflict, 1780-1980*. (Lexington: University Press of Kentucky, 1970), 136.

11. Kenneth R. Bailey. "A Judicious Mixture: Negroes and Immigrants in the West Virginia Mines, 1880-1917, " *West Virginia History* 2 (January 1973), 141-161.

12. "The Fuel City of the Fuel State, " *Clarksburg Daily Telegram*, 30 October 1903, p. 1

13. "Foreigners Flocking Back to this Country," *Clarksburg Daily Telegram*, 8 June 1910, p. 3.

14. Research by Tom Hidalgo, which relied on statistics compiled by the WV Department of Mines, suggests that census figures may be a gross underestimate. According to state Department of Mines records, the number of Spaniards working in West Virginia mines peaked at 2,212 in 1921, and they were working in 19 of the state's 55 counties. Raleigh County had the most with 557, followed by Logan, 467; Mingo, 205; Mercer, 169; McDowell, 162; Harrison, 152; Marion, 127; Fayette, 121; Monongalia, 80; Wyoming, 44; Brooke, 41; Boone, 19; Clay, 16; Taylor, 13, Upshur, 10; Barbour, 6; Lewis, 4; Marshall, 2, and Preston, 1. Hidalgo, "Reconstructing a History," 227.

15. The *Clarksburg City Directory* for 1921 (p. 799) lists Bragio Merendio as the Spanish Vice Consul. According to the U.S. Census, from 1910 to 1920 the Spanish population in the U.S. rose 124 percent, from 22,108 to 49,535.

16. Among the definitions of "indiano" listed by the Real Academia de la Lengua Española is, "Dicho de una persona: Que vuelve rica de América." "Diccionario de la lengua española" [on line] Real Academia de Lengua Española; available from http://www.rae.es/; accessed 17 March 2002.

17. Blanca Sanchez Alonso, "Los emigrantes de ayer," *El Pais*, 26 January 2001.

18. German Rueda Hernanz, *Españoles emigrantes en América*. (Madrid: Arco Libros, 2000),59.

19. Alonso, "Los emigrantes," 29-41.

20. See Gonzalez's description on pp. 7-8.

21. "Quintos," *Diccionario de historia Española*, 2 (Madrid: Revista de Occidente, 1952), 954.

22. Rueda, *Españoles emigrantes*, 32.

23. In my family, for example, there's the story of the teenage son of a neighbor who traveled with my great-grandmother and her four children to join his father in West Virginia.

4. Véase Patricia D. Beaver y Helen M. Lewis, "Uncovering the Trail of Ethnic Denial: Ethnicity in Appalachia," en *Cultural Diversity in the U.S. South: Anthropological Contributions to a Region in Transition*, eds. Hill and Beaver (Athens: University of Georgia Press, 1998): 51-68.

5. Loyal Jones, "Reshaping the Image of Appalachia," (Berea, Kentucky: Berea College Appalachian Center, 1986); Margaret Ripley Wolfe, *Aliens in Southern Appalachia: Catholics in the Coal Camps, 1900-1940* (Indiana: University of Notre Dame, 1977); Roberta Stevenson Turney, "The Encouragement of Immigration in West Virginia, 1863-1871," en *West Virginia History* 1 (octubre, 1950): 46-60; Elizabeth Cometti, "Swiss Immigration to West Virginia, 1864-1884: A Case Study," in *Journal of American History* 45 (June 1960): 66-87; Deborah Weiner, "Middlemen of the Coalfields: The Role of Jews in the Economy of Southern West Virginia Coal Towns, 1890-1951," *Journal of Appalachian Studies* 4 (Spring 1998): 29-56, y Weiner, "The Jews of Clarksburg: Community Adaptation and Survival, 1900-1960," *West Virginia History* 54 (1995): 59-77; los trabajos sobre la inmigración a Virginia Occidental incluyen Suronda Gonzalez, "Forging Their Place in Appalachia: Spanish Immigrant Women in Spelter, West Virginia," *Journal of Appalachian Studies* Vol. 5, No. 2 (Fall 1999): 197-205. Mientras mi trabajo se centra exclusivamente en la inmigración asturiana, un estudio reciente de Thomas Hidalgo examina las experiencias de mineros del carbón emigrantes de Asturias, Galicia y Andalucía en el sur de Virginia Occidental. Véase Hidalgo, "Reconstructing A History of Spanish Immigration in West Virginia: Implications for Multicultural Education," (Ph. D. Dissertation, University of Massachusetts, 1999) y "En las montañas: Spaniards in Southern West Virginia" *Goldenseal* , 27 (invierno 2001): 52-59.

6. Belleport = Bridgeport, Clarkston = Clarksburg, Coe's Run/Glencoe = Anmoore, Crosetti Chemical Works of Philadelphia = Grasselli Chemical Works of Cleveland, Crosetti = Grasselli, Coalton = Spelter, Hillsboro County = Harrison County, Welton = Weston , West View = Northview

7. Robert Jay Dilger y Steve Kovalan, 2002. "Harrison County History" [en línea]. Morgantown, WV: West Virginia University; disponible en http://www.polsci.wvu.edu/wv/Harrison/harihistory.html; consulta 3 marzo 2002; y Harvey Harmer, *One Hundred and Fifty Years of Early Methodism in Clarksburg West Virginia: 1788-1938* (WV:n.p., 1938).

8. Mary Johnson , "Immigration and West Virginia: Efforts to Populate the State, 1863-1920," (Paper, West Virginia and Regional History Collection, West Virginia University, n.d.), 4.

9. Ronald D Eller, *Miners, Millhands, and Mountaineers: Industrialization of the Appalachian South, 1880-1930* (Knoxville: University of Tennessee Press, 1986), 133.

10. Ob.cit., 165; Ronald L. Lewis, *Black Coal Miners in America: Race, Class, and Community Conflict, 1780-1980.* (Lexington: University Press of Kentucky, 1970), 136.

11. Kenneth R. Bailey. "A Judicious Mixture: Negroes and Immigrants in the West Virginia Mines, 1880-1917, " *West Virginia History* 2 (enero 1973), 141-161.

12. "La ciudad del combustible en el estado del combustible, " *Clarksburg Daily Telegram*, 30 octubre 1903, pág. 1

13. "Extranjeros vuelven en bandada a nuestro país," *Clarksburg Daily Telegram*, 8 junio 1910, pág. 3.

14. La investigación realizada por Tom Hidalgo, que se basaba en estadísticas recopiladas por el Departamento de Minas de Virginia Occidental, sugiere que las cifras del censo pueden ser una estimación muy por debajo de la realidad. Según el registro del Departamento de Minas, el número de trabajadores españoles en las minas de Virginia Occidental llegó a su punto más alto en 2.212 personas en 1921 trabajando en los 55 condados del estado. El Condado de Raileigh tenía la mayoría con 557, seguido de Logan con 467; Mingo, 205; Mercer, 169; McDowell, 162; Harrison, 152; Marion, 127; Fayette, 121; Monongalia, 80;

After a miserable crossing, the young man was denied entry at Ellis Island and returned to Spain. Once his paperwork was in order, the young man eventually returned to West Virginia.

24. Rueda, *Españoles emigrantes*, 26.

25. Victor Alba, *Historia social de la mujer* (Barcelona: Plaza y Janes, 1974), 191; Condesa Campo-Alange, *La mujer en España: Cien años de su historia* (Madrid: Aguilar, 1964), 200.

26. Hidalgo, "En las montañas," 71.

27. "Work Started on Steelton's Gigantic Manufactory," *Clarksburg Daily Telegram*, 21 August 1903.

28. "Before It Was Anmoore, it was Steelton, then it was Grasselli," *Clarksburg Exponent Telegram*, 22 March 2000.

29. "Chemical Company Expansion," *Clarksburg Daily Telegram*, 8 July 1904.

30. "Grasselli Company Will Build Another Big Plant," *Clarksburg Daily Telegram*, 11 April 1910.

31. Abe Morrison, "Brief History Meadowbrook Plant," Spelter, West Virginia, 20 February 1964, photocopy of typescript.

32. "Next Largest," *Clarksburg Daily Telegram* 3 January 1913, p. 1.

33. "Zinc Manuactory[sic] is Brought to the City," *Clarksburg Daily Telegram*, 7 February 1907.

34. "Zinc Plant is to be Made Larger," *Clarksburg Daily Telegram*, 6 July 1911.

35. "Zinc Plant," *Clarksburg Daily Telegram*, 5 December 1907.

36. Gonzalez, "Talking Like My Grandmothers," 71.

37. See *Pinnick Kinnick Hill* pages 52, 43, 50, 134. Also Gonzalez, "Talking Like My Grandmothers," 71.

38. The onset of World War I saw organized labor gain strength in the United States. As the number of immigrant arrivals slowed and native-born workers enlisted in the military, the American labor pool shrank at the moment when full production was critical, giving workers. To curtail labor unrest, the government established the National War Labor Board in 1918. See Melvyn Dubofsky's *Industrialism and the American Worker, 1865-1920*, NY: Thomas Y. Crowell Company, 1975.

39. "No Changes in Grasselli Strike," *Clarksburg Daily Telegram* 3 June 1919.

40. This was especially true in the post-war period when anti-labor forces characterized unions as "radical" and "un-American."

41. "No Changes in Grasselli Strike," *Clarksburg Daily Telegram* 3 June 1919.

42. The mutual influence of Spain's strong labor and anarchist movements and union movements in West Virginia warrants further investigation. Marcelino Garcia, active in Spain's anarchist movement and editor of *Cultura Obrera*, a Spanish anarchist publication in the U.S., worked among Spaniards in West Virginia's zinc industry as a young boy. See Paul Averich *Anarchist Voices: An Oral History of Anarchism in America*. (Princeton, NJ: Princeton University Press, 1995), 391.

43. Workers at the Spelter plant had formally organized their union only the day before. "Workers at Grasselli Chemical Plant Strike," *Clarksburg Daily Telegram*, 2 June 1919.

44. The United Mine Workers of America abandoned their call for a national strike when federal authorities ordered miners back to work in 1919 with minimal concessions. Unrest in West Virginia's southern coalfields extended through 1921, with bloodshed and

Wyoming, 44; Brooke, 41; Boone, 19; Clay, 16; Taylor, 13; Usphur, 10; Barbour, 6; Lewis, 4; Marshall, 2 and Preston, 1. Hidalgo, "Reconstructing a History," 227

15. El *Directorio de la Ciudad de Clarksburg* de 1921 (pág.799) menciona a Bragio Merendio como vicecónsul español. Según el censo de los E.EU.U., de 1910 A 1920 la población española de los E.E.U.U. aumentó un 124%, de 22.108 a 49.535.

16. Entre las definiciones de "indiano" de la Real Academia de la Lengua Española está, "dicho de una persona: Que vuelve rica de América." "Diccionario de la lengua española" [en línea] Real Academia de Lengua Española; disponible en http://www.rae.es/; consulta 17 marzo 2002.

17. Blanca Sanchez Alonso, "Los emigrantes de ayer," *El Pais*, 26 enero 2001

18. German Rueda Hernanz, *Españoles emigrantes en América*. (Madrid: Arco Libros, 2000), 59.

19. Alonso, "Los emigrantes," 29-41.

20. Véase la descripción de Gonzalez en págs. 7-8.

21. "Quintos," *Diccionario de historia Española*, 2 (Madrid: Revista de Occidente, 1952), 954.

22. Rueda, *Españoles emigrantes*, 32.

23. Por ejemplo, en mi familia está la historia del hijo adolescente de un vecino, que viajó con mi bisabuela y sus cuatro hijos para reunirse con su padre en Virginia Occidental. Después de un viaje miserable al joven se le denegó la entrada en la Isla de Ellis y tuvo que volver a España. Al final, una vez que los papeles estuvieron en regla, regresó a Virginia Occidental.

24. Rueda, *Españoles emigrantes*, 26.

25. Victor Alba, *Historia social de la mujer* (Barcelona: Plaza y Janes, 1974), 191; Condesa Campo-Alange, *La mujer en España: Cien años de su historia* (Madrid: Aguilar, 1964), 200.

26. Hidalgo, "En las montañas," 71.

27. "Empieza el trabajo en la gigantesca fábrica de Steelton," *Clarksburg Daily Telegram*, 21 agosto 1903.

28. "Antes de ser Anmoore fue Steelton y después Grasselli," *Clarksburg Exponent Telegram*, 22 marzo 2000.

29. "Expansión de compañía química," *Clarksburg Daily Telegram*, 8 julio 1904.

30. "La compaña Grasselli construirá otra gran planta," *Clarksburg Daily Telegram*, 11 abril 1910.

31. Abe Morrison, "Brief History Meadowbrook Plant," Spelter, West Virginia, 20 febrero 1964, fotocopia de transcripción.

32. "La segunda en tamaño," *Clarksburg Daily Telegram* 3 January 1913, p. 1

33. "Fábrica de zinc[sic] viene a la ciudad," *Clarksburg Daily Telegram*, 7 February 1907

34. "Expansión de planta de zinc," *Clarksburg Daily Telegram*, 6 julio 1911.

35. "Planta de zinc," *Clarksburg Daily Telegram*, 5 diciembre 1907.

36. Gonzalez, "Talking Like My Grandmothers," 71.

37. Véase Pinnick Kinnick Hill, páginas 52, 43, 50, 134. También Gonzalez, "Talking Like My Grandmothers," 71.

38. El inicio de la Primera Guerra Mundial fue testigo de un aumento en la fuerza de la organización sindical en los Estados Unidos. Según se ralentizaba el número de llegadas de emigrantes y los trabajadores nativos se alistaban en el ejército, la mano de obra en América se redujo justo en el momento en que era crítica una producción a toda escala (...) Con el propósito de restringir la inestabilidad laboral, el gobierno estableció la National

the eventual arrival of federal troops. See David Alan Corbin, *Life, Work, and Rebellion in the Coal Fields: The Southern West Virginia Miners, 1880-1922*. Urbana: University of Illinois Press, 1981.

45. "Chemical Workers Get Eight Hour Day," *Clarksburg Daily Telegram*, 2 August 1919.

46. While local papers did not cover the strike, former Chief Clerk at the Spelter site, A. B. Morrison states that Grasseli employees struck again in August 1920. Morrison, "Brief History Meadowbrok Plant," (unpublished paper, Spelter, West Virginia 20 February 1964), 5.

47. Gonzalez, "Talking Like My Grandmothers," 86.

48. Ibid, 69.

49. Ibid., 69-70.

50. "Wholesale Arrests Made of Alien Contract Laborers," *Clarksburg Daily Telegram* 26 March 1908.

War Labor Board, o Junta Nacional Laboral de Guerra, en 1918. Véase Melvyn Dubofsky's *Industrialism and the American Worker, 1865-1920*, NY: Thomas Y. Crowell Company, 1975.

39. "Sin cambios en la huelga de Grasselli," *Clarksburg Daily Telegram* 3 June 1919.

40. Esto fue cierto en particular en el período de posguerra, cuando fuerzas antisindicales tildaron a los sindicatos de "radicales" y "no americanos."

41. "Sin cambios en la huelga de Grasselli," *Clarksburg Daily Telegram* 3 junio 1919.

42. La influencia mutua de los fuertes movimientos sindicales y anarquistas en España y los movimientos sindicales en Virginia Occidental merece ser investigada más a fondo. Marcelino García, un activista del movimiento anarquista en España y editor de *Cultura Obrera* , una publicación anarquista española en E.E.U.U.,fue uno de los trabajadores españoles de la industria del zinc en Virgninia Occidental cuando era joven. Véase Paul Averich *Anarchist Voices: An Oral History of Anarchism in America*. (Princeton, NJ: Princeton University Press, 1995), 391.

43. Los trabajadores de la planta de Spelter habían organizado formalmente su sindicato el día anterior. "Trabajadores en huelga el la planta de Grasselli Chemical," *Clarksburg Daily Telegram*, 2 junio 1919.

44. El sindicato United Mine Workers of America abandonó su llamamiento nacional a la huelga cuando las autoridades federales ordenaron a los mineros que volvieran al trabajo en 1921, con derramamientos de sangre y la intervención de tropas federales. Véase David Alan Corbin, *Life, Work, and Rebellion in the Coal Fields: The Southern West Virginia Miners, 1880-1922*. Urbana: University of Illinois Press, 1981.

45. "Trabajadores de la industria química consiguen jornada de ocho horas," *Clarksburg Daily Telegram*, 2 agosto 1919.

46. Aunque los periódicos locales no cubrieron la huelga, el jefe de oficinas de la planta de Spelter, A.B. Morrison, declara que los empleados de Grasselli volvieron a la huelga en agosto de 1920. Morrison, "Brief History Meadowbrok Plant," (Sin publicar, Spelter, West Virginia 20 febrero 1964), 5.

47. Gonzalez, "Talking Like My Grandmothers," 86.

48. Ob.cit., 69.

49. Ob.cit., 69-70.

50. "Arrestos mayoritarios de trabajadores extranjeros," *Clarksburg Daily Telegram* 26 marzo 1908.

Pinnick Kinnick Hill
An American Story

With a Spanish Translation
Las colinas sueñan en español

Las colinas sueñan en español

Prólogo

Algo significativo o fuera de lo común le tiene que ocurrir a una persona durante los primeros años de su vida para que sea capaz de acordarse del momento exacto en que tomó conciencia de su existencia.

Me di cuenta de mi existencia cuando tenía cuatro años y ese primer día de conciencia por poco también es el último de mi vida.

Mi padre, Juan Villanueva, era el distribuidor de cerveza local. El 27 de mayo de 1913, casi todos los residentes españoles del pueblo de Coe's Run, en Virginia Occidental, estaban celebrando la Romería de San Juan, una celebración anual en honor de San Juan. También era el santo de mi padre y proveía la cerveza y los refrescos para la ocasión, invitando a todos, sobre todo a los que se llamaban Juan, a participar en las festividades. Cada familia traía comida.

Había un barril de 16 galones a presión para los que gustaban de cañas, y largas filas de botellines para los que preferían su cerveza fría. También había abundancia de refrescos y helados para las mujeres y los niños.

La gente cantó y bailó todo el día al son de las gaitas y de los acordeones. Cuando se paraba un instrumento, en seguida empezaba otro. Los hombres seguían el ritmo con chasquidos de dedos y las mujeres hacían sonar sus castañetas mientras bailaban la jota aragonesa con imprudente abandono. Mientras sonaba el acordeón, un hombre, con dos huesos de mandíbula de burro en cada mano, les hacía producir con destreza una melodía rítmica.

El sitio para esta celebración anual estaba cerca de la cumbre de la colina Pinnick Kinnick. El Pico Piquenique, como lo llamaban los españoles, está en la parte noreste del pueblo. En realidad es una montaña, uno de los picos más altos del condado de Hillsboro. Desde la cumbre de la colina Pinnick Kinnick, se puede ver todo el pueblo extendiéndose entre las carreteras de Clarkston y de Belleport.

Casi todos los hombres trabajaban en los hornos de fundición de la compañía química Crossetti. Cuando llegó el atardecer, reunieron a sus familias y emprendieron la vuelta a casa. Estaban todos cansados de haber bebido y bailado todo el día. Se oían despertadores sonando a las tres de la mañana, y a las cuatro los hombres tenían que estar listos para empezar a llenar las vagonetas de mineral de zinc.

Mi madre, Marilena, como la llamaba afectuosamente mi padre (su verdadero nombre era María Elena), me tenía de la mano cuando empezamos

Pinnick Kinnick Hill

Prologue

A significant or unusual event must happen to a person in the first years of his life to enable him to recall when he first became aware of his existence.

My first awareness came when I was four years old. That first day of realization was almost the last day of my life.

My father, Juan Villanueva, was the local beer distributor. On May 27, 1913, almost all of the Spanish residents of the village of Coe's Run, West Virginia, were celebrating at the Romeria de San Juan, an annual outing in honor of St. John. This was also my father's birthday, and he donated all the beer and soda pop for the occasion by inviting everyone, especially those named Juan, to participate in the festivities. Each family brought food.

There was a 16-gallon barrel of beer on tap for those who liked draught beer. Bottles of beer were kept iced in large wash tubs for those who preferred their lager cold. There was also plenty of pop and ice cream for the women and children.

As the day wore on, people sang and danced to the music of bagpipes or an accordion. When one instrument stopped, the other would take over. The men snapped their fingers and the ladies clickity-clacked the castanets as they danced "La Jota Aragonesa" with reckless abandon. When the accordion music was played, one of the men held two jawbones of an ass in each hand and with dexterity brought out of them a rhythmic melody.

The site for this annual event was near the summit of Pinnick Kinnick Hill. "El Pico Piquenique," as the Spanish people called it, is in the northeast part of the village. It is really a mountain, one of the highest peaks in the county of Hillsboro. Standing on the top of Pinnick Kinnick Hill, one can see the whole village stretched out along the Clarkston and Belleport Pikes.

Almost all of the men worked in the smelting furnaces of the Crossetti Chemical Company. When darkness approached, they gathered their families and started home. They were all tired from the day's drinking and dancing. Alarm clocks would ring at three o'clock in the morning, and by four the men would be ready to shovel the heavy zinc ore into the retorts.

Marilena, as my father affectionately called Mother (her real name was Maria Elena), was holding my hand as we started down the hill to go home. In her other arm, she carried one-year-old Jose. My two older brothers, Andres and Ernesto, stayed behind to help Father.

a bajar la colina para ir a casa. Con el otro brazo, llevaba a José que sólo tenía un año. Mis dos hermanos mayores, Andrés y Ernesto, se habían quedado con papá para ayudarle.

Mientras descendíamos el tortuoso camino, mi madre resbaló y me soltó. Como cualquier niño travieso de cuatro años, empecé a bajar la colina corriendo yo solito. Empezaba a oscurecer; tropecé contra una roca y me caí de cabeza cuesta abajo. Cuando me levanté, en ese momento algo comocionado, sentí un fluido caliente goteando sobre mi pierna izquierda. Y cuando me toqué debajo de la rodilla, me pareció que mis dedos recorrían el hueso al desnudo. La carne estaba separada del hueso desde la rodilla casi hasta el tobillo. No podía andar.

Mi tío Diego, que estaba justo detrás de mamá, me cogió en brazos y me llevó a casa. Su camisa estaba teñida de sangre. Supongo que perdí el concimiento, ya que sólo me acuerdo de lo pegajoso que resultaba aquel fluido que me corría por la pierna y nada más.

Me dijeron que aquel día fatídico San Juan estaba conmigo. Si el doctor Applewhyte no hubiera estado en casa cuando Andrés corrió lo más rápidamente posible a buscarle, me hubiera desangrado.

Al día siguiente, todos en el pueblo de Crossetti, como lo empezaban a llamar entre ellos sus habitantes, se enteraron de que el doctor Manzanas (apodado así por la primera parte de su apellido, apple) me había salvado la vida.

Mi pierna tardó varios meses en curarse. Mi herida había sido causada por un trozo de cristal proveniente de una botella de cerveza plantado en el suelo. El doctor Applewhyte me había administrado un sedante, había limpiado la llaga y la había cosido desde el tobillo hasta debajo de la rodilla izquierda. Todavía hoy en día se puede ver la cicatriz, rosada y sin pelo, de una pulgada de ancho y siete de largo.

Capítulo 1

Mis abuelos por el lado paterno, Justo y Josefa Villanueva, vivían en un pequeño pueblo de pescadores que se llamaba Villanueva por el nombre de mi bisabuelo. Justo y Josefa tuvieron cuatro hijos, David, Emilio, Juan y Diego. David y Emilio se ocupaban de pescar en el golfo de Vizcaya con el abuelo, y Juan y Diego ayudaban a su madre a preparar el pescado que llegaba para el mercado. David y Emilio no tardaron en casarse con las muchachas de Martínez, Clotilda y Carola. Continuaron sus pescas con su padre que les hizo socios del negocio. Juan ya era lo suficientemente mayor para subirse a los barcos de pesca con ellos mientras que Diego, Clotilda y Carola trabajaban con Josefa para preparar la presa del día en vista del día de mercado.

Cuando había mucha presa, Diego cargaba una ancha cesta de cada lado de Loco, el burro, y Clotilda y Carola andaban detrás, cada una con una cesta llena de pescado en equilibrio sobre su cabeza. El mercado quedaba a casi un kilómetro pero nunca tocaban las cestas hasta haber llegado.

As we were going down the crooked path, Mother slipped and let go of me. Like any lively four-year old would do, I started to run down the hill by myself. By now it was getting dark. I tripped on a rock and sprawled headfirst down the steep slope. When I got up, momentarily stunned, there was a warm trickle of fluid running down my left leg. As my hand reached below my knee, my fingers seemed to go along bare bone. Flesh had been separated from bone from my knee almost to my ankle. I couldn't walk.

My uncle Diego, who was just behind Mother, caught me up in his arms and carried me into the house. His shirt was stained with my blood. I must have fainted, for the only thing I remember was the stickiness of the warm fluid running down my leg and nothing else.

I was told San Juan was with me on this fateful day. If Doctor Applewhyte had not been home when Andres ran as fast as he could to his house, I would have bled to death.

The next day, everyone in the village of Crossetti, as the townspeople were unofficially beginning to call the place, knew that El Doctor Manzanas (so nicknamed because of the first part of his surname, 'apple') had saved my life.

It took several months for my leg to heal. My injury had been caused by the jagged glass of a broken beer bottle sticking out of the ground. Doctor Applewhyte had given me a sedative, cleansed the wound and then stitched my leg from the ankle to just below the left knee. To this day, the one-inch wide and seven-inch long scar, pink and hairless, remains.

Chapter One

My paternal grandparents, Justo and Josefa Villanueva, lived in a small fishing village named Villanueva after my great grandfather. Justo and Josefa had four sons, David, Emilio, Juan and Diego. David and Emilio were active with grandfather in fishing on the Bay of Biscay, while Juan and Diego would help their mother prepare the fish for market when it was brought in. Before long, David and Emilio were married to the Martinez girls, Clotilda and Carolo. They continued their fishing expeditions with their father on a partnership basis. Eventually Juan grew old enough to go on the fishing boats with them while Diego, Clotilda and Carola worked along with Josefa to ready the catch for the market day.

When the catch was heavy, Diego would load one large basket on each side of Loco, the burro, and Clotilda and Carola would walk behind, each balancing a basket full of fish on her head. The market was almost a kilometer away, and they would never touch their baskets until they arrived.

In the months of December, January, February and March, the boys attended the village school that was maintained by monies collected from each household that had school-age children. Don Simon, the teacher, had gone to the University of Valladolid. He was about thirty when my father started school

Durante los meses de diciembre, enero, febrero y marzo, los chicos iban a la escuela del pueblo, subvencionada por donaciones de cada familia con niños en edad de ir a la escuela. Don Simón, el maestro, había estudiado en la universidad de Valladolid. Tenía aproximadamente unos treinta años cuando mi padre empezó a estudiar a los siete años. Fue él quien le ayudó a mi padre a desarrollar su talento de orador y suscitó en él un deseo de aventuras por tierras lejanas.

Cuando mi padre cumplió catorce años, conoció al hombre que le iba a ayudar a que sus ambiciones se hicieran realidad. Era un domingo por la tarde y mi padre y un grupo de chicos habían ido a ver un partido de fútbol en La Arena. El hombre, que se llamaba Nicolás Artímez, miró a los chicos unos momentos, antes de hacerle una seña a Juan Villanueva.

"¿Qué te parecería trabajar conmigo sobre el carguero La Mariposa?" le preguntó.

"Deme más detalles" respondió mi padre, los ojos abiertos de par en par.

"Pues bien – empezó el hombre – soy el cocinero a bordo y necesito un ayudante. Zarpamos regularmente desde el puerto El Musel hacia Liverpool, en Inglaterra. La paga no es muy alta, pero con el tiempo puedes llegar a ser navegante mercader y ganar unas buenas pesetas."

Era todo lo que necesitaba oir el joven Juan. Fue a ver a su padre y le imploró: "Padre, por Dios, déjeme trabajar en La Mariposa. Ahorraré el dinero y se lo daré cuando vuelva a casa de visita."

"Vé con Dios hijo mío – respondió su padre – y no te preocupes en traerme tus ahorros. Quien sabe, un día puede que tengas que pagar tu pasaje para ir a America."

Juan se despidió de su madre, de sus hermanos y de sus cuñadas, y salió para Gijón.

Se emocionó mucho cuando el barco pasó las costas rocosas y accidentadas del Cabo de Peñas en el golfo de Vizcaya. En más de una ocasión, había mirado los barcos alejarse en el distante horizonte, soñando que algún día viajaría a bordo de uno de ellos.

A Nicolás Artímez en seguida le gustó Juan. El padre de Nicolás era el cocinero del hotel más grande de Oviedo. En cuanto Nicolás fue lo suficiente mayor para lavar los platos y los cazos, empezó a trabajar en la misma cocina, mirando y aprendiendo todo lo que podía del chef. Cuando tuvo la oportunidad de servir como cocinero sobre este carguero, la tomó de inmediato. El también quería ir a vivir a los Estados Unidos de America. Había hoteles donde a los chefs "extranjeros" se les pagaban salarios fabulosos.

La Mariposa estaba cargada de barricas de vino, barriles de olivas, latas de aceite de oliva, cajones de pescado salado y cajas de cargamentos diversos. Los vientos durante la travesía fueron fuertes, haciendo que olas enormes lavaran el puente y sacudieran el barco. Cuando el barco llegó a Liverpool, Juan se quedó admirado de no haberse mareado.

La Mariposa hizo varios viajes entre El Musel y Liverpool durante los tres años que estuvo Juan entre la tripulación. Cuando estaba de permiso en

at the age of seven. He was responsible for imbuing in my father a flair for public speaking and instilling in him a desire of adventure in distant lands.

When my father turned fourteen, he met the man who was to help him realize his ambitions. It was on a Sunday afternoon. My father and a group of boys had gone to see a soccer game in La Arena. The man, whose name was Nicolas Artimez, eyed the boys for a few moments, then beckoned to Juan Villanueva.

"How would you like to work with me on the freighter La Mariposa?" he asked.

"Tell me more about it," answered my father, his eyes widening.

"Pues bien," the man began. "I am the cook and I need a helper. We sail regularly from the Port of El Musel to Liverpool, England. The pay isn't too high, but as time goes on you can become a merchant seaman and make quite a few pesetas."

That was all young Juan needed to hear. He went to his father and implored, "Padre, por Dios, let me work on La Mariposa. I'll save my money and give it to you when I come home for visits."

"Vaya con Dios, hijo," replied his father. "And don't worry about bringing the savings to me. Who knows, some day you may pay your own way to America."

Juan bade goodbye to his mother and brothers and their wives, and was off to Gijon.

His biggest thrill aboard ship was when it sailed past the rocky, rugged coast of Cabo de Penas on the Bay of Biscay. Many a day he had watched ships going toward the distant horizon and dreamed of someday being on board one.

Nicolas Artimez had taken an immediate liking to Juan. His father was a cook in the largest hotel in Oviedo. From the time he was old enough to wash pots and pans, he had worked in the same kitchen watching and learning all he could from the master chef. When he was given the opportunity to be the chief cook on this freighter, he jumped at it. He, too, wanted to go to live in the United States of America. There were hotels where "foreign" chefs were being paid fabulous salaries.

La Mariposa was laden with casks of wine, barrels of olives, cans of olive oil, crates of salted fish and boxes of miscellaneous cargo. The winds during the passage had been strong, causing enormous waves to wash the decks and rock the ship. When the ship reached Liverpool, Juan was surprised he hadn't gotten seasick.

La Mariposa made numerous crossings between El Musel and Liverpool during the three years Juan served as a crew member. When on shore leave in Liverpool, my father would buy English language tabloids and newspapers, and while resting aboard ship, he would peruse them from the first to the last pages. He also spent a good deal of time in the library, looking at maps of the world, especially of the United States. He would sit on a park bench and strike up conversations with men, women and children, learning English with a British accent.

As the Mariposa lay at berth, the sailors would gather around Juan and listen to him read from the English tabloids as if he were reading from a Spanish

Liverpool, mi padre compraba prensa amarilla y periódicos en inglés, y cuando descansaba a bordo del barco, los recorría de la primera hasta la última página. También pasó mucho tiempo en la biblioteca, mirando mapas del mundo, en particular de los Estados Unidos. Se sentaba en un banco en el parque y entablaba conversaciones con hombres, mujeres y niños, aprendiendo el inglés con acento británico.

Cuando "La Mariposa" estaba al pairo, los marineros se juntaban alrededor de Juan y le escuchaban leer la prensa amarilla inglesa como si leyera un periódico en lengua española. Al cabo de tres años, podía leer, conversar, traducir e interpretar de corrido.

La Mariposa estaba a mitad de camino entre Inglaterra y España cuando murió la madre de Juan. Al día siguiente, mientras la tripulación estaba ocupada sobre el carguero después de acostar, el capitán Tomás fue a la oficina de la dirección fronteriza. Volvió a donde Juan, Antón, Alejandro y Gabriel estaban ordenando los paquetes. En su mano llevaba una carta bordada de negro. Juan conocía el significado de este tipo de misivas. Cuando le llamó el capitán, un escalofrío le recorrió todo el cuerpo.

La madre de Juan, Josefa, había muerto. Murió de una muerte heroica, salvando a su hermana que se estaba ahogando y perdiendo su propia vida durante el rescate. Ocurrió un día cálido de verano en la playa de Salinas, donde Josefa, Clotilda, Carola y Mariana, la tía de Juan, habían ido a disfrutar del tiempo. Después de quitarse los zapatos, se metieron en el agua por un lado alejado de donde se bañaba la gente, más allá del límite permitido a los bañistas. Mariana se subió a una roca, resbaló y se cayó al agua donde le cubría. Intentando mantenerse a flote, gritó. Cuando Josefa se dio cuenta de que su hermana estaba en peligro, se metió corriendo en el agua y la agarró mientras emergía por segunda vez. Con un potente empujón, impulsó a su hermana hacia la roca. Mientras lo hacía, sin embargo, quedó atrapada en una corriente submarina que la arrastró hacia el fondo.

Desapareció. Varios hombres nadaron durante horas intentando encontrar su cuerpo. Finalmente, agotados, abandonaron. Nunca apareció el cadáver.

Juan, que tenía entonces diecisiete años, decidió dejar el mar y volver a casa. El capitán Gómez intentó por todos los medios convencerle para que se quedara. Pero cuando se dio cuenta de que todo esfuerzo era inútil, al capitán no le quedó más remedio que estrecharle la mano y decirle adiós.

Cuando Juan volvió a Villanueva, no se pudo resignar a la pérdida de su madre. No podía evitar pensar en aquella dulce, alta y robusta mujer que había dado al mundo cuatro hijos fuertes. No había tenido comadrona que le ayudara a dar a luz a sus hijos. Había disfrutado de la vida y todo el pueblo la quería porque siempre se había preocupado de los enfermos y necesitados de la comunidad.

La mujer de David, Clotilda, tuvo mellizos, un niña y una niño. Se les bautizó en la pequeña iglesia católica de San Gabriel, con los nombres de Julián y Juliana. Pero desde aquel día, se les conoció como Lano y Lana, siguiendo la tradición de ponerles diminutivos a todos.

language paper. After three years had gone by, he could read, converse, translate and interpret with a high degree of fluency.

The Mariposa was halfway between England and Spain when Juan's mother died. The following day, while the crew was busy on the freighter after it docked, Captain Tomas Gomez went to the customs office. He returned to where Juan, Anton, Alejandro and Gabriel were sorting packages. In his hand was a letter with a black border. Juan knew the significance of such a missive. When the captain called him, a quiver went through his body.

Juan's mother, Josefa, was dead. She had died a heroic death by saving her sister from drowning and giving up her own life during the rescue. It happened on a hot summer day on the Playa de Salinas beach, where Josefa, Clotilda, Carola and Juan's aunt Mariana had gone to enjoy the weather. After taking their shoes off, Mariana and the two younger women waded in the water on the far side of the swimming area, which was off limits to swimmers. Mariana stepped on a boulder, slipped and fell into water over her head. Bobbing to the surface, she screamed. When Josefa realized that her sister was in trouble, she ran into the water and grabbed her as she emerged a second time. With a mighty shove, she pushed her sister to the boulder. As she did so, however, the undercurrent grabbed her, pulling her below the surface.

She disappeared. Several men swam around for hours in an effort to locate her body. Finally, exhausted, they gave up. Her body was never found.

Juan, now seventeen, decided to quit the sea and return home. Captain Gomez tried his best to persuade him to stay on. But when he realized such an effort would be futile, the captain reluctantly grasped Juan's hand and bade him goodbye.

When Juan returned to Villanueva, he couldn't resign himself to the loss of his mother. He couldn't help thinking of the kind, tall, robust woman who had borne four husky sons into the world. She'd had no mid-wife to help in the delivery of her children. She had enjoyed life and was loved by everyone in the village because of her concern for the sick and ailing of the community.

David's wife, Clotilda, gave birth to twins, a boy and a girl. They were baptized in the little Catholic Church of San Gabriel and given the names Julian and Juliana. But from this day on, they would be known as Lano and Lana, in the Spanish tradition of nicknaming everyone.

One week after the twins were born, Carola brought Leonora into the world. After her baptism, she became Nora, again bending to the nicknaming custom.

One weekend, Juan and several youths decided to hike to Oviedo to see the bull fights. It was a long distance to walk, so they started out in the wee hours of the morning. They took along bread, cheese and a couple of *botas* of wine. They made it to the capital city of Asturias with time to spare. They went to the park on the city square to watch the promenaders. As they sat on a bench enjoying the sight of pretty girls and handsome young men, a stranger sat beside them. He wanted to know their ages and where they were from.

"Would one of you be willing to take a young man's place in the military service?" he asked.

Una semana después de que nacieran los gemelos, Carola dio luz a Leonora. Después del bautizo, se la llamó Nora, de nuevo siguiendo la costumbre de los diminutivos.

Un fin de semana, Juan y varios jóvenes decidieron ir hasta Oviedo para ver las corridas de toros. Como estaba lejos, salieron muy temprano. Llevaban pan, queso y dos botas de vino y llegaron a la capital de Asturias con tiempo de sobra. Fueron al parque de la plaza para mirar a la gente. Mientras estaban sentados en un banco disfrutando de la vista de chicas bonitas y de jóvenes apuestos, un desconocido se sentó a su lado. Quería saber su edad y de dónde eran.

"¿Estaría dispuesto uno de vosotros a sustituir a un joven en el servicio militar?"

El reclutamiento tenía lugar en el centro administrativo de la provincia, para los que habían cumplido dieciocho años en los últimos tres meses. Se llevaba bajo la forma de una lotería. Se establecía una cuota para cada provincia y se sacaban pequeñas bolas de un bombo. Las bolas eran blancas o negras. Si veinte personas tenían que acudir al servicio militar, se hacía un sorteo hasta que veinte personas hubieran sacado una bola negra. Los que sacaban la bola blanca eran eximidos de servicio militar. El período de servicio para los que les tocaba podía llevarlos a Africa del norte, Puerto Rico o Las Filipinas, con la obligación de servir al rey durante dos años – o incluso más en caso de guerra.

Por una cantidad determinada de pesetas, un quinto podía rescatarse del servicio militar, pero tenía que encontrar a una persona dispuesta a ocupar su sitio, y eso le costaba más pesetas. El dinero era un aliciente que llevaba a muchos jóvenes a aceptar la oferta.

El hombre sentado al lado de Juan y de sus amigos era un abogado que representaba al presidente de un banco a cuyo hijo le había tocado la bola negra. El presidente del banco estaba dispuesto a pagar el doble del precio acostumbrado para librar a su hijo del ejército. Juan le dijo a aquel hombre que estaba interesado. Se lo pensaría seriamente durante la corrida y se encontraría después con el abogado en el mismo banco para informarle de su decisión.

Aunque Juan pudiera apreciar a los banderilleros que evitaban con elegantes pasos la carga del toro, no solía gustarle este deporte español de fanáticos, y menos aún en aquella ocasión mientras contemplaba su futuro. Sentado en el telón de sombra, decidió no darle más vueltas y aceptar el dinero para sustituir al hijo del banquero. Pondría el dinero en un banco para ir acumulando intereses hasta que quedara libre de sus obligaciones militares. Añadiría sus otros ahorros a esa cantidad, viviendo solamente de lo que le daría el ejercito.

Dos semanas más tarde, estaba de nuevo a bordo de un barco, esta vez un buque de transporte de tropas que le llevó a Ceuta, al sitio de la antigua Abyla, la columna de Hércules más al sur de Africa del norte.

Aunque Juan no lo supiera, Nicolás Artímez había dejado su trabajo como jefe cocinero a bordo del Mariposa y le habían convencido para que aceptara el puesto de cocinero civil de la guarnición de Ceuta. Imagínense la sorpresa de Juan cuando oyó una voz conocida gritar: "¡Juanito!"

Cuando el coronel Pelaez se enteró que Juan había sido el ayudante de Artímez a bordo del carguero, le puso a trabajar con su viejo amigo en el comedor

A military draft was held in the *concejo*, the county seat of a province, for those who had attained the age of eighteen during the previous three months. It was conducted in the form of a lottery. A quota was set for the county, and little round pellets were drawn from a container. The pellets were black or white. If twenty persons were to be drafted, there would be a drawing until that many persons had drawn a *bola negra*, or black pellet. Those drawing *la bola blanca*, the white pellet, would be exempt from the military service. The tour of duty for the draftees might take them to North Africa, Puerto Rico, Cuba or the Philippines. They would be obliged to serve the king for two years—and more if there was a war.

For a specified number of pesetas, a draftee could buy himself out of military service. He had to find a person willing to take his place, however, and this would cost additional pesetas. Money was an inducement that motivated many a young man to take the offer.

The man sitting beside Juan and his friends was an *abogado* representing the president of a bank whose son had drawn *la bola negra*. The bank president was willing to pay twice the going rate to keep his son out of the army. Juan told the man he would be interested. He would give it serious thought during the bullfights, and he would see the lawyer on the same bench afterwards to give him his decision.

While Juan enjoyed the *banderilleros* evading, with fancy steps, the on-rushing bulls, he didn't care too much for this fanatic Spanish sport, especially as he sat contemplating his future. Sitting on the shady side of the arena, he decided he would accept the money to substitute for the banker's son. He would place the money in the bank to draw interest until his discharge from the service. He would add his other savings to this amount and live only on what the army provided him.

Two weeks later, Juan was again on a ship, this time a military troop ship that took him to Ceuta, on the site of ancient Abyla, the southern pillar of Hercules in North Africa.

Although Juan didn't know it, Nicolas Artimez had quit his job as chief cook on the Mariposa and had been lured to accept the job as the civilian chef of the military garrison in Ceuta. Imagine Juan's surprise when he heard a familiar voice shout: "Juanito!"

After Colonel Pelaez learned that Juan had been Artimez's helper on the ship, he assigned him to work in the officers' mess with his old friend. The colonel enjoyed good food, and Artimez knew how to improvise to enhance the quality and quantity of the menus he prepared.

One of Artimez's innovations was a dish he called *Calgato*. Juan had relished eating it many times on the Mariposa, and it was a favorite of all crew members. It contained meat, tomatoes, peas and potatoes and was flavored with a little garlic, salt, bay leaves and *vino de la vasa*. It was always cooked in a huge iron kettle, and not a drop would be left, as the crew members kept asking for seconds until it was gone.

de los oficiales. El coronel gustaba de buena comida, y Artímez sabía cómo improvisar para mejorar la calidad y la cantidad de los menús que preparaba.

Una de las inovaciones de Artímez era un plato que llamaba Calgato. Juan lo había comido muchas veces a bordo del Mariposa, y era uno de los favoritos entre la tripulación. Contenía carne, tomates, guisantes y patatas, y estaba aromatizado con un poco de ajo, sal, laurel y vino "de la vasa." Siempre se cocía en un pote enorme de hierro, y nunca quedaba nada, ya que los miembros de la tripulación repetían hasta que se acabara.

Unos decían que sabía a ternera, otros pensaban que era ardilla. A otros, no les importaba lo que era. Para ellos, aquello estaba delicioso.

Juan se había enterado de cual era el ingrediente secreto del Calgato cuando trabajaba con Nicolás a bordo del Mariposa. Mientras el buque estaba amarrado en El Musel, solía venir un hombre con un pesado saco de lona al hombro. Recibía dinero del cocinero y luego se marchaba. Esto ocurría más o menos una vez al mes. Un día, recién llegados al puerto, Juan y su amigo Gabriel decidieron ir a Gijón para divertirse un poco en la ciudad. Estaban sentados sobre un banco del parque japonés cuando vieron que se acercaba un hombre. Tenía un gato grande debajo del brazo. No le prestaron atención. Poco después, el hombre volvió con las manos vacías.

Treinta minutos más tarde, el mismo hombre volvió a aparecer, caminando hacia ellos con otro gato debajo del brazo. Siguieron sin prestarle atención porque ese gato se parecía mucho al que el hombre llevaba antes en sus brazos. Pensaron que a lo mejor se le había escapado y que el hombre lo había vuelto a coger.

Cuando el Mariposa volvió a su puerto, le trajeron de nuevo a Nicolás, aún en el barco, un saco de lona. Estaba dándole dinero al que había traído el saco cuando Juan lo reconoció: era el hombre del gato de Gijón. Juan notó la mirada furtiva que le echaba Artímez mientras se iba hacia la cocina con el pesado saco al hombro.

Aquella noche, mientras Nicolás estaba tumbado en su camastro, Juan se deslizó silenciosamente hasta la cocina. Vio una ancha palangana debajo de la mesa que servía de tabla. Estaba cubierta con un trapo blanco y limpio. Juan miró en el cazo. Lleno de agua, olía a vinagre, y vio huellas de sangre en el agua. Miró de más cerca y vio tres animales sin cabeza, despellejados, que parecían conejos dispuestos para ser cocinados. Pero sabía que no eran conejos.

Desde entonces, Juan siempre preparó su propia comida cuando Calgato era el plato principal.

José María y Ángel Castillo llegaron a Ceuta en el mismo barco que Juan. Eran del pueblo de Piedras Blancas en el consejo de Castrillón, en Asturias. Eran mellizos, y uno de ellos era un poco más grande y el otro un poco más fuerte. Eran buena gente y no tardaron en hacerse buenos amigos de Juan y de Nicolás.

El padre de los chicos era un constructor de casas, pero la situación de la industria de la construcción estaba casi estancada. Se podía decir lo mismo de la industria minera. En cuanto abrían una mina, cerraban otra. Los mineros se

Some said the meat tasted like veal, others thought it was squirrel. Others didn't care what it was. To them, it was simply delicious.

Juan had learned the secret ingredient of *Calgato* when he worked with Nicolas on the Mariposa. While the ship was docked at El Musel, a man would come aboard with a heavy canvas bag slung over his shoulder. He would receive money from the cook, then leave. This happened about once every month. One day, shortly after arriving in port, Juan and his friend Gabriel decided to go to Gijon for some recreation in the city. They were sitting on a bench near the Parque Japones when they saw a man walking toward them. He had a large brown cat under his arm. They thought nothing of it. Soon the man returned empty handed.

Thirty minutes later, the same man appeared, walking toward them with another cat under his arm. Still they thought nothing of it because the cat looked like the same cat the man had been carrying earlier. Perhaps it had escaped and the man had found it, they thought.

When the Mariposa next returned to home base, Nicolas again received a canvas bag brought to the ship. He was handing out pesetas to the bag bearer when Juan recognized him: he was the man with the cat in Gijon. Juan marked the furtive look Artimez gave him as he hurried to the galley with the heavy sack slung over his shoulder.

That evening, as Nicolas lay on his bunk, Juan slipped quietly into the kitchen. He noticed a large basin under the table that served as a meat block. It was covered with a clean white cloth. Juan looked in the pan. Filled with water, it smelled vinegary, and he saw in the water traces of blood. Upon taking a closer look, he saw three headless, skinned animals, looking very much like dressed rabbits. But he knew they weren't rabbits.

Forever after, Juan made his own meal when Calgato was the main course.

Jose Maria and Angel Castillo arrived in Ceuta on the same ship as Juan. They were from the town of Piedras Blancas in the Concejo de Castrillon, Asturias. They were fraternal twins, and one was a little taller and the other a little heavier. They were very likeable chaps and soon became very good friends with Juan and Nicolas.

The boys' father was a building contractor. Conditions in the building industry, however, were virtually at a halt. The same was true of the mining industry. As soon as one mine resumed operations, another shut down. The miners were beginning to organize into labor unions. By staggering the closings and openings, the owners hoped to break the men's desire to organize. Other industries were hard hit because of the weakening economic condition of the Spanish peseta in the world market. Spanish money was being poured into Cuba, Puerto Rico, Central America and the Philippines. War with the United States was imminent. Then it happened—the Spanish-American War in February of 1898!

The sinking of the Maine in Havana Harbor by the Spaniards in Cuba brought quick retaliation by the Americans. It happened a little over a month after the Battle of Manila Bay in which the Spaniards lost the battleships Reina

estaban empezando a organizar en sindicatos. Alternando los cierres y las aperturas, los propietarios esperaban desanimar a los obreros para que se les pasasen las ganas de organizarse. Otras industrias también sufrían de la creciente debilidad económica de la peseta en el mercado mundial. Se gastaban grandes cantidades de dinero con Cuba, Puerto Rico, Centroamérica y las Filipinas. La guerra con los Estados Unidos era inminente. Y ocurrió – la guerra entre España y los Estados Unidos en febrero del 98.

El hundimiento del Maine en el puerto de La Habana por los españoles en Cuba provocó una rápida reacción por parte de los Estados Unidos. Ocurrió un poco más de un mes después de la batalla de la bahía de Manila, donde los españoles perdieron sus buques de guerra Reina Cristina y Castilla, los cruceros Isla de Cuba e Isla de Luzón y varios barcos artilleros. En la batalla de Santiago de Cuba, el María Teresa, el Almirante Oquedo y el Vizcaya fueron incendiados y llevados a tierra, mientras que el crucero Cristobal Colón estaba encallado en la boca del río Turquino. Más de 350 hombres murieron sirviendo a bordo de esos barcos durante la batalla de la bahía de Santiago, el 3 de julio de 1898.

Juan y los hermanos Castillo estaban en estado de alerta, preparados a que les mandasen a Cuba cuando de repente la guerra acabó. Ahora que los españoles habían sido derrotados en todos los frentes, mandaron a todos los que estaban estacionados en Ceuta a casa, una vez concluídos sus dos años de servicio.

Tras haber dejado el servicio militar, Juan y los Castillo se reunieron en Avilés. Se encontraron una tarde en el café Colón, un sitio popular de reunión, en la plaza , frente al parque de San Martín. Juan había alquilado una habitación en la fonda de La Serrana. Pensaba quedarse allí una semana, quizás dos. Mientras tanto, pensaría muy seriamente en su futuro.

Los tres jóvenes estaban sentados en la terraza de un café al aire libre, sorbiendo vermús con sifón y una cascarilla de limón, la bebida favorita de Juan, y charlaban acerca de sus experiencias en el norte de Africa.

Los mellizos invitarona Juan a cenar con ellos. Le querían presentar a sus padres y a sus cuatro hermanas que vivían en casa. Tenían otra hermana que vivía en la Nueva Orleans, en Luisiana, donde su marido, hijo de un antiguo habitante de Naveces, había hecho fortuna con un negocio de ferretería. Se sentían orgullosos al hablarle de su hermana a Juan, porque estaba casada con un americano. Su marido, Manuel Covarrubia, había nacido en América y sus descendientes serían automáticamente ciudadanos americanos.

Cuando llegaron a la casa de los Castillo, las chicas no estaban. Habían ido a la iglesia de San Román en Naveces para prepararse en vista de la boda de Delfina, la segunda hija, que se iba a casar ese domingo con un guardia civil de Oviedo. Ella y Domingo Domínguez se habían conocido y enamorado el año anterior cuando le habían mandado a él, junto con otros oficiales de tricornio, a proteger a grupos de esquiroles que habían cruzado los piquetes de huelga para entrar en las minas paralizadas por el conflicto laboral.

El señor Castillo se había opuesto terminantemente a que su hija anduviera con este tipo de persona. Protestó de manera vehemente, pero Delfina siguió viendo a Domingo en secreto. Cuando Domingo volvió a Oviedo, los Castillo

Cristina and the Castilla, the cruisers Isla de Cuba and Isla de Luzon and several gunboats. In the Battle of Santiago de Cuba, the Maria Teresa, Almirante Oquedo and Vizcaya were set afire and run aground while the cruiser Cristobal Colon was beached at the mouth of Rio Turquino. More than 350 men died while serving on these ships during the Battle of Santiago Bay on July 3, 1898.

Juan and the Castillo twins were on alert status, ready to be sent to Cuba, when the war came to an abrupt end. Now that the Spaniards had been defeated on all points by the Americans, all those stationed in Ceuta were to be sent home when their two years of service was over.

After their separation from the service, Juan and the Castillos were reunited in Aviles. They met one afternoon at the Cafe Colon, a favorite gathering place on the square facing El Parque San Martin. Juan had rented a room at the Fonda de la Serrana. He thought he might stay a week, or perhaps two, in the area. In the meantime, he would give a lot of thought to his future.

The three young men sat at the table of the sidewalk cafe sipping vermouth *con sifon y una cascarilla de limon,* Juan's favorite drink, and chatted about their experiences in North Africa.

The twins invited Juan to have dinner with them. They wanted to introduce him to their parents and their four sisters who were living at home. They had another sister living in New Orleans, Louisiana, where her husband, the son of a former resident of Naveces, had made a fortune in the hardware business. They felt proud telling Juan about their sister because she was married to an American. Her husband, Manual Covarrubia, was born in America, and their offspring would automatically become American citizens.

When they arrived at the Castillo home, the girls were nowhere to be seen. They had gone to the Church of San Roman in Naveces to practice for the wedding of Delfina, the second oldest girl, who on Sunday was going to be married to a Guardia Civil from Oviedo. She and Domingo Dominguez had met and fallen in love the previous year when he, along with several other "tri-corner hatted" officers, were sent to the area to protect groups of strike breakers who had crossed picket lines to enter mines idled because of labor strife.

Señor Castillo had been bitterly opposed to his daughter associating with this kind of person. He objected vehemently, but Delfina continued to meet Domingo secretly. When Domingo returned to Oviedo, the Castillos thought this would mark the end of what they thought of as their daughter's temporary infatuation. They were wrong.

As soon as the young man returned home, letters to Delfina arrived two to three times a week. Her parents never saw her reply, but somehow she managed to send messages off to him. Domingo proposed by letter and was accepted the same way. Although the distance from Oviedo to Piedras Blancas was not far, the lovers had not seen each other for more than eighteen months and would not meet again until their wedding day. Immediately after the ceremony, there would be a wedding breakfast at the Castillos', then the newlyweds would depart for Oviedo. Domingo had an apartment ready for them.

pensaron que eso significaría el final de lo que les parecía un capricho pasajero de su hija. Estaban equivocados.

En cuanto el joven volvió a casa, le empezaron a llegar cartas a Delfina. Sus padres nunca la vieron responder a ella, pero se las arregló de alguna manera para mandarle mensajes. Domingo le propuso el matrimonio por carta y ella aceptó de la misma manera. Aunque no hubiera mucha distancia entre Oviedo y Piedras Blancas, los amantes no se habían visto en más de dieciocho meses y no se encontrarían hasta el día de la boda. Inmediatamente después de la ceremonia, estaba planeada una comida en la casa de los Castillo, tras la cual los novios saldrían para Oviedo. Domingo ya tenía un apartamento preparado.

Domingo Domínguez era lo suficientemente inteligente para saber que no le convenía quedarse en Avilés. Si los hombres se hubieran enterado de dónde estaba, hubieran celebrado su boda con el típico jaleo. Y ¿quien sabe? Puede que sus rifles no estuvieran sólo cargados con blancos.

Ya que las chicas no volverían a casa en varias horas, Juan volvió a su habitación en Serrana.

A la mañana siguiente, estaban Juan y los mellizos sorbiendo vermús en el café Colón cuando empezaron a llegar grupos de chicos y chicas de todas las direcciones para empezar a pasear. Juan se quedó mirando a tres muchachas; ellas cruzaron la calle y se les acercaron. Llevaban largos vestidos de colores vivos y mantillas de encaje sobre los hombros. Tenían el pelo recogido con grandes peinetas y hablaban con animación. Se pararon de repente para saludar a los hermanos Castillo. Eran sus hermanas, Benigna, Amelia y María Elena. Ángel les presentó Juan, y este le dio la mano a Benigna, y luego a Amelia. Cuando cogió la mano de María Elena y la miró a los ojos, algo ocurrió: su corazón dio un brinco.

Tras un intercambio de cumplidos, las chicas empezaron a pasear por el parque. Daban lentamente la vuelta al parque en contra del sentido de las agujas del reloj, los hombres andaban en sentido contrario y echaban piropos y esperaban miradas de aprobación o de desaprobación por parte de la que los recibía. Antes de que una chica le diera a un chico la señal para que se diera la vuelta y siguiera andando al lado suyo, esperaba una señal de aprobación por parte de una o más de sus acompañantes. Esto se hacía con un movimiento de abanico, una mirada de soslayo o cualquier tipo de señal convenida.

Mi padre era, en aquel tiempo, un hombre de veintiún años, medía un metro ochenta y pesaba 90 kilos. Tenía el bigote castaño, y también el pelo que dejaba sin peinar y sin raya. Llevaba a la cintura una faja verde claro que le iba bien a sus ojos castaños. No estaba cerrado el último botón de su camisa de seda blanca y llevaba un par de alpargatas nuevas, esas zapatillas hechas de cáñamo confortables y duraderas para el buen tiempo, con suela de cuerda, muy populares entre la gente de todas las edades.

Los mellizos le animaron a Juan a juntarse al paseo. Juan conocía el ritual, claro, y no podía olvidarse de la imagen de María Elena. Decidido a participar, echó a andar hasta que las hermanas Castillo estuvieran a la vista. Amelia buscaba

Domingo Dominguez knew better than to stay near Aviles. If the men knew where he was, they might celebrate his upcoming wedding with the traditional *charivari*. And, who knows, but live shells might have been in their guns.

Because the girls wouldn't be home for several hours, Juan returned to his room at the Serrana.

The next evening, Juan and the twins were sipping their vermouth in the Café Colon when droves of young men and women began streaming into the park from all directions to participate in a promenade. Juan was watching three young ladies; they crossed the street and came toward him. They were wearing long colorful dresses and lace mantillas draped around their shoulders. Their hair was kept in place by large combs and they were talking animatedly. They stopped suddenly to greet the Castillo twins. They were their sisters, Benigna, Amelia and Maria Elena. Angel introduced them to Juan, and he shook Benigna's hand, then Amelia's. When he took Maria Elena's hand and looked into her eyes, something happened: his heart skipped a beat.

After an exchange of pleasantries, the girls walked to the park to begin the promenade. They walked leisurely around the park in a counterclockwise direction; in a clockwise direction, the men walked and made flattering remarks and waited for glances of approval or disapproval from their counterparts. Before a girl gave a boy the sign for him to turn and walk along beside her, she waited for an approving signal from one or more of her chaperones. This was done by the wave of a fan, the glance of an eye or by whatever signal had been decided on in advance.

My father was, by this time, a man of twenty-one, five feet ten inches tall and 185 pounds. He had a reddish-brown moustache and reddish-brown hair, which he left tousled rather than combed down or parted. Around his waist was a light green *faja*, which matched his hazel eyes. His white silk shirt was open at the neck, and he was wearing a new pair of green cloth *alpargatas*, the comfortable and durable, fair-weather, rope-soled slippers made out of hemp and popular with persons of all ages.

The twins encouraged Juan to join the promenade. Juan knew the ritual, of course, and he couldn't toss the image of Maria Elena aside. Deciding to participate, he walked along until the Castillo girls came in sight. Amelia kept giving him the eye, but he ignored her and sought Maria Elena's. Benigna soon had a man walking beside her, talking, laughing and joking. The next time around, Maria Elena still didn't seem to notice Juan, so, discouraged, he walked out of the park and all the way to the Fonda. He flopped on the bed fully clothed. Picturing Maria Elena and her long golden hair, he fell asleep.

In the morning, he decided to talk with Señor Castillo, who had told Juan about his backlog of work. There were several contracts to fulfill, one a large warehouse complex on the inlet near Aviles. He also had some dock work to be done in Gijon.

There was a building on the side of the house where the Castillos lived. At one time it had been the *orrio* used to store corn and fodder for the two burros

su mirada, pero él la ignoraba y buscaba la de María Elena. Benigna acabó rápidamente con un hombre al lado suyo, hablando, riendo y haciendo chistes. A la vuelta siguiente, María Elena siguió sin hacerle caso, y Juan, desanimado, salió del parque y se fue a su fonda. Se cayó vestido en la cama. Se durmió pensando en María Elena y en su larga cabellera dorada.

Por la mañana, decidió hablar con el señor Castillo, que le había mencionado su retraso en el trabajo. Había varios contratos que cumplir, uno de ellos era un gran conjunto de almacenes en la carretera cerca de Avilés. También necesitaba reparar un muelle en Gijón.

Había un edificio al lado de la casa donde vivían los Castillo. En tiempos antiguos, había sido un hórreo que se utilizaba para guardar maíz y comida para los dos burros y los cuatro bueyes que utilizaban para llevar materiales. Lo habían convertido en una casa de camas superpuestas para los aprendices de carpintero y los obreros. En aquel momento, allí no vivía nadie.

Ramón Castillo en seguida le dio trabajo a Juan de aprendiz de carpintero. También contrató a un joven de Vigo llamado Tomás Gallegos. Podían utilizar el edificio para relajarse y para dormir. Comerían con la familia.

"¡No me digas! – exclamó José María cuando Juan le dijo donde iba a vivir – Ángel ¡ven aquí! Tengo buenas noticias. Juan va a vivir con nosotros."

La señora Castillo y las chicas se solivitaron cuando se enteraron de la noticia. Amelia dejó escapar un largo suspiro, pensando que nadie se daría cuenta, pero lo notó María Elena. Esta última, por lo contrario, mostró poca, si alguna emoción. Nadie podía saber cúal era su opinión acerca de la nueva vivienda de Juan.

María Elena tenía quince años y seis meses. Parecía tener dieciocho y esa era la edad que Juan le suponía. Medía un metro setenta, era un poco más alta que sus hermanas y aunque fuera delgada, no parecía frágil. Su cabellera dorada era larga, llegándole hasta media espalda. Sus ojos eran de un azul pálido y su nariz un poco aquilina, lo que daba a su cara fina y alargada un aspecto de Mona Lisa cuando se sonreía. No hablaba mucho, pero cuando lo hacía, lo hacía en tono moderado. Miraba directamente a los ojos de la gente cuando hablaba. No se podía decir que fuera tímida. Era reservada.

Tomás Gallegos no tardó en llegar de Vigo. Pocos días después de su llegada, Amelia, no sintiendo ningún interés por parte de Juan, empezó a acercarse a Tomás. Pero este último, como Juan, sólo tenía ojos para María Elena.

Juan estaba enamorado. Tenía que ser amor, nunca había sentido nada igual en toda su vida. Sus pensamientos de cada noche eran para María Elena. No podía dormir. Le costaba mucho concentrarse en su trabajo. Sólo se sentía bien cuando ella estaba cerca. Y ahora ese memo, ese Gallegos le acababa por exasperar.

Juan se controló. Tomás tenía tanto derecho como él a que le gustara la chica. Prepararía un plan par poder cortejarla. No iba a lanzarse así por las buenas, a tontas y a locas.

El plan de Juan empezó a funcionar. Cuando los jóvenes descansaban en la veranda o en el hórreo tras la dura jornada laboral, Juan cogía un libro y empezaba a leer. Algunas veces, el señor Castillo le pedía que le leyera las

and the four oxen used to haul materials. It had been converted into a bunk-house for apprentice carpenters and laborers. No one was currently living in the bunkhouse.

Ramon Castillo immediately put Juan to work as an apprentice carpenter. He also hired a young man from Vigo by the name of Tomas Gallegos. They could use the building for relaxation and sleeping. They would eat their meals with the family.

"No me digas!" Jose Maria shouted as Juan told him he would be staying. "Angel, come here. I've good news. Juan is going to stay with us."

Señora Castillo and the girls were elated when they heard the news. Amelia gave a long sigh, not thinking anyone noticed, but it didn't escape Maria Elena. She, however, showed little, if any, emotion. Nobody could fathom how she felt about Juan staying.

Maria Elena was six months and fifteen years of age. She looked to be every bit of eighteen. That's how old Juan thought she was. At five feet, six inches, she was a little taller than her sisters, and although she was thin, she wasn't frail looking. Her golden hair was long, reaching halfway down her back. Her eyes were a light blue and her nose was a little on the aquiline side, giving her long, thin face a Mona Lisa-like look when she smiled. She didn't talk a lot, but when she did, it was in a moderate voice. She looked directly into a person's eyes as she spoke. One couldn't call her shy. She was coy!

Tomas Gallegos soon arrived from Vigo. A few days after his arrival, Amelia, not getting much encouragement from Juan, began to warm up to Tomas. But like Juan, Tomas had eyes only for Maria Elena.

Juan was in love. It had to be love, for he had never felt like this before. Every night Maria Elena was in his thoughts. He couldn't sleep. It was hard for him to concentrate while on the job. The only time he really felt fine was when she was near. And now this bloke, this Gallegos, was irking him something ter-rible.

Juan restrained himself. Tomas had as much a right as he to like the girl. He would work out a plan to woo her. He wasn't about to go about it *a tontas y a locas*.

Juan's plan began to work. When the young men were resting out on the veranda or in the *orrio* after a hard day's work, Juan would get a book to read. Sometimes Señor Castillo would have him read the news to him. And when Juan brought out some English stories and began to read, the family would sit entranced, listening to his modulated voice translate the English script into the Castillian tongue.

Delfina's wedding went off as expected. After the ceremonies, a two-horse carriage waited to take them to Oviedo. Her mother and sisters cried; her fa-ther and brothers embraced her and shook her husband's hand. The newlyweds were off.

One afternoon, as Juan and Tomas finished a part of one of the warehouses being built on the wharf, Juan stepped off a ladder and onto a spike stuck

noticias. Y cuando Juan sacó un volumen de historias en inglés y empezó a leer, la familia entera se quedó en trance, escuchándole traducir del inglés al castellano en su voz pausada.

La boda de Delfina transcurrió como previsto. Después de las ceremonias, un carro con dos caballos les esperaba para ir a Oviedo. La madre y las hermanas lloraban; el padre y los hermanos la abrazaban y le daban la mano al novio. Y los recién casados salieron.

Una tarde, mientras Juan y Tomás acababan una parte de uno de los almacenes que se estaban construyendo en el muelle, Juan, al bajar de una escalera pisó un clavo que asomaba entre dos tablones del suelo de madera. El clavo atravesó la piel. Se dio prisa en llegar a casa para ponerse el pie en un cubo de agua salada y desinfectar y vendar su herida.

Juan cogió un cubo que estaba cerca de la cuadra y fue hasta la cisterna para llenarlo de agua. Mientras volvía hacia la casa, se tropezó con María Elena. Juan se había quitado el zapato derecho y andaba sobre el talón. Cuando la joven notó su pie desnudo y su forma de andar, le preguntó: "¿Qué ha pasado señor Juan? ¿Se ha lastimado?"

"No es nada" respondió, y entró en la casa. Preguntó a la señora Castillo si le podía preparar agua caliente y darle una venda. María Elena, que le había seguido hasta ahí fue inmediatamente a por algún trapo limpio mientras que su madre encendía el fuego para calentar el agua.

María Elena y su madre obligaron a Juan a sentarse y empezaron a ocuparse de su pie herido. María Elena le lavó cariñosamente el pie, mientras su madre hablaba de la posibilidad de que tuviera tétanos si no se ocupaba lo antes posible de su herida. Juan no hablaba mucho. La joven acabó de secarle el pie y de colocarle la venda, le miró y le dijo: "Este médico dice que tendrá que echarle de nuevo un vistazo a su pie mañana por la mañana, antes de que vaya usted a trabajar. Es una órden" añadió, mirándole con sus ojos azules llenos de compasión.

El señor Castillo y sus hijos estaban trabajando en el sur de Avilés. Al empezar la tarde, el viejo fue a donde Juan y Tomás tenían que estar trabajando. Vio que sólo Tomás estaba trabajando.

"¿Dónde está Juan?"

"Se ha plantado un clavo en el pie y se ha ido a casa para curarlo."

"Voy a ver qué tal está. Sigue trabajando. Lo estaís haciendo muy bien."

Mientras se apresuraba en llegar a su casa, el señor Castillo pedía al cielo que Juan no estuviese incapacitado, porque acababa de firmar un contrato para edificar una serie de almacenes a cuenta de una compañía de barcos de Gijón.

A Juan se le daba la carpintería como si no hubiese hecho otra cosa en la vida y el señor Castillo había observado su habilidad para tratar con los demás. Para este último proyecto, tenía la intención de ir a Gijón y de contratar a los hombres necesarios para este trabajo. Después de unas pocas semanas, volvería a Piedras Blancas, dejando a Juan de responsable de la obra. El muchacho tenía toda su confianza.

between planks on the wooden walk. The spike punctured his skin. He hurried home to put his foot in a bucket of hot salted water and medicate and bandage his wound.

Juan grabbed a bucket that was near the stable and went to the cistern to fill it with water. As he turned to go to the house, he nearly bumped into Maria Elena. Juan had his right shoe off and was walking on the heel. When the girl noticed the bare foot and the way he was walking, she asked, "Que paso, señor Juan? Se ha lastimado?"

"No es nada," he replied. And he went on in the house. He asked Señora Castillo if she would fix hot water for him and give him a bandage. Maria Elena, who had followed him into the house, immediately went for some clean cloth while her mother got the fire going to heat the water.

Maria Elena and her mother made Juan take a seat and began to minister to his punctured sole. Maria Elena washed his foot tenderly as her mother talked about how lockjaw could set in unless he tended to his wound as quickly as possible. Juan didn't say much. After the young girl finished drying his foot and carefully placed a bandage around it, she looked up at him and said, "This doctor says she'll have to look at your foot again in the morning before you leave for work." Her blue eyes looked at him with compassion as she added, "It's an order!"

Señor Castillo and his sons were working on the south side of Aviles. Early that afternoon, the old man went to where Juan and Tomas were supposed to be working. He saw Tomas working there alone.

"Where is Juan?"

"He stuck a nail in his foot and went home to take care of it."

"I'll go see how bad it is. Just keep up the good work. You boys are doing fine."

As he hurried home, he hoped Juan wasn't incapacitated because he had just signed a contract to erect a series of warehouses for a shipping company in Gijon.

Juan had taken to carpentry like a fish to water. And Señor Castillo had noticed his ability to deal with others. For his latest project, Señor Castillo would go to Gijon and hire as many men as he thought he would need for the job. After a few weeks, he would return to Piedras Blancas, leaving Juan in charge of the construction. He had great confidence in the young man.

Señor Castillo went to the *orrio* as soon as he was home. Juan was stretched out on his bunk with a pillow under his head and another under his right leg.

"Que hay, Juanito? Como se siente?"

"It's just a small puncture. It'll be all right in a day or so."

The old man sat on a small bench near the bed and told Juan about the contract for the building in Gijon. He outlined his plan and waited for Juan's reaction. There would be a nice "gratification" when the job was completed if Juan would accept, he said.

"Trato hecho," replied Juan. And they shook hands on the deal.

The next morning, Juan went to get water from a barrel at the corner of the

El señor Castillo fue al hórreo en cuanto llegó a casa. Juan estaba tumbado sobre su camilla, con una almohada debajo de la cabeza y otra debajo de su pierna derecha.

"¿Qué hay Juanito? ¿Cómo se siente?"

"Sólo es un pinchazo. Estaré bien dentro de un día o así."

El viejo se sentó en un pequeño banco cerca de la cama y le contó a Juan lo del contrato para los edificios en Gijón. Le presentó su plan y esperó su reacción. Dijo que si aceptaba, habría una buena recompensa para él cuando el trabajo estuviese acabado.

"Trato hecho" respondió Juan, y se dieron la mano para sellar el negocio.

A la mañana siguiente, Juan fue a por agua del barril que estaba situado a un lado del hórreo para lavarse la cara. María Elena le llamó: "Juanito, ya tengo el agua preparada. Véngase."

Juan se enjuagó la cara con el agua fría y fue hasta la casa.

Tras poner su pie a remojo durante unos diez minutos en el agua caliente, María Elena lo vendó. Mientras lo ponía en el suelo le dijo: "Aquí tiene. Ningún médico lo hubiera hecho mejor."

"Muchísimas gracias Marilena."

"¿Marilena?" Le dirigió una de esas miradas directas y le dijo: "Me gusta, oiga. Nunca me gustaron los nombres María Elena, pero la manera que tiene usted de decirlos, ¡me gusta!" Y le sonrió de aquella manera particular, que él empezaba a llamar "su sonrisa de Mona Lisa."

Volvió al hórreo. Tomás Gallegos ya salía para ir a trabajar y Juan le dijo que le vería más tarde. Tenía que averiguar si podía calzar su zapato.

Marilena, como decidió llamarla a partir de entonces, vino a limpiar el hórreo. Pensaba que él había salido con Tomás. Cuando lo vio, se echó para atrás, pero Juan le dijo: "Adelante. Ya me iba."

Amelia sabía que Juan estaba en el hórreo y cuando vio entrar a su hermana la menor, se le ocurrió una idea. Fue hasta el hórreo y dijo: "María Elena, vuelve a casa. Yo me ocuparé de la limpieza. Has estado trabajando demasiado. Jugar a ser médico y hacer de enfermera ya es mucho para una sola persona."

Marilena volvió rápidamente a casa. No quería discutir con su hermana acerca de Juan. Pero esta última no se quedó a limpiar, porque Juan en seguida se puso el zapato y salió.

De nuevo en casa, Amelia dijo: "María Elena, de repente tengo una jaqueca horrible. Vas a tener que limpiar el hórreo."

La menor siempre había respetado a sus hermanas y nunca había cuestionado sus motivos. Tampoco lo hizo en esta ocasión, pero tan de repente como le había salido una jaqueca a su hermana, ella sintió una punzada en el corazón. A ella también le costaba evitar ver a Juan cuando cerraba los ojos por la noche. Y aquella punzada se hizo aún más dolorosa cuando oyó a su padre hablar con su madre y sus hermanos del nuevo contrato para el edificio en Gijón y el papel que Juan desempeñaría.

El trabajo iba a durar unos dieciocho meses. Era un año y medio. Había muchas chicas en Gijón, muchos teatros y muchas salas de baile. ¿Y si a Juan le

orrio in order to wash his face. Maria Elena called to him: "Juanito, ya tengo el agua preparada. Vengase."

Juan rinsed his face in the cold water and went to the house.

After soaking his foot for about ten minutes in the hot water, Maria Elena bandaged it. As she placed it on the floor, she said, "There you are. No doctor would do it better."

"Muchisimas gracias, Marilena."

"Marilena?" She gave him one of those direct looks and said, "You know, I like that. I never liked the names Maria Elena, but the way you said it, I like it!" And she gave him what he was beginning to call her Mona Lisa smile.

He went back to the bunkhouse. Tomas Gallegos was leaving for work, and Juan told him he would see him later. He had to find out if his shoe would fit him properly.

Marilena, as he would call her from now on, came in to clean the bunkhouse. She thought he had left with Tomas. Seeing him, she retreated, but Juan said, "Come on in, I'm leaving."

Amelia knew Juan was in the *orrio*, and when she saw her younger sister step inside it, she thought of an idea. She went to the bunkhouse and said, "Maria Elena, you go on back to the house. I'll take care of the cleaning. You've been working too much. Playing doctor and being a nursemaid are enough for a person to do."

Marilena hurried down to the house. She didn't want to argue about Juan with her sister. But her sister didn't stay to clean up, for Juan quickly put on his shoe and left.

In the house again, Amelia said, "Maria Elena, I've got a terrible headache all of the sudden. You'll have to clean up the *orrio*."

The younger girl always respected her sisters. She had never questioned their motives. She didn't question her sister's motives now, except that just as suddenly as her sister developed a headache, she felt a heartache. She, too, was finding it harder to keep from seeing Juan when she closed her eyes at night. And her heartache became especially severe when she heard her father talking to her mother and brothers about the new contract for the building in Gijon and Juan's part in it.

The job was going to take about eighteen months. That was a year and a half. Gijon had a lot of girls and theaters and dance halls. What if Juan liked it so well in the big city that he wouldn't want to return to this small village? Marilena decided to do something about it.

Several days later, Juan discovered on his pillow a letter addressed in feminine handwriting. It was post-marked Aviles. He sat down on the bunk to read it.

Mi querido Juanito,

Woman's intuition tells me you have the same feeling for me that I have been experiencing for you ever since I washed your sore foot the other day.

gustase tanto la ciudad que se negara a volver al pueblo? Marilena decidió hacer algo al respecto.

Unos días después, Juan se encontró sobre la almohada una carta, cuya dirección estaba escrita con letra femenina. Llevaba el sello de Avilés. Se sentó sobre la litera para leerla.

Mi querido Juanito,
Me dice mi intuición femenina que sientes lo mismo por mí que lo que yo empecé a sentir por ti desde aquel día en que lavé tu pie herido.
¿Cómo vamos a vernos y a conocernos mejor cuando estés en Gijón?
No puedo soportar la idea de tenerte tan lejos. Sé lo que siente mi hermana Amelia hacia tí y no quiero de ninguna manera hacerla sufrir.
¿Por qué no me respondes, dejando la carta dentro de la funda de la almohada? Ya la encontraré cuando vaya a hacer las camas.

Con cariño

Marilena

Y dame la solución a esta adivinanza. ¿Cómo nos vamos a ver?

Juan leyó la carta una y otra vez. Luego se sentó frente a la pequeña mesa cerca de la pared, para pensar algunos instantes. Cogió una cuartilla del cajón y escribió:

Queridísima Marilena,

Este es mi plan: voy a ir a Gijón. Voy a trabajar con todas mis fuerzas durante seis meses. Mientras tanto, te prometo que recibirás una carta mía cada semana. Después de seis meses, a tu padre se le dirá que Juan Villanueva ya no trabajará para él si no te deja ser mi mujer. Si es que quieres ser mi mujer, claro está. Si no, me iré a los Estados Unidos de América para reunirme con mis hermanos, ya que saldrán dentro de unos pocos meses.

Saldré para Gijón el domingo por la tarde.

Hasta la vista mi alma

Juan

En Gijón, Juan encontró alojamiento en una pensión en frente del parque Japonés. Recibía una carta de Marilena todas las semanas y le respondía con la misma frecuencia. Los meses de invierno fueron templados, y cuando llegó la primavera, estaba adelantado en su trabajo. Por las tardes, solía sentarse con

How are we going to see each other and become better acquainted when you go to Gijon? I can't stand the thought of having you so far away. I know how sister Amelia feels about you. The last thing I want to do is to have my sister unhappy because of me. Why don't you write me, leaving the letter inside the pillowslip? It will be there for me when I make up the beds.

Con cariño,

Marilena.

Tell me how we can solve this riddle. How are we to see each other?

Juan read and reread the letter. Then he sat at the small desk near the wall and sat down to think for a few moments. He took a sheet of paper from the drawer and wrote:

Dearest Marilena,

Here is my plan: I'm going to Gijon. I'm going to put my heart into my work for six months. During this time I promise you will get a letter from me every week. At the end of six months, your father will be advised that Juan Villanueva will work for him no longer unless he agrees to let you become my wife. That is, providing you want to be my wife. If you don't, then I will go to the United States of America to join my brothers, for they will be leaving within the next few months.

I will be leaving for Gijon Sunday morning.

Hasta la vista mi alma!

Juan

In Gijon, Juan found living quarters in a rooming house across from El Parque Japones. He received a letter from Marilena every week, and he wrote to her just as often. The winter months were mild, and by spring he was ahead of schedule with his work. In the evenings he would sit with several of his workmen on the park benches and watch the young ladies promenade through the park.

There were scores of beautiful girls. But as far as Juan was concerned, there was none more beautiful than Marilena. Let the others make comments and remarks to the ladies, he was interested in only one; and she was in far away Piedras Blancas waiting for him. Her letters came regularly. The thing he liked most about them was that she wrote in a straight forward, practical, mature way.

algunos compañeros en los bancos del parque para mirar a las jóvenes que se paseaban por el parque.

Había cantidad de chicas bonitas. Pero para Juan, ninguna podía ser tan bonita como Marilena. Dejaba que los demás les hicieran comentarios y les echaran piropos a las chicas, sólo le interesaba una; y estaba lejos, en Piedras Blancas, esperándole. Sus cartas llegaban con regularidad. Lo que más le gustaba de estas últimas era que ella las escribía de un forma directa, práctica, madura.

Ramón Castillo rebosaba de satisfacción cuando él y Juan fueron a visitar los almacenes acabados. Quedaban cuatro almacenes por construir para cumplir el contrato. Juan le puso entonces frente a un ultimátum: se quedaría en Gijón para acabar el contrato pero sólo a condición de que el señor Castillo y su mujer le dieran permiso para casarse con María Elena.

"Eso depende de María Elena – respondió el señor Castillo – no hay ninguna objeción por mi parte, y estoy seguro de que tampoco en lo que se refiere a mi señora. Esto es un asunto entre tú y mi hija. Si la convences para que acepte tu propuesta de matrimonio, será un placer para mí el tenerte de yerno. No sé cómo le sentará a Amelia, a mí me da la impresión de que la que estaría dispuesta a casarse contigo en el acto es ella."

"María Elena y yo nos entendemos – respondió Juan – hemos estado intercambiando cartas y estoy seguro de que se casará conmigo."

Juan no mencionó que ya tenía un apartamento que les esperaba en Gijón. Volvió a Avilés a la semana siguiente y cogió de nuevo una habitación en la fonda de La Serrana para dos noches. Por la mañana de su primer día en el pueblo, fue a Naveces y tomó disposiciones con el cura para que éste último celebrara la boda a las dos semanas del domingo siguiente; luego fue a Piedras Blancas para ver a Marilena.

Antes de que la viera, Amelia lo reconoció caminando por la carretera y salió corriendo para darle la bienvenida. "¡Juanito! ¡Qué contenta estoy de verte! ¡Qué guapo estás!" Le puso sus brazos alrededor del cuello y le iba a besar pero Juan la detuvo, dándole la mano.

"¿Dónde está Marilena? – preguntó – nos vamos a casar dentro de dos semanas."

Amelia no respondió. Se dio la vuelta y se apresuró en volver a casa, y nadie la vio hasta el día siguiente. Se negó a salir para comer. No se había enterado de lo que Juan y María Elena sentían el uno por el otro.

Teresa Castillo en cambio no necesitaba que le contaran lo que ya estaba ocurriendo. Conocía los sentimientos de María Elena hacia el joven. Muchas de sus acciones la habían traicionado, ya que en cuanto la conversación giraba en torno a él, había notado, como sólo lo puede hacer una madre, una mirada lejana en los ojos de su hija y una sombra de su sonrisa de Mona Lisa en los labios.

Todos los Castillo fueron a misa al día siguiente, excepto María Elena. Juan llegó unos pocos minutos después de que la familia hubiera salido. Ella se precipitó a su encuentro en cuanto le vio caminando hacia la casa. Se abrazaron y, dando un paso hacia atrás, Juan dijo: "¡Estás más guapa que nunca! ¡Déjame

Ramon Castillo beamed with satisfaction as he and Juan surveyed the completed warehouses. There were four more in the complex to be constructed before the contract would be fulfilled. Then Juan gave Señor Castillo an ultimatum: he would remain in Gijon to complete the job under one condition, that Señor Castillo and his wife give him permission to marry Maria Elena.

"That is up to Maria Elena," answered Señor Castillo. "There is no objection on my part, and I'm sure not on the Señora's part. It is between you and my daughter. If you can convince her to accept your proposition, it will give me great pleasure to have you as my son-in-law. I don't know how Amelia will take it. I think she is the one who would jump at the opportunity to marry you."

"Maria Elena and I understand each other," Juan replied. "We have been corresponding regularly and I'm certain she will marry me."

Juan didn't mention he already had an apartment waiting for them in Gijon. He returned to Aviles the following weekend. He again took a room at the Fonda de la Serrana for two nights. On the morning of his first day in town, he went to Naveces and made arrangements with the Padre to have him perform a marriage ceremony in two weeks from the coming Sunday; then he went to see Marilena in Piedras Blancas.

Before he saw her, Amelia spotted him walking up the road and ran to greet him. She said excitedly, "Juanito! I'm so happy to see you. You're looking great." She started to put her arms around his neck and would have kissed him, but Juan stopped her by putting his hand out for a shake.

He said, "Adonde esta Marilena? Nos vamos a casar en dos semanas."

Amelia did not answer. She turned and hurried into the house and was not seen by any member of the house until the following day. She wouldn't come out of her room to eat. She hadn't known how Juan and Maria Elena felt about each other.

Teresa Castillo didn't have to be told what had been transpiring. She was aware of Maria Elena's feelings for the young man. Many of her actions had given her away, for when the conversation revolved around Juan, she would notice, as only a mother can, the faraway look in her daughter's eyes and her faint Mona Lisa smile.

All the Castillos attended early mass the next morning except Maria Elena. Juan arrived a few minutes after the family left. She ran to meet him as he walked up the path to the house. They embraced before Juan stepped back and said, "You are more beautiful than ever! Let me look at you!" And then, noticing her shyness, he swept her into his arms and kissed her for the first time.

She asked him into the house, where she had breakfast prepared for him. As they held hands across the table, he told her about the plans for the wedding at the church and about the apartment ready for them in Gijon. He told her about his plan to continue until the work was finished, after which he would take her to America.

Two weeks went by. It seemed an eternity for Juan, but for Maria Elena, the time flew. She had been so busy getting her trousseau and other things for her life in the big city that when the day of the wedding arrived, she wasn't

mirarte!" Y entonces, sintiendo que ella se ruborizaba, la cogió en brazos y la besó por primera vez.

Le hizo entrar en casa donde le tenía preparado el desayuno. Sentados en la mesa, cogidos de la mano, él le habló de sus planes para la boda por la iglesia y del apartamento ya listo para ellos en Gijón. Le habló de su intención de continuar allí hasta que estuviera acabada la obra; después, él la llevaría a América.

Pasaron dos semanas. Le parecieron una eternidad a Juan, pero el tiempo pasó como un suspiro para María Elena. Había estado tan ocupada en preparar su ajuar y otras cosas para la vida en la ciudad que aún no estaba lista cuando llegó el día de la boda. Amelia la abrazó y la besó y le deseó mucha felicidad. Amelia estaba contenta porque Tomás Gallegos estaba empezando a interesarse por ella.

Fue una boda muy bonita. La iglesia de San Román en Naveces estaba completamente llena. La comida de bodas se dio en la fonda de La Serrana en Avilés, y tras una recepción por la tarde en casa de los Castillo, los recién casados salieron de luna de miel hacia su apartamento de Gijón.

Doce meses después de que se casara la pareja, el cielo la bendijo con un bebé de tres kilos y medio. La construcción de los almacenes había concluido y volvieron a Piedras Blancas. El bebé se bautizó en la iglesia de San Román con el nombre de Andrés. Se añadió una habitación al hórreo, y la familia Villanueva se instaló allí. Juan trabajó un año más, mientras decidía a qué parte de América quería irse. Había decidido marcharse a los Estados Unidos mucho antes de que empezara a recibir cartas de David y de Emilio que le animaban a hacerlo.

Su hermano pequeño, Diego, también vivía en América, con David. Diego había sido feliz en casa, ayudando a su padre en la pesca – hasta que su padre decidiera casarse con la solterona del pueblo. Se llamaba Esperanza Iglesias. No tenía familia y se había ganado la vida como comadrona y sirvienta. Limpiaba la casa y lavaba la ropa de los pescadores una vez a la semana. Era buena trabajadora. Su apellido, Iglesias, delataba el hecho de que había sido una hija natural, y mucha gente chismorreaba a sus espaldas.

Antes de salir para los Estados Unidos, Juan se llevó a Marilena y al pequeño Andrés a visitar a su padre y a su madrastra. Su padre estaba encantado. Cogió a su nieto y lo lanzó al aire; el bebé se reía al sentir el contacto de la barba de su abuelo. Esperanza, por su parte, abrazó a Juan y le dio un beso en el cuello.

Juan fue a Gijón y visitó La Mariposa encallada en el puerto en El Musel, sorprendiendo al capitán Gómez. Cuando Juan le dijo que tenía la intención de ir a ver al cónsul americano en Vigo para sacar un pasaporte para los Estados Unidos, el capitán se ofreció para llevarles a Juan, a su mujer y a su hijo hasta Liverpool, de huéspedes en su carguero.

Estaba todo preparado para aquel largo viaje hacia una tierra desconocida. Las despedidas con la familia y los amigos duraron una semana entera, y los Villanueva salieron para Gijón. Francisco González, conocido en toda Asturias como Pacho El Ferrero, solía arreglar todos los asuntos de pasaporte, visado y billetes de tren y de barco para cualquier hombre, mujer o niño que quisiera

ready. Amelia hugged her and kissed her and wished her happiness. Amelia was happy because she was now getting attention from Tomas Gallegos.

It was a beautiful wedding. The church of San Roman in Naveces was filled to capacity. The wedding breakfast was held in the Fonda de la Serrana in Aviles, and after an evening reception at the Castillo house, the newlyweds took off to honeymoon in their apartment in Gijon.

Twelve months after the couple were married, they were blessed with a seven-and-a-half pound baby boy. The warehouses had been completed, and the couple returned to Piedras Blancas. The baby was baptized in the church of San Roman and named Andres. A room was added to the *orrio*, and the Villanueva family lived here while Juan worked for another year as he decided where in America he wanted to go. He'd made up his mind to go to the United States long before he started to receive encouraging letters from David and Emilio.

His younger brother, Diego, was also living in America, with David. Diego had been happy to stay home and help his father on his fishing expeditions—until his father decided to marry the town's old maid. Her name was Esperanza Yglesias. She had no relatives and earned her living as a midwife and domestic. Once every week, she would clean house and wash clothes for the fishermen. She was a good worker. Her surname, "Church," gave away the fact she had been an illegitimate child, and a lot of people talked behind her back.

Before they left for the United States, Juan took Marilena and little Andres to visit his father and stepmother. His father was elated. He picked up his little grandson and tossed him in the air; the baby laughed when he felt the long whiskers on his grandfather's face. Meanwhile, Esperanza put her arms around Juan and gave him a snaggle-toothed kiss on the neck.

Juan went to Gijon and visited La Mariposa in port at El Musel, surprising Captain Gomez. When Juan told him he was going to see the American Consul in Vigo to arrange for a passport for the United States, the Captain invited Juan and his wife and child to go to Liverpool on the freighter as his guest.

Everything was in order to make the long trip to the new country. Farewells with family and friends took place all week long, and the Juan Villanuevas took off for Gijon. Francisco González, known by all in Asturias as Pacho El Ferrero, usually arranged passports, visas and train and ship transportation for men, women and children who wanted to voyage to America. On the other side of the water, Valentin Aguirre would receive them in New York City, where they would be fed and housed until their final destination was determined. But the Villanueva family didn't have to rely on Pacho el Ferrero to make travel arrangements for them. Juan, with his knowledge of English, could take care of himself.

Although the trip from El Musel to Liverpool was fairly smooth, Marilena got seasick. Little Andres had a good time with the crew. He was two years old and had just begun to take his first steps. Some of the crew members would pick him up and play with him. Gone a long time from home, they were obviously missing their own children.

viajar a América. Del otro lado del océano, Valentín Aguirre les recibía en Nueva York, dónde se les alojaba y se les daba de comer hasta determinar su último destino. Pero la familia Villanueva no necesitaba contar con Pacho El Ferrero para que les arreglara el viaje. Juan, con su conocimiento del inglés, se podía ocupar de eso él mismo.

Aunque la travesía desde El Musel hasta Liverpool fuera relativamente tranquila, Marilena se mareó. El pequeño Andrés lo pasó bien con la tripulación. Tenía dos años y acababa de empezar a andar, y algunos de los tripulantes lo cogían en brazos y jugaban con él. Llevaban tiempo en la mar, lejos de casa, y por lo visto, echaban de menos a sus hijos.

Marilena pensaba que Gijón era una gran ciudad y se llevó una sorpresa cuando vio Liverpool. Mientras iba a visitar a algunos de los amigos que había conocido durante sus visitas a tierra, cuando era tripulante a bordo del Mariposa, Juan dejó a Marilena y a Andrés en un pequeño hotel cerca del muelle. Marilena, sentada a la ventana del primer piso, miraba los enormes caballos Clydesdales que trotaban por la calle empedrada en frente del hotel, arrastrando vagones increíblemente cargados y podía sentir como se repercutía en su silla la vibración del paso de los vagones.

Capitulo 2

Cuando la familia Villanueva se embarcó en Liverpool para ir a Nueva York, era una de las pocas familias españolas que viajaban en primera clase. Juan había decidido hace mucho que si tenía que cruzar el océano, lo haría en primera clase o nada.

El océano estuvo tranquilo durante la mayor parte del tiempo, y Marilena no se mareó. Siete dias después de haberse embarcado en Liverpool, vieron la estatua de la libertad. Era temprano. Los silbidos del buque empezaron a sonar y el puente se llenó de gente que también quería ver la estatua mejor. Parecía enorme. Juan le prometió a su esposa que no solamente visitarían la estatua, sino que también subirían hasta la antorcha que llevaba aquella gran señora en la mano.

Los papeles de Juan estaban todos en orden, y gracias a su conocimiento del inglés, él, su mujer y su hijo fueron tramitados por la Isla de Ellis en muy poco tiempo.

En vez de ir a la casa de Valentín Aguirre, como lo hacía la gran mayoría de los que llegaban de España, Juan llevó a su familia a un hotel cerca de la calle cuarenta y dos y de Broadway. Marilena había pensado que Gijón era grande; luego, pensó que no podía haber una ciudad más grande que Liverpool. Ahora estaba en Nueva York.

Tras una semana de visitar la gran metrópolis, incluyendo una visita a la estatua de la libertad, estaban listos para emprender el largo viaje en tren desde Nueva York hasta la ciudad a la orilla del Mississipi, San Luis, en el estado de

Marilena thought Gijon was a large city, but she was in for a big surprise when she saw Liverpool. When Juan made the rounds to see some of the friends he had made during his shore leaves as a crewman on the Mariposa, he left Marilena and Andres in a small hotel near the wharf. She sat at a second story window, watching the huge Clydesdale horses pulling enormous loads on wagons as they trotted down the cobble-stone street in front of the hotel. She could feel the vibration in her chair as each wagon rumbled past.

Chapter Two

When the Villanueva family sailed from Liverpool to New York City, they were one of the few Spanish families traveling first class. Juan had decided long ago that if he were to cross the ocean to America, he would go first class or not at all.

The ocean was calm most of the time, and Marilena did not get seasick. Seven days after boarding the ship in Liverpool, they saw the Statue of Liberty. It was early in the morning. As the ship's whistles began to blow, the deck was filled with people wanting to get a good view of the statue. It looked enormous. Juan promised his wife that they would not only visit the statue but climb to the torch in the great lady's hand.

Juan's papers were all in order, and because of his knowledge of English, he, his wife and their son were processed through Ellis Island in record time.

Instead of going to Valentin Aguire's, as most persons arriving from Spain would do, Juan took his family to a hotel near 42nd Street and Broadway. Marilena thought Gijon was big; then she thought there would never be a city larger than Liverpool. Now she was in New York.

After a week of sightseeing in the huge metropolis, including a visit to the Statue of Liberty, they were ready to make the long train trip from New York to the city on the Mississippi, St. Louis, Missouri. This is where Juan had decided he would go in America. The train sped through New Jersey, Delaware, Pennsylvania, Maryland, Ohio, Indiana and Illinois before crossing the Mississippi River to Missouri.

It was June of 1904. The new Union Station in St. Louis was a beautiful building. The trains backed into the station proper, and when the passengers alighted, they walked through a spacious concourse and up wide steps to the street. There were hundreds of persons arriving from all points, for the Louisiana Purchase Exposition was going full swing in the 800-acre Forest Park on the western edge of the city.

Juan had talked with some men on the train, and they told him about the St. Louis World's Fair. Many of the passengers were coming from Milwaukee, Chicago, Detroit and towns and cities all over the mid-west, as well as from the East.

A porter helped Juan and his wife and little son to the street and told them where they could find a streetcar to South St. Louis. Juan was to get off at

Missouri. Allí es donde Juan había decidido instalarse. El tren atravesaba velozmente Nueva Jersey, Delaware, Pennsylvania, Maryland, Ohio, Indiana e Illinois, antes de cruzar el Mississipi hacia Missouri.

Era en junio de 1904. La nueva "Union Station" de San Luis era un hermoso edificio. Los trenes entraban en la estación ordenadamente y cuando bajaban los pasajeros, salían por espaciosos andenes y subían anchas escaleras hacia la calle. Había centenares de personas, llegando de todos los lados porque se celebraba la gran Feria de Luisiana (Louisiana Purchase Exposition) en el parque Forest, en la entrada oeste de la ciudad.

Juan había hablado con algunos hombres en el tren, y le hablaron de la Feria Universal de San Luis. Muchos pasajeros venían de Milwaukee, Chicago, Detroit y de pueblos y ciudades de todo el medio este tanto como del este.

Un mozo de cuerda les ayudó a Juan, a su mujer y a su hijo a llegar hasta la calle y les dijo dónde podían encontrar un tranvía que les llevara hasta el sur de San Luis. Juan tenía que bajarse en Broadway, en la manzana 7000. Había un bar en la esquina, y allí, alguien le podría indicar donde se encontraba la casa de David.

La compañía Edgar Zinc estaba situada en la sección de Carondelet en el sur de San Luis, entre el Mississipi y Broadway. Muchos trabajadores españoles habían ido ahí a trabajar porque se les había prometido un trabajo fijo y un buen sueldo. La mayoría habían sido empleados de la compañía Real Asturiana de Arnao, en España. Estaban hartos de que se les mandara a casa o despidiera indiscriminadamente y sin contemplaciones en cuanto se les ocurría reclamar mejores condiciones de trabajo o un aumento de salario, o cuando se quejaban de que los atizadores les trataban como esclavos. Los atizadores, los encargados del fuego de cada alto horno, eran unos tiranos con los obreros. Al atizador, le gustaba someter a los obreros a su voluntad, y si había la más mínima señal de resistencia, les amenazaba con despedirlos, provisional o definitivamente.

No todos los atizadores eran verdaderos tiranos. Pero la mayoría de los encargados de los hornos eran, y siempre serían, hombres de la compañía, trabajaran en los altos hornos de fundición de Arnao o de Tombuctú. Algunos llevaban la impudencia hasta asegurarles a los trabajadores que si por cualquier razón no se conformaban con la costumbre, perderían el empleo. Los atizadores no mencionaban las palabras "dinero" o "soborno", pero se entendía perfectamente lo que querían decir.

Había varios hombres sentados sobre bancos en frente del café cuando los Villanueva se apearon del tranvía. Dos de ellos reconocieron a Juan y fueron a saludarle a él y a su familia. El primero se llamaba Nicanor y venía de La Arena. Solía jugar con Juan en Villanueva. El otro tenía el apodo de "el Ardilla". Era originario de Avilés y le llamaban así porque de pequeño solía subirse a los nogales con una agilidad sorprendente. Juan había jugado al dominó con él en el café Colón durante la semana que pasó de huésped en la fonda de La Serrana.

Le contaron a la familia algo que les decepcionó mucho: David se había ido hacía tres meses con su mujer y sus mellizos hacia alguna parte de Virginia Occidental. Y Emilio se había ido a Spring Valley, en Illinois.

Broadway in the 7000 block. There would be a saloon on the corner. Someone would be there who could direct him to David's residence.

The Edgar Zinc Company was located in the Carondelet section of South St. Louis between the Mississippi River and Broadway. Many Spanish workers had come here to work after being promised steady employment and good wages. Most of them had been employed by the Real Compania Asturiana in Arnao, Spain. In Spain, they had become tired of constantly being sent home or fired indiscriminately every time someone asked for better working conditions or more money or complained because the Tizadores treated them like slaves. Almost to a man, the Tizadores, the firemen in charge of each furnace, were tyrannical. A Tizador kept the men bending to his will, and if there was the least show of resistance, he would threaten to suspend or fire them.

Not every Tizador was a tyrant at heart. But the majority of the firemen were, and always would be, "company men," whether they worked in the smelter in Arnao or in Timbucktoo. Some were brazen enough to let workers know that if, for whatever reason, they didn't want to go along with the *costumbre*, they might not be employed anymore. The Tizadores didn't mention the word "money" or "bribe" outright, but there was no mistaking their meaning.

There were a number of men sitting on benches in front of the saloon when the Villanuevas stepped off the trolley car. Two of the men recognized Juan and walked over to meet him and his family. One was a man named Nicanor from La Arena. He used to play with Juan in Villanueva. The other was nicknamed "El Ardilla." He was from Aviles and was called the squirrel because as a kid he used to climb chestnut trees with amazing agility. Juan had played dominoes with him at the Cafe Colon during the week he stayed at La Fonda de la Serrana.

They told the family something that disappointed them very much: David had left three months before with his wife and their twins for a place somewhere in *Oeste* Virginia. And Emilio had gone to Spring Valley, Illinois.

Juan's brothers had worked at the zinc smelter. But David couldn't stand the work in the furnaces and the bosses wouldn't hire him for any of the other departments. Men were constantly being hired for the ore-storage, the machine shop, the pottery, the carpentry shop and other departments. But giving a Spaniard a job outside of the furnaces simply wasn't done. David decided he would open a business in West Virginia because the new Crossetti Chemical Company was beginning operations there. Some of the men working in St. Louis had become disillusioned with their treatment by the Tizadores and had departed to work in the new plant.

Emilio had other plans. Deciding that working in the smelting furnaces was injurious to a person's health, he moved to a small town near Peoria, Illinois, where large concentrations of Spaniards had converged to work in a new smelter. Emilio planned to open a grocery, where he would sell imported products from Spain. They would include *garbanzos, azafran, alpargatas* as well as *chorizo, longaniza, callos, morcilla* and regular staples of canned goods, sugar

Los hermanos de Juan habían trabajado en el horno de fundición de zinc. Pero David no podía soportar el trabajo en el alto horno y los patrones no le querían contratar en ningún otro departamento. Se contrataba constantemente a hombres para que trabajaran en los almacenes de mineral, en la sala de máquinas, en el taller de cerámica, en el de carpintería o en otros departamentos; pero darle un trabajo a un español fuera del alto horno, eso simplemente no se hacía. David decidió montar un negocio en Virginia Occidental, donde la compañía de Productos Químicos Crossetti (Crossetti Chemical Company) se acababa de establecer. Algunos de los hombres que trabajaban en San Luis estaban desilusionados con el tratamiento de recibían de los atizadores y se habían ido a trabajar a la nueva fábrica.

Emilio tenía otros planes. Llegó a la conclusión de que trabajar en los altos hornos de fundición era malo para la salud, y se mudó a una pequeña ciudad cerca de Peoria, en Illinois, hacia donde grandes concentraciones de españoles se habían dirigido para trabajar en un nuevo horno de fundición. Emilio tenía la intención de abrir una tienda de ultramarinos para vender productos importados de España: garbanzos, azafrán, alpargatas así como chorizo, longaniza, callos, morcilla y una variedad de latas, azúcar y otros productos corrientes. Ya había una tienda de este tipo en San Luis, llevada por un natural de Naveces.

Nicanor llevó a Juan a su casa. Vivía en una casa de ladrillos de dos plantas en la avenida Pennsylvania. La casa tenía un apartamento arriba que acababa de dejar un tal "Mieres" (apodado segun el pueblo de España del cual era originario). Mieres y su mujer también se habían ido a Virginia Occidental.

Para atraer a los trabajadores hacia las nuevas instalaciones en ese estado, se les había hablado de las casas que había erigido la compañía. El alquiler de esas casas sería de diez dólares al mes, con reparaciones, gas y agua corriente a cuenta de la compañía.

Juan se mudó con su familia al piso amueblado de Nicanor. Descansó un par de días antes de ir a buscar trabajo. Aunque nunca hubiera trabajado en un alto horno de fundición, conocía a hombres que lo habían hecho; sabía lo suficiente acerca del trato que recibían de la mano de esos tiranos como para estar seguro de que aquello no era lo suyo. También había observado el efecto que tenían el intenso calor y las emanaciones tóxicas sobre su cuerpo.

Juan fue a la oficina de empleo para pedir trabajo. El hombre encargado del personal habló con él algunos minutos y le dijo que volviera a la mañana siguiente para empezar a trabajar en el taller de cerámica. Era donde se hacían las vagonetas y los condensadores que se utilizaban en los hornos para las operaciones de fundición.

Pero su trabajo en el taller de cerámica no duró mucho. En cuanto los atizadores se enteraron de que se había empleado a un trabajador español en otro departamento que el de los hornos, le llamaron a la oficina. El mismo hombre que le había contratado le dijo que le necesitaban en los hornos. Cuando Juan le dijo que no trabajaría ahí, el hombre le dijo que no podía trabajar en ningún otro departamento.

and other common items. There was such a store in St. Louis being run by a former resident of Naveces.

Nicanor took Juan to his house. He lived in a two-story brick house on Pennsylvania Avenue. The house had an apartment upstairs that had been vacated by a man called "Mieres" (nicknamed after the town in Spain he had come from). Mieres and his wife had also gone to West Virginia.

To lure men to the new plant in West Virginia, they were told about the company houses being erected. Rent on the houses would be ten dollars a month, with repairs, gas and running water furnished by the company.

Juan moved his family to Nicanor's furnished apartment. He rested a couple of days before looking for a job. Although he had never worked in a smelter, he had known men who had; he'd heard enough about their treatment at the hands of the tyrants to know he wanted none of it. He had also observed the effects the heat and the fumes had on them.

Juan went to the employment office to ask for work. The personnel man talked with him for a few minutes and told him to return the following morning to begin work in the clay pottery. This was where retorts and condensers were made for use in the roasting operations in the furnaces.

But his job in the pottery didn't last long. As soon as word got to the Tizadores that a Spanish worker was employed in a department other than the furnace, he was called into the office. The same man who hired him told him he was needed in the furnace. When Juan told him he would not work there, the man told him he couldn't work in any other department.

"You will be hiring a man to replace me in the pottery," Juan said.

"Yes," the man said, "but he won't be Spanish. Had I known you were Spanish, I wouldn't have hired you."

"Why didn't you know I was Spanish?"

"Because your name didn't sound Spanish. I thought Villanueva was a French name. We do have a lot of Frenchmen in this part of the city. Besides, you speak English well. None of the Spaniards I know speak English. How do you happen to be so fluent in the king's English? You sure fooled me."

"You still haven't explained to me why a Spanish person cannot work anywhere but the furnaces."

"For the simple reason that we tried Americans, Italians, Irishmen, Frenchmen, and Lord only knows what other nationalities, and the only men so far who adapted well to the furnace work are Spanish men."

"Why don't you use Negroes? There seems to be plenty of them in this city."

"We tried it. They would start at four o'clock in the morning and by seven they would throw their tools down with a clatter and say, 'I may go to hell when I die, but sure as hell, I'm not going to suffer this terrible heat here on earth!'"

"They're a lot smarter than I gave them credit for," Juan said. "I'm going to be as smart as they are."

Juan got his pay and left the office.

As he began to walk briskly toward the exit gate, he was hailed by Timoteo Menendez, the Tizador on number three furnace.

"Usted contratará a alguien para sustituirme en el taller de cerámica" dijo Juan.

"Sí – respondió el hombre – pero no será un español. De haber sabido que usted era español, no le hubiera contratado."

"¿Cómo es que usted no sabía que yo era español?"

"Porque su nombre no suena español. Yo pensé que Villanueva era un nombre francés. Tenemos muchos franceses en esta parte de la ciudad. Además, habla bien el inglés. Ninguno de los españoles que conozco sabe hablar inglés. ¿Cómo es que usted habla el inglés británico con tanta fluidez? Desde luego, me he dejado engañar."

"Sigue sin haberme explicado por qué los españoles no pueden trabajar en ningún otro sitio que no sea los hornos."

"Por la sencilla razón de que hemos probado americanos, italianos, irlandeses, franceses, y Dios sabe qué otras nacionalidades, y los únicos que hasta ahora se han adaptado bien a los hornos son los españoles."

"¿Por qué no contratan a negros? Parece que abundan por la ciudad."

"Lo hemos intentado. Empezaban a las cuatro de la mañana, y a las siete, ya tiraban al suelo las herramientas con gran estrépito y decían 'puede que vaya al infierno cuando me muera, pero juro por mil demonios que no voy a soportar este terrible calor aquí en la tierra.'"

"Son mucho más listos que lo que yo me imaginaba – dijo Juan – Voy a ser tan listo como ellos."

Juan cogió su paga y salió del despacho.

Mientras iba caminando rápidamente hacia la puerta de salida, le llamó Timoteo Menéndez, el atizador del horno número tres.

"Villanueva. Te llamas Villanueva ¿verdad?"

"Sí" respondió Juan.

"Puedes empezar a trabajar en el horno número tres por la mañana. Preséntate preparado para trabajar a las tres y cuarenta y cinco."

"Tendrá que encontrar a otro. Yo volvería a España antes de trabajar en ese terrible infierno." Y siguió andando con paso rápido hacia su casa.

Los siguientes diez días, Juan intentó pensar en qué hacer. Mientras tanto, llevó a su pequeña familia en un largo viaje al parque Forest para ver la Feria Universal. Se quedaron atónitos ante las exposiciones, los bonitos y caros edificios, la muchedumbre y la alegría. Volvieron para visitarla de nuevo a los dos días, porque aún no habían visto todo lo que querían ver.

Durante su segunda visita en la Feria Universal, a Juan se le ocurrió qué hacer para ganarse la vida en los Estados Unidos.

En el barrio sur de San Luis, parecía haber un bar o un puesto de cerveza en cada esquina. Juan había observado como los obreros de los hornos se llevaban cubos espumosos de cerveza a casa después de su jornada laboral, o como se paraban en el café por la tarde, para pasar algunas horas jugando a la brisca y al dominó, y bebiendo cubos de cerveza uno tras otro. Había notado en el parque Forest que la gente se reunía más alrededor de los puestos de cerveza que de los de helados y bebidas gaseosas.

"Villanueva. Your name is Villanueva, isn't it?"

"Si," answered Juan.

"You can start working on number three furnace in the morning. Report ready for work at three-forty-five."

"You'll have to find someone else. I'll go back to Spain before I work in that fiery hell." And he continued his fast pace toward home.

For the next ten days, Juan tried to think of his next move. During this time, he took his little family on the long trip to Forest Park to take in the World's Fair. They were amazed at the exhibits, the beautiful and costly buildings, the crowds and the gaiety. They returned for another visit a couple of days later, for they hadn't seen all they wanted to see.

During his second sojourn to the World's Fair, Juan realized what he would do to make a living in the United States.

In South St. Louis, there seemed to be a saloon or beer garden on every corner. Juan noticed how the furnace workers carried foamy buckets of brew to their homes after their workdays or stopped in a saloon or beer garden in the evenings to spend a few hours playing *brisca* and dominoes and drinking one bucket of beer after another. In Forest Park, he noticed, more crowds gathered around the beer gardens than around the ice cream and soda pop stands.

The following day, Juan sent a letter to his brother David in West Virginia. He would be leaving St. Louis for West Virginia as soon as his second child was born.

Ernesto was conceived in Gijon and was born in the two-story brick house on Pennsylvania Avenue. When Ernesto was two weeks old, Juan, his wife and their two sons boarded the B&O train at Union Station for the long trip to Clarkston, West Virginia.

Chapter Three

The boys were too small to remember the trip, but Juan and Maria Elena became dizzy watching the landscape pass. Corn and wheat fields and other stretches of flat land marked their trip across Illinois, Indiana and most of Ohio. In the eastern part of the Buckeye State, however, they began to see hills—small hills at first, then larger. After the train crossed the Ohio River, they began to see high hills, then mountains. It was autumn. The panorama of colors before their eyes was indescribable. Juan and Maria Elena looked out intently at the scenery and then said to each other almost in the same breath, "Que maravilla! It's almost like heaven."

The train arrived at the depot in Clarkston at four o'clock in the morning. David met them on the platform, and they embraced. Preston Wright, a young man from Wright's Livery, was on hand with his team of horses and two-seated, soft-spring buggy to drive them to Coe's Run, about three miles to the east.

Al día siguiente, Juan mandó una carta a su hermano David en Virginia Occidental. Había decidido marcharse de San Luis e ir a ese estado en cuanto hubiera nacido su segundo hijo.

Ernesto había sido concebido en Gijón y nació en aquella casa de ladrillos de la avenida Pennsylvania. Cuando Ernesto tuvo dos semanas, Juan, su mujer y sus dos hijos se subieron al tren B&O, en Union Station para emprender el largo viaje que les llevaría a Clarkston, en Virginia Occidental.

Capítulo 3

Los chicos eran demasiado jóvenes como para poder acordarse del viaje, pero Juan y María Elena se acabaron mareando mirando desfilar el paisaje. Campos de maíz y de trigo y otras extensiones de tierras llanas marcaron su viaje a través de Illinois, de Indiana y de la mayor parte de Ohio. En la parte este del *Buckeye State*, sin embargo, empezaron a ver colinas – pequeñas colinas al principio, luego más grandes. Después de que el tren cruzara el río Ohio, empezaron a ver altas colinas, y luego montañas. Era otoño. El panorama de colores ante sus ojos era indescriptible. Juan y María Elena miraban atentamente el paisaje y se dijeron casi en un mismo suspiro: "¡Qué maravilla! Esto es un paraíso."

El tren llegó a la estación de Clarkston a las cuatro de la mañana. David se encontró con ellos en el andén y se abrazaron. Preston Wright, un joven de la caballeriza Wright estaba listo con un equipaje de dos caballos y un cochecillo de dos plazas, con buena suspensión, para llevarles hasta Coe's Run, unas tres millas hacia el este. Preston les dio la bienvenida en español. Juan sonrió al oir al joven muchacho hablar el idioma de la asturia rural. El pueblo de Coe's Run se había ido llenando durante casi dos años de trabajadores de fundición originarios de España.

La compañía de Industrias Químicas Crossetti de Nueva Jersey había empezado la construcción de una nueva fábrica dos años antes y habían empezado las operaciones de fundición más o menos un año después.

Casi todos los españoles viviendo en Coe's Run habían venido directamente de Asturias. Había unos pocos que habían ido a "Santo-lo-is-mo" [*sic*] y habían seguido a algunos de los atizadores, a los cuales se les había asegurado una casa de la compañía en la cual vivir en Virginia Occidental.

Cuando fueron acabadas las veinticinco casas, Otto Ahrens, el superintendente de la nueva instalación, ocupó la más grande, una construcción llena de recovecos de dos pisos al pie de la colina. Ahrens, su mujer, sus dos hijas y su viejo loro habían venido de Alemania. Las otras veinticuatro casas eran sólo de un armazón y medio, todas del mismo estilo: cuatro habitaciones en el piso de abajo y una pequeña habitación y algo de espacio para armario en el piso de arriba. Las primeras cuatro o cinco casas se destinaban a los jefes de

Preston extended greetings in Spanish. Juan smiled when he heard the young fellow speaking in the idiom of rural Asturias. The village of Coe's Run had been filling up with smelter workers from Spain for almost two years.

The Crossetti Chemical Company of New Jersey had started construction of a new plant about two years before and had started smelting operations a year or so later.

Almost all of the Spanish people living in Coe's Run had come directly from Asturias. There were a few who had gone to "Santo-lo-is-mo" and had followed some of the Tizadores, who had been assured a company-owned house to live in West Virginia.

When all of the twenty-five houses were completed, the largest one, a rambling two-story frame house at the base of the hill, was occupied by Otto Ahrens, the superintendent of the new facility. Ahrens, his wife, their two daughters and their old poll-parrot had come from Germany. The twenty-four other houses were one-and-a-half frames, all in the same style: four rooms on the lower floor and one small bedroom and some closet space on the second floor. The first four or five houses would be used by department heads other than the furnace department; the remaining houses were reserved for Tizadores and their families.

The Tizadores, whether here or when they worked in the Fundicion de Arnoa, had an air of magnified importance. Tizadores were given absolute authority to hire and fire when and as they pleased. They were aided in their arbitrary behavior by followers they'd brought with them from the old country, charlatans who kept their bosses aware of what was being said about conditions in the furnaces and about the comings and goings of workers in general.

Not all Tizadores were of the same stripe. A few merited the job because they were able not only to keep a particular furnace properly regulated, but because they had an inborn quality to see their workers as human beings instead of robots. Most of the firemen had never attended school. But it wasn't unusual to find unschooled men who could read and solve uncomplicated mathematical problems.

Members of Juan Villanueva's family were greeted warmly and enthusiastically by their relatives and by families living in the area who had come from Naveces, Piedras Blancas and Aviles. Some of the people Marilena had known most of her life.

David, with Diego's help, added a room to his house for Juan's family to live until they were able to find a house of their own.

The first step Juan took after he was settled in was to write a letter to the Hoster Brewing Company in Columbus, Ohio. He wanted the franchise to become a beer distributor. A few days later, a representative of the company arrived in the village. After talking with Juan, he telegraphed headquarters apprising it of Juan's suitability. The next day, the representative told Juan he'd been accepted.

Juan soon traveled to Clarkston, where he received a $500 loan from the First National Bank. Returning to Coe's Run, he visited Roscoe Wright at

secciones otras que los hornos; las demás casas estaban reservadas para los atizadores y sus familias.

Los atizadores, trabajasen aquí o en la Fundición de Arnao, parecían tener un poder desmesurado. Tenían autoridad absoluta para contratar y despedir cuando y como se les antojase. Les ayudaban en su comportamiento arbitrario los seguidores que se habían traído del viejo mundo, charlatanes que mantenían sus jefes informados de lo que se decía acerca de las condiciones de los hornos y de las idas y venidas de los trabajadores en general.

No todos los atizadores eran del mismo metal. Algunos merecían su trabajo porque eran capaces no sólo de mantener un horno en particular correctamente regulado, sino también porque tenían una cualidad innata para considerar a los trabajadores como seres humanos y no como robots. La gran mayoría de los encargados del fuego nunca había ido a la escuela. Pero no era raro el encontrar a hombres sin estudios que sabían leer y resolver simples problemas de matemáticas.

Los miembros de la familia de Juan Villanueva fueron acogidos calurosamente y con entusiasmo por sus parientes y por las familias del lugar que habían venido de Naveces, Piedras Blancas y Avilés. Alguna de la gente que Marilena conocía de casi toda la vida.

David, con la ayuda de Diego, añadió una habitación más a su casa para que pudieran vivir en ella Juan y su familia hasta que encontraran su propia vivienda.

El primer paso que dio Juan después de instalarse fue escribir una carta a la cervecería Hoster de Columbus, en Ohio. Quería una franquicia para ser distribuidor de cerveza. Unos días más tarde, un representante de la compañía llegó al pueblo. Tras haber hablado con Juan, mandó un telégrafo a la sede central, con una evaluación de las capacidades de Juan. Al día siguiente, el representante le dijo a Juan que había sido aceptado.

Juan se desplazó poco después a Clarkston, donde recibió un préstamo de la First National Bank. Volviendo a Coe's Run, visitó a Roscoe Wright, en los establos de las caballerizas Wright. A través de Roscoe Wright, encontró a un granjero que le vendió dos caballos de muy buena apariencia. Luego fue a la tienda de herradura de Kent, donde Tom Kent vendía un carro. Juan compró el carro y le hizo cambiar la caja para que se pudieran colocar en ella barriles de cerveza de una forma conveniente.

Pocos días después, Juan Villanueva llevó su equipaje de caballos a la estación de ferrocarriles, para su primer cargamento de barriles de cerveza y de cajas de botellines de cerveza.

Los ferrocarriles B & O habían puesto dos millas de vía para llevar el mineral de zinc a la nueva instalación. A la demanda de Juan, pusieron una desviación para que sus cargamentos de cerveza fueran mandados directamente a Coe's Run desde Columbus y también desde Baltimore. La desviación ayudaría también a otros comercios locales a recibir mercancías de sitios lejanos.

Juan tomó disposiciones con la compañía de leña Southern Pine para comprar madera a crédito y poder construir una casa en la calle Ashton. La calle

Wright's Livery Stables. Through Roscoe Wright, he found a farmer from whom he purchased two fine looking horses. He next went to Kent's Blacksmith shop, where Tom Kent had a wagon to sell. Juan bought the wagon and had the blacksmith convert the bed so beer barrels could be conveniently placed on it.

A few days later, Juan Villanueva drove his team of horses to the railroad depot for his first wagonload of beer barrels and cases of bottled beer.

The B&O Railroad had put in two miles of track to bring the zinc ore to the new plant. At Juan's request, they put in a spur so his beer shipments could be sent directly to Coe's Run from Columbus and also from Baltimore. The spur would also help other local businesses receive goods from faraway places.

Juan made arrangements with the Southern Pine Lumber Company to buy lumber on credit so he could build a house on Ashton Lane. Ashton Lane was several hundred yards north of the Clarkston Pike. David's house was on the west side of the lane, while the 100 by 250-foot lot Juan's house was going to be built on was on the easternmost part, approximately one-half mile away.

As winter set in, the house was not quite completed, but the Villanuevas moved in nevertheless. Natural gas had been found in the area, and a number of gas wells were producing; gas-well derricks could be seen drilling in nearby hills. Almost every house in the village was now receiving their gas from a main just north of the town. Gas was so cheap and plentiful that although West Virginia was and still is one of the largest coal-producing states in the nation, gas was used for all heating and lighting purposes in Coe's Run. There were gas stoves for cooking, asbestos-lined, open-faced stoves to heat the living rooms and bedrooms and gas mantles for lights in the house.

In the spring of 1905, Juan bought apple trees, peach trees and a variety of grape vines from Wright's Livery and Seed Company. After Juan planted the trees in the spacious backyard, he planted a row of hedges along the front yard instead of putting in a fence. Inside the hedges, he planted rose bushes.

Coe's Run, now being called Crossetti by most newcomers to the area, grew by leaps and bounds between 1904 and the year I was born, 1909. When the smelting operations began, only a couple of furnaces were operating; now, twenty blocks (or ten furnaces) were operating at capacity.

In the early days, local businesses were made up of Wright's Livery Stables and Feed Company, Fowler's General Merchandise Store and Kent's Blacksmith Shop. But a number of businesses had been started by Spanish immigrants, most of whom had followed workers to West Virginia to cater to their needs. In the beginning of the settlement, there were about thirty-five families; now Coe's Run had a population of nearly 1,200 people, two-thirds of them from Spain, but also including Italians, Poles, Slavs, Hungarians, Germans, Irish and Native Americans. Most of the non-Spanish immigrants worked in departments other than the furnaces: the ore-storage, the pottery, the machine shop, the yards and the laboratory.

Ashton estaba a varios centenares de yardas al norte de Clarkston Pike. La casa de David estaba en el lado oeste de la calle, mientras que la parcela de 100 por 250 pies sobre la cual Juan iba a construir su casa estaba en la parte más al este, a aproximadamente media milla.

Cuando llegó el invierno, la casa no estaba completamente acabada, pero los Villanueva se mudaron a ella a pesar de todo. Se había encontrado gas natural en los alrededores y un número de pozos de gas estaban produciendo; se podían ver los armazones de los pozos de gas que se estaban cabando en las colinas de al lado. Casi todas las casas del pueblo recibían su gas de una central, justo al norte de la aglomeración. Había tanto gas y era tan barato que, aunque Virginia Occidental haya sido y siga siendo uno de los estados que más carbón produce en todo el país, en Coe's Run, se utilizaba gas para la calefacción y la luz. Había hornos para cocinar, hornos forrados con amianto, hornos abiertos para calentar el comedor y las habitaciones y lámparas de gas para la luz en las casas.

En la primavera de 1905, Juan compró manzanos, melocotoneros y una variedad de vid a las caballerizas Wright y a una compañía de semillas. Después de plantar los árboles en el espacioso jardín, plantó una línea de setos en frente de la casa, en vez de poner una valla. Entre los setos, plantó rosales.

Coe's Run, a la que muchos de los recién llegados al lugar llamaban Crossetti, creció de golpe y a saltos entre 1904 y el año de mi nacimiento, 1909. Cuando empezaron las operaciones de fundición, sólo operaban un par de hornos; ahora, veinte bloques (o diez hornos) estaban operando a plena capacidad.

Al principio, el comercio local estaba compuesto de las caballerizas y tienda de piensos de Wright, de la tienda de Ultramarinos de Fowler y de la tienda de herraduras de Kent. Pero un número de comercios habían sido establecidos por los inmigrantes españoles, que en su mayoría habían seguido a los trabajadores a Virginia Occidental para atender sus necesidades. Cuando empezó el pueblo, consistía en unas treinta y cinco familias; pero por aquel entonces, Coe's Run ya tenía una población de casi 1.200 almas. Dos tercios eran españoles, pero también había italianos, polacos, eslavos, húngaros, alemanes, irlandeses e indios americanos. La mayoría de los inmigrantes que no eran españoles trabajaban en secciones otras que los hornos: el almacén de mineral, el alfar, el taller de las máquinas, los depósitos y el laboratorio.

La compañía de carbón Allied Carbon contruyó una nueva instalación al lado del horno de fundición, pero no contrató a inmigrantes españoles. Más tarde, la compañía contrataría a los descendientes de los primeros pobladores españoles.

El trabajo en el horno se hacía exclusivamente por españoles. Sólo durante la gran depresión, unos pocos hombres de otras nacionalidades se atrevieron a desafiar el peligro.

Aunque todos los hornos de fundición de zinc funcionaran de la misma manera en todo el país, el número y el tamaño de los hornos variaba de una instalación a otra.

Anmoore smelters in their heyday

Las fundiciones de Anmoore en pleno apogeo

La compañía de industria Química Crossetti tenía dos bloques de hornos. Cada bloque tenía un atizador para mantener el calor en los hornos a la temperatura adecuada.

Las vagonetas y condensadores eran colocados y llenados de mineral de zinc a cada lado del bloque. Cada bloque tenía 100 pies de largo, 6 de alto y había 5 líneas de 50 vagonetas de cada lado.

Vías estrechas iban en paralelo con el frente del bloque de cada lado. Pesadas cargas de mineral de zinc eran empujadas por seis u ocho hombres, que se paraban en la primera operación de carga. Dos hombres con palas metían el pesado mineral de zinc dentro las dos primeras líneas de vagonetas, para dos de las diez secciones; en cuando el coche de metal volvía al principio, otros dos hombres empezaban a llenar las dos líneas siguientes; y cuando estaban llenas las diez secciones de las vagonetas, volvía al principio donde otros dos hombres lo cargaban dentro de la primera línea hasta que las diez secciones de las vagonetas estuvieran llenas. Se repetía la misma operación para la segunda sección y así hasta que estuvieran terminadas todas las secciones. Los dos primeros hombres con las palas eran los que trabajaban en "primera línea", los segundos, "la segunda línea" y la línea simple era la tercera.

La primera línea era más fácil que la segunda, y la segunda mejor que la tercera, y los hombres que se ocupaban de esas líneas eran, por regla general, los favoritos de los atizadores, con la excepcíon de aquellos atizadores que eran justos y repartían el trabajo según la antigüedad de cada uno.

Mientras se llenaba cada sección de las vagonetas con el mineral de zinc, los "chicos de Connie" cubrían cada vagoneta con un condensador, sellándolo herméticamente con arcilla para evitar que se escaparan las llamas y para mantener dentro una temperatura altísima. Después, otros trabajadores seguían la tarea, llenando cada condensador de polvo de carbon mojado, para evitar que a las pocas horas se saliera el zinc de las vagonetas ligeramente inclinadas antes de que estuviera listo para que lo sacara "el tirador", una persona encargada de este oficio, durante el turno de la tarde.

El turno de la mañana podía durar tres, cuatro o más horas, dependiendo del tiempo y del período del año. Cuando estaban completas las diez secciones, los hombres podían irse a casa para el resto del día.

A las tres de la tarde, "el tirador" empezaba a trabajar. Se retiraba la vagoneta de mineral de zinc de la vía y se traía otra vagoneta, por medio de una cadena y una polea. El tirador, sobre la plataforma de la vagoneta, manejaba un volante y la conducía hacia el primer condensador de la línea de abajo. La vagoneta tenía dos resguardos hechos de hojas de metal para controlar las llamas que salían ahora de los condensadores, ya que se había consumido todo el carbón molido, y eran constántemente tapadas por el encargado de rellenarlas, llamado "el embuchero"; luego, el encargado de sacar el metal levantaba una enorme caldera con una cadena y una polea hacia el primer condensador, e insertaba suavemente la "cuchara", una larga barra de hierro con un disco de metal al final, dentro de los condensadores y empezaba a extraer el zinc derretido, dejándolo correr sobre la cuchara. Había que tener la cabeza cubierta y llevar gafas de seguridad, además

The Allied Carbon Company built a new plant adjacent to the smelter, but didn't hire Spanish immigrants. Later, the company hired the offspring of the original Spanish settlers.

The furnace work was done exclusively by Spanish men. Only during the Great Depression did a few men of other nationalities dare brave the hazards.

While basically all the zinc smelters in the country had the same type of operation, the number and sizes of furnaces varied from one plant to the next.

The Crossetti Chemical Company had two blocks of furnaces. Each block had one Tizador to maintain the heat in the furnaces at the right temperatures.

Retorts and condensers would be put in place and filled with raw ore on both sides of the block. Each block was 100 feet long and six feet high and had five rows of 50 retorts on each side.

Narrow gauge tracks ran parallel to the face of the block on each side. Six or eight men would push heavy loads of zinc ore to the first loading stop. Two men shoveled the heavy ore into the first two rows of retorts for two of the ten sections. As soon as the steel car was backed up to the starting point, two others would begin shoveling the next two higher rows. When the ten sections of retorts were filled, the car was again moved to the starting point, where two other men would start shoveling ore into the top row until the ten sections of retorts were filled. The same operation would begin the second section and so on until all ten sections were done. The first two shovelers were said to be working *primera linea*, the second *segunda linea*, while the single line was *la tercera*.

The first line was easier than the second and the second better than the third. The men who handled the easier lines were, as a rule, the Tizadores' pets. A few Tizadores, however, were fair and doled out the work on a seniority basis.

As each section of retorts was filled with the zinc ore, the "Connie Boys" would cap each retort with a condenser. They would tamp it with clay to keep the flames from coming out and also to keep the terrific heat inside. Then other workers would follow with fine ground wet coal to stuff each condenser so that in a few hours the molten zinc would not run out of the slightly inclined retort until it was ready to be drawn out on the afternoon shift by a *tirador*, metal drawer.

The morning shift could take four or more hours, depending on the weather and the time of the year. As soon as all ten sections were completed, the men could go home for the day.

At three o'clock in the afternoon, the *tirador* would begin his work. The ore car would be removed from the narrow tracks and another car would be propelled by means of a chain and pulley. The *tirador* would turn a wheel as he stood on the platform on the car and roiled it to the first condenser on the bottom row. The car had two shields of sheet metal on each side to keep the flames from coming out of the condensers, as they had just about consumed all the ground coal and were constantly being recapped by a stuffer, called the *embucheror*. Then the *tirador* would raise a huge iron kettle by means of a

de un delantal de cuero. Si salpicaba el zinc, dejaba una terrible quemadura, que tardaba semanas en curarse. Había que tirar los guantes, los zapatos y los calcetines después de dos semanas, ya que, aunque no salpicara el zinc derretido mientras se sacaba, lo podía hacer mientras se vertía en los moldes.

Había tres moldes de cada lado de la plataforma, para formar un total de seis placas de zinc, cada una de 75 libras. Los moldes estaban colocados sobre un giratorio, y cuando estaban listos, el embuchador les daba la vuelta sobre la plataforma. Había que asegurarse que estaba lo suficientemente duro antes de hacer esa operación. También era el trabajo del embuchador el ponerse guantes forrados de amianto para coger cada placa de la plataforma y colocarla sobre un coche bajo que las llevaba hacia el patio, donde los equipos del patio las cargaban sobre un furgón, preparadas para ser envíadas.

Mientras el "tirador" iba repasando la línea de condensadores, sacando hasta la última gota de zinc, el embuchador le seguía, tapando y picando cada condensador con una barra puntiaguda para permitir que una pequeña llama saliera de lo alto de cada cono. Después, un segundo "chico de connie", generalmente un muchacho de diecipico años, colocaba un tubo de metal por encima de cada cono para recoger los residuos que goteaban de cada condensador, hasta que el encargado de extraer el metal estaba preparado para emprender la segunda vuelta, de una extremidad del horno a la otra.

De todas las operaciones efectuadas en el trabajo de los hornos, el turno de la mañana era el más duro y cuando se pasaba más calor. La primera operación empezaba con la recogida de cada condensador, y eso dejaba una pared de llamas expuestas todo a lo largo del bloque. Luego tenían que reemplazar las vagonetas estropeadas, aún al rojo vivo por el calor del gas y del aire.

Pocos minutos después de haber empezado a trabajar, los hombres estaban bañados en sudor, de la cabeza a los pies. Sus pies nadaban virtualmente en sus zapatos.

Si no habían venido bastantes hombres al turno de la mañana, se mandaba a uno de los hombres a casa del obrero que no se había presentado al trabajo. Algunos obreros se habían quedado dormidos, otros estaban demasiado cansados para levantarse y se daban la vuelta en la cama diciendo: "¡Que se vayan al diablo!" Pero si se les llamaba, se levantaban, bajo la amenaza de perder su trabajo.

Mientras tanto, algunos de los hombres que no se habían presentado a trabajar no se encontraban por ninguna parte; habían salido para dos o tres días. Si lo hacían demasiado a menudo, eran despedidos. Pero hombres con experiencia siempre podían encontrar un trabajo en un horno, bien en Terre Haute, en Indiana, Pittsburgh, en Pennsylvania, o San Luis, en Missouri. Había un horno de zinc en estas y otras ciudades del país. Y en cada uno de esos hornos, los españoles se ocupaban generalmente de la fundición.

Juan Villanueva y sus hermanos prosperaron en sus negocios variados. La tienda de ultramarinos de David era ahora un gran edificio de dos plantas, con vivienda en el primer piso y almacenes en el ancho sótano. Tras haberse

chain-a-ratchet to the first condenser and with a "spoon," a long iron rod with a metal disc on the end, would begin to extract the molten zinc and let it stream out into the ladle. The *tirador's* head had to be covered and he had to wear safety glasses and a leather apron. If some of the zinc spilled on his skin, it left a terrible burn that would take weeks to heal. Men were always discarding gloves, shoes and such after a couple of weeks, for if the molten liquid wasn't spilled as it was being drawn, then perhaps it would splatter as it was being poured into the molds.

There were three molds on each side of the platform for a total of six zinc plates. Each plate would weigh 75 pounds. The molds were mounted on a swivel, and when they were set enough to be turned over onto the platform, the stuffer would do so. One had to be certain it had hardened enough before doing this operation. It also was the stuffer's job to put on asbestos-lined gloves to pick each plate from the platform and place it on a low flat car to be taken to the yards. There, the zinc bars would be loaded by the yards' crews in boxcars to be shipped out.

As the *tirador* went down the line "milking" each condenser for every drop of zinc he could, the *embuchador* would follow, capping and "pinching" each condenser with a pointed bar to allow a small flame to come out on the top side of the cone. Then a second "Connie Boy," usually a young man in his late teens, would place a metal tube over each cone to catch the residue dripping from each condenser until the *tirador* was ready to begin his second swing from one end of the furnace to the other.

Of every operation performed in the furnace work, the morning shift was the hardest and hottest. The first operation started with the removal of every condenser, and that left a wall of flame exposed for the entire length of the block. Then the damaged retorts, still red hot from the gas heat and air, had to be replaced.

Within a few minutes after the men began to work, they were bathed in sweat from the tops of their heads to their toes. Their feet would be virtually squishing in their shoes.

If enough men had not shown up for the morning shift, one of the men would be sent to the home of a worker who hadn't reported. Some workers would oversleep; others would be too tired to get up, and they'd roll over in their beds and say "To hell with it!" But they would get up if they were called, under threat of losing their jobs.

Meanwhile, some men who didn't report to work couldn't be located; they would be off on a two- or three-day spree. If they did this too often, they were fired. But men with experience could always find a job in a smelter, whether in Terre Haute, Indiana, Pittsburgh, Pennsylvania or St. Louis, Missouri. There was a zinc smelter in these and other towns across the country. And in each of the smelters, Spaniards generally manned the furnace departments.

Juan Villanueva and his brothers prospered in their various business enterprises. David's grocery was now a large, two-story frame building with living

trasladado al pueblo, Emilio había puesto otra tienda de ultramarinos, con un mercado de pescado, en el otro lado del pueblo.

Se conocía a los tres hermanos por los nombres de sus negocios: David era El Carnicero, Emilio, El Sardinero, y Juan, El Cervecero.

Gran cantidad de españoles habían llegado para poner su propio negocio: Alfredo López era el zapatero, Victoria Inclán tenía su carrito y Rodolfo García, su barbería y su mesa de billar. Augustín Peláez, conocido como El Pintor, era un muralista que pronto se volvió uno de los hombres más ocupados del pueblo por su habilidad en pintar retratos, paísajes y otras escenas.

En 1906, Cecil Applewhyte, médico, y su mujer, Winifred, vinieron a vivir a Coe's Run. Una casa amarilla de dos pisos, construída sobre la carretera en frente de las instalaciones de fundición, sirvió de consulta para el doctor y de vivienda para la familia. Tenía una granja grande para su caballo y su cochecito, y una habitación en lo alto de la granja donde conservaba un esqueleto.

José María Castillo, el cuñado de Juan, había venido a Coe's Run con su mujer, Angela, y su hija, Angelita (a quien todos llamaban "Lita"). José se convirtió rápidamente en el principal lechero del lugar. Trabajaba en el horno de fundición, pero su mujer se ocupaba de las vacas. Habían empezado con dos Guerneseys, pero ahora tenían seis. A veces, José llevaba las vacas al pasto y cogía con él una manta los días de calor para colocarla a la sombra hasta que llegara la hora de llevar las vacas a casa para el ordeño de la noche.

El negocio de cerveza de Juan había prosperado tanto durante el primer año que ahora era propietario de un caballo ruano de montar, nombrado, bastante apropiadamente, Whiskey. Acudiendo a caballo a sus citas de negocios, formaba un imponente cuadro con sus botas, su faja de colores vivos y su sombrero de fieltro, que llevaba ladeado con gracia. Su bigote pelirrojo era ahora un poco más tupido que antes.

La prosperidad de Juan iba a durar hasta julio de 1914, cuando el estado de Virginia Occidental cometió el error de imponer la prohibición cuatro años antes de que el resto del país cometiera la misma equivocación. Pero Juan se había preparado para esa posibilidad. Tras vender sus caballos y sus carros, compró una mula de Missouri, para convertirse en el carnicero del pueblo.

Alquiló un edificio al lado de la zapatería de Alfredo López y abrió "La Carnicería."

Mi padre se ocupaba de ir a las granjas para comprar reses que preparaba en el campo, y sacó adelante a su familia, que por entonces contaba, además de los cuatro hermanos, Andrés, Ernesto, Justo y José, con Celia, a quien mi madre acababa de dar a luz. Mi padre estaba tan entusiasmado de tener una hija que organizó la mayor fiesta de cerveza del mundo, ya que aquel era su último acto como único distribuidor de cerveza del pueblo. La gente fue y vino durante más de una semana hasta que toda la cerveza de los barriles y toda la cerveza de las botellas se hubiese acabado. Mi padre no quería conservar nada, para no ser acusado de desobedecer la nueva ley.

Mi padre nos solía llevar a Andy, a Neto y a mí en el carro a la granja donde había comprado un buey. El animal se llevaba hacia un sitio debajo de un enorme

quarters on the top floor and storage space in the spacious basement. After moving to town, Emilio had started another grocery, along with a fish market, on the other end of town.

The three brothers were known by the names of the businesses they were in: it was David, El Carnicero; Emilio, El Sardinero; and Juan, El Cerverero—the meat man, the fisherman and the beer man.

A great number of other Spanish persons had come to start their own business: Alfredo Lopez was El Zapatero, the shoe man; Victoria Inclan had her Carrito, her wagon services; and Rodolfo Garcia had his barberia (barbershop) and his *mesa de billar* (billiard table). Augustin Pelaez, known as El Pintor, was a muralist who soon became one of the busiest men in town by virtue of his ability to paint portraits, landscapes and other scenery.

In 1906, Cecil Applewhyte, M.D., and his wife, Winifred, came to live in Coe's Run. A two-story, yellow frame house, built on the Pike across from the smelter, served as the doctor's office and the family's living quarters. He had a large barn for his horse and buggy, and he had a room in the barn's loft where he kept a skeleton.

Jose Maria Castillo, Juan's brother in-law, had come to Coe's Run with his wife, Angela, and daughter, Angelita (called Lita by everyone). Jose was soon the first dairyman in the area. He worked at the smelter, but his wife took care of the cows. They'd started with two Guernseys, but now had six. Sometimes Jose would drive the cows to the pasture and take a blanket with him on warm days and spread it out in the shade until it was time to bring the cows back home for the evening milking.

Juan's beer business prospered so well during its first year he was now the owner of a beautiful roan saddle horse named, appropriately enough, Whiskey. Riding the horse on business calls, he made a fine picture in his boots, colorful *faja* and rakish felt hat. His reddish moustache was now a little thicker than it had been.

Juan's prosperity would last until July of 1914, when the state of West Virginia made the mistake of imposing prohibition four years before the rest of the country made the same error. But Juan had been preparing for this eventuality. After selling his dray horses and wagons, he bought a Missouri mule and a paneled wagon and became the town's butcher.

He rented a building next to Alfredo Lopez's shoe repair shop and started "La Carniceria."

Father was kept busy going out to farms to buy the beef cattle that he would dress out in the fields, and in raising a family. Besides the four sons, Andres, Ernesto, Justo, and Jose, mother had just brought Celia into the world. My father was so thrilled to get a girl that he gave the biggest beer party of all, for this was his last fling as the town's only beer distributor. People came and went for more than a week until all the beer in the barrels and all the beer in the bottles was gone, for my father didn't want to have any on hand and be accused of breaking the new law.

Father would take Andy, Neto and me on the wagon to the farm where he had purchased a steer. The animal would be led to the spot under a huge oak

roble donde se le iba a matar. Mi padre cogía un macho del carro, unos cuchillos y algunos cazos. Se colocaba en frente del animal, levantaba el macho lentamente, y antes de que el animal se hubiera percatado de su intención, le propinaba un golpe rápido y fuerte entre los ojos, y lo dejaba sin sentido. En cuanto el animal caía al suelo, le cortaba la yugular y recogía la sangre que fluía en una gran palangana.

A veces, Guiseppi, el panadero italiano del lugar, estaba presente para llenar una taza de sangre cálida y beberla. Luego tensaba los músculos y decía que aquello era lo que le hacía fuerte. Chasqueaba la lengua antes de saludarnos.

Mi padre y los dos mayores empezaban a trabajar levantando la vaca o el buey con una fuerte cuerda, por encima de una rama y se ponían a despellejar al animal. Una vez despellejado, mi padre lo preparaba, lo serraba en mitades, luego en cuartos antes de acarrearlo al mercado de la carne.

De una manera o de otra, se aprovechaban casi todas las partes del animal – el corazón, el hígado, la lengua. El estómago se vacíaba en el prado, y tras haberle quitado la piel de dentro, se vendía a las mujeres españolas que lo utilizaban para preparar uno de sus platos más populares, los callos. Las tripas se cortaban en pequeños tacos tras haberlas hecho hervir durante varias horas en agua salada. Luego, se cocinarían con patas de cerdo, tacos de jamón, tomates, hojas de laurel y otros condimentos, para componer un plato tan delicioso que siempre se volvía a por más en cuanto se servía.

Las tripas lavadas se vendían para rellenarlas con carne de cerdo picada y aderezada para hacer las longanizas y los chorizos tan apreciados. Se utilizaba la sangre para hacer morcilla.

Capítulo 4

Ocurrieron tres sucesos en rápida sucesión durante el verano de 1909. En julio, la compañía de electricidad Monogahela inauguró la primera línea de tranvía desde Clarkston hasta Belleport, pasando por Coe's Run. En agosto, vine a este mundo, y en septiembre, la compañía de Industrias Químicas Crossetti tuvo su primera huelga.

Los trabajadores españoles de los hornos – todos menos los atizadores, una docena de sus seguidores y hombres trabajando en otros departamentos – dejaron de trabajar para protestar contra las condiciones. Los hombres pedían subvenciones para guantes, calcetines, pantalones, camisas y zapatos. Esos artículos se tenían que reemplazar regularmente y los hombres no tenían bastante dinero para comprarlos cada pocos días. (Los zapatos duraban un poco más que algunos días, pero eran los más caros, ya que tenían que estar reforzados por el zapatero local por razones de seguridad.)

Tras algunos días de huelga, alguién llamó a la puerta una noche. Mi madre abrió y en la entrada se tenía un hombre alto, ancho y corpulento. Tenía la cara

tree where it would be slaughtered. Father would get the sledgehammer from the wagon, several knives and some pans. He would face the animal, raise the sledgehammer slowly and, before the animal knew what he was up to, deliver a fast, hard blow between the eyes, knocking it unconscious. As soon as the animal fell to the ground, he severed its jugular vein and held a large pan to catch the blood pouring from it.

Sometimes Giuseppi, the local Italian baker, would be there to fill a cup with the warm blood and drink it. He would flex his muscles and say that this was what made him strong. Then he would smack his lips and bid us good day.

Father and the two older boys would set to work raising the steer or cow on a strong rope from the limb of the tree and begin to skin the hide off the animal. Once the hide was removed, Father would dress it, saw it in half, then quarter it before hauling it to his meat market.

Almost every bit of the animal was used in one way or another—the heart, the liver, the tongue. The stomach was emptied in the field, and after the lining was removed, it was sold to the Spanish women to make one of their most popular dishes, *callos*. The tripe would be cut into small cubes after being boiled for a number of hours in salt water. Then it would be cooked along with pigs' feet, cubed pieces of ham, tomatoes, bay leaves and other condiments to make a meal so delicious one would go for seconds at every serving.

The cleaned intestines would be sold for stuffing with ground and seasoned pork or for the much relished *chorizo* or *longaniza* Spanish sausage. The blood was used to make *morcilla* or blood sausage.

Chapter Four

Three eventful things happened in rapid succession in the summer of 1909. In July, the Monongahela Power Company inaugurated the trolley service from Clarkston to Belleport by way of Coe's Run. In August, I came into the world. And in September, the Crossetti Chemical Company had its first walkout.

The Spanish furnace workers—all except the Tizadores, about a dozen of their supporters and men working in other departments—quit work in protest of conditions. The men demanded allowances for gloves, socks, pants, shirts and shoes. These items had to be replaced regularly, and the men could not afford to buy them every few days. (The shoes would last a little longer than a few days, but they were the most expensive, as they had to be reinforced for safety purposes by the local shoemaker.)

After several days of the walkout, a knock came on our door one evening. Mother answered, and there stood a large, tall, heavyset man. His face was flushed, for he had walked up the steep hill to our house. He was puffing as he asked if father was home.

congestionada de haber subido la abrupta colina hacia nuestra casa. Preguntó jadeando si estaba mi padre en casa.

Mi padre saludo al hombre diciendo: "Bienvenido señor Ahrens. Esta es su casa."

"Buenas noches John. He subido la montaña para pedirte un favor."

Otto Ahrens había nacido en Hamburgo, en Alemania, y era el superintendente de la instalación. Lo habían mandado allí desde la sede central de la compañía, en Nueva Jersey. Conocía a mi padre porque era uno de sus mejores clientes.

"Iré directamente al grano – dijo Ahrens con su peculiar y marcado acento en inglés – Quisiera que usted se enterara de lo que quieren sus paisanos de mí. Están todos en huelga y no entiendo lo que quieren."

Mi padre replicó: "Lo que quieren, ya lo sé. No se pueden permitir gastarse la mayor parte de su salario en zapatos y ropas de trabajo. Así de simple."

"¿Por qué no me lo dicen? Se puede arreglar este asunto sin necesidad de parar el trabajo. ¿Me ayudará usted a hacer que los hombres vuelvan a emprender el trabajo?"

"Me agradará hacer lo que pueda. Déjeme que le traíga algo de cerveza."

Pero no tuvo que ir a por la cerveza, ya que mi madre subía del sótano con un cubo lleno.

Mi padre y el superintendente siguieron hablando y bebiendo cerveza el resto de la velada. Se dieron la mano cuando el hombre se levantó para marcharse. Le dijo: "Es usted un hombre justo John. Ha ayudado a mucha gente. Por favor, dése cuenta de que si me ayuda a hacer que los hombres vuelvan al trabajo, me hace un favor a mí y a ellos también. Buenas noches."

Lo que Ahrens no sabía era que mi padre había sido el que les había aconsejado a los hombres a que exigieran no solamente ropa de trabajo y zapatos, pero también mejores y más saludables condiciones de trabajo. Cuando los hombres habían acabado su turno, tenían que caminar muchas yardas con la ropa empapada de sudor, dependiendo de lo lejos que quedaba su horno de la sala de duchas, situada fuera del edificio donde trabajaban. Y la mayoría de las veces, el agua estaba demasiado fría. Además, los retretes de fuera estaban al lado de la sala de duchas. Olía tanto que uno tenía que taparse la nariz hasta poder soportar aquel apestoso lugar. No bastando con el olor, tampoco había papel higiénico – ni siquiera el catálogo Sears y Roebuck que se tenía en el retrete en casa de cada uno.

A la mañana siguiente de que el Sr. Ahrens hablara con mi padre, todos los clientes que eran seguidores de los atizadores encargaron a sus mujeres de decirle algo a mi padre: ya no querían cerveza. Sabían que Juan Villanueva había animado a los hombres para que siguieran con sus protestas hasta que la compañía accediera a sus demandas.

En 1909, las familias españolas erigieron un enorme edificio de ladrillos de dos pisos para acoger a la iglesia católica. Un sacerdote español vino al pueblo para ser el primer cura. Aquel sitio se llamaba La Casa Loma. Se había construído

Father greeted the man by saying, "Bienvenido, Señor Ahrens. Esta es su casa."

"Buenas noches, John. I have come up the mountain to ask of you a favor."

Otto Ahrens had been born in Hamburg, Germany, and was the plant's superintendent. He had been sent here from the company headquarters in New Jersey. He knew my father because he was one of his best beer customers.

"I vill come to the point," Ahrens said in his accented English. "I vood like you to find out vat it is your countrymen vant from me. Dey all valk out and I don' understand all dey vant."

My father replied, "What they want, I already know. They cannot afford to be spending the greater part of their checks on shoes and work clothing. It's that simple."

"Vy they don' tell me? Ve can settle this matter vithout work stopage. Vill you try to help me get the men back to vork?"

"I will be glad to do my best. Let me get you some beer."

But he didn't have to get the beer, for mother was already coming upstairs from the basement with a full bucket of it.

My father and the superintendent talked on and drank beer for the rest of the evening. They shook hands as the man got up to leave. He said, "You are a fair man, John. You have helped a lot of people. Please see that if you help me get the men back to work, you do me favor and you do them favor. Goot night!"

What Ahrens didn't know was that my father had been the one to urge the men to demand not only work clothing and shoes but better and healthier working conditions. After the men finished their shift, they had to walk in perspiration-soaked clothes for many yards, depending on how far their furnace was to the shower room on the outside of the building they worked in. And most of the time the water was too cold. In addition, the outside toilets were next to the washroom. It smelled so much a person would have to hold his nose until he could hurry out of the stinking place. On top of the smell, there was no toilet tissue—not even the usual Sears and Roebuck catalogue one had in one's own privy at home.

The morning after Mr. Ahrens talked with my father, all of Father's customers who were followers of the Tizadores left word with their women to tell my father something: They didn't want any more beer. They knew Juan Villanueva had encouraged the men to maintain their protest until the company met their demands.

By the year 1909, a huge, two-story brick building had been erected by the Spanish families to house the Catholic Church. A Spanish priest came to the town as its first pastor. The place was called La Casa Loma. It was built one third of the way up Pinnick Kinnick Hill on a level piece of ground and was visible from everywhere except the northeastern part of the hill.

The altar was on the first floor. The second floor, which included a ballroom for dancing, was where the first meeting after the walkout was held.

a un tercio de la colina Pinnick Kinnick sobre un terreno plano y se podía ver desde todas partes excepto la parte noreste de la colina.

El altar estaba en la planta baja. El primer piso, que incluía una sala de baile, fue donde se celebró el primer mitin después del principio de la huelga.

El mitin ya había empezado cuando mi padre llegó para hablar con los hombres. Les habló de su visita de la noche anterior. Uno de los hombres, evidentemente un hombre de la compañía que había sido enviado allí para investigar lo que estaba pasando, quería saber con qué derecho una persona que no era empleada por los hornos de fundición estaba negociando en nombre de los trabajadores.

"Sólo estoy aquí para ayudar – respondió mi padre – de cualquier forma posible y en la medida de mis posibilidades. Soy un hombre de negocios y mis intereses están en juego, como lo están los intereses de cada uno de los hombres de este pueblo, trabajen o no en los hornos de fundición."

Siguió contándoles a los hombres las preocupaciones del superintendente. Tras haber expuesto como tenían que presentar sus reveindicaciones de una manera razonable, se sentó a escuchar a los otros oradores. Finalmente, hubo una moción, aprobada casi por unanimidad, para dejar que mi padre, acompañado de otros tres hombres, fuera a hablar con el superintendente en el despacho de la compañía.

Cuando llegaron a la cita con el señor Ahrens, estaban presentes tres de los más poderosos atizadores: Augustín Gutiérrez, Manuel Morán y Miguel Costa.

Augustín Gutiérrez quería saber con qué derecho había venido Juan Villanueva. Se puso de pie al plantear la cuestión, pero se sentó disculpándose cuando el señor Ahrens se levantó y con el dedo levantado y una expresión airada le dijo: "El señor Villanueva está aquí porque yo le he mandado llamar. Usted se sienta. No hable y vamos a resolver este asunto en menos tiempo que tarda usted en subir la colina para ir a casa."

Claro está, el único en la habitación capaz de entender lo que decía el superintendente, a parte de él mismo, era Juan Villanueva.

"Dígale lo que he dicho" le dijo Arhens a mi padre. Aunque el señor Ahrens empezara a entender el español que hablaba Augustín Gutiérrez y los otros españoles del pueblo, aún no podía mantener una conversación. Con los años, sin embargo, acabaría por hablándolo con más fluidez.

Se resolvió el problema de la ropa, con la excepción de los zapatos. Se pusieron las duchas dentro, una sala para cada cuatro hornos y se colocó agua potable en sitios convenientes entre los hornos. Los hombres aceptaron volver al trabajo al día siguiente.

Era repugnante ver como los hombres que se habían negado a juntarse a los huelguistas se aprovechaban de las nuevas instalaciones y se precipitaban, intentando ser los primeros de la fila para la distribución de guantes y ropa.

Ya se estaba acabando una nueva fundición en Coalton, a unas once millas hacia el oeste, y otro en Westview, a sólo una milla de los límites del pueblo. Unas pocas familias dejaron Glen Coe's Run para ir a Coalton. Tres de los hombres eran atizadores que se habían quedado decepcionados cuando el señor Arhens

The meeting was in progress when Father arrived to consult with the men. He told them about his visitor the previous night. One of the men, obviously a company man sent to investigate what was going on, wanted to know by what right a person who wasn't employed at the smelter was negotiating for the workers.

"All I am here for," answered my father, "is to help in any way I can. I am a businessman and my interests are at stake, as are the interests of every man in this community, regardless of whether we work at the smelter or not."

He proceeded to tell the men of the superintendent's concern. After outlining how they should go about presenting their demands in a reasonable manner, he sat down to listen to the other speakers. Finally, there was a motion by almost unanimous consent that they would let my father, accompanied by three men, go to the plant's offices to talk with the superintendent.

When they arrived for the meeting with Mr. Ahrens, three of the most powerful Tizadores were there: Augustin Gutierrez, Manuel Moran and Miguel Costa.

Augustin Gutierrez wanted to know by what right Juan Villanueva was present. He had risen to his feet when he raised the question, but he sat down with apologies when Mr. Ahrens stood up and, with pointed finger and an angry expression, said, "Mr. Villanueva is here because I sent for him. You sit down. Don't talk and ve gonna get us straight in less time dan it take you to climb up the hill when you go home."

Of course, the only man in the room able to really understand what the superintendent said, besides the speaker himself, was Juan Villanueva.

"You tell him vat I said," Ahrens instructed Father. Although Mr. Ahrens was beginning to understand the Spanish spoken by Augustin Gutierrez and the other Spaniards in town, he could not yet carry on a conversation. He was, however, to become quite fluent as the years went by.

The clothing issue was resolved, except for the shoes. The shower rooms were moved inside with one room for every four furnaces and drinking water was placed in a convenient spot between furnaces. The men agreed to return the following morning.

It was disgusting to watch the men who refused to walk out with the strikers taking advantage of the new facilities and rushing to be the first in line for gloves and other clothing.

By now a new smelter was being readied in Coalton, about eleven miles to the west, and another one in Westview, only one mile from the Clarkston city limits. A few of the families left Glen Coe's Run for Coalton. Three of the men were Tizadores who had been disappointed when Mr. Ahrens had "given in" to the strikers. The Tizadores all left because the new company was going to have larger homes in an exclusive end of the town for them to live in rent-free. Every house in the new site would be company owned. The rent would be $12 per month for each family; each family would have running water and gas furnished. The water would be on the outside of the houses, and they would have outdoor privies without water but with toilet stools instead of the old wooden, rounded and half holes found in most outdoor privies.

había "cedido" a los huelguistas. Los atizadores se marcharon todos porque la nueva compañía iba a poner casas más grandes, en una parte cara del pueblo, para que pudieran vivir en ellas sin pagar alquiler. Todas las casas en la nueva instalación iban a ser propiedad de la compañía. El alquiler era de 12 dólares al mes para cada familia; cada familia tendría agua corriente y gas. El agua estaría situada al exterior de la casa y tendrían retretes por fuera, sin agua, pero con tazas en vez de viejos agujeros redondos o de media luna, como solían ser la gran mayoría de los retretes que estaban fuera de la casa.

Nací en agosto de 1909 y recibí el nombre de mi abuelo paterno, Justo. Si hubiera nacido en España, mi nombre me hubiera venido bien. Pero en los Estados Unidos de América, me causó angustia, frustración y pena.

Casi todos los españoles tienen un apodo. Llaman a una persona por el diminutivo de su nombre, por el nombre del pueblo o de la ciudad de donde viene, según quienes eran sus padres o en referencia a su oficio. Me llamaban Justo, o Justino o sólo simplemente Tino. No me molestaba – hasta que empezó la escuela.

Era una tortura para mí cuando la maestra de mi primer año de escuela me llamaba "Just-o." Me parecía que tenía que saber que la jota se tenía que pronunciar como una "h". Cuando le dije como pronunciar mi nombre, me respondió: "Te llamaré Tino como los demás." No hubo objeciones por parte mía hasta el año siguiente, cuando estaba en segundo año. Mi primera maestra había utilizado el nombre Tino sobre mi cartilla de notas. Pero en vez de llamarme Tino, mi nueva maestra empezó a llamarme "Tie-no". Cuando le dije que mi nombre en realidad era Justo, empezó a llamarme "Just-o."

Durante mis años de formación, nunca se me ocurrió que hubiera podido americanizar mi nombre y hacerme llamar Justin. Si lo hubiera hecho, no hubiera vivido obsesionado con la idea de que mi vida hubiera sido más fácil si mis padres hubieran escogido mi nombre mejor.

Los bailes de los sábados por la noche empezaban a tener bastante éxito, no solamente con la gente del pueblo, sino también con grupos de hombres y de muchachas que venían de Coalton y Westview.

Mi tío David encargó de Barcelona, en España, un organillo que tocaba música española sobre rollos musicales, parecidos a los rollos perforados utilizados en las pianolas. El tío David tenía la concesión para ocuparse de los bailes, y empleaba al tío Diego para que la sala estuviera siempre limpia y decorada con guirnaldas, y para vender y recoger las entradas. Todas las jóvenes solteras subían hasta la casa de los Villanueva a fin de obtener rosas para adornar su escote y sus cabellos. Había diferentes variedades de rosas en el jardín, y mi madre sacaba sus tijeras y cortaba las rosas para ellas.

Las chicas iban siempre acompañadas de sus madres, de alguna hermana mayor o menor o por otras chicas que no tenían derecho a ir a bailar si no era bajo la vigilancia de alguien. A pesar de toda la vigilancia, siempre había una manera de eludir las miradas indiscretas, con la cooperación de algún

I was born in August of 1909 and was named after my paternal grandfather, Justo. If I had been born in Spain, my name would have served me well. But in the United States of America, it caused me anguish, frustration and distress.

The Spanish people have a nickname for almost everyone. They call a person by the diminutive of his name, by the name of the village or town he came from, by who his parents were or by the profession he is engaged in. They either called me Justo, Justino or just plain Tino. This was all right with me—until I started school.

My first grade teacher caused me agony when she called me Just-o. I thought she should know that the J was supposed to be pronounced like an H. When I told her how to say my name, she said, "I'll just call you Tino like everyone else." There was no objection on my part until the following year, when I was in the second grade. My primary teacher had used the name Tino on my report card. But instead of calling me Tino, my new teacher began calling me Tie-no. When I told her my name was really Justo, she began calling me Just-o.

During my formative years, it never occurred to me that I could have Americanized my name and called myself Justin. If I had, I wouldn't have gone through life obsessed with the thought that my life would have been easier if my parents had given me a better name.

The Saturday night dances at the Casa Loma were beginning to be quite popular, not only with the townspeople but with the groups of men and young ladies coming from Coalton and Westview.

Uncle David sent to Barcelona, Spain, for an organ that played Spanish dance music on musical rolls, similar to the perforated rolls used by player pianos. Uncle David had the concession to run the dances, and he employed Uncle Diego to keep the hall clean, decorate it with ribbons and sell and collect tickets. All the young single ladies would trek to the Villanueva house to get roses for corsages and hair ornaments. There were several varieties of roses in the yard, and my mother would get out her scissors and cut the roses for them.

The girls were always chaperoned by their mothers, by younger or older sisters or by other girls who wouldn't be allowed to go to the dance unless someone watched over them. Despite all the surveillance, there was always a way to get away from watchful eyes with the cooperation of an understanding chaperone or by subterfuge. Many a romance began here and culminated in a church wedding in the lower part of the building.

Benito Fernandez, known by all the Spaniards as Benito El Tuerto because he couldn't see out of his left eye, lived just two houses away from our house on Ashton Lane. His wife, Cristina, was a short, heavy woman who spent most of her time sitting in a rocking chair and saying her rosary beads. She always had a small bag of asafetida on a string around her neck and did little of anything except keep her daughters, Juliana, Felipa and Marta, busy with the

acompañante bondadoso o con la ayuda de cualquier subterfugio. Más de una historia de amor empezó ahí y culminó en una boda en la iglesia, en la parte de abajo del edificio.

Benito Fernández, conocido por todos los españoles como Benito el Tuerto porque no podía ver por su ojo izquierdo, vivía justo a dos casas de la nuestra en la calle Ashton. Su mujer, Cristina, era una mujer bajita y gorda que pasaba la mayoría del tiempo sentada en una mecedora y rezando el rosario. Siempre tenía una bolsita de asafétida colgada del cuello con una cordón y hacía poco o nada, excepto ocuparse de tener a sus hijas, Juliana, Felipa y Marta, ocupadas con la comida, la limpieza, el ordeño y otras tareas de la casa. Era muy religiosa y mandaba a sus hijas a la iglesia con regularidad. El cura la venía a ver todos los viernes para darle la comunión.

La noche de San José, nunca se le olvidaba hacer el ritual del huevo en el vaso y era la primera a la mañana siguiente en apresurarse hacia la ventana para ver lo que había ocurrido en el vaso durante la noche. Para esta costumbre, se rompía un huevo reciente, (tenía que haber sido puesto la víspera del día del santo) justo antes de medianoche dentro de un vaso lleno a los tres cuartos de agua de pozo. Se tenía cuidado para que la yema no se desintegrara. Luego, se colocaba el vaso sobre el alféizar de una ventana abierta. Al día siguiente, se podía haber formado un barco con las velas desplegadas, la yema formando el casco del barco y la clara las velas. Eso significaba que algún miembro de la familia iba a hacer un viaje a alguna parte a bordo de un barco. Si en vez de un velero, sin embargo, se veía una larga vela blanca, con lo que parecía ser una llama al final (la clara del huevo formaba la vela y la yema la llama), eso significaba que algún miembro de la familia iba a morir en los próximos doce meses.

Si por la mañana después de haber sacado el vaso, a Cristina se le escapaba un "Ay ¡Dios mío! ¡Ave María Purísima!", su marido y sus hijas sabían que había visto la vela. Aquella mañana en particular, sin embargo, se exclamó "¡Gracias a Dios!" Había visto el barco.

A los pocos días, recibió una carta de sus padres anunciándole que iban a salir de La Coruña dos semanas después. Aquello significaba que ya estaban en alta mar cuando había visto el velero sobre el antepecho de la ventana.

Cuando su marido, que siempre le andaba diciendo que era demasiado supersticiosa, volvió del trabajo, el barco se empezaba a disolver en el agua. Ella le dijo que había sido un barco y que sus padres se venían a vivir a Coe's Run. "Los tendré que ver para empezar a creer que hay algo en esta estupidez."

Ella decidió convencerle. En vez de enseñarle la carta de sus padres, sacó un calendario y dijo: "Llegarán a Clarkston este día, o éste, o éste. Fíjate lo que te digo. Si llegan en cualquiera de los días que he señalado ¿creerás entonces en lo que llamas superstición?"

"Sí – respondió – si eso ocurre, me habrás convencido."

Y como era de esperar, el primer día que había señalado en el calendario, llegó un telegrama de la ciudad de Nueva York. Lo había mandado Valentín

cooking, washing, milking and other household work. She was very religious and sent her daughters to church regularly, while the padre would come to see her every Friday morning to give her communion.

On St. Joseph's Eve, she would never forget to perform the egg-in-a-glass ritual and would be the first one in the morning to hurry to the window to see what had taken place in the glass during the night. For this custom, a fresh-laid egg (it would have to be laid on the eve of the Saint's Day) would be broken just before midnight into a glass filled three-fourths to the top with well-drawn water. Care was taken so that the yolk would not disintegrate. Then the glass would be placed on the sill of an open window. The next morning a ship in full sail might be formed in the glass, with the yolk forming the hull of ship and the white of the egg making the sails. This would signify that some member of the family would be making a trip somewhere by ship. If instead of a ship, however, one saw a long, white candle with what looked like a flame on top (the white of the egg would form the taper and the yolk the flame), this would mean that some member of the family would die within the next twelve months.

If on the morning after putting out the glass, Cristina let out an "Hay, Dios mio! Ave Maria purisima!", her husband and daughters would know she had seen the candle. On this particular morning, however, she exclaimed, "Gracias a Dios!" She had seen the ship.

A few days later, she received a letter from her parents telling her they were going to sail from La Coruna within the next two weeks. This meant that they were on the high seas at the moment she had looked at the sailing ship on the window sill!

When her husband, who was always telling her that she was too superstitious, came home from work, the egg was beginning to disintegrate in the water. She told him about it having been a ship and said that her parents were coming to Coe's Run to live. He said, "I'll have to see them before I believe there's anything to this foolishness."

She decided to make a believer of him. Instead of showing him the letter from her parents, she brought forth a calendar and said, "They will arrive in Clarkston on either this day, this day or this day. Mind what I tell you. If they do come within the days I point out, will you then believe in what you call superstition?"

"Yes," he replied. "If that happens, you'll have made a believer of me."

And sure enough, on the first day she had pointed out on the calendar, a telegram came from New York City. It had been sent by Valentin Aguirre and said that Señor and Señora Ovies would arrive by train at five p.m. on the B&O train from New York City.

"Que te parece!" Benito exclaimed after hearing the telegram read to him. "Now I believe in the egg!"

The egg in the glass had long been a Spanish custom. According to the local Italians, it was also a custom in Italy. Although the Italians enacted the custom on St. John's Eve, it was done in the same manner and had the same significance.

Aguirre y decía que el señor y la señora Ovides llegaban a las cinco, por el tren B&O de la ciudad de Nueva York.

"¡Qué te parece! – exclamó Benito después de que le leyeran el telegrama – ahora, creo en el huevo."

El huevo en el vaso siempre había sido una costumbre española. Según los italianos locales, también era una costumbre en Italia. Aunque los italianos lo hacían la noche de San Juan, lo hacían de la misma manera y tenía el mismo significado.

Todo había ido bien hasta la primavera de 1917, aunque se exigiera cada vez más de los hombres que trabajaban en los hornos y en los demás departamentos. Los capataces de la compañía siempre estaban azuzándoles, aguijoneándoles para que trabajaran más duro y más deprisa. Se tenían que quedar con frecuencia después de la jornada laboral. Aquello era demasiado y los hombres empezaron a reunirse en la Casa Loma. Decidieron organizarse y ponerse de acuerdo sobre una serie de demandas para presentarlas a los oficiales de la compañía.

Necesitaban un líder. Juan Villanueva era un hombre en el cual podían confiar, y le invitaron a participar. Mi padre fue a la reunión y habló con los hombres. "Os diré lo que tenéis que hacer – dijo mi padre – hay un joven abogado en Clarkston. Se llama Franco Albergotti. Habla el italiano de corrido y el español muy bien. Decidamos un día para que le haga venir y hable con vosotros. Os aconsejará sobre la mejor manera de proceder para establecer un plan de acción."

El fin de semana, el abogado se reunió con ellos en la Casa Loma. Todos los hombres en la sala firmaron una tarjeta que les hacía miembros oficiales del sindicato de Trabajadores de Fundición Unidos de Glenncoe, menos dos que salieron furtivamente del edificio. Mi padre los vio escaparse.

El abogado se levantó de la mesa donde estaba sentado y empezó a decirles que tenían que votar para elegir a los dirigentes del nuevo sindicato. Necesitaban un presidente, un secretario, un tesorero, un encargado del servicio de orden y un comité para presentar sus reivindicaciones.

Se tenía que recibir una cédula del secretario de estado y estarían listos para negociar con la empresa. Alfredo Queto fue nombrado presidente. Juan Villanueva fue nombrado Secretario y Tesorero, en contra de sus deseos. Ante la insistencia de los hombres y del abogado, firmó de mala gana una tarjeta de miembro del sindicato. Leopoldo Menéndez sería el jefe del servicio de orden y se nombró a varios hombres para diferentes comités. El nuevo sindicato acababa de nacer.

En los comités había algunos jóvenes que empezaban a hablar el inglés lo suficientemente bien como para comunicarse con los trabajadores de los otros departamentos. En el pasado, el desconocimiento del inglés había impedido que la mayoría de los hombres en favor de la creación de un sindicato hablaran con los trabajadores de los almacenes de mineral, del taller de cerámica, de la sala de las máquinas y de otros departamentos. Mi padre, claro, hubiera podido

Everything had been going fine until the spring of 1917. More and more was demanded of the men working in the furnaces and all other departments. The company *capatazes* would be on them constantly, prodding them to work harder and faster. They frequently had to work past their regular time. It was just too much, and the men began to have meetings at the Casa Loma. They decided to organize and lay out a set of rules they would present to the company's officials.

They needed a leader. Juan Villanueva was a man they could trust, so they sent for him. My father went to the meeting and talked with the men. "I'll tell you what you should do," he said. "There is a young lawyer in Clarkston. His name is Franco Albergotti. He speaks Italian fluently and Spanish quite well. Let's decide on a day that I can get him to come to talk with you. He will advise you as to the best way to go about drawing up a plan of action."

On the weekend, the lawyer met with them at the Casa Loma. Every man in the hall signed a card becoming a charter member of the Glenncoe Smelter Workers United, except for two who furtively left the building. My father saw them take off.

The lawyer got up from the desk where he had been seated and began to tell the men that they would now vote for the men who would head the new union. There had to be a president, a secretary, a treasurer, a sergeant-at-arms and committee members to represent their grievances.

A nod for pit charter would have to be received from the Secretary of State, and then they would be ready to do business with the company. Alfredo Queto was named president. Juan Villanueva was named Secretary and Treasurer against his wishes. At the insistence of the men and the lawyer, he reluctantly signed a card as a member of the union. Leopoldo Menendez was the Sergeant-of-Arms, and several men were named for various committees. The new union was born.

On the committees were some younger men who were beginning to speak enough English to communicate with workers in other departments. In the past, ignorance of English had prevented most of the pro-union men from speaking with workers in the ore-storage, the pottery, the machine shop and other departments; thus, employees in these departments were unfamiliar with the union's aims. My father, of course, could have talked with them, but as a businessman who was not employed by the Crosseti Company, he had to use tact. However, as soon as the union was recognized as legitimate, he went to work helping sign up members.

The company tried to entice the furnace workers to return to work. The Tizadores were busy going from house to house to talk to them. They succeeded in getting a number of them to return, but now there were picket lines formed in front of the entrance gates. Confronted with the pickets, a number of men turned away. But instead of going home, they circled and went to the back of the plant. There was a high fence all the way around, too high to climb over (besides, they would be easily seen had they tried to scale it). There was, however, a ditch where the water coming down from the hill behind the factory flowed under the fence, and the men crawled through the ditch to get in.

hablar con ellos, pero siendo un hombre de negocios que no trabajaba para la compañía Crossetti, tenía que ser diplomático. Sin embargo, en cuanto el sindicato fue reconocido como siendo legítimo, empezó a ayudar para conseguir que firmaran nuevos miembros.

La compañía intentó convencer a los trabajadores de los hornos para que volvieran al trabajo. Los atizadores estaban muy ocupados, yendo de casa en casa para hablar con ellos. Consiguieron que volvieran unos cuantos, pero ahora había piquetes de huelga formados en frente de la entrada. Enfrentados con los piquetes, algunos de los hombres dieron media vuelta. Pero en vez de ir a casa, dieron la vuelta y entraron por detrás. Había una valla alrededor de todo el edificio, demasiado alta para escalar – además, se les hubiera visto facilmente si lo hubieran intentado. Pero existía un foso para que el agua que venía de la colina detrás de la instalación pasara debajo de la valla, y los hombres se arrastraron por el foso para entrar.

Los atizadores y los pocos hombres que habían conseguido colarse hicieron lo que pudieron para intentar hacer funcionar un par de hornos pero fueron incapaces de acabar la tarea una vez iniciada. Necesitaban más mano de obra. La compañía tendría que reclutar hombres de fuera para romper la huelga. Se contrató a la compañía Railway, Audit and Inspection de Filadelfia para que proveyera los hombres necesarios para romper la huelga. No tardaron en llegar al pueblo, provenientes de varias partes del estado y de Kentucky y de Tennessee. Hubo mucha comoción e insultos cuando esos hombres empezaron a entrar en la instalación.

Iban todos armados; se podían ver bultos en sus chaquetas tras las cuales escondían los revólveres que llevaban a la cintura. Se había avisado a los huelguistas para que no interfirieran físicamente. No lo hicieron: estaban convencidos que una vez que los hombres traídos para que trabajaran en los hornos conocieran el sabor salado del sudor que no tardaría en bañar sus caras, tirarían las palas y le dirían a la compañía que se fuera al carajo. Con eso contaban los jefes del sindicato.

El primer día de trabajo en los altos hornos, tres hombres se cayeron con tirones de estómago. Uno de ellos murió antes de llegar al hospital de Clarkston. Los otros dos dijeron que basta. Al cabo de cinco días, la mitad de los que habían empezado lo habían dejado. Llegaron más hombres para romper la huelga. Otro hombre murió de insolación y varios se fueron a casa a recuperarse y nunca volvieron.

Ahora la compañía estaba dispuesta a negociar. Tras varias reuniones con el comité sindical, se firmó un acuerdo, aceptando las demandas de los obreros. Los Estados Unidos estaban a punto de entrar en la guerra, que ya había estallado en Europa, donde ya combatían Inglaterra, Francia e Italia. El zinc era vital para las necesitades de la guerra, y aunque no lo mencionara la compañía, Juan Villanueva había estado leyendo los periódicos y les aconsejó a los obreros que no cedieran a las ofertas de la compañía, sino que exigieran el cien por cien de lo que querían. ¡Y lo consiguieron! Los que habían venido a romper la huelga dejaron el pueblo y los hombres volvieron al trabajo al día siguiente.

The Tizadores and the few men they were able to sneak in tried their best to resume operations in a couple of the furnaces but were unable to complete the task they initiated. They needed more manpower. The company would have to go out of the area to recruit men to break the strike. The Railway Audit and Inspection Company of Philadelphia was hired to furnish strike breakers. Soon they began arriving in the area from various parts of the state and from Kentucky and Tennessee. There was a lot of commotion and name calling as these men began to file into the plant

They were all armed; bulges could be seen in their jackets, behind which they hid six-shooters on their belts. The striking men were warned not to interfere physically. They didn't; instead, they believed that once the men brought in to work in the furnaces got a taste of the salty sweat that would be streaming down their faces, they would throw down their shovels and tell the company to go to hell. This was what the union leaders were counting on.

The first morning on the furnace line, three men went down with stomach cramps. One of them was dead before he was brought to the hospital in Clarkston. The two others had it! By the end of five days, half of the original starters had quit. More strike breakers were brought in. Another man died of heat prostration and several more went to their homes to recuperate but never returned.

Now the company was ready to negotiate. After several meetings with the union committee, an agreement was signed, with the men's demands met. The United States was on the verge of joining England, France and Italy in the war already raging in Europe. Zinc was vital to the war effort, and although the company did not mention this, Juan Villanueva had been reading the newspapers and was telling the men not to give in to what the company was offering but to demand one hundred percent of what they wanted. They got it! The strike breakers left town and the men resumed work the next day.

Chapter Five

When the United States entered the war in 1918 against Germany and Austria-Hungary, several young Spanish men enlisted in the army. They were sent to Camp Ripley in Minnesota for training and, as members of the American expeditionary forces, were shipped off to France.

Benjamin Menendez, Augustin Fernandez and Francisco Lopez were all born in Spain and were the compelling reason for their parents to uproot their families from Spanish soil and travel to a new land. The boys' fathers had all seen military service in Spain's efforts to maintain its hold in Cuba, Puerto Rico and the Philippines. They did not want to live in Spain when their boys would be old enough to be drafted for military duty. Their sons, however, had been in America long enough to attend school, learn the language and understand why the United States was worth fighting for.

Capítulo 5

Cuando los Estados Unidos entraron en la guerra contra Alemania y Austria-Hungría en 1918, varios jóvenes españoles se alistaron en el ejército. Fueron enviados a Camp Ripley en el estado de Minnesota para el entrenemiento y como miembros de las fuerzas expedicionarias americanas, fueron enviados a Francia.

Benjamín Menéndez, Augustín Fernández y Francisco López habían nacido todos en España y eran la razón precisa por la cual sus padres habían dejado el suelo español y viajado a un nuevo país. Los padres de los chicos habían conocido el servicio militar cuando España se esforzaba en mantener Cuba, Puerto Rico y las Filipinas bajo su control. No querían estar en España cuando sus hijos fueran lo suficiente mayores para cumplir con las obligaciones militares. Sus hijos, sin embargo, habían estado bastante tiempo en America para ir a la escuela, aprender la lengua y comprender por qué valía la pena luchar por los Estados Unidos.

Centenares de españoles se esparcieron por varios estados en los pueblos donde había talleres de fundición. Iban con frecuencia de un sitio para otro, a veces mudándose para encontrar trabajo en una instalación que no estuviera en huelga o a veces para estar más cerca de algún pariente. Así que cuando alguien moría o dejaba su pueblo, en pocos días se enteraban en todos los lugares colonizados por españoles. Se decía que no había necesidad de usar el teléfono o el telégrafo para saber lo que estaba ocurriendo. Sólo bastaba con "decírselo a un español" y todos los españoles lo sabrían.

Llegó marzo de 1918 en su estilo tradicional: rugiendo como un león. Soplaba un viento cargado de aguanieve; luego llegó la nieve. El tiempo se puso cada vez más frío. Entonces llegó la gripe española y afectó a casi todas las familias del condado.

El doctor Applewhyte y su mujer trabajaban día y noche atendiendo a los enfermos. Cata de León, Victoria Inclán y Andrés y Neto Villanueva fueron voluntarios para ayudar al ocupadísimo médico. Los enfermos tenían que ser atendidos en sus casas. Muchos de ellos se estaban muriendo. Los hospitales estaban completos y no tenían sitio para más gente enferma. El enterrador no podía atender a todos los cuerpos; se instaló una morgue provisional en la gran sala de la Casa Loma. La muerte se llevaba a los jóvenes y a los mayores. Algunos de los hombres que acababan de llegar de España con sus mujeres y sus hijos la contrajeron y murieron.

El médico trabajaba día y noche. Llegaba a casa, daba su reloj a su mujer y le decía "llámame dentro de treinta minutos." Ni siquiera se quitaba la ropa. El también tuvo la gripe, acompañada de una pleuresia tan fuerte que su mujer le

Hundreds of Spanish people were scattered throughout the various states in towns having smelters. They often moved from one place to the other, sometimes moving to find work at a non-striking plant and sometimes in order to be closer to relatives. So when a person died or left town, it wasn't but a few days before it was known in each of the places colonized by Spaniards. There was a saying that one didn't have to telephone or telegraph to know what was going on. All you had to do was "tell a Spaniard," and all the Spaniards would know about it.

March of 1918 arrived in its traditional style: roaring like a lion. There was cold rain blowing, turning into sleet; then there was snow. The weather turned colder and colder. And then it came: the Spanish influenza. Almost every family in the county was afflicted.

Doctor and Mrs. Applewhyte worked day and night ministering to the sick. Cata de Leon, Victoria Inclan and Andres and Neto Villanueva volunteered to help the overworked doctor. The sick had to be taken care of in their homes. Many were dying. The hospitals were filled to capacity and had no room for more sick people. The undertakers couldn't handle all the bodies; a temporary morgue was set up in the large hall of the Casa Loma. Death was overtaking young and old. Some of the men who had recently arrived with wives and children from Spain were stricken and died.

The doctor worked day and night. He would arrive home, hand his watch to his wife and say, "Call me in thirty minutes." He wouldn't even take off his clothes. He developed influenza himself and had pleurisy so bad she had to turn him in bed. His side hurt until he couldn't press the gas in the car he had recently purchased, so Lalo Villanueva, David's son, had to drive him to the houses. Some of the houses had no roads, so he would get as near to them as possible and then walk the rest of the way.

Besides trying to take care of the residents of the town, he had taken over the practice of a doctor who had been taken into military service. The doctor's clients lived more than three miles away. It was impossible for him to take care of all who called, but he tried. That's when he would press his wife into service. He would drop her off at one house to try to do what she could until he returned.

My father and mother came down with the flu. Father would send me and Jose to the creek to break the thin coating of ice and take them home. Sometimes there would be no ice on the creek, but we would see ice formed where cows had left their footprints embedded deeply on the muddy paths that were filled with rain water and were frozen over. We would take the ice home, wrap it in a clean cloth and hand one to Mother and another to Father, both of whom were unable to get up from their beds because of weakness and fever. They would put the ice bags on their foreheads and chests to try to reduce their fevers.

It worked, although they felt weak for months after. As soon as they were able to walk, however, they began to help as many families as they could.

tuvo que meter en la cama. Le dolía tanto el costado que no podía pisar el accelerador del coche que acababa de comprar, y Lalo Villanueva, el hijo de David, tenía que conducir para llevarlo por las casas. Algunas casas quedaban fuera de la carretera; se acercaba entonces lo más posible a ellas y andaba el resto del camino.

Además de intentar ocuparse de los habitantes del pueblo, se había encargado de la consulta de otro médico que había tenido que ir al servicio militar. Los clientes del médico vivían a más de tres millas de distancia. Era imposible para él ocuparse de todos los que llamaban, pero lo intentaba. Era cuando reclutaba a su esposa. La dejaba en una casa para hacer lo que pudiera hasta que él volvía.

Mi padre y mi madre contrajeron la gripe. Mi padre nos mandaba a mí y a José al río para romper la fina capa de hielo y llevar algunos trozos a casa. A veces no había hielo en el río, pero se veía hielo formado en las huellas profundas que las vacas habían dejado en el barro, llenas de agua de lluvia que se había helado. Llevábamos el hielo a casa, lo envolvíamos en un par de trapos limpios y dábamos una a mamá y el otro a papá, ambos incapaces de levantarse de la cama, débiles y con fiebre. Se colocaban las bolsas de hielo sobre la frente y el pecho para intentar hacer bajar la fiebre.

Funcionó, aunque todavía se sintieran débiles durante meses después de su enfermedad. En cuando pudieron andar, sin embargo, empezaron a ayudar a tantas familias como pudieron. Mi padre se cercioraba de que hubiese bastante carne para el caldo y comida para los niños, mientras que mi madre les ayudaba a cambiar sus camas y les daba de comer.

Además de la temida gripe, otras enfermedades asomaban. Había casos de fiebre tifoidea. Había casos de difteria, de escarlatina y de viruela. Un par de personas contrajeron tuberculosis.

Justo cuando parecía haberse acabado la epidemia, otra ola de terribles calamidades empezó. Pasó más de un año, durante el cual Leandro, el ciego, antiguo trabajador en la fundición, su mujer, Consuelo, Alfredo El Monte, Pin de Rosa y Bartola Martín sucumbieron a la enfermedad. Pin de Rosa y Bartola Martín habían sido dos de los más ardientes defensores de mi padre en el sindicato.

Durante aquel tiempo, el doctor Manzanas perdió quince kilos. Su mujer le dijo que se le veían las costillas tan claramente como las del esqueleto que tenía en lo alto de la granja. Pero se ocupó bien de él y le devolvió a su peso normal en unas pocas semanas.

El once de noviembre de 1918, se firmó el armisticio en Francia, acabando así la guerra. Dos de los tres voluntarios españoles volvieron a casa poco después, mientras que el tercero se quedaba en un hospital en Francia. Augustín Fernández y Francisco López estaban listos para ser enviados al frente cuando de repente acabó la guerra. Benny Menéndez no tuvo tanta suerte. Estaba con una unidad de infantería que estuvo bloqueada durante días. Muchos de los hombres de su compañía murieron. Recibió un tiro en el muslo y se hizo el muerto cuando los alemanes tomaron aquel lugar. Hubo un contra-ataque y los

Father would see to it that there was plenty of meat for broth and food for the children, while Mother helped change their beds and feed them.

Besides the dreaded flu, other illnesses were rampant. There were cases of typhoid. There were cases of diphtheria, scarlet fever and small pox. A couple of people in town contracted tuberculosis.

Just when the epidemic seemed to have run its course, another wave of the dreaded affliction started. More than a year passed, during which Leandro, the blinded former smelter worker, his wife, Consuelo, Alfredo El Monte, Pin de Riosa and Bartola Martin succumbed to the disease. Pin de Rosa and Bartola Martin had been two of father's staunchest supporters in the union.

During this time, Doctor Manzanas lost thirty pounds. His wife told him she could see his ribs as plain as the ribs on the skeleton in the barn loft. But she took good care of him and had him back to his normal weight in a few weeks.

On November 11, 1918, the armistice was signed in France, ending the war. Two of the three Spanish volunteers returned home soon after, while one remained in a hospital in France. Augustin Fernandez and Francisco Lopez had been ready to be sent to the front lines when the war abruptly ended. Benny Menendez wasn't as lucky. He was with an infantry unit that was pinned down for days. Many of the men in his company were killed. He was shot in the thigh and pretended to be dead as the Germans swarmed into the area. Then there was a counter attack, and the Huns retreated. Benny was placed in a Red Cross ambulance, and after being treated in a field hospital, was sent to a hospital in Paris. Two days after his arrival at the Parisian hospital, the war ended.

Benny learned to speak the French language fluently, to the amusement of Cata de Leon. Every time they met after he returned to Coe's Run, they would talk in French while we would stand nearby and wonder what they were saying.

Alfredo Lopez felt a twinge of jealousy every time he saw the two of them talking away animatedly. Cata was always standing by the fence in front of the house. Because the shoe shop was next door, Alfredo would let her know he was around by pretending to need a tool at the back of the shop. She knew why he was doing it, and it gave her satisfaction; it showed he cared about her, although he'd never told her so.

A lot of people had been wondering if there was anything going on between Alfredo and Cata. Some of the men playing dominoes in the shoe shop could sense Alfredo's jealousy of this French-speaking war veteran.

Now that the war was over, the price of zinc and other by-products tumbled. Workers in the local smelter and in other plants throughout the country began to be laid off. Many of the smelters had been trying to keep the men from organizing, and there seemed to be a conspiracy between several companies to confuse and disorganize their efforts. One of their tactics was to lay off a number of men, then get the word around that a certain company needed men. So groups of men

hunos se retiraron. Metieron a Benny en una ambulancia de la Cruz Roja y tras haber sido tratado en un hospital de campaña, lo mandaron a un hospital en París. Dos días tras su llegada al hospital parisino, acabó la guerra.

Benny aprendió a hablar el idioma francés de corrido, lo cual alegró a Cata de León. Siempre que se encontraban después de que volviera a Coe's Run, hablaban en francés mientras nos quedabamos al lado, preguntándonos lo que estaban diciendo.

Alfredo López sentía algo de celos a cada vez que veía a los dos hablando con animación. Cata siempre estaba de pie delante de la valla, en frente de su casa. Ya que la zapatería estaba al lado, Alfredo le hacía saber que estaba ahí, haciendo como si necesitara una herramienta en el fondo de la tienda. Ella sabía por qué lo hacía y le complacía; demostraba que él se preocupaba por ella, aunque nunca se lo dijera.

Mucha gente se había preguntado si había algo entre Alfredo y Cata. Algunos de los hombres jugando al dominó en la tienda podían sentir los celos que tenía Alfredo de aquel veterano de guerra que hablaba francés.

Ahora que la guerra estaba acabada, el precio del zinc y de otros productos derivados se desplomó. Los altos hornos locales y otras instalaciones de todo el país empezaron a despedir obreros. Muchas de las fundiciones habían intentado evitar que los hombres se organizaran y parecía haber una conspiración entre varias compañías para desconcertar y desorganizar sus esfuerzos. Una de sus tácticas consistía en licenciar a un grupo de trabajadores, para luego hacer correr la voz que una compañía en particular necesitaba hombres. Los trabajadores se iban entonces hacia otra instalación, sólo para enterarse que esa compañía también estaba licenciando obreros. Cuando volvían a la instalación de donde habían venido, estaban más dispuestos a trabajar bajo las condiciones impuestas por la compañía.

Una vez más, se contrató al Audit and Inspection Bureau de Filadelfia para encontrar hombres que trabajaran para la compañía Crossetti. Una vez más, los trabajadores venían de la parte sur del estado y de Kentucky y de Tennessee. La mayoría habían sido mineros y los mineros se habían quedado sin trabajo por las mismas razones por las cuales las instalaciones de fundición habían estado reduciendo su personal. Pero las compañías sabían que la demanda para el zinc subiría al poco tiempo. La industria del automóvil estaba empezando a desarollarse. Se utilizaban grandes cantidades de zinc en los automóviles, y ya que estaba bajo el precio del zinc, a la compañía le pareció que para resistir a la competencia de otros productores de zinc, no se podía permitir subir la paga de los obreros.

El superintendente llamó a los atizadores a su oficina y presentó su plan de acción. El sindicato estaba a punto de convocar una huelga.

"Queremos que se pongan en huelga – dijo Otto Ahrens – les demostraremos que no funciona. Les vamos a poner de rodillas. Les diré cómo."

Les contó su plan para acabar con el sindicato: los atizadores tenían que ir a hablar con cada uno de los trabajadores de los hornos y decirles que de ahora

would leave for another plant, only to learn that this company, too, was laying off men. When they returned to their original plant, they were more willing to work under the company's rules.

Once more, the Philadelphia Audit and Inspection Bureau was hired to find men to work at the Crossetti Company. Again the workers came from the southern part of the state and from Kentucky and Tennessee. Most of the men had been miners, and the miners were out of work for the same reason the smelters had been cutting down on their help. But the companies knew that demand for zinc would be rising soon. The automobile industry was beginning to expand. Zinc was to be used in great quantities in automobiles, and as the price for zinc was low, the company felt that in order to remain competitive with other zinc producers, it could not afford to pay the higher wage scale the men had been receiving.

The superintendent called the Tizadores to his office and laid out a plan of action. The union was about to call a strike.

"Ve vant them to strike," Otto Ahrens said. "Ve'll show them it von't vork. Ve're going to break their back. Let me explain how to you."

He told them his plan to break the union: The Tizadores were to talk with every Spanish furnace worker and tell them they would be working steadily from now on, providing they cooperated. The company was bringing in men who were stronger and more experienced than the men who were brought in the last time. There would be enough men hired to shovel the ore into the retorts, and all the Tizadores had to do was keep each man fresh enough so he could finish his shift. There was a technique in handling the shovel with the least amount of effort. If they didn't know the technique, the inexperienced men would go at it in an awkward manner and be ready to give up within the first hour in front of the inferno.

While most of the Spanish workers had always been pro-union, a lot of them were soon persuaded to join—if not by the cruelty of the Tizadores, then by their wives. For in the greater part of a Spanish household, the wife was the dominant factor behind her husband's decisions.

This was the big one! The union's leaders called a meeting. It was decided to strike the following morning. The union membership was in the dark about the company's plan to bring in strike breakers. And it didn't know about the superintendent's meeting with the Tizadores until one late-arriving member revealed what he'd been told by a Tizador who had been unaware of the man's union affiliation.

There was a rumor that about fifty "scabs" would be marching into the town by way of the Belleport Pike. They were to arrive about 10 o'clock in the evening. The company had vacated the hotel, as there had been just four or five men living in it, and had made arrangements to house the strike breakers there until they broke the union's back. Then they would be able to find a place in the area to live with their families as they became permanent employees.

Pickets were to be set up at both gates. The pickets were instructed to refrain from violence. Some, if not all, of the incoming men would be armed

en adelante, tendrían empleo fijo, si cooperaban, claro. La compañía estaba trayendo a hombres más fuertes y con más experiencia que los que habían venido la última vez. Habría bastantes hombres contratados para meter el mineral de zinc en las vagonetas y lo único que tenían que hacer los atizadores era asegurarse de que los hombres estuvieran en suficiente forma física para acabar su turno. Había una técnica para manejar la pala con el mínimo de esfuerzo. Si no conocían esa técnica, los obreros sin experiencia la manejaban con torpeza y estaban dispuestos a dejarlo al cabo de una hora de infierno. La mayoría de los trabajadores españoles habían estado a favor del sindicato, y muchos de ellos acabaron haciéndose miembros, persuadidos si no por la crueldad de los atizadores, por sus mismas mujeres. Porque en la gran mayoría de las casas españolas, la mujer era el factor dominante detrás de las decisiones de su marido.

¡Esta era la gorda! Los jefes del sindicato convocaron un mitin. Se decidió la huelga para la mañana siguiente. Los miembros del sindicato no tenían ni idea del plan de la compañía de traer hombres para romper la huelga. Y no sabían lo de la reunión del superintendente con los atizadores hasta que lo contara un miembro que llegó tarde, en quien un atizador había confiado, desconociendo su afiliación al sindicato.

Se corría la voz que unos cincuenta esquiroles llegarían al pueblo por el lado de Belleport Pike. Llegarían supuestamente a las diez de la noche. La compañía había vaciado el hotel, en el cual sólo estaban cuatro o cinco personas, y había tomado disposisiones para hospedar a los encargados de romper la huelga hasta que pusieran de rodillas al sindicato. Luego, podrían encontrar un sitio para vivir en el pueblo, convirtiéndose en empleados permanentes.

Se establecieron piquetes en las dos puertas. Los huelguistas tenían instrucciones de refrenar toda violencia. Varios, si no todos los hombres que estaban al llegar irían armados, y habría menos oportunidades de provocación si ninguno de los huelguistas iba armado.

Mi padre y algunos de los sindicalistas más convencidos no ignoraban la presencia de informadores entre los miembros del sindicato, y cuando concluyó el mitin, mi padre se reunió con algunos de sus seguidores y les expuso un plan. Necesitaban reunir al mayor número de hombres posible en la curva de la carretera de Belleport y dar a los caminantes que venían a robar el trabajo de los obreros una bienvenida que no se les olvidaría en la vida.

Mi padre también iba a llevar a mis dos hermanos mayores con él como espías. Se tenían que esconder en un punto preciso del prado e informar al comité de recepción del mejor momento para disparar una salva de tiros al aire. Varios hombres dijeron que se traerían a su hijos para darle más fuerza al grupo. No querían tener demasiados miembros del sindicato por miedo a que algunos de ellos comentaran sus intenciones.

Había media luna en el cielo cuando los hombres llegaron a la reunión cerca de "la curva." Al momento apropiado, Andrés hizo una señal a Neto tirando una pequeña piedra en su dirección. Neto recogió la piedra y la tiró hacia el grupo que estaba con mi padre. Mi padre oyó la piedra rodar a su lado y supo que a los tres minutos los hombres llegarían al lugar de la cita. "Cuando yo diga

and there was less chance of provocation if none of the striking men carried weapons.

My father and several good strong union men were well aware of the presence of informers among the union members, so after the meeting came to an end, Father gathered a few of his supporters and outlined a plan. They would get as many men as possible to meet at the "Curve" along the Belleport Road and give the marchers coming in to take the men's jobs a reception they wouldn't forget.

My father was also going to take my two older brothers along to act as scouts. They would be hiding in the field at a certain spot and would let the reception committee know just the right moment to fire a salvo of shots into the air. Several of the men said they would take their older sons along to add to the strength of the group. They didn't want to have too many of the regular members for fear that word would leak out as to their intentions.

There was a half moon in the sky as men arrived at the meeting near the "Curve." At the appropriate moment, Andres gave a signal to Neto by throwing a small rock in his direction. Then Neto picked up a rock and threw it toward the group my father was with. Father heard the rock roll by him and he knew that within three minutes the men would arrive at the point of rendezvous. Father said, "When I say, 'Ahora,' hold your weapons above your heads and point them in the air. When I say, 'Tira,' let them go."

"Ahora!"

"Tira!"

Ten, twelve, sixteen and twenty gauge shot guns thundered along with the ring of revolvers, pistols and derringers in a loud crescendo as the fifty or so new arrivals on the road took off in full flight toward downtown Glen Coe's Run. The men sitting in the pool hall playing *brisca* and dominoes, along with two men playing billiards, all left the building to see what was happening. The newcomers didn't stop running until they'd reached the hotel.

In the meantime, the men who had fired the shots in the air left for their homes without anyone knowing who was in on the reception committee.

The next morning, a delegation was sent by the company to talk to the new men. They would report to the stockroom, where they would be issued work clothing and shoes. Their job was explained to them. They were told it was to be no picnic. The work would be hot, hard and backbreaking. This would seem so until they became accustomed to it. Hundreds of men throughout the country were doing this kind of work and earning a good living for their families, they were told. Looking at the men, the superintendent said, "You are all young. You are strong. We tried to work with men from your parts of the country before without success but they were older men. You men will not let us down. Don't you let us down. If these men from Spain can do it, there is no reason why you cannot do it just as good or better!"

After cutting the pay scale, the company men left. The following morning, about twelve Spanish workers, all the Tizadores on the morning shift and fifty or so strike-breakers began to walk past the pickets at three-thirty in the

'ahora' – dijo – levantad vuestras armas y apuntad al aire. Cuando diga 'tirad', disparad."

"¡Ahora!"

"¡Tirad!"

Rifles de calibre doce, dieciseis y veinte retumbaron, junto a los disparos de los revólveres, de las pistolas y de los *derringers* en un estruendo mientras unos cincuenta recién llegados corrían a toda prisa hacia el centro de Glen Coe's Run. Los hombres sentados en el salón de billar estaban jugando a la brisca y al dominó, y salieron, junto a los que estaban jugando al billar, para ver lo que estaba pasando. Los recién llegados no pararon de correr hasta llegar al hotel.

Mientras tanto, los que habían disparado se fueron a sus casas sin que nadie se enterara de quienes habían sido los miembros del comité de recepción.

Al día siguiente, la compañía mandó una delegación para hablar con los nuevos obreros. Tenían que presentarse en el almacen, donde se les proveería con ropa de trabajo y zapatos. Se les explicó en qué consistía su trabajo. Se les dijo que aquello no era ninguna broma. Había mucho trabajo y el trabajo era lo bastante duro como para romperle a uno la espalda. Eso les parecería hasta que se acostumbraran. Se les aseguró que cientos de hombres en todo el país hacían este tipo de trabajo y se ganaban un buen salario para mantener a sus familias. Mirando a los hombres, el superintendente dijo: "Sois jóvenes. Sois fuertes. Intentamos trabajar con hombres que venían de la misma parte del país pero sin éxito, eran mayores. Vosotros no nos abandonaréis. No nos abandonéis. Si estos españoles lo pueden hacer, no veo porque vosotros no lo podríais hacer igual de bien e incluso mejor."

Tras haber presentado la escala salarial, los hombres de la compañía se marcharon. Al día siguiente, unos doce obreros españoles, todos los atizadores del turno de la mañana y más o menos cincuenta de los esquiroles empezaron a cruzar los piquetes de huelga a las tres y media de la mañana. Los hombres de los piquetes habían recibido instrucciones para evitar cualquier problema. Los hombres que entraban a trabajar estaban armados.

Varios de los otros departamentos se habían hecho miembros del sindicato en los últimos dos años, pero ahora los que habían sido los defensores más fuertes del sindicato se estaban quedando sin trabajo y los más débiles cruzaban los piquetes de huelga despreocupadamente. La dirección había conseguido convencer a los obreros de que si se negaban a participar en los esfuerzos de la compañía para que siguiera funcionando la instalación, cabía la posibilidad de que se mudara a otro estado.

Acabó siendo una huelga muy larga. Nuestra familia empezó a sentir los efectos a medida en que se prolongaba la huelga. La gente compraba la carne igual pero no tenían dinero para pagarla. Ya no recibían paga. Pero mi padre les fiaba. No podía decirle que no a nadie. Algunas familias se fueron a otra parte debiéndonos importantes cantidades. Los que eran capaces de encontrar un empleo mandaban algo de dinero junto con la promesa de que pagarían el resto en cuanto pudieran.

morning. The picketers had instructions not to get into any trouble. The men going in to work were armed.

Several of the other departments had become members of the union in the past two years, but now the ones who had been the union's strongest supporters were laid off, and the weaker ones walked past the pickets unconcerned. The company had done a job of convincing the men that if they refused to go along with the company's efforts to keep the plant operating, there was a possibility the company would move to a different state.

It turned out to be a prolonged strike. Our family began to feel the pinch as the strike went on. People were buying meat the same as always, but they couldn't pay for it. They were getting no paychecks. But father carried them on the books. He couldn't turn anyone down. Some families left for other parts owing sizable sums. The ones who were able to find employment sent some money with the promise they would pay the rest as soon as they were able.

It was a good thing for many families in town that the blackberry season was just around the corner. Men, women and children would take buckets up through the hills to the blackberry patches as soon as the berries began to ripen on the vines.

The first berries of the season sold for $1 a gallon in Clarkston. Sundays, after mass, Mother would prepare sandwiches and we would go and pick berries until darkness overtook us.

In going by horse and wagon, we could drive out much farther than the ones who had to go on foot. This way we could find berry patches where we could pick berries without having any one else around. But it wasn't long before Preston Wolff began to take loads of pickers out on his flatbed truck. They would start picking right next to us, so we had to keep moving to where the pickings were better.

We would take a large wash tub, place it in a spot where it wouldn't be spotted and keep making trips to it to empty our quart or half-gallon pales into it as we filled them. We would take time out to eat. There was always a spring coming out of the side of a hill with clear, cold water. We would always get as near to one as we could. To drink, we would get down on our hands and knees and make the sign of the cross over the water before putting our lips to drink.

When the tub was filled, along with all the other buckets and small pails we had with us, we would wait for Father to come take us home.

In the evenings, we would ready the berries to take to Clarkston the next morning to sell. After some newspapers had been folded and placed on the bottoms of the two-and-a-half-gallon buckets, we would load the buckets with berries. When some customers complained about the paper, we would say it was used to keep the berries from being squashed because of the vibration of the trolley cars as it crossed bumps caused by faulty roadbeds. Also, the two-and-a-half gallon buckets were sold as three gallons of berries. Only now and then would someone call a person on that.

Les vino bien a muchas familias del pueblo que la estación de las zarzamoras estuviese al caer. Los hombres, las mujeres y los niños llevaban cubos al monte hacia los lugares donde crecían las moras en cuanto empezaban a madurar.

Las primeras zarzamoras del año se vendían por un dólar el galón en Clarkston. Los domingos, después de misa, mi madre preparaba bocadillos e íbamos a recoger moras hasta el anochecer.

Como íbamos con carro y caballo, podíamos ir mucho más lejos que los que tenían que ir a pie. Así, podíamos encontrar zarzales donde éramos los únicos recogiendo zarzamoras. Pero Preston Wolff no tardó en llevar grupos de gente en su camioneta para recoger moras. Empezaban a recoger moras al lado nuestro y teníamos que seguir desplazándonos hacia otros sitios donde se podían recoger mejor.

Nos llevábamos una ancha palangana, la colocábamos en un sitio donde nadie la podía ver e íbamos y veníamos hasta llenarla con nuestras cubetas de cuarto o de medio galón. Nos parábamos para comer. Siempre había un arroyo que salía del flanco de una colina, con agua clara y fría, y siempre nos acercábamos lo más posible a él. Para beber, nos poníamos a cuatro patas y hacíamos la señal de la cruz por encima del agua antes de meter los labios y empezar a beber.

Cuando estaba llena la palangana, junto con todos los otros cubos y las cubetas que nos habíamos traído, esperábamos a nuestro padre para que nos llevara a casa.

Por las noches, preparábamos las moras para llevarlas a Clarkston al día siguiente con el fin de venderlas. Tras haber doblado y colocado papel de periódico en el fondo de los cubos de dos galones y medio, llenábamos estos últimos de moras. Cuando se quejaban algunos clientes del papel periódico, les explicábamos que era para evitar que las moras quedaran aplastadas por las vibraciones del trolebús causadas por los baches de las carreteras mal cuidadas. También se vendían los cubos de dos galones y medio como si fueran de tres galones. Sólo de vez en cuando alguien nos llamaba la atención acerca de eso.

Muchos hombres iban a recoger moras y mandaban a sus hijos o hijas a la ciudad para que las vendieran. Las mujeres no sabían bastante inglés, e iban los jóvenes.

A los españoles del pueblo de Coe's Run, les venía bien que la gente de Clarkston supiera qué hacer con las zarzamoras. En muchos otros estados donde los hombres se habían quedado sin empleo y donde se podía recoger aquella deliciosa fruta, la gente no sabía qué hacer con ella. Las zarzamoras se quedaban en el zarzal hasta que se las comieran los pájaros. En Clarkston, todos los años, las amas de casa esperaban el momento para hacer mermelada, confituras, tartas y pasteles; los hombres hacían vino y orujo.

Grupos de vendedores bajaban de los trolebuses y andaban de casa en casa gritando "¡Zarzamoras! ¡Zarzamoras!" todo el día hasta vender su cargamento. Resultaba triste ver a muchos de los vendedores andando al final de la tarde para tomar el trolebús hacia casa con la mayoría de sus cubos aún llenos de zarzamoras. Al día siguiente, volverían con las mismas moras.

A lot of the men would go berry picking and send their sons or daughters to sell them in the city. The women did not know enough English, so the younger people went.

For the Spanish people in the town of Coe's Run, it was a good thing the people of Clarkston knew what to do with the berries. In many other states where men were unemployed and the luscious fruit was available for picking, people didn't know how to make use of them. The berries just stayed on the vines waiting for the birds to eat them. In Clarkston, housewives waited every year to put them in jellies, preserves, pies and cobblers, and the men used them for wine and brandy.

Groups of venders would alight from the trolley cars and trek from house to house shouting "Blackberries! Blackberries!" all day long until their loads were sold. It was sad to see many of the venders walk back in the late afternoon to take the trolley home with most of their buckets still full of berries. They would return the next day with the same berries.

For some Spanish women, the only English word they knew was "black-berries." There was one woman who brought smiles to everyone's faces when she shouted "Black babies! Black babies!"

The Villanueva boys, Andy and Neto, hit it lucky on their second trip to sell berries in Clarkston. As they were walking slowly up a street, lugging the heavy galvanized buckets, a man approached them. He said, "Boys, how much are you getting for them today?"

"Seventy-five cents a gallon," was their reply.

"I'll tell you what I'll do. I'll give you fifty cents a gallon for all the berries you can deliver to my house for the next three weeks."

Before Andy could answer, Neto spoke up: "Where do you live? We'll start now." Picking up the heavy buckets, Andy said, "Let's go!"

When they got home, Mother couldn't believe her eyes: their buckets were empty.

Picking berries was a job hated by some, tolerated by some and thoroughly enjoyed by many. Arms and hands bore numerous scratches. One had to watch for snakes, bees and wasps. Clothes were torn by thorns and briars. In the process of picking berries, however, boys and girls in their late teens got to know each other better. They would sometimes manage to slip away unseen and enjoy each other's company—that is, until one of the girls would hear a shrill call: "Juanita! Juanita! Come here! I don't see you!"

The young couple would break their embrace (if embracing is what they had been doing) and the girl would hurry to where the call came from, but in a roundabout way in order to hide where she'd been. "Aquí estoy!" she'd shout. "Qué quieres?"

After a long day of berry picking, one's hands would be stained and scratched. Some of the men would walk out of sight of the others and urinate on their hands and then go to the lower part of a spring and wash their hands in the water flowing down the hillside. They thought this not only helped to re-move the stain, but also acted as an astringent to help heal their wounds.

Algunas españolas sólo conocían una palabra en inglés, *blackberries*. Había una mujer que hacía sonreír a todo el mundo cuando gritaba: *"Black babies! Black babies!"*

Los muchachos Villanueva, Andy y Neto, tuvieron suerte la segunda vez que fueron a vender zarzamoras en Clarkston. Mientras iban caminando lentamente por la calle, cargados con los pesados cubos de acero galvanizado, un hombre se les acercó y les preguntó: "Muchachos ¿hoy cuánto vais a ganar con esto?"

"Setenta y cinco centavos" fue su respuesta.

"Os propongo lo siguiente: os pago cincuenta centavos el galón por todas las zarzamoras que podais traerme a casa durante las próximas tres semanas."

Antes de que Andy pudiera contestar, Neto habló: "¿Dónde vive usted? Empezaremos ahora mismo." Cogiendo los pesados cubos, Andy dijo: "Vamos allá."

Cuando volvieron a casa, mi madre no daba fé a lo que veía: los cubos estaban vacíos.

Recoger zarzamoras era un trabajo odiado por algunos, tolerado por otros y apreciado por muchos. Uno se arañaba los brazos y las manos. Había que tener cuidado con las serpientes, las abejas y las avispas. Las espinas y los brezos les rasgaban la ropa. Mientras recogían zarzamoras, sin embargo, los chicos y las chicas de quince a diecinueve años se conocían mejor. Algunas veces, se las arreglaban para escaparse sin ser vistos y gozar de la compañía el uno del otro – esto es, hasta que una de las chicas oyera un grito agudo: "¡Juanita! ¡Juanita! ¡Ven aquí! ¡No te veo!"

La joven pareja interrumpía su abrazo, (si se estaban abrazando) y la chica se apresuraba hacia el sitio de donde había venido el grito, pero dando algún rodeo para disimular de donde venía. "¡Aquí estoy!" decía. "¿Qué quieres?"

Tras un largo día de estar recogiendo zarzamoras, uno tenía las manos teñidas y arañadas. Algunos hombres se apartaban de los demás y se orinaban sobre las manos; luego, se iban hacia la parte baja del arroyo y se lavaban las manos en el agua que corría cuesta abajo. Pensaban que aquello no solamente ayudaba a quitar las manchas, sino que también servía de astringente para ayudarles a curar sus heridas.

Fue mientras estaba recogiendo zarzamoras una mañana que Andy sintió una picadura en el tobillo. Miró hacia abajo y vio a una serpiente negra que se deslizaba rápidamente fuera de su alcanze. Se sentó inmediatamente y presuró el lugar del mordisco hasta que fluyera la sangre. Luego, continuó recogiendo zarzamoras hasta la hora de volver a casa. Aquella tarde, se fue al centro con sus amigos, a las caballerizas, y como el tobillo no parecía molestarle, no pensó más en eso.

Unos días más tarde, sin embargo, su pierna se empezó a hinchar. Cuando mi madre notó lo apretada que estaba la pierna del pantalón, le dijo: "Andrés, me parece que tienes una pierna más gorda que la otra, déjame echar un vistazo." Andy levantó la pierna derecha de su pantalón y efectivamente, su pierna estaba hinchada desde el tobillo hasta el muslo. Era el doble de su tamaño normal.

It was while picking berries one morning that Andy felt a sting on his ankle. He looked down and saw a black snake slither away. He immediately sat down and squeezed the spot with his fingers until he drew blood. Then he continued to pick berries until it was time to go home. That evening he went downtown to be with the boys at the livery stable, and as his ankle didn't seem to bother him, he thought no more about it.

Several days later, however, his leg began to swell. When Mother noticed the tightness of his trouser leg, she said to him, "Andres, it looks like your one leg is fatter than the other. Let me take a look." Andy raised his right pants leg, and sure enough, his leg was swollen from the ankle to the thigh. It was twice its normal size.

I was sent to fetch Doctor Applewhyte. Meanwhile, Mother put Andy to bed. As soon as the doctor saw the leg, he said, "Um huh! You're lucky it was a blacksnake or you wouldn't need me. You'd need the undertaker." He gave Andy a shot in the hip and had Mother heat water in a bucket. Two hours after the doctor left the house, the swelling began to go down. The following day, it was as if Andy had never been bitten.

For the next three weeks Andy and Neto delivered 250 gallons of berries to their customer. He, in turn, promised to retain their services for the following year. We sold this man berries for the next three years. I say we, because the following year I was old enough to go every day to the berry patches with the older children. Father would pick with us any time he could get away from his business. He loved to be out in the open. In the mornings he would deliver the washtub and buckets to the man in Clarkston and would return with a bottle of blackberry wine. The man was making wine on a larger scale and asked Father if he could increase the amount of gallons we were bringing him. The man said he could use twice as much as we were now bringing him, but he didn't want anyone to know he was buying blackberries in such large quantities. Being a businessman, my father began to think of a way to get this man more berries. "Yes," he said after considering a solution, "I think we can do something about this. I'll let you know in a couple of days."

The berry-picking season began with a few berries ripening every day, and as the sun and rain warmed, the fruit became more profuse. By the middle of July, every blackberry vine was filled with large, ripe fruit.

The price of berries started at $1 a gallon. As they became a little more abundant, they went down to 75¢, then to 65¢, 50¢, and so on. So Father talked to a number of pickers and told them they would save themselves a lot of bother if they would bring the berries to his shop. He would take all they would bring in and give them 40¢ a gallon. Many accepted the offer and soon the wine-maker was getting all the berries he wanted.

This went on for three years. Eventually, the authorities put an end to the winery when the man was arrested for making and selling intoxicating drinks in violation of state laws.

It was during one of the forays into the fields to pick blackberries that Neto came across an animal he decided to take home as a pet. It was an opossum.

Me mandaron a que fuera a buscar al doctor Applewhyte. Mientras tanto, mi madre metió a Andy en la cama. En cuanto el médico vio la pierna, dijo "¡Ay amigo! Tienes suerte de que haya sido una serpiente negra, sino no me necesitarías, necesitarías a un enterrador." Le dio a Andy una inyección en la cadera y le pidió a mi madre que calentara agua. Dos horas después de la partida del médico, empezó a bajar la hinchazón. Al día siguiente, era como si Andy nunca hubiera sido mordido.

Durante las tres semanas siguientes, Andy y Neto llevaron 250 galones de zarzamoras a su cliente. A cambio, él les prometió que volvería a contratar sus servicios al año siguiente. Le vendimos zarzamoras a este hombre durante tres años. Digo "nosotros", porque al año siguiente, fui lo suficiente mayor para salir todos los días hacia los sitios donde se encontraban las zarzamoras con los otros niños mayores. Mi padre se venía a recoger con nosotros en cuanto podía liberarse de sus negocios. Le encantaba estar en el monte. Por las mañanas, le llevaba la palangana y los cubos al hombre de Clarkston y volvía con una botella de vino de zarzamora. El hombre hacía vino a gran escala y le preguntó a mi padre si podía aumentar la cantidad de galones que le llevábamos. El hombre dijo que en aquel momento, hubiera podido utilizar el doble de zarzamoras, pero no quería que nadie se enterara que compraba zarzamoras en tales cantidades. Siendo un hombre de negocios, mi padre empezó a pensar en una manera de proveerle más zarzamoras a aquel hombre. "Sí – dijo, tras haber considerado una solución – me parece que podemos hacer algo al respecto. Yo se lo diré dentro de un par de días." La época de la recogida de las zarzamoras empezó con algunas madurando cada día, que se fueron multiplicando a medida que se calentaban el sol y la lluvia. A mediados de julio, cada zarzal estaba lleno de fruta, gorda y madura.

El precio de las zarzamoras empezó a un dolar el galón. Cuando se hicieron más abundantes, el precio bajó a setenta y cinco centavos, luego a sesenta y cinco, cincuenta, y así. Entonces, mi padre reunió a varios recogedores y les dijo que se ahorrarían mucho trabajo si le llevaban las moras a la tienda. El compraría todo lo que ellos podían traer por cuarenta centavos el galón. Muchos aceptaron la oferta y aquel hombre que hacía vino no tardó en tener todas las zarzamoras que quería.

Aquello duró tres años. Finalmente, las autoridades pusieron fin a la operación, cuando se arrestó al hombre por manufacturar y vender bebidas alcohólicas en contra de la ley del estado.

Fue durante una excursión por los montes para ir a recoger zarzamoras que Neto se encontró con un animal que decidió domesticar. Era una zarigüeya. Había cuatro pequeñas crías también. Cómo se las arregló para llevarse los animales a casa, no lo sé. Los puso en la granja y corrió a casa para llevarles algo de comida. Cuando volvió, se sorprendió de ver que faltaban los cuatro pequeños. Miró por todos los rincones de la granja y exploró el establo donde estaba la mula. No sirvió de nada; pensó que se habían escapado. Volvió para dejar escapar a la madre cuando, atónito, los vio a todos, reunidos alrededor de su madre. Los miró algunos instantes y luego volvió a casa.

There were four little baby opossums, too. How he got the animals home, I don't know. He put them in the shed and ran into the house to get some food for them. When he returned, he was astonished to find the four little ones missing. He looked all around the other parts of the barn, and he searched the stable where the mule had his stall. There was no use; he thought they had gotten away. He returned to let the mother go when, to his amazement, there they all were, gathered around their mother. He watched them for a while and then went back to the house.

The next morning he was back at the berry patch telling of his experience of the day before with the missing opossums. It was then that he heard for the first time where the little things had been—in their mother's pouch. When he returned home, he hurried to the shed. Sure enough, the little ones were nowhere to be seen. He looked closely as he gave the mother a carrot; before long, he saw their little heads peering out of their mother's stomach.

The next time he went to feed them, he couldn't find mother or babies. In one corner of the shed, he saw that a hole had been dug in the dirt floor under the boards. The opossums were gone. Neto was glad, for he had brought them home thinking the little ones had no protection when, in fact, they had.

Gas wells were being drilled in many areas throughout the nearby hills. In the summertime, after picking berries all day long, the kids would take off for the nearest gas well derrick. There was always a huge water tank where one could go for a swim. The tanks were large wooden circular water holders about ten feet high and eighteen feet in diameter holding some 1,500 gallons of water. There was an iron rung ladder, and we would climb to the rim of the tank and jump into the water.

It was a wonder that in all the years the boys swam in them no one ever drowned. The water line was generally three to four feet below the rim. For some kids, it was impossible to reach the rim as they swam or floated in the water. There was an unwritten rule that no boy would go into the tank unless he was accompanied by someone who knew how to swim. This was the place where most of the boys in the town learned to swim.

If there was a water tank not far from the berry patch, some boys would sneak away from their parents or brothers and sisters and go in for long periods of time while the others thought they were picking berries. Inevitably, their bare buckets would be discovered and they'd catch hell.

A la mañana siguiente, estaba de nuevo recogiendo zarzamoras y comentando su experiencia del día anterior con las zarigüeyas desaparecidas. Fue entonces cuando se enteró por primera vez de dónde habían estado los pequeños – en la bolsa de la madre. Cuando volvió a casa, se apresuró a ir a la granja. Y como era de esperar, las cuatro crías no aparecían por ningún lado. Miró con detenimiento mientras le daba una zanahoria a la madre, y no tardó en ver sus cabezitas asomando de la bolsa.

Cuando volvió para darles de comer, no pudo encontrar ni la madre ni los pequeños. En un rincón de la granja, vio que había un agujero cavado en la tierra, debajo de los tablones. Las zarigüeyas se habían escapado. Neto se alegró, porque las había traído a casa pensando que los pequeños no estaban protegidos, cuando en realidad, sí lo estaban.

Se estaban excavando numerosos pozos de gas en muchos sitios de las colinas vecinas. Durante el verano, tras haber recogido zarzamoras todo el día, los niños se iban hacia la torre de perforación del pozo de gas más cercano. Siempre había un tanque enorme lleno de agua en el cual uno se podía bañar. Los tanques eran anchos contenedores circulares de madera, de unos diez pies de altura y dieciocho de diámetro, y contenían unos 1.500 galones de agua. Había una escalera de metal y solíamos subir hasta el borde del tanque y zambullirnos en el agua.

Resulta difícil creer que en tantos años de nadar en esos tanques, ninguno de los chavales se ahogó. El agua estaba generalmente a unos tres o cuatro pies debajo del borde del tanque. Para algunos niños, era imposible alcanzar el borde cuando nadaban o flotaban en el agua. Había una regla tácita según la cual ningún chico podía ir dentro del tanque a no ser que estuviera acompañado por alguien que supiera nadar. Aquel era el sitio donde la mayoría de los chicos del pueblo aprendían a nadar.

Si había un tanque cerca del sitio donde estaban recogiendo zarzamoras, algunos chicos escapaban a la vigilancia de sus padres o de sus hermanos y hermanas, y se iban a bañar largo rato mientras los demás creían que estaban recogiendo zarzamoras. Inevitablemente, sus cubos vacíos eran descubiertos y se les regañaba bien regañados.

Capítulo 6

A medida que algunos hombres empezaran a salir del pueblo con sus familias, los esquiroles se mudaban con sus familias en las casas desocupadas. Las hipotecas pertenecían a la compañía y como habían adelantado el dinero a los inquilinos, los títulos se tranferieron a los nuevos inquilinos.

Así es como la familia de Milton Beard acabo siendo vecina de la familia Villanueva. Se mudaron en la casa de al lado cuando Constante el Sordo, su mujer Nieves y sus tres hijos, Jorge, Antón y Serena, se fueron de Glenncoe

Chapter Six

A s some of the men began to move out of town with their families, the scabs would move their families into the vacant homes. The mortgages on the houses were forfeited to the company, as they had advanced the money to the residents, and the titles were transferred to the new residents.

That is how the Milton Beard family came to be a neighbor of the Juan Villanueva family. They moved in next door when Constante El Sordo, his wife Nieves and their three children, Jorge, Anton, and Serena, left Glenncoe to live in Cherryvale, Kansas, where Constante had two brothers working at the smelter.

Glenncoe was now the official name of what had for years been known as Coe's Run. Glenncoe was incorporated, and a United States Post Office was erected and a new Postmaster installed. But almost every one in the town would know it by another name: Crossetti.

No sooner had the Beards moved next door when our troubles started with Old Lady Beard, her daughter Gladys and the two younger boys, Albert and Earl. (Milton, Otis and Paul were scabs at the smelter and were rarely around.) They began to call us Spics and all kinds of names, sticking their tongues out every time one of us would step out of our house. The only time they didn't do it was when Father was home. They could torment us all day long, but as soon as they saw him, they clamed up. When we told Father about their teasing, he found it hard to believe; when he was around, they acted as innocent as could be.

More and more strikebreakers were moving into town. The smelter workers union was rapidly losing its battle. An injunction had been issued against picketing. A large number of unemployed union members were now leaving for other parts of the country. Some were getting out of the zinc smelting business all together. Detroit and the $5 dollar day were beckoning. Families with sons in their late teens were leaving not only for Detroit, but for Akron, Ohio, and its rubber plants; for Canton, Ohio, and its bearings plants; and for Crystal City, Missouri, and its Plate Glass Company. Those with smaller children were leaving for smelters in Oklahoma, Kansas, Indiana, Illinois and other localities.

Some of the union members began to be harassed by unknown assailants who fired shots at them from ambushes. Also, their houses would be stoned and their children ganged up on as they went on errands to the store or post office. And when school started, the sons of the scabs would jump them and beat them up.

One day, Neto traded cousin Lano an old pair of skates for a Benjamin Air Rifle. It was the kind in which you pumped air into the chamber. The more air, the harder the BB would come out of the barrel.

Andres had now gone to work at the Belleport Lamp Chimney Company. At the Glass factory they always employed boys from fourteen years of age and

para ir a vivir a Cherrydale, en Kansas, donde Constante tenía a dos hermanos que trabajaban en la fundición.

Glenncoe era ahora el nombre oficial de lo que había sido conocido durante años con el nombre de Coe's Run. Glenncoe estaba "incorporado", y se erigió una oficina de correos al mismo tiempo que se instalaba un nuevo administrador de correos. Pero todos los que vivían en el pueblo lo conocían por otro nombre: Crossetti.

A penas se instalaron los Beard al lado de nosotros, empezaron nuestros problemas con la vieja Beard, su hija Gladys y sus dos hijos menores, Albert y Earl. (Milton, Otis y Paul eran esquiroles en la fundición y no se les veía mucho.) Nos empezaron a llamar *Spics* y otras cosas, sacando la lengua en cuanto uno de nosotros salía de casa. Sólo dejaban de hacerlo cuando mi padre estaba en casa. Nos podían atormentar todo el día, pero en cuanto lo veían, se cortaban. Cuando le contamos a nuestro padre como nos tomaban el pelo, le costó creerlo; cuando estaba él, se comportaban de la manera más inocente del mundo.

Más y más esquiroles llegaban al pueblo. El sindicato de los trabajadores de las fundiciones estaba perdiendo rápidamente la batalla. Había salido un mandato en contra de los piquetes de huelga y una gran parte de los miembros desempleados del sindicado se marchaban ahora hacia otras partes del país. Algunos habían dejado el trabajo en las fundiciones para siempre. Detroit y la paga de cinco dólares atraía a mucha gente. Las familias que tenían hijos entre 15 y 19 años se iban, no solamente hacia Detroit, pero también hacia Akron, en Ohio, y sus explotaciones de caucho; hacia Cantón, Ohio, y sus fábricas de engranajes; y hacia Crystal City, en Missouri, y su compañía de vidrio y de vajillas. Los que tenían niños más pequeños se iban hacia otras fundiciones en Oklahoma, Kansas, Indiana, Illinois y a otros sitios.

Algunos de los miembros del sindicato empezaron a ser agredidos por atacantes desconocidos que se emboscaban para dispararles. También se lapidaba su casa y pandillas atacaban a sus niños cuando iban a hacer recados a la tienda o a correos. Y cuando empezaba la escuela, los hijos de los esquiroles saltaban sobre ellos y les pegaban.

Un día, Neto le cambió al primo Lano un par de viejos patines por un rifle de aire comprimido, de esos que se cargan con una pompa de aire. Cuanto más aire había en la cámara, tanta más potencia tenían los perdigones al salir del cañón.

Ahora Andrés trabajaba para la compañía de lámparas de chimenea en Belleport. Siempre contrataban muchachos a partir de los catorce años para ser los "acabadores" de un taller compuesto por tres personas: el soplador, el recogedor y el acabador. La compañía de lámparas hacía lámparas de chimenea de tamaños y de formas variados. Había dos turnos; el primero iba de las seis de la mañana a las diez y volvía a empezar a las dos hasta las seis de la tarde; el segundo empezaba a las diez de la mañana hasta las dos y volvía a empezar a las seis hasta las diez de la noche.

Durante sus cuatro horas de libertad, algunos de los muchachos iban al bosque a recoger castañas, cazar ardillas o simplemente para pasearse por el monte. Otros iban a casa a descansar.

up to be the 'finisher' for a shop composed of three persons: the blower, the gatherer and the finisher. The lamp company made various shapes and sizes of lamp chimneys. There were two shifts; the first shift ran from 6 a.m. to 10 a.m. and would resume at 2 p.m. until 6 p.m.; the second shift would run from 10 a.m. until 2 p.m. and would resume at 6 p.m. until 10 p.m.

In the four hours they would be off, some of the young men would go out in the woods and pick chestnuts, hunt squirrels or just roam through the woods. Some would go home for a rest.

The Beards next door were getting bolder and bolder with their insults. They thought they had the Spaniards whipped in the union. They could smell victory. More families were leaving and hardly any new Spanish people were coming to town.

One day, Neto came home during the four hours he had off at the glass house. He went to the basement and got his Benjamin Air rifle. He and Pepe Riosa were going to do a little shooting in the nearby woods. Mother and I walked out the front door to go down the lane to Aunt Regina's at the same time as Neto was leaving. Gladys Beard, who was seventeen years old, was out on her porch, calling us names and sticking her tongue out at us. Then she turned her back, raised her dress and shouted, "And you can kiss this, you Hunkies!"

Mother said to me, "Let's go back in the house. I think I see Gladys' brothers ready to throw rocks at us when we go out of sight over there." So we went back in the house. Neto told Mother to walk back out on the porch to see if Gladys would repeat her performance. As soon as Mother went back out, the girl again began her name calling and repeated the same routine of turning her back and showing her bare posterior.

Inside our house, Neto had raised the window just high enough to see Gladys without her seeing him. The next time she exposed her big fanny, Neto let go with the Benjamin. He was right on target. A scream came from the girl that could be heard all the way to the plant's gates. She ran into her house, yelling at the top of her voice. Her mother and brothers ran to her aid, shouting obscenities. They kept up their shouting and ranting until the father and two older boys got home. Then one of the boys got a shotgun and, followed by the old man and the other son, tried to break open our door to get to Neto. Mother and I had our hands full keeping Neto from going out with Father's fully loaded shotgun. While this was going on, little Jose was sent out the back way so he could run to the butcher shop to get Father.

Father listened as Jose told him what was going on. He immediately went to Alfredo's shoe shop, where half a dozen men were playing *brisca*, and hurried to our house as the men went to get firearms.

One of the Beard boys saw the group coming up the hill. He called to his father and brothers. They left the yard and went to their porch.

My father went in the house to get the details of what had taken place.

"She was calling Mother dirty names," Neto explained, "and when she turned around and showed her big, fat ass, I couldn't do anything else. It was a perfect target."

Los Beard de la casa de al lado se estaban volviendo cada vez más valientes con sus insultos. Estaban convencidos de que los españoles habían sido disueltos al mismo tiempo que el sindicato. Ya se olían la victoria. Se marchaban más y más familias y apenas llegaban otros españoles al pueblo.

Un día, Neto volvió a casa durante las cuatro horas que tenía de descanso de la fábrica de vidrio. Fue al sótano y cogió su rifle Benjamin de aire comprimido. Él y Pepe Riosa habían decidido ir a disparar un poco en el bosque cercano. Mi madre y yo salimos por la puerta para bajar la calle hasta la casa de la tía Regina al mismo tiempo que se iba Neto. Gladys Beard, que tenía diecisiete años, estaba en el porche de su casa, insultándonos y sacándonos la lengua. Luego se dio la vuelta, levantó su vestido y gritó: "Y me podeis besar esto, atajo de *hunkies.*"

"Volvamos a casa – dijo mi madre – Me parece que veo a los hermanos de Gladys dispuestos a tirarnos piedras en cuanto estemos lejos por ahí." Volvimos entonces a casa. Neto le dijo a mi madre que volviera a salir al porche para ver si Gladys repetía su numerito. En cuanto volvió a salir mi madre, la chica empezó a insultarla y repitió aquello de darse la vuelta y de mostrarle sus nalgas desnudas.

Dentro de la casa, Neto había abierto una ventana lo suficiente como para ver a Gladys sin ser visto por ella. En cuanto volvió a exhibir su ancho pompis, Neto disparó con el Benjamín. Dio en todo el blanco. La chica pegó un grito que se oyó hasta la puerta de la fundición. Se metió en casa corriendo, gritando a grito pelado. Su madre y sus hermanos vivieron en su ayuda, berreando obscenidades. Siguieron gritando y desvariando hasta que el padre y los dos hijos mayores volvieran a casa. Uno de los chicos cogió un fusil y seguido por el padre y el otro hijo, intentó romper la puerta para llegar hasta Neto. Mi madre y yo estabamos ocupados tratando de impedir que Neto saliera con el fusil cargado de papá. Mientras tanto, habíamos mandado al pequeño José a la carnicería para buscar a papá.

Mi padre escuchó atentamente mientras José le contaba lo que estaba ocurriendo. Se fue inmediatamente a la zapatería de Alfredo, donde media docena de hombres estaban jugando a la brisca, y se apresuró hacia casa mientras los hombres iban a buscar armas de fuego.

Uno de los hijos Beard vio el grupo subiendo la colina. Llamó a su padre y a su hermano; dejaron el patio y se fueron a su portal.

Mi padre entró en casa para enterarse de los detalles de lo ocurrido. "Estaba insultando a mamá – explicó Neto – y cuando se dio la vuelta y nos enseño su gordo culón, no podía hacer otra cosa. Era un blanco perfecto."

"Hiciste bien" le dijo mi padre. Le dio unas palmaditas en la cabeza y salió al portal. Miró a toda la familia Beard, ahora reunida en su portal, con fuego en los ojos y dijo: "Volverán muertos al condado de Calhoun si molestan de nuevo a mi familia. No tengo nada más que decir." Dicho esto, volvió a casa con el resto de los hombres.

A partir de ese momento, los Beard nunca nos volvieron a hostigar, salvo algunas piedras que caían sobre el tejado de nuestra casa, por la noche o en cuanto no podíamos ver quien lo estaba haciendo. Gladys no se volvió a levantar

"Good for you," my father told him. He patted Neto on the head and went out on the porch. He looked at the whole Beard family, now gathered on the porch with fire in their eyes, and said, "I'll take you back to Calhoun County dead if you bother my family anymore. That's all I am going to say!" With that he walked back in the house with the rest of the men.

From then on, we were not molested again by the Beards except for having rocks thrown on the roof of our house at night or whenever we couldn't see who was doing it. Gladys kept her skirt down from that day on—or, rather, until the fall, when she could be seen on the grassy bank in front of her house with her boyfriend, making love right in the open.

One week from the time of the confrontation with the Beard family, a letter came for Father. It was hand printed, and when Father finished reading it, he told Mother and us boys what it contained. It read as follows: Take heed! This is a warning for you to get moved out of town. You have thirty (30) days to do it or we will burn you out! Signed, the Fox.

Father took the letter the next day to the editors of the *Clarkston Courier* and it was published on the front page.

Father had been thinking seriously about taking a job as the manager of the meat department of a company-owned store in Langeloth, Pennsylvania, where a new zinc smelter was hiring a lot of the Spanish men who were leaving Glenncoe for greener pastures. But after he got the letter, he decided he was not going to leave. He didn't want anyone to think the letter had scared him out of town. He wrote to the company in Pennsylvania saying he would consider their offer at a future date.

Although Father did not know who sent the threatening letter, he wasn't surprised when the following Wednesday evening a column of white-clad men started up the hill and began to march past our house. The men wore hoods over their heads to hide their faces. They walked slowly, each one making a right face as he passed the front of the house. They went on to the easternmost part of Ashton Lane, where it curved to the right to meet the Pike. Instead of following the road, they made a left turn and walked to the top of Pinnick Kinnick Hill. After the column reached the summit, they set up a large wooden cross and set it on fire.

It was now getting dark. The cross could be seen burning fiercely for miles. While it was on fire, the men began a slow descent to the lane. Then they walked back past our house. They grouped in the front en masse and chanted in an unintelligible manner, a sort of incantation, then walked back down the hill to the Pike.

My father was more determined than ever to remain in the town, even after the cloaked men told him they would return. This time, they said, they would do him bodily harm. But it would take more than this to scare my father. He had become an American citizen as soon as he had been in the country long enough to meet its citizenship requirements. His wife, Marilena, and his son Andres became American citizens when he was naturalized, and now Neto,

el vestido después de ese día – o mejor dicho, hasta el otoño, cuando se la podía ver sobre la hierba en frente de su casa con su novio, haciendo el amor en mitad de la breva.

Una semana después de nuestro enfrentamiento con la familia Beard, llegó una carta para mi padre. Estaba escrita a mano en mayúsculas, y cuando mi padre hubo acabado de leerla, nos dijo a mi madre y los chicos lo que contenía. Decía lo siguiente: *¡Ojo! Esto es un aviso para que te vayas de este pueblo. Tienes treinta (30) días para hacerlo o te machacaremos. Firmado: el Zorro.*

A día siguiente, mi padre llevó la carta a los editores de El Correo de Clarkston y se publicó en primera plana.

Mi padre había estado considerando seriamente aceptar un trabajo de gerente de departamento de carnicera en una tienda propiedad de una compañía en Langeloth, en Pennsylvania, donde un nuevo fundidor de zinc estaba contratando a muchos de los españoles que estaban abandonando Glenncoe hacia pastos más verdes. Pero tras haber recibido la carta, decidió no marcharse. No quería que nadie se pensara que la carta le había dado miedo a quedarse. Escribió a la compañía diciéndoles que consideraría su oferta ulteriormente.

Aunque mi padre no supiera quién había mandado la carta de amenazas, no se sorprendió ver el miércoles siguiente una fila de hombres vestidos de blanco que empezaron a subir la colina y pasaron justo delante de nuestra casa. Los hombres llevaban capuchas para cubrirse la cara. Andaban lentamente, cada uno mirando hacia la casa torciendo la cabeza hacia la derecha cuando pasaban delante. Se fueron hacia el este de la calle Ashton, donde torcía a la derecha para unirse con la carretera. En vez de seguir la carretera, torcieron a la izquierda y anduvieron hasta lo alto de la colina Pinnick Kinnick. Cuando la fila llegó a la cumbre, erigieron una gran cruz de madera y le prendieron fuego.

Estaba anocheciendo. Se podía ver la cruz ardiendo intensamente a millas a la redonda. Cuando estuvo prendida, los hombres empezaron a bajar lentamente hacia la calle Ashton. Luego, volvieron a pasar delante de nuestra casa. Se agruparon en frente en masa y cantaron de una manera ininteligible, una especie de conjuro, luego volvieron a bajar la colina hacia la carretera.

Mi padre estaba más determinado que nunca a quedarse en el pueblo, incluso después de que los encapuchados le dijeran que volverían. Esta vez, dijeron, harían daño. Pero no era bastante para atemorizar a mi padre. Se había naturalizado americano en cuanto había cumplido el plazo necesario de estancia en el país para conseguir la nacionalidad americana. Su mujer, Marilena, y su hijo Andrés se hicieron americanos cuando él se naturalizó, y ahora, Neto, Pepe y yo éramos americanos de nacimiento. Celia sería como nosotros. Ningún beatón intolerante le iba a hacer perder la fé en su nueva patria.

Fue durante aquellos días difíciles cuando ocurrió un incidente mientras se celebraba una reunión sindical en la Casa Loma. Se había convocado la reunión para reforzar la determinación de los hombres de salvar la situación. Los miembros del sindicato estaban diezmados por las docenas de hombres que se habían marchado a otro sitio y los pocos que habían vuelto al trabajo por miedo a no encontrar empleo en otras fundiciones. Algunos lo habían intentado y se

Pepe and I were native Americans through birth. Celia was also on the way to join the last three. No white-robed bigots were going to make him lose faith in his new country.

It was during these trying days that an incident at the union meeting in the Casa Loma took place. The meeting was called to reinforce the workers' determination to salvage the situation. The union's ranks were decimated by the dozens who left for other parts and by the few who went back to work for fear of not being able to find work in other smelters. Some had tried it and found out that if they had been union members at this plant they were automatically blackballed wherever they went. They had now weakened enough to fall for the Tizadores' threats that the plant was ready to cease operations if they didn't return soon.

But the sons of a number of the men who had returned to work were now the most militant members of the union and openly defied their fathers. They were determined to make one last stand before disbanding. They were going to try to save the union.

Their determination was undercut by one of their members. "El Moro," so nicknamed because of his dark features, wanted to give in to the company's pleas to return to work. He stood on the platform, shouting that Juan Villanueva was responsible for the plight they found themselves in. He became vehement in his denunciation of my father; he said he was going to "beat the hell out of him outside or inside." He said he would prove that my father wasn't as brave as he seemed.

When El Moro finished, my father immediately got on the platform. He stood there for a long minute, looking at the man facing him. When he began to speak, it was, surprisingly, in a low, well-modulated voice. "Your challenge is accepted with one condition," my father said. "That condition is that we will not fight here in the hall, nor will we fight directly outside of it, but that you and I take a walk down towards the road where we cannot be seen by the young kids." (Father had taken me to the meeting, and I was outside playing marbles with five other boys whose fathers were inside.)

"It doesn't matter where we do it," El Moro replied. "Let's go."

Along with the other boys, however, I quickly found out what had been discussed in the meeting. I started to follow the two men as they walked toward the Belleport Road but was held back by my father, who motioned me to wait. My heart was in my mouth as the men disappeared from view. I became weak in the knees and had to sit down to keep from falling. It seemed like an eternity. Then I saw the figure of a man walking back slowly. No one had to tell me it was my father. I could recognize his walk if he were a million miles away.

All he said was, "He'll live. I don't think he will come back here. He'll go home to nurse his bruises."

It wasn't until some days later, after the man had moved with his family out of town, that Father told me what had transpired that evening. No sooner had El Moro and Father left my sight when the man pulled a gun from his shirt. Father always thought El Moro was not to be trusted and had his eyes alerted

habían enterado de que si habían sido miembros del sindicato en este fundidor, estaban inmediatamente en la lista negra, fueran adonde fueran. Estaban lo suficientemente debilitados para ceder ante las amenazas de los atizadores, que afirmaban que la fundición estaba a punto de cesar sus operaciones si no volvían pronto al trabajo.

Pero los hijos de algunos obreros que habían vuelto al trabajo eran ahora los miembros más militantes del sindicato y desafíaban abiertamente a sus padres. Estaban determinados a dar un último golpe antes de disolver el sindicato. Iban a intentar salvarlo.

Su determinación estaba minada por uno de ellos. El Moro, apodado así por su tez cetrina, quería ceder a las exigencias de la compañía y volver al trabajo. De pie sobre la tarima, estaba gritando que Juan Villanueva tenía la culpa de que se encontraran en tal trance. Su denuncía de mi padre se hizo violenta; declaró que "le iba a dar de leches dentro o fuera." Dijo que demostraría que mi padre no era tan valiente como se las echaba.

Cuando hubo acabado el Moro, mi padre inmediatamente subió sobre la plataforma. Se quedó ahí mirando al hombre en frente de él un minuto largo. Cuando empezó a hablar, era, sorprendéntemente en un tono bajo, bien modulado. "Acepto tu desafío con una condición – dijo mi padre – y es que no nos peguemos aquí en la sala, ni justo delante de la puerta, pero que tú y yo nos vayamos hacia la carretera, donde no nos podrán ver los chavales." (Mi padre me había llevado a la reunión y estaba fuera, jugando a las canicas con otros cinco chicos cuyos padres asistían a la reunión.)

"No importa dónde lo hagamos – respondió el Moro – vamos allá."

Con los demás chicos, sin embargo, no tardé en enterarme de lo que se había discutido en la reunión. Empecé a seguir a los dos hombres mientras iban bajando hacia la carretera de Belleport, pero me detuvo mi padre, que me hizo la señal de esperar. Tenía un nudo en la garganta cuando desparecieron los dos hombres de vista. Mi piernas temblaban y me tuve que sentar para no caerme. Me pareció una eternidad. Luego vi la silueta de un hombre volviendo lentamente. Nadie me tenía que decir que era mi padre. Hubiera reconocido su forma de andar aunque hubiera estado a un millión de millas.

Sólo dijo: "No está muerto. No pienso que vuelva por aquí. Irá a casa a curarse las heridas y los moratones"

Mi padre no me contó, hasta algunos días más tarde, cuando el hombre se había ya mudado con su familia fuera del pueblo, lo que había transcurrido aquella noche. En cuanto el Moro y mi padre habían quedado fuera de mi vista, el primero sacó una pistola de su camisa. Mi padre siempre habiá desconfíado del Moro, y tenía los ojos bien abiertos por si percibía algún movimiento cauteloso. Antes de que el hombre pudiera apuntar con su revolver, mi padre le echó una zancadilla, saltó sobre su espalda y le arrancó la pistola. Cuando el Moro se levantó, mi padre tiró la pistola a lo lejos y le pegó un buen puñetazo.

En lo alto de la granja, mis hermanos Andrés y Neto tenían un pequeño gimnasio. Había pesas y un saco de arena. Jack Dempsey, Gene Tunney, Luis

for stealthy movement. Before the man could point his revolver, Father tripped him, and as he did so, jumped on his back and wrestled the gun from him. Just as El Moro got to his feet, my father tossed the gun as far as he could, then punched him.

In the loft of our barn, my brothers Andres and Neto had a small gymnasium. There were weight lifting bars and a punching bag. Boxing was becoming popular because of Jack Dempsey, Gene Tunney, Luis Angel Firpo, Jess Willard and all the other boxers one read or heard about. Andy and Neto became so proficient that they would take on all corners regardless of weight when boxing gloves were brought out around the Casa Loma or at the pool hall. Father became interested in the manly art of self-defense. We would get in our back yard and box each other; we learned how to spar, feign and throw punches. Father would have a lot of fun along with us.

Now he was telling us that was the reason he had gotten the best of his adversary that evening was because he had landed so many blows to the man's face that the man didn't know what was going on. Father let him have it until the man fell prostrate, and he walked away knowing the man wouldn't be able to get up any time soon. His nose was bleeding profusely, his shirt was off his back and his eyes were swollen.

About two weeks later, Father took me with him to Clarkston. We got off the trolley car and he took me to a small restaurant where he bought some hot dogs. I ate hot dogs until I had no room for anything else. They were the most delicious sandwiches I had ever eaten. They had a sauce poured over them, then some relish and some diced onions and mustard. I've come to the conclusion that there is nothing quite so tasty and satisfying as a West Virginia hot dog. A Clarkston, West Virginia hot dog, that is!

From the hot dog stand, we went to the *Clarkston Courier* down the street where a large crowd of men was gathered to watch a World Series game being re-enacted on a huge painted diamond on the lower roof of the building. A young man was standing alongside the board. Another man would come out the door and signal a hit or a two-bagger or an out. Shouts would go up as first one side and then the other flied out or got on base or made a run. When the game ended, money could be seen changing hands.

The day came when the men decided the union's cause was lost. The company was so glad that the strike was over that it sent out word for Spaniards to come back to town. It had been forced to shut down a number of furnaces because of a shortage of manpower. The miners and others who had been imported to break the strike weren't nearly as effective as the striking workers. Now the company began to make up for lost time.

But by this time, some of the better furnace men living in town had found a different way to earn a living. Bootlegging and the making of moonshine had become a means of putting food on the table.

Ángel Firpo, Jess Willard y los demás boxeadores de los cuales hablaba la gente y los periódicos habían contribuido a la popularidad creciente de aquel deporte. Andy y Neto se volvieron tan buenos que siempre se subían al ring en cuanto aparecían guantes de boxeo en la Casa Loma o en el salón de billar. Mi padre empezó a interesarse en esa viril disciplina de combate. Nos poníamos detrás de casa y boxeábamos; aprendimos a combatir, esquivar y dar puñetazos. Mi padre se divertía mucho con nosotros.

Ahora nos decía que la razón por la cual había ganado a su adversario aquella noche era porque le había dado tantos golpes en la cara que el hombre no se enteró de lo que estaba pasando. Mi padre le pegó hasta que el hombre se quedara prostrado y lo dejó a sabiendas de que el hombre no se podría levantar en bastante tiempo. Su nariz sangraba abundantemente, había perdido la camisa y sus ojos estaban hinchados.

Unas dos semanas más tarde, mi padre me llevó con él a Clarkston. Nos fuimos en el trolebús y me llevó a un pequeño restaurante donde compramos algunos perritos calientes. Comí perritos calientes hasta que no podía comer nada más. Eran los bocadillos más deliciosos que había probado en la vida. Tenían una salsa por encima, con algún condimento, rodajas de cebolla y mostaza. He llegado a la conclusión de que no hay nada tan sabroso ni que le deje a uno más satisfecho que un perrito caliente de Virginia Occidental. De Clarkston en Virginia Occidental, claro está.

Del puesto de perritos calientes nos fuimos hasta el *Clarkston Courier* en la misma calle donde una multitud de hombres se había reunido para mirar un juego de béisbol representado en una enorme pantalla sobre la parte más baja del tejado del edificio. Un joven estaba de pie al lado del tablero. Otro hombre salía por la puerta y señalaba un *hit* o un *two bagger* o una salida. Se oían gritos cuando primero salía un lado y luego el otro *flied out* o tomaba una base o completaba una *run*. Cuando acababa el juego, se podía ver como cambiaba de manos el dinero.

Y llegó el día en que los obreros decidieron que el sindicato era una causa perdida. La compañía estaba tan contenta de que se hubiera acabado la huelga que invitó a los españoles a que volvieran al pueblo. Había tenido que cerrar una serie de hornos por falta de mano de obra. Los mineros y los demás hombres que se habían importado para que acabaran con la huelga no era tan eficientes como los obreros en huelga, ni mucho menos. Ahora, la compañía empezó a recuperar el tiempo perdido.

Pero ya por aquel entonces, algunos de los mejores obreros de las fundiciones habían encontrado diferentes maneras de ganarse la vida. El contrabando y la fabricación de alcohol casero (*moonshine*) se habían convertido en una manera de poner comida sobre la mesa.

Siete hombres habían instalado destilerías en minas abandonadas por las colinas. Los tubos de cobre y el aparato para hacer el whisky estaban fabricados por el ferretero español que había abierto una tienda en Clarkston y contratado

The author, Gavin W. González, Sr., in New York City, 1970

El autor, Gavin W. González, en la ciudad de Nueva York, 1970

a algunos de los hombres que estaban en huelga en la fundición. Estos hombres se ganaban bien la vida empleados como ferreteros y se encargaban de las canaletas y de los canalones para muchas de las nuevas casas que se estaban contruyendo en Clarkston y en sus alrededores.

Alfredo López llegó a Coe's Run en 1906. Había sido zapatero en España. Tenía su taller en una habitación de la casa que había construído a unas cien yardas más o menos al oeste de la de Juan Villanueva. Estaba fuera de paso para los que querían hacer arreglar sus zapatos, y decidió entonces mover su casa hasta la carretera para que la gente pasara delante yendo o viniendo del trabajo, o cuando iban a Clarkston. Y hacía mucho negocio con los obreros de las fundiciones. Sus zapatos tenían que estar reforzados y sus suelas reemplazadas cada dos semanas. Contrató pues a Emmanuel Adkins para que le moviera la casa.

Era una enorme empresa pero Manín de la Mula, como lo habían apodado los españoles (porque utilizaba una mula para segar los campos de la gente) aceptó el trabajo y le prometió a Alfredo que le movería la casa, muebles incluidos, en tres semanas. Dijo que la familia incluso podía seguir viviendo en la casa mientras la iría tirando. Le ayudaron dos hombres a levantar la casa, y con dos docenas de largos y fuertes troncos, no tardó en llevar la casa hasta el borde de la calle. A partir de ahí, había una cuesta abrupta, lo cual implicaba que había que mover la casa lenta y cuidadosamente hasta llegar al sitio donde estaban ya preparados los cimientos para colocarla. Con la ayuda de sus hombres y de gruesas cuerdas, y con la mula para tirar de las cadenas, iba progresando, aunque fuera pulgada a pulgada.

La casa estaba a dos tercios de la colina cuando ocurrió el accidente. La mujer de Alfredo, Honora, estaba embarazada de siete meses. Sus hijos, Eduardo y Leona estaban sobre la colina, jugando, y pensó que era hora para ellos de ir a casa. Estaba oscureciendo fuera y abrió la puerta para llamarles. Estaba tan preocupada que se le olvidó que la casa estaba sobre maderos y al salir, perdió pie y se cayó. Estaba metida entre dos maderos. Pidió auxilio.

Su hijo, Eduardo, era un chico fuerte de dieciséis años. Le ayudó a que se incorporara en postura sentada. Con la ayuda de Leona, llevaron a su madre dentro de al casa y la metieron en la cama. Les mandó a que fueran a por la comadrona, Magdalena García. Sentía un tremendo dolor.

Mientras Eduardo iba por la comadrona, Leona corrió a llamar a su padre que estaba trabajando en la excavación donde se iba a colocar la casa. Alfredo y Magdalena llegaron al mismo tiempo. Tras calentar agua y frotarse las manos, Magdalena entró en la habitación con Alfredo. Honora tenía contracciones de parto. Los intervalos entre los dolores disminuían. Gritaba mientras se retorcía de dolor y agarraba fuertemente la mano de su marido. La comadrona sintió el feto; el bebé empezaba a salir por los pies. Fue entonces cuando Honora pegó un grito fuerte y largo y dejó de respirar. La comadrona, que había dado a luz a docenas de bebés en España y varios en este pueblo, tomó el pulso de Honora. Había dejado de luchar y tenía una expresión de serenidad en la cara. Magdalena sabía que estaba muerta. Ahora, sólo quedaba una cosa que hacer, y la tenía que

Seven men had installed stills in abandoned mines throughout the hills. Copper tubing and the apparatus with which to make the whiskey were made by the Spanish 'tinner' who had opened a shop in Clarkston and was hiring some of the men who had been on strike at the smelter. These men were gainfully employed as tinsmiths and doing guttering and spouting for the many new homes being built in and around Clarkston.

Alfredo Lopez came to Coe' s Run in 1906. He had been a shoemaker in Spain. He had his shoe repair in a room of the house he had built a hundred or so yards west of Juan Villanueva's. It was out of the way for people wanting their shoes repaired, so he decided to have his house moved down the Pike where people would be traveling one way or the other past his house coming and going to work or on their way to Clarkston. And he was getting a lot of business from the smelter workers. Their shoes had to be reinforced and re-soled every couple of weeks. So he hired Emmanuel Adkins to move the house for him.

It was to be an enormous undertaking, but "Manin de la Mula," as the Spaniards had nicknamed Emmanuel (because he used a mule to plow people's gardens), took the job and promised Alfredo he would move the house with all the furniture in it in three weeks' time. The family, he said, could even continue to live in the house while he was pulling it. He had two men help him jack up the house, and with two dozen long, strong logs, he soon had the house to the edge of the Lane. From this point, there was a steep grade, meaning he had to move the house slowly and carefully until it reached the site where a basement was prepared to mount the house on. With the aid of his men and heavy ropes and the mule to tug on the chains, he was making good progress, albeit inches at a time.

The house was two-thirds of the way down the hill when the accident took place. Alfredo's wife, Honora, was seven months pregnant. Her children, Eduardo and Leona, were on the hill playing, and she thought it was time for them to be getting home. It was getting dark outside, so she opened the door to step out to call them. She had been so preoccupied that she had forgotten the house was on the logs, and as she stepped out the door she lost her footing and fell. She was lodged between two logs. She screamed for help.

Her son, Eduardo, was a strong sixteen year old. He helped raise her to a sitting position. With Leona now helping, they brought their mother into the house and put her to bed. She sent them to get the midwife, Magdalena Garcia. She was in terrible pain.

While Eduardo went for the midwife, Leona ran to call her father who was working around the excavation where the house was to be set. Alfredo and Magdalena arrived at the same time. After heating water and scrubbing her hands, Magdalena went into the bedroom with Alfredo. Honora was having labor pains. The interval between pains increased. She screamed as her body was wracked with pain and held tightly to her husband's hand. The midwife felt the fetus; the baby was starting to come out feet first. Just then Honora gave a loud, long scream and quit breathing. The midwife, who had delivered dozens

hacer rápidamente si quería salvar al niño. Nunca había practicado, ni visto una operación de cesárea, pero no tenía otra alternativa. Fue a la cocina y volvió en seguida con un cuchillo afilado y abrió el vientre de la madre para liberar el niño de la matriz. Un azote en el trasero provocó un lloro; el niño vivía.

Patricio, así se le nombró, pesaba cinco libras y cuarto. Gilda Suárez, que había venido a la casa para ayudar a Magdalena cuando oyó los gritos de Honora, acababa de tener un niño cuatro semanas antes. Se llevó al bebé a su casa y le empezó a criar, junto con su niña recién nacida.

Alfredo y sus hijos tenían el corazón partido. Se tardaría una semana más en colocar la casa en el nuevo sitio. El cuerpo de Honora fue llevado a Clarkston por Einchley, el enterrador, y se volvió a traer para el velatorio en la casa de Gilda Suárez. Durante los dos días siguientes, casi todos los del pueblo pasaron para dar el pésame. El día del entierro, se llevó el ataúd en un coche fúnebre negro, tirado por dos caballos negros relucientes, hacia la sección del cementerio reservada para los extranjeros.

Detrás del coche fúnebre había un carruaje negro para el marido y los hijos de la muerta, y caminaban detrás docenas de dolientes. El cementerio estaba a más de dos millas y media. Casi todos estaban vestidos de negro, y fue una procesión solemne y triste. Cuando el padre Prieto pronunció la última oración, se oyeron fuertes sollozos por parte de cada uno de los dolientes.

La hermana de Honora de León, Catarina, vivía en París, en Francia, cuando se enteró de la muerte de su hermana. Recibió una carta de sus padres en Gijón dándole la noticia. Trabajaba para un riquísimo armador de Gijón que se la había llevado de sirvienta cuando su compañía le había transferido a París. Él y su mujer habían insistido para que se fuera con ellos. Había aceptado y estaba empezando a apreciar la vida parisina.

"Cata," como la llamaba todo el mundo, decidió pedir a su patrón que le ayudara a irse a América. Al principio, éste se negaba, pero cuando se dio cuenta de que nada le haría quedarse en Francia a la muchacha, decidió no sólo dejarla ir, pero también ayudarla económicamente. Treinta días más tarde llegaba a Clarkston.

Se enamoró del pequeño Patricio en cuanto lo tuvo en sus brazos. Había ganado varias libras, gracias a Gilda Suárez, cuyo marido estaba más orgulloso que nunca de la gentileza y generosidad de su mujer al criar al niño. La nueva niñera empezó a dar el biberón al niño y Patricio no tardó en convertirse en un niño fuerte y de aspecto saludable.

Hay un refrán entre los asturianos del campo: "No cabe duda. Cuando va una siguen dos." Y fue precisamente cinco días después del funeral de Honora que a Felipe Iglesias, de doce años de edad lo mató una vieja solterona que odiaba a los españoles, apodada "La Loca." Vivía sola en una granja detrás de la compañía de carbón. Se ganaba la vida vendiendo pollos y manzanas desde su huerto. Era una vieja mujer excéntrica y muchos pensaban que estaba loca, por eso tenía ese apodo.

Felipe y tres otros chicos decidieron ir a recoger almejas en el río detrás del manzanal. Caminaron por el río más de una hora, recogiendo almejas y

of babies in Spain and several in this town, felt Honora's pulse. She had quit struggling and had a serene look on her face. Magdalena knew she was dead. There was only one thing to do now, and she had to do it fast if she were to save the baby. She had never done nor seen a Caesarian operation, but she had no other alternative. She went into the kitchen and came back in an instant with a sharp knife and cut the stomach open and freed the baby from its mother's womb. A slap on the rump brought forth a cry; the baby was alive.

Patricio, as he was named, weighed five and a quarter pounds. Gilda Suarez, who had come into the house to help Magdalena when she heard the screams of Honora, had become a mother just four weeks previously. She took the baby down the road to her house and began to nurse him along with her baby daughter.

Alfredo and his children were heart-broken. It would be another week before the house would be in place in its new location. Honora's body was taken to Clarkston by Einchley, the undertaker, and was brought back for the wake in Gilda Suarez' house. During the next two days almost everyone in town paid their respects. On the day of the burial, the casket was borne in a black hearse pulled by two shiny black horses to the section of the cemetery reserved for foreigners.

Behind the hearse was a black carriage for the husband and children of the dead woman, while dozens of mourners walked behind on foot. It was more than two-and-a-half miles to the cemetery. Almost every person was dressed in black, and it was a sad, solemn procession. When Father Prieto gave the last words, loud sobbing came from everyone in the crowd of mourners.

Honora de Leon's sister Catarina was living in Paris, France, when she learned of her sister's demise. She received a letter from her parents in Gijon telling her of her sister's fate. She had been brought to France as a domestic in the household of a shipping magnate from Gijon, for whom she had been working when he was transferred by his company to Paris. They wanted her to go with them. She had accepted and was beginning to like the Parisian way of life.

"Cata," as everyone called her, decided to ask her employer to help her leave for America. At first he didn't want to let her go, but when he realized nothing would hold her in France, he decided not only to let her go but to help her financially. Thirty days later she arrived in Clarkston.

She fell in love with little Patricio as soon as she held him in her arms. He had put on several pounds since he was born, thanks to Gilda Suarez, whose husband was prouder of his wife than ever for her kindness and generosity in nursing the baby. The new nursemaid began to feed the baby with a bottle, and Patricio became a strong healthy child.

There is a saying among the rural Asturians: "No cabe duda. Cuando va una, siguen dos." (There is no doubt when one goes, two more are sure to follow). So it was that five days after Honora's funeral, twelve-year-old Felipe Yglesias was shot to death by a Spanish-hating old maid nicknamed "La Loca." She lived in a farmhouse behind the Carbon Company all by herself. She made

cangrejos de río. Volviendo a casa, uno de los chicos vio las manzanas gordas y rojas en los árboles y el grupo decidió coger algunas para comer. Justo cuando cogían las primeras manzanas, oyeron una detonación. Los chicos empezaron a correr, todos menos Felipe. Se tambaleó y cayó al suelo. La Loca le había disparado en la espalda toda la carga de su mosquete. Los chicos vieron a la vieja corriendo alrededor de su casa. Fueron hacia Felipe y llevaron su cuerpo inanimado hasta la carretera. Cuando se dieron cuenta de que estaba muerto, lo tumbaron a un lado de la carretera y corrieron hacia casa para decírselo a sus padres.

Los chicos corrieron hasta la casa de Felipe, y estaban sin aliento hasta el punto de que no se les podía entender. Todo lo que Claudio, el hermano mayor de Felipe, podía entender era que algo le había ocurrido a Felipe, algo muy, muy serio. Por fin, uno de los chicos fue capaz de articular con voz entrecortada: "¡La Loca mató a Felipe! ¡La Loca lo mató! ¡La Loca Foster!"

Claudio Iglesias corrió hasta el salón de billar donde varios hombres estaban sentados y, soliviatado, les contó lo que había ocurrido. Unos siete u ocho de los hombres fueron lo más rápidamente posible hasta donde estaba el cuerpo de Felipe. Tomaron turnos llevando el cuerpo a la casa de su familia.

El padre de Felipe, Leandro, era un tirador en la compañía Química Crossetti. Acababa de empezar a sacar el mineral de zinc fundido dentro de la ancha caldera cuando vio a dos jóvenes que corrían hacia él, gritando algo ininteligible. Había preparado la vagoneta para vertir el zinc dentro de los moldes y tenía la "cuchara" levantada para filtrar la impurezas de la superficie del zinc fundido cuando se dio cuenta de lo que le estaban diciendo.

Dejó caer la pesada cuchara. Al caer dentro de la caldera, le salpicó en la cara, el cuello y los ojos, dejándole ciego. Leandro Iglesias nunca volvería a ver a Felipe, ni a nadie más. Le llevaron con urgencia a Clarkston, donde permaneció varios meses antes de que le dieran de alta y volviera a casa, para pasar el resto de su vida andando a tientas por el pueblo con un bastón.

Con el entierro de Felipe, la sección "de extranjeros" del cemeterio de la Cruz Sagrada recibía un segundo cuerpo de Coe's Run en poco más de una semana.

Capítulo 7

Germán Inclán y su mujer, Victoria, llegaron de España para estar con su hermano y su mujer, Dorinda. La familia Inclán vivía en Careno, una comunidad rural del concejo de Castrillón, en Asturias. Teodoro decidió seguir el camino de muchos de sus vecinos hacia América, cuando Crispín Sirgo, un atizador para el cual había trabajado cuando era empleado de la Real Compañía Asturiana, le prometió trabajo. Llevaba cerca de un año en Crossetti cuando le dijo a su hermano que había puestos disponibles en la nueva instalación de fundición. Germán nunca había trabajado en un fundidor. Dos días después de su llegada, se presentó a trabajar con su hermano.

a living by selling chickens and apples from her orchard. She was an eccentric old lady, and many thought she was a little crazy, thus her nickname.

Felipe and three other boys decided to go digging for clams in the creek that ran behind the apple orchard. They waded in the creek for more than an hour, collecting clams and crawfish. On their way home, one of the boys saw the large red apples on the trees, and the group decided to pick a few to eat. Just as they picked the first apples, there was a loud bang. The boys began to run, all but Felipe. He stumbled and fell to the ground. He had been shot in the back by the full force of La Loca's musket loaded gun. The boys saw the old lady running around her house. They went to Felipe and carried his limp body to the road. When they realized he was dead, they laid him along side the road and ran home to tell his parents.

The boys ran all the way to Felipe's house and were so out of breath they couldn't make themselves understood. All Claudio, Felipe's older brother, could make out was that something had happened to Felipe, something very, very serious. Finally, one of the boys was able to utter haltingly, "La Loca mato a Felipe! La Loca lo mato! La Loca Foster."

Claudio Yglesias ran to the pool hall where several men were sitting around and excitedly told them what had happened. About seven or eight of the men hurried as fast as they could to where Felipe's body was. They took turns carrying his body home.

Felipe's father, Leandro, was a Tirador at the Crossetti Chemical Company. He had just started to draw the molten zinc into the large iron kettle when he saw two young men running toward him, shouting something unintelligible. He had rolled his car to get ready to pour the zinc into the molds and was holding the "spoon" to skim the impurities off the top of the molten liquid when he realized what they were telling him.

He let go of the heavy spoon. As it plopped into the scalding kettle, it splashed liquid on his face, neck and eyes, blinding him. Leandro Yglesias would never see Felipe nor anyone else, ever. He was rushed to the hospital in Clarkston, where he remained for several months before being released to go home to spend the rest of his days groping around the town with a cane.

With Felipe's burial, the "foreign" section of Holy Cross received its second body from Coe's Run within a little more than a week.

Chapter Seven

Jerman Inclan and his wife, Victoria, arrived from Spain to join his brother, Teodoro, and his wife, Dorinda. The Inclan family lived in Careno, a rural community in the Concejo de Castrillon, Asturias. Teodoro decided to go the way of many of his neighbors to America, where work was promised him by Crispin Sirgo, a Tizador he had worked for when he was employed at the Real Compania Asturiana. He had been in Crossetti for about a year when he told his

Había estado muy enfermo en el barco. Aún se sentía débil cuando llegó a Clarkston para juntarse con su hermano y su cuñada. Tenía que haber esperado por lo menos dos semanas antes de ir a trabajar en su nuevo puesto. Tres horas después de haber empezado a meter con la pala el pesado mineral de zinc en las vagonetas, frente al calor intenso, fue hasta el barril de agua y bebió largamente. Estaba sudando abundamente. El calor era demasiado. Nadie le ayudó, acaso le tomaron por un trabajador de fundidor aguerrido.

Tras haber bebido el agua, Germán empezó a sentir dolores de estómago. En poco tiempo, los dolores se volvieron rápidamente insoportables y los intestinos empezaron a retorcersele en la tripa. Cayó al suelo y fue llevado hasta la habitación de los atizadores, en frente del bloque. Su hermano estaba encendiendo el bloque vecino, y cuando llegó, Germán estaba sin sentido. Germán fue llevado al despacho del médico, donde se le pronunció muerto. Soltó su último suspiro sin haber recobrado la consciencia.

Menos de una semana tras haber llegado a Coe's Run, Victoria Inclán era viuda. El velatorio se hizo en la casa de Teodoro. Los mismos que habían andado ya en dos procesiones recorrieron de nuevo el camino al cementerio. El viejo refrán había tenido razón una vez más: "No cabe duda, cuando va una, siguen dos." Pero en este caso, eran tres desgracias.

Sobre esa época, las familias españolas que se habían ido a buscar posiblilidades de trabajo en otros pueblos empezaron a volver. Algunos habían ido a Henrietta, en Oklahoma, pero se les echó del pueblo apenas pisaron el andén de la estación. Una delegación de Okies había ido a esperar el tren y los mantuvieron a raya con pistolas. Se les llevó en rebaño hacia el depósito para esperar hasta la noche, hasta que llegara un tren por la dirección opuesta y se los llevara por donde habían venido. Cuando llegó el tren, se les obligó a subirse a punta de pistola. Los Okies no querían más españoles en su pueblo. Un joven español ya les había ofendido gravemente.

Enrique Cuesta se había hecho amigo de una de las muchachas del pueblo. Daba la casualidad de que era la hija de uno de los hombres más ricos del pueblo, y cuando la pareja dejó de poder verse por culpa de los padres de ella, se fugaron del pueblo.

Cuando Enrique dejó Oklahoma con su mujer, Bessie Mae Meeks, vinieron a Glenncoe porque el tío de Enrique, Anselmo, le había hablado de un trabajo en la fundición. Hasta que Enrique se casara con Bessie Mae, los numerosos españoles sólo se habían casado entre ellos. Pronto después, jóvenes parejas empezaron a romper regularmente la tradición; españoles se casaron con húngaras, polacas y, aquí y allá, americanas. Las españolas se seguían casando con los de su propia nacionalidad.

Coe's Run siguió creciendo. La mayoría de los habitantes eran de habla española y la comunidad en su conjunto aceptaba su influencia. Hasta los Fowlers y los Kets se familiarizaron con la lengua, y los carteles españoles estaban situados en sitios obvios, como el que decía: "Tómese Coca-Cola en Botellitas—5 c."

brother about the jobs available at the new smelter. Jerman had never worked at a smelter. Two days after he arrived, he reported for work with his brother.

While on the ship, he had gotten violently seasick. He still felt weak when he got to Clarkston to meet his brother and his sister-in-law. He should have waited at least two weeks before going to work at his new job. Three hours after he started to shovel the heavy zinc ore into the retorts in front of the intense heat, he went to the water barrel and took a long drink. He was sweating profusely. The heat was too much. No one helped him, perhaps thinking he was an experienced furnace man.

After drinking the water, Jerman began to have pains in his stomach. Then pains quickly became unbearable, and his intestines began to twist in his belly. He collapsed and was carried to the Tizadores' room in front of the block. His brother was firing the block next to this one, and when he arrived, running, Jerman was unconscious. Jerman was taken to the doctor's office, where he was pronounced dead. He had breathed his last without regaining consciousness.

Less than a week after arriving in Coe's Run, Victoria Inclan was a widow. The wake was held in Teodoro's house. The same people who had walked behind the two previous carriages again traipsed to the cemetery. The old adage had come true again: "No cabe duda, cuando va una, siguen dos." As the adage predicted, there were now three misfortunes.

At this time, Spanish families who had gone to seek job opportunities in other towns began to return. Some had gone to Henrietta, Oklahoma, but were run out of town before they stepped off the railroad platform. A delegation of Okies, who had met their train, held them at bay with guns. They were herded into the depot to wait until evening, when the train would come from the opposite direction and bear them back to where they came. When the train arrived, they were forced on it at gunpoint. The Okies didn't want any more Spanish in their town. One young Spaniard had already deeply offended them.

Enrique Cuesta had become friendly with one of the town's lasses. She happened to be the daughter of the wealthiest man in town, and when the young couple couldn't see each other because of the girl's parents' refusal, the couple eloped.

When Enrique left Oklahoma with his wife, Bessie Mae Meeks, they came to Glencoe because Enrique's uncle, Anselmo, had told him about a job in the smelter. Until Enrique married Bessie Mae, none of the many young Spanish men or women had married other than in their own nationality. Soon after this, young couples broke the tradition regularly; there were Spanish men marrying Hungarians, Polish girls and, here and there, American girls. So far, the Spanish girls were still marrying only within their own nationality.

Coe's Run continued to grow. The largest number of inhabitants were Spanish speakers, and the community as a whole bowed to their influence. Even the Fowlers and the Kents became familiar with the language, and Spanish signboards were placed in conspicuous places such as the one reading: "Tomese Coca-Cola en Botellitas—5¢."

Otros carteles sobre los anchos tableros de las vallas a lo largo de la carretera empezaron a anunciar zapatos, estufas y muebles, y todo en español.

A medida de que fueron pasaron los años, se volvió un pueblo bilingue. Los niños de habla española aprendían el inglés en la escuela y los de habla inglesa aprendían el español con sus compañeros de clase.

Hacia el año 1921, todos los hornos estaban funcionando a pleno rendimiento. El sindicato pertenecía al pasado. El poder de los atizadores estaba debilitado porque la compañía había juzgado más prudente el no suscitar el antagonismo de los trabajadores lo suficiente para que les entraran ganas de reorganizarse. Además, algunos de los atizadores se habían hecho demasiado viejos para seguir dando órdenes a los hombres. Ahora les tocaba a ellos ser apartados y trabajar en oficios de baja categoría, como el ocuparse de las duchas, limpiar las oficinas de la compañía y trabajar en los depósitos.

Entonces, empezó a aumentar la producción de automóviles y de camiones. La demanda para el zinc se hacía cada vez más importante, para añadir peso a las carrocerías de los coches y de los camiones, y también como agente anti-corrosivo para las ruedas de los vehículos producidos en masa en las cadenas de montaje.

El precio del zinc se disparó mientras seguía aumentando la demanda. Mi padre informó los hombres de esta tendencia y les animó para que pidieran un aumento. Decía que el momento de actuar era cuando la demanda excedía la oferta. Había llegado el momento. Incluso los hombres que habían venido de esquiroles empezaban a quejarse de las condiciones de trabajo y de los bajos salarios. Habían recibido primas para acabar con la presión que ejercía el sindicato sobre la compañía, pero hacía ya mucho que se habían gastado el dinero extra.

La compañía recurrió a una nueva técnica para mantener el statu quo. Se trajo a los caballeros del Ku Klux Klan de Clarkston. Pronto se rumoreó por el pueblo que el Klan iba a venir y a echar a todos los *Spics, Wops, Hunkies* y *Sheenies*. No había un sólo judío en la ciudad, aunque les pertenecieran algunas de las tiendas más grandes de Clarkston.

Ahora, se corría la voz que el Klan desfilaría por la ciudad el sábado por la noche. No iban realmente a desfilar pero iban a conducir una línea de automóviles tan larga como de Glenncoe a Clarkston. Centenares de hombres del Klan venían a echar a todos los extranjeros. Los extranjeros tendrían treinta días para reunir sus posesiones y dejar el pueblo de una vez para siempre. La invasión del sábado sólo era el primer aviso. Habría otro aviso a las dos semanas. Cuando llegara la tercera semana, más les valdría haber hecho sus maletas y estar a punto de marchar.

Mi padre se enteró a través de un abogado del pueblo que iba a haber una reunión general del Ku Klux Klan en un prado a unas cinco millas al suroeste de Clarkston. Habría miembros del Klan procedentes de todo el condado de Hillsboro y muchos de los condados vecinos. El mitin se iba a llevar a cabo el miércoles por la noche.

Mi padre habló con diez compañeros españoles dignos de confianza. Sabían que el prado donde se iba a llevar a cabo la reunión estaba en una orilla del río

Other signs on the wide fence boards along the Pike began to advertise shoes, stoves and furniture, all in Spanish.

As the years went on, it became a bilingual town. Spanish-speaking children would learn English in school and English-speaking children would learn Spanish from their classmates.

By 1921, all the furnaces were operating efficiently. The union was a thing of the past. The power of the Tizadores was weakened because the company deemed it wiser not to antagonize the workers enough to cause them to want to reorganize. In addition, some of the Tizadores were now too old to continue to lord it over the men. It was their turn to be shunted aside and given more menial jobs, such as taking care of the shower rooms, doing janitorial work in the company offices and working in the storerooms.

Then automobile and truck production began to increase. Zinc was more and more in demand to add weight to the car and truck bodies and also to be used as a non-corrosive in the undercarriage of the mass-produced vehicles coming through the assembly lines.

The price of zinc shot up as the demand continued. My father informed the men of this trend, and he encouraged them to ask for a raise. The time to act was when demand exceeded the supply, he said. Now the time was right. Even the men who had come in to scab were now griping about working conditions and low wages. They had received bonuses to break the union's hold on the company, but they had long ago spent the extra money.

The company resorted to a new technique to keep the status quo. The Clarkston Knights of the Ku Klux Klan were brought into the picture. It was soon rumored throughout the village that the Klan was going to come in and drive every Spick, Wop, Hunkie and Sheenie out of town. There wasn't a Jew in the town, although they owned some of the largest stores in Clarkston.

Now word was circulating that the Klan would be marching into town on Saturday evening. They weren't really going to march but were going to drive a line of automobiles reaching all the way from Glenncoe to Clarkston. Hundreds of Klansmen were coming in to drive all the foreigners out. The foreigners would be given thirty days in which to gather their belongings and leave town once and for all. Saturday's invasion was the first warning. There would be another warning in two weeks. By the third week, they had better be packed and moving—or else!

My father learned from a lawyer in town that there was going to be a mass meeting of the Ku Klux Klan in a meadow about five miles southwest of Clarkston. Members of the Klan were going to be there from all over Hillsboro County, and many from neighboring counties. The meeting was going to be held Wednesday evening.

Father talked with ten of his trustworthy Spanish friends. They knew that the meadow where the meeting was to be held was on a bend of the Brushy Fork River, where some of the men used to fish with their boys. It was decided that Andres, Neto and three other boys would go fishing that Wednesday. They would

Brushy Fork, donde algunos de los hombres solían ir a pescar con sus hijos. Se decidió que Andrés, Neto y tres otros chicos irían a pescar aquel miércoles. Estarían allí toda la tarde y se quedarían, pescando con aire despreocupado, hasta que empezara la reunión. Se tenían entonces que acercar, arranstrándose hasta llegar lo más cerca posible del grupo de los hombres vestidos de blanco e intentar enterarse de lo que se estaba diciendo. Si les veían, dirían que eran de Clarkston, que habían estado pescando y que estaban volviendo a casa.

Empezó la reunión. Los chicos esperaron hasta oir a un hombre declarar abierta la reunión. Se acercaron lo más posible. Desde el hueco donde se encontraban, no se les podía ver, pero podían oir todo lo que se estaba diciendo.

"Compañeros, no nos vamos a estar aquí sentados como ranas sobre un tronco. Ha llegado la hora de limpiar el condado de Hillsboro de comedores de ajo y de pescado. Llegan a nuestro condado y en unos pocos años ya se han hecho con todo el pueblo de Coe's Run.

Nos han robado nuestros trabajos, y ahora nos llega la noticia desde Oklahoma de que incluso se están llevando a nuestras mujeres. Esto no se puede aguantar. Vamos a reunir a todos los hombres que podamos en Coes's Run el sábado por la noche y espantar a todos estos malditos extranjeros. Les tenemos que asustar lo suficiente para que se enteren de que vamos de verdad. ¿Que os parece?"

Con sus últimas palabras, empezaron las aclamaciones y los gritos: "¡Les vamos a demostrar quienes somos, hombres del Klan! ¡Vayamos ahora mismo!"

"He dicho este sábado –continuó el hombre– llevaremos nuestros coches por la carretera de Belleport. Mi coche irá delante. El resto seguirá detrás. Quiero que haya entre dos y cinco hombres en cada automóvil. Subiremos hasta la cumbre de la colina Pinnick Kinnick y quemaremos una cruz para que se entere cada maldito *Spic*, *Polack*, *Dago*, *Hunkie*, *Sheenie* de este pueblo de que vamos en serio."

Los pequeños de la patrulla de reconocimiento volvieron al río y fueron hasta donde les estaba esperando mi padre en su Ford, modelo T. Mi padre había comprado el Ford sólo un mes antes, y aunque yo solo tuviera doce años, me dejó conducirlo mientras se iba a informar a los demás de lo que le habían dicho los pequeños espías acerca de las actividades del Klan. Cuando llegó a casa, mi padre le comentó a mi madre el buen trabajo que habían hecho los chicos. No había mucho tiempo que perder. Mi padre salió de casa tras haber comido algo. Ya tenía un plan para contra-atacar.

Mi padre fue andando hasta el centro, al salón de billar donde se encontraban tres de sus hombres, y de ahí a la zapatería, donde cuatro hombres más estaban jugando al dominó y por fin a la Casa Loma, donde los demás les estaban esperando. Les informó de lo que habían oído los chavales. Tenían tres días para poner en marcha el plan de mi padre. Cada hombre sabía lo que se tenía que hacer. Y había que hacerlo lo más secretamente posible. Nadie podía comentárselo a ninguna persona que no fuera absolutamente de fiar.

El sábado por la tarde, los diez hombres se reunieron en la Casa Loma. Todo estaba preparado para aquella noche.

be there all afternoon and stay around, fishing nonchalantly, until the meeting was in progress. They would sneak up on their stomachs as close to the crowd of white-clad men as possible and try to find out what was being said. If they happened to be seen, they were to say they were from Clarkston, had been fishing and were on their way home.

The meeting started. The boys waited until they heard a man start to call the meeting to order. They got as close as they could. From the depression where they lay, they couldn't be seen, but they could hear everything that was being said:

"Men, we're not going to sit around like frogs on a log. It's time to clean Hillsboro County of these fish-eating, garlic snappers. They come in to our county and in a few years they own the whole town of Coe's Run.

"They have taken our jobs, and now word has come to us from Oklahoma that they are even taking our women. We can't tolerate this. We're going to take as many men as we can to Coe's Run Saturday night and scare the hell out of these goddamn foreigners. Let's scare them so badly that they will know we mean business. What do you say!"

With his last words, there were cheers and shouts of "Let's show 'em, Klansmen! Let's go now!"

"I said this coming Saturday!" the man continued. "We'll drive our cars along the Belleport Road. My car will be in the lead. The rest will follow behind each other. I want from two to five men in each automobile. We will walk up to the top of Pinnick Kinnick Hill and burn the cross so that every goddamn Spik, Polack, Dago, Hunkie and Sheenie in the town will know we mean business."

The little scouts made their way back to the river and walked to where Father was waiting in his model T Ford. Father had bought the Ford only the month before, and although I was only twelve years old, he let me drive it while he got the report on the Klan's activities from the scouts. When we got home, Father told Mother what a good job the boys had done. There was not much time to lose. Father left home after he had a bite to eat. Already, he had a plan for a counterattack.

Father walked downtown to the pool hall where three of his men were, and from there to the shoe repair shop, where four more were playing dominoes, and then on the the Casa Loma, where the other two would be waiting for them. He reported what the boys had heard. They had three days to put Father's plan in operation. Each man knew what was to be done. It had to be done as secretively as possible. No one was to tell anyone whom he didn't absolutely trust.

Saturday afternoon the ten men met at the Casa Loma. Everything was ready for that night.

It was a beautiful October evening. The weather was cool enough to require a warm jacket or coat. The Klan's cars formed a mile-long procession of Model T Fords, Coupes, Sedans and Stars, Maxells, Overlands, Dodges, Buicks, Packards and Cole Eight Sports Roadsters. Each car had two or more white-robed, hooded men. All of the cars were headed toward the curve on the Belleport Road.

Era una tarde preciosa de octubre. Hacía fresco como para llevar una cazadora o un abrigo. Los coches del Klan formaron una procesión de Fords Modelos "T", coupés, sedanes, Stars, Maxells, Overlands, Dodges, Buicks, y Cole Eight Sports Roadsters. En cada coche había dos o más hombres vestidos de blanco y encapuchados. Todos los coches se dirigían hacia la curva de la carretera de Belleport.

Cuando el primer automóvil llegó a la curva, los coches se pararon y los hombres empezaron a reunirse en el centro de la procession. Se pusieron a andar con paso rápido y no tardaron en subir las cuestas abruptas de la colina Pinnick Kinnick. Un grupo de hombres acarreaba una gran cruz, envuelta en la tela de un saco de patatas. Era el ocaso y la cruz se podía ver sin dificultad.

Era una vista inquietante. El cementerio de Mount Zion estaba justo pasada la curva, y parecía como si todos los enterrados en el cementerio hubieran vuelto a la vida.

De vez en cuando, se tenían que parar los hombres para recuperar el aliento. Para muchos de ellos, en su mayoría hombres de negocios que nunca habían andando mucho, aquello era duro. Cuanto más se acercaban a la cumbre, tanto más abrupta era la cuesta. Cuando los líderes estaban a unas cincuenta yardas de la cima, se tuvieron que detener para esperar a los demás.

Ya había bastante oscuridad para que mis hermanos y yo, junto con veinticinco chicos entre diez y dieciséis años, empezáramos nuestro trabajo. Diez de los chicos mayores fueron hacia el primer coche. Cuando nos hicieron una señal con la antorcha, empezamos a ocuparnos del final de la columna. Dejamos salir el aire de los neumáticos por el lado del conductor en cada coche. Empecé con el último coche, y cuando hube acabado de dejar salir el aire de la rueda, corrí hacia el quinto, mientras que un chico dejaba salir el aire del segundo coche y corría hacia el sexto y así. No se nos escapó ni uno.

Era casi el momento de la "recepción." Corrimos hacia el salón de billar lo más rápido posible, mientras los hombres del Klan llegaban a la cumbre de la colina con su pesada cruz de madera. Antes de que el Klan pudiera empezar su ceremonia, sonaron disparos en el aire de fusiles, rifles, pistolas, revólveres e incluso algún que otro fusil a aire comprimido. El "comité de recepción" le estaba dando la bienvenida al Klan.

Los caballeros del Ku Klux Klan se dieron la vuelta y empezaron a correr, resbalando y cayéndose por la cuesta lo más rápido posible. Algunos no se pararon hasta saltar en sus automóviles. Los pusieron en marcha.

Hubo una gran confusión. En seguida se formó un tapón en mitad de la carretera, con coches intentando ir hacia una dirección u otra. Sin aire en los neumáticos, los coches se habían vuelto muy difíciles de manejar y se iban para todos lados. Los hombres del Klan sólo tenían una consolación. Aunque hubieran pasado todos tanto miedo que no les llegaba la camisa al cuerpo, ninguno había sido atacado físicamente. Finalmente, empezaron a poner aire en sus neumáticos. Los coches que se podían conducir salieron por Belleport. El Klan no tenía agallas para atravesar el pueblo.

When the first automobile reached the curve, the cars stopped and men began to walk to meet at the center of the cavalcade of automobiles. They walked briskly and soon started to climb the steep slopes of Pinnick Kinnick Hill. Several men were shouldering a large cross. It was wrapped in burlap cloth from potato sacks. It was just dusk and the cross could be plainly seen.

It was an eerie sight. The Mount Zion Cemetery was just beyond the curve of the road, and it looked as if all the persons interred in the graveyard had come to life.

Every once in a while the men had to stop to get their breath. For many of them, no doubt businessmen who had done little walking, it was hard going. The closer to the top, the steeper the climb. When the leaders were within fifty yards of the summit, they stopped to wait for all the rest to catch up with them.

By now it was dark enough for my brothers and me, along with twenty-five other boys ranging in age from ten to sixteen, to begin our job. Ten of the older boys had gone to the lead car. When we got their flashlight signal, we began our job on the tail end of the column. We started to let the air out of the tires on the drivers' sides of each car. I started with the last car, and when all the air was let out, I ran to the fifth car, while another boy took the air out of the second car and then ran to the sixth car, and so on. We didn't miss any of them.

It was just about time for the "reception." We ran back to the pool hall as fast as we could just as the Klansmen reached the top of the hill with their heavy wooden cross. Before the Klan could begin its ceremony, volleys of shots were fired into the air from shotguns, rifles, pistols, revolvers and even BB guns. The "reception committee" was giving the Klan a welcome.

The Knights of the Ku Klux Klan turned tail and started running, sliding and falling down the hill as fast as they could. Some of them didn't stop until they jumped into their automobiles. They started the engines.

There was mass confusion. The road instantly became clogged with cars trying to go in one direction or another. The airless tires made the cars hard to handle, and they spun north, south, east and west. The Klansmen had just one consolation. Although they'd had the hell scared out of them, none were attacked physically. Eventually, they began to put air in their tires. The driveable cars left by way of Belleport. The Klan didn't have the guts to drive back through town.

A reporter from the *Clarkston Courier* came to talk with my father the next day. My father told him that he knew nothing about what had befallen the Klan. He had gone to bed early and hadn't heard a thing. That was the last time the Knights tried to scare the hell out of the "foreigners" in Pinnick Kinnick Hill. For years, people talked about the "Battle of Pinnick Kinnick Hill."

After their defeat, the Knights of the Clarkston Ku Klux Klan turned their attention to tarring and feathering members of their own organization who were fooling around with some of their fellow Klansmen's wives and daughters.

The Crossetti Chemical Company, the Allied Carbon Company, the Pottery southeast of Clarkston on the Wilton Road, the Tinplate, the Belleport

Un periodista del *Clarkston Courier* vino a hablar con mi padre al día siguiente. Mi padre le dijo que no sabía nada acerca de lo que le había ocurrido al Klan. Se había ido pronto a la cama y no había oído nada. Fue la última vez que los caballeros intentaron espantar a los "extranjeros" de la colina Pinnick Kinnick. Durante años, la gente habló de la "batalla de la colina Pinnick Kinnick."

Tras su derrota, los caballeros del Ku Klux Klan se dedicaron a untar con alquitrán y plumas a los miembros de su propia organización que coqueteaban con algunas de sus mujeres e hijas.

La compañía Química Crossetti, la compañía Allied Carbon, la alfarería del sureste de Clarkston, en la carretera de Wilton, la Timplate, la compañía de lámparas de chimenea de Belleport, la compañía de cristal, la compañía Akron-Agate y otras industrias, incluyendo los hornos de fundición de Westview y de Coalton, traían centenares de trabajadores a esta parte de Virginia Occidental. Hillsboro acabó cobrando fama de ser el condado más rico del estado, y la ciudad de Clarkston se empezó a llamar la "joya de la montaña."

Miles de colonos se habían establecido en el oeste de Virginia, antes de la revolución, desafiando la ley real que prohibía los asentamientos al oeste de los Alleghenies. Los descendientes de estos colonos se separaron de Virginia durante la guerra civil y acabaron tranformando su región en un estado.

Ahora, los hijos de esos descendientes consideraban que el estado era exclusivamente suyo. Les provocaba resentimiento la presencia de forasteros de otros estados y sobre todo de otros paises. Pero no podían detener el progreso, ni la invasión de hombres que sólo querían mantener decentemente a sus familias. Venían de los estados del sur, desde Ohio, Pennsylvania y de ciudades y pueblos donde no encontraban trabajo. Clarkston les necesitaba y vinieron, no solamente para trabajar en la industria, pero en cualquier cosa necesaria para poner comida sobre la mesa.

Miembros de la Camorra, una organización secreta italiana que había sido activa en Pittsburgh, Baltimore y Wheeling, se establecieron Clarkston. Vinieron a extorsionar dinero de los hombres de negocios, amenazándoles con raptar y asesinar a los suyos si no se obedecía a sus demandas. Solían dejar la huella de una mano en las cartas dirigidas a las víctimas o a sus familias, en tinta negra, y se les empezó a llamar "La Mano Negra" por los españoles y "The Black Hand Gang" por los otros residentes.

Syl y Maude Rook se fueron de Wheeling con su importante grupo de "chicas." Syl era un "chulo putas," Maude, la madame y las "chicas," entre ocho y diez prostitutas de varios estados. Pero en vez de establecerse en Clarkston, ocuparon dos casas, a unas pocas puertas al este de la Casa Loma. Hubieran tenido competencia en Clarkston, pero aquí estaban en un pequeño pueblo y una zona rural que se podían apropiar.

Los días de paga, los sábados por la noche y los domingos, venían hombres de Glenncoe para comprar whisky, apostar dinero en el salón de billar y visitar a los Rooks. Algunos hombres no tardaron en convencerse que las chicas que visitaban les pertenecían. Empezaron a mostrarse celosos si sus chicas se llevaban

Lamp Chimney Company, the Pittsburgh Plate Glass Company, the Akron-Agate Company and a number of other industries, including the Westview and Coalton Zinc Smelters, were bringing hundreds of workers to this part of West Virginia. Hillsboro came to be known as the richest county in the state, and the city of Clarkston as the "Gem of the Mountain."

Thousands of colonists had settled in western Virginia before the Revolutionary War in defiance of a royal law forbidding settlement west of the Alleghenies. Descendants of these settlers broke from Virginia during the Civil War and led their region into statehood.

Now the offspring of these descendants thought the state was exclusively theirs. They resented having foreigners coming from other states, and especially from other countries. But they couldn't stop progress, nor the invasion by men wanting to make a decent living for their families. They came from southern states, from Ohio, Pennsylvania and cities and towns where work was not available for them. Clarkston was calling and they came, not just to work in industry, but in whatever endeavor they deemed necessary to put food on their tables.

Members of the "Camorra," a secret Italian organization that had been active in Pittsburgh, Baltimore and Wheeling, now made their headquarters in Clarkston. They came to take money from businessmen by threatening to kidnap and murder their loved ones if their demands were not met. They would leave the imprint of a hand in the letters to the victims or their families, in black ink, so they began to be called "La Mano Negra" by the Spaniards and "The Black Hand Gang" by the other residents.

Syl and Maude Rook left Wheeling with their large troupe of "girls." Syl was the "whore master," Maude, the "Madam," and the "girls," eight to ten young prostitutes from various states. But instead of making their headquarters in Clarkston, they occupied two houses a few doors east of the Casa Loma. They would have competition in Clarkston, but here they had a small town and rural area to call their own.

On paydays and on Saturday nights and Sundays, men came to Glenncoe to buy whiskey, gamble at the pool hall and call on the Rooks. Some of the men calling on the "girls" soon began to think a girl belonged to him. They became jealous if their girls took someone else in their bedroom. Fistfights, stabbings and shootings became common.

Every now and then on nice warm days, a man and woman would be seen leaving the Rooks' household and starting for the top of Pinnick Kinnick Hill. Several of us boys now knew that "La Casa de Putas" wasn't just a speakeasy, as we had been led to believe. What surprised us most was to see some of the men we knew coming and going from "this kind" of house. Curious, we would sneak around to the side of the hill so that we wouldn't be seen. We would watch the couple lying on the ground, doing their thing. Before long, one or the other of us would let them know they were being observed.

The man would get up and start toward us, hitching his trousers up and getting change out of his pants pocket. He would throw us the coins and yell,

a otro hombre a la habitación. Peleas con puños, cuchillos y pistolas se volvieron cosa común.

De vez en cuando, cuando hacía buen tiempo, se podía ver un hombre y una mujer salir de la casa de los Rooks y empezar a subir hacia la cumbre de la colina Pinnick Kinnick. Algunos de los chicos sabíamos que "la casa de putas" no era solamente un bar clandestino, como nos habían hecho creer. Lo que más nos sorprendía era el ver a algunos de los hombres que conocíamos ir y venir de este tipo de "casa." Curiosos, nos colábamos por detrás de la colina para que no nos vieran. Mirábamos las parejas tumbadas en la hierba, haciendo lo suyo. Y no tardaba alguno de nosotros en informarles que estaban siendo observados.

El hombre se levantaba y empezaba a andar hacia nosotros, levantando sus pantalones y sacando cambio de sus bolsillos. Nos tiraba las monedas gritando "Hala, ¡iros a comprar caramelos! ¡Fuera de aquí antes de que os haga bajar yo la cuesta a patadas en el culo!"

Cogíamos el dinero y, mientras empezábamos a bajar la colina, decíamos "Sabemos lo que estáis haciendo. ¡Estáis haciendo el amor!" Si el hombre era uno de los solteros españoles del pueblo, decíamos lo mismo en español. Y corríamos incluso más rápido.

Con el juego, el alcohol de contrabando, la prostitución y muchos nuevos trabajadores, el dinero empezó a circular a través de todo el condado. Era el tipo de ambiente ideal para los camorristas italianos para extorsionar dinero a los que lo ganaban, no solamente a los que estaban involucrados en actividades ilegales, sino también a los comerciantes legítimos que hacían negocios tanto con los que estaban fuera de la ley como con la gente decente y trabajadora.

La Mano Negra empezó a amenazar a sus propios paisanos antes de seguir con los demás negociantes. Tres de las familias italianas de Glenncoe se dedicaban a la panadería. Cada una tenía sus hornos para hacer pan en sus patios. Casi todas las familias del pueblo compraban la producción de uno u otro de los panaderos. Cada uno tenía sus especialidades particulares, panes de diferentes formas. Pero independientemente de la panadería de donde provenía el pan, podía servir de plato principal. No hay nada tan sabroso como el coscurro de un pan italiano recién hecho.

La mayor de las tres panaderías era propiedad de Guido Rancilio. Tenía dos vagones que repartían en Glenncoe y Clarkston. Con su ayuda, su yerno, Angelo Marzoni, había abierto una nueva tienda de ultramarinos en el pueblo y estaba haciendo buenos negocios. Se ocupaba ante todo del genero español e italiano, pero empezó a hacerles competencia a los otros comerciantes pues tenía almacenada una gran cantidad de artículos.

Angelo Marzoni y su mujer, Rosa, tenían dos hijos, Angelina, de once años y Luigi, de seis.

Una tarde, Pasquale, el hijo retrasado de los Rancilio, llegó sin aliento a la casa de su cuñado. Le dio un carta a Angelo. Cuando este último leyó el corto párrafo que componía la carta, se puso lívido. Angleo le dio la carta a Rosa. Estaba sentada en una silla, y cuando hubo acabado de leer la carta, gritó y se volvió a caer en la silla al intentar levantarse.

"Here! Go buy some candy! Get the hell out of here before I start kicking your asses all the way down the hill!"

We would take the money, and as we started down the hill, we'd say, "We know what you're doing. You're making love!" If he happened to be one of the Spanish bachelors in town, we'd say the same thing in Spanish. And we'd run that much faster.

With gambling, bootlegging, prostitution and a lot of new workers, money was beginning to circulate throughout the county. It was the right kind of atmosphere for the Italian Camorristas to extort money from those who were making it, not just those in illegal activities, but legitimate merchants who were making profits from doing business with both the law breakers and decent, hard-working people.

La Mano Negra began to threaten their own nationals before they started on other businessmen. Three of the Italian families in Glenncoe were in the bakery business. Each one had their kilns for making bread in their back yards. Almost every family in town bought the product from one or the other of the bakers. Each one had his specialty, individually styled loaves in various shapes. But regardless of which bakery the bread came from, it was a food that could be a meal in itself. There is nothing quite as good tasting as a "horn" from a fresh-baked loaf of Italian bread.

The largest of the three bakeries was owned by Guido Rancilio. He had two wagons making deliveries in Glenncoe and Clarkston. With his help, his son-in-law, Angelo Marzoni, had opened a new general store in town and was also doing a brisk business. He primarily catered to the Spanish and the Italian trade, but was beginning to cut in on the other merchants in town because of the variety of items he carried in stock.

Angelo Marzoni and his wife, Rosa, had two children, Angelina., 11, and Luigi, 6.

One evening, Pasquale, the Rancilios' retarded son, arrived at his brother-in-law's house out of breath. He handed Angelo a letter. When he read the short paragraph contained in the letter, his face turned ashen. Angelo handed the letter to Rosa. She was sitting in a chair, and when she finished reading the letter, she let out a scream and collapsed back into the chair as she tried to get up.

She had thought little Luigi was at his grandparents' home. She had told him to go there after school and she would go get him later, as the school was just a few doors from his grandparents' house.

Now the Camorristas had him. The letter was addressed to Guido Rancilio. They had snatched little Luigi as he was going to the Rancilios' house to wait until his mother came to get him. As soon as Guido read the letter, he had Pasquale take it to Angelo as quickly as he could. The letter contained a threat that if the sum of $1,000 wasn't forthcoming by Sunday night, the boy would be killed. The money was to be in tens and twenties, placed in a brown envelope and left at midnight under the bench at the trolley stop near the entrance gate to the Allied Carbon Company. The last trolley going from Glenncoe to Clarkston would pick up the factory workers at 11:45 p.m., and the boy would be left

Pensaba que el pequeño Luigi estaba en casa de sus abuelos. Le había dicho que fuera allí después de la escuela, ella ya le recogería más tarde, ya que la escuela estaba a unas pocas puertas de la casa de sus abuelos.

Pero estaba entre las garras de los camorristas. La carta estaba dirigida a Guido Rancilio. Le habían quitado el pequeño Luigi mientras iba a la casa de los Rancilio para esperar a que su madre viniera a recogerle. En cuanto Guido leyó la carta, le dijo a Pasquale que la llevara a Angelo lo más rápido posible. La carta amenazaba con que si no se entregaba la suma de mil dólares antes del domingo por la noche, matarían al chico. El dinero tenía que estar en billetes de diez y de veinte, metidos en un sobre marrón que se dejaría a medianoche debajo del banco de la parada de trolebuses, cerca de la puerta de entrada de la compañía Allied Carbon. El último trolebús entre Glenncoe y Clarkston recogía a los trabajadores de la fábrica a las doce menos cuarto, y dejarían el chico allí en caso de que encontraran el dinero. Si no lo encontraban, también dejarían al chico allí – muerto. Acababa la carta con el aviso siguiente: "No avisen a la policía." Por fin, estaba la huella de la temida mano negra.

Los Rancilio y los Marzoni no perdieron tiempo en intentar reunir el dinero. Pero cuando juntaron el dinero líquido del cual disponían, no tenían más que 480 dólares. Guido Rancilio entonces se acordó de mi padre, Juan Villanueva. "Iremos a verle –dijo Guido– si tiene el dinero, estoy seguro de que nos lo dejará."

Estábamos almorzando cuando llegaron a casa. Era al día siguiente de haber recibido la carta.

Tras el tradicional intercambio de saludos, Guido dijo: "Señor Juan, hemos venido a pedirle un favor."

Y Guido le preguntó a mi padre si les podía ayudar con el dinero que necesitaban. Mi padre dejó la habitación y volvió con 1.200 dólares. Estaba pensando en ir a Clarkston a comprarse un nuevo Ford, pero aquello podía esperar. Sabía, sin necesidad de que se lo dijeran, que los dos hombres no hubieran venido a verle sin no estuvieran desesperadamente necesitados. No dijeron para que necesitaban el dinero, pero mi padre sospechaba que habían sido amenazados por fuerzas siniestras. En los últimos tres meses, había oído hablar de varios incidentes en y alrededor de Clarkston, incluyendo el asesinato de un par de comerciantes italianos. Por eso, no hizo preguntas y ofreció los 1.200 dólares.

Guido se lo agradeció profusamente y dijo que solamente cogería 500 dólares; dijo que se lo podría devolver en unos pocos días. Quería firmar un recibo pero mi padre le aseguró que no había necesidad de hacerlo.

El dinero se colocó debajo del banco de la parada de trolebús a la hora convenida. Angelo Marzoni, su suegro Guido, y Dominic y Salvatore, sus cuñados se apresuraron hacia el carrito de Victoria para esperar la liberación del pequeño Luigi. Vieron los faros de un automóvil bajando por la carretera. El vehículo se detuvo en la parada. Estaba demasiado oscuro para ver a nadie, pero en una cuestión de segundos, el coche se dio la vuelta y salió en la dirección opuesta. No tardaron en oírse pasos acercándose. Las cuatro personas en el carrito

there if the money was delivered. If the money wasn't delivered, the boy would be left there—dead! It ended with the warning: "Don't get the police on this!" Then there was the imprint of the dreaded black hand.

The Rancilios and the Marzonis lost no time in trying to get the money together. But when they pooled their cash resources, they had but $480. Then Guido Rancilio thought of my father, Juan Villanueva. "We'll go see him," said Guido. "If he has it, I know he will let us have it."

When they came to our house, we were eating lunch. It was the day after they had received the letter.

After an exchange of pleasantries, Guido said, "Señor Juan, we have come to ask a favor of you."

Then Guido asked Father if he could help them with the money they needed. Father left the room and returned with $1,200. He was thinking of going to Clarkston to buy a new Ford, but that could wait. He knew, without being told, that the two men would not have come to him if they weren't in desperate need. They didn't say why they wanted the money, but my father suspected they had been threatened by sinister forces. In the past three months, he had heard of several incidents in and around Clarkston, including the murder of a couple of Italian merchants. So he asked no questions and offered the $1,200.

Guido thanked him profusely and told him he would take only $500; he said he would pay it back within a few days. He wanted to sign a note, but Father told him there was no need to do so.

The money was placed under the bench at the trolley stop at the appointed hour. Angelo Marzoni, his father-in-law Guido, and Dominic and Salvatore, his brothers-in-law, hurried to Victoria's Carrito to wait for the release of little Luigi. They watched as an automobile's headlights came into view down the Pike. The vehicle slowed up at the car stop. It was too dark to see anyone, but in a matter of seconds the car was turning around and heading in the opposite direction. Soon footsteps could be heard coming closer. The four people at the Carrito began to run toward the now visible small figure running toward them. Guido grabbed Luigi first. Then he was wrestled from his grandfather by a jubilant and vociferous Angelo, who hugged and kissed his small son.

All the boy could say was that he was treated well. The kidnappers fed him hotdogs and pop, and they talked Italian, he said. But he couldn't understand much of it. It was different from the Italian his parents and grandparents spoke. "They spoke funny Italian," he kept saying.

The others knew what the boy meant. The Rancilios and the Marzonis had come from the "boot" section of Italy; the men the boy heard talking were Sicilians and had a dialect all their own.

As time went on, due to the success they had with Marzoni and a number of others who paid ransoms, members of the Mano Negra began to sport good clothes and drive fancy automobiles. They could be seen around Clarkston with their "girls." They began to branch out in various activities besides extortion and kidnapping. They became involved in large bootlegging rings and in numerous bawdy houses in a section of Clarkston that soon was called "Kerley Hell" instead of Kerley Hill.

empezaron a correr hacia la silueta, ahora visible, que corría hacia ellos. Guido agarró primero a Luigi. Luego lo arrancó de su abuelo Angelo, vociferando y exultante, y abrazó y besó a su hijo pequeño.

Todo lo que podía decir el chico era que le habían tratado bien. Sus raptores le dieron de comer perritos calientes y de beber refrescos, y hablaban italiano. Pero no podía entender mucho. Era diferente del italiano que hablaban sus padres y sus abuelos. "Hablaban un italiano raro" insistía el pequeño.

Los otros sabían lo que quería decir el chico. Los Rancilio y los Marzoni habían venido de la sección de la "bota" de Italia; los hombres que había oído hablar el pequeño eran sicilianos y tenían su propio dialecto.

A medida de que fue pasando el tiempo, y debido al éxito que habían tenido con Marzoni y bastantes más que habían pagado rescates, los miembros de la Mano Negra empezaron a llevar buena ropa y a conducir coches caros. Se les veía por Clarkston con sus "chicas." Empezaron a desarollar varias actividades además de extorsionar y raptar. Se involucraron en grandes operaciones de contrabando y en numerosos bares subidos de tono en la sección de Clarkston que pronto se empezó a llamar "Kerley Hell" en vez de "Kerley Hill."

Cuando hubo acabado la instalación de su casa en el nuevo sitio, Alfredo López se empezó a deprimir por la muerte de su mujer, Honora. Sus hijos se encontraban sin madre, pero su tía estaba ahora en el pueblo para ayudar.

Catarina de León era una muchacha de veinticuatro años, vivaz, sociable y franca. Decía a todo el mundo que la llamaran Cata. Estaba acostumbrada a que la llamaran así los niños de su antiguo patrón. Era alta y esbelta, tenía el pelo negro, los ojos marrón oscuro y su cutis era de lo más fino.

Los niños acabaron queriéndola como a una madre, y Alfredo, muy atraído hacia ella desde el momento en que se bajó del tren, se tuvo que refrenar, pues se dio cuenta de que a Cata sólo le interesaban los niños.

Ahora que Cata se había encargado de la casa de los López, Alfredo tuvo tiempo de perseguir su ambición de volverse el español más rico del pueblo. Compró la casa de dos pisos donde vivía el doctor Applewhyte. Tenía una ámplia granja al fondo de la propiedad donde habría sitio para hacer un garaje donde aparcar el nuevo automóvil que se acababa de comprar. Hizo erigir un edificio al lado de la antigua casa del médico para su zapatería y su fábrica de alpargatas. Empleaba a tres personas para fabricar esas zapatillas con suela de cuerda, tan populares en España, y claro, debido a sus habitantes españoles, también en Glenncoe. Las alpargatas tenían suelas de cáñamo trenzado; el resto del zapato estaba cubierto con tela de diferentes colores. Esas zapatillas eran resistentes y baratas y existían tallas de hombres, mujeres y niños.

Cuando el doctor Applewhyte se fue del pueblo, dejó un esqueleto en el granero de la granja. Eduardo y Marcelo, que se hacían llamar ahora Ed y Marc, nos llevaron a la granja y nos hicieron subir la escalera para echar un vistazo.

A primera vista, nos dio tanto miedo que por poco nos tiramos de la escalera. Claro que la distancia que nos separaba del suelo no tardó en disuadirnos.

Alfredo López no estaba satisfecho con la velocidad a la cual estaba haciendo su dinero. Había algunos españoles que se estaban forrando con la fabricación

After moving his house to its new site, Alfredo Lopez had become despondent over the death of his wife, Honora. His children were motherless, but their aunt was now in town to help.

Catarina de Leon was a vivacious, outgoing and outspoken young lady of twenty-four. She told everyone to call her Cata. She was used to being called that by the children of her previous employer. She was tall and slender. Her hair was black, her eyes a dark brown and her complexion distinctly becoming.

The children came to love her as a mother, and Alfredo, deeply attracted to her from the moment she stepped off the train, had to practice a degree of reserve, for he noticed she was not in the least interested in anyone but the children.

Now that Cata had taken charge of running the Lopez household, Alfredo had time to pursue his ambition of becoming the town's most affluent Spaniard. He purchased the two-story house where Doctor Applewhyte lived. It had a large barn in the back of the lot where there would be room to make a garage for the new automobile he had just purchased. He had a building erected next to the former doctor's house for his combination shoe repair shop and *alpargata* production room. He had three people employed making the rope-soled slippers that were so popular in Spain and, because of its Spanish inhabitants, now Glenncoe. The sandals had soles made of woven hemp; the rest of the shoe was covered in cloth of various colors. The slippers were durable and inexpensive and were made in men's, ladies' and children's sizes.

When Doctor Applewhyte moved out of town, he left a skeleton in the loft of the barn. Eduardo, who now called himself Ed, and Marcelo, now Marc, took us to the barn and had us climb the ladder to the loft to take a look.

At first glance it scared us so much that we almost jumped off the high ladder. But we thought better of it as we noticed the distance to the bottom.

Alfredo Lopez wasn't satisfied with the speed at which he was making his money. There were some Spaniards in the town cleaning up with their moonshine activities. He added a room next to the skeleton's room in the loft of the barn and soon had a still going with the aid of Arturo, his right-hand man. Arturo wasn't too bright, but he was a faithful worker whom Alfredo had taken in when his father had died shortly after he and the young man had come from Spain. Arturo's mother was still living in Spain, and Alfredo sent her a money order every month in Arturo's name.

There were now four or five Spaniards in the town of Glenncoe making whiskey. There were five or six others selling it for them. The latter would fill pint bottles of the bootleg whiskey, place them around their bodies and hold them in place with their belts. They would loaf around the pool hall, and as soon as they spotted a potential buyer, they were ready.

Ed Lopez was beginning to invite some of the "Americanos" who had come to Glenncoe during the breaking of the Union to the barn, where they would drink their whiskey. They would arrive two or three at a time and sit around and tell jokes and laugh until, beginning to get a little drunk, they wanted to go up the hill to the Rooks.

de alcohol clandestino. Añadió una habitación al lado de la del esqueleto, en lo alto de la granja y no tardó en montar una destilería, con la ayuda de Arturo, su brazo derecho. Arturo no era demasiado listo, pero era un trabajador fiel al que Alfredo había recogido cuando se le había muerto el padre, poco después de haber llegado los dos de España. La madre de Arturo aún vivía en España, y Alfredo le mandaba dinero cada mes en nombre de Arturo.

Había entonces cuatro o cinco españoles en el pueblo de Glenncoe haciendo whisky y otros cinco o seis que se encargaban de venderlo. Estos últimos llenaban botellas de una pinta de whisky, se las colocaban alrededor del cuerpo y las sostenían con el cinturón. Se reunían alrededor del salón de billar, y en cuanto se percataban de algún posible comprador, estaban listos para la acción.

Ed López había empezado a invitar a la granja a algunos "americanos," de los que habían venido durante las huelgas y la consecuente desparición del sindicato, a beber whisky. Llegaban dos o tres a la vez, se sentaban, contaban chistes y se reían hasta que, sintiéndose un poco borrachos, se empeñaban en subir la colina hacia la casa de los Rooks.

Ed lo pasaba en grande mirando a los hombres subir la escalera hacia lo alto de la granja y darse un susto de muerte al descubrir el esqueleto en la paja.

El tío David y el tío Emilio tenían ahora un camión cada uno. Transportaban los muebles de los españoles que se iban del pueblo o de los que venían. Algunas familias se fueron a vivir a Moundsville, en Virginia Occidental, Donora, en Pennsylvania, Canton, en Ohio y otros sitios. Más tarde, se irían hasta Fairmont City, en Illinois, Terre Haute, en Indiana, o cualquier sitio donde hubiera hornos de fundición. También se iban hacia Niagara Falls, Lackwanna y Detroit, donde muchos españoles empezaban a trabajar en las industrias de acero y de hierro, y en las fábricas de automóviles.

Algunos tenían niños lo suficiente mayores para trabajar en estas industrias; ellos mismos, a veces, no podían hacer más que pequeños trabajillos, si es que los encontraban. En las familias españolas, era la costumbre que los hijos lo suficiente mayores para tener un empleo les dieran su paga a sus padres y recibieran un pequeño sueldo. Además de darles un sueldín, sus padres les compraban la ropa. Cualquier coche comprado con el dinero de los niños era decretado coche familiar, y los niños no tenían derecho a llevarlo a ninguna parte a no ser acompañados por uno de sus padres o por los dos. Esto seguía hasta que el joven hubiera establecido su independencia yéndose a vivir a otra parte.

La gran mayoría de los españoles de la primera generación que vinieron de Asturias para trabajar en la fundición en America llevaron el mismo modo de vida, desde la cuna hasta la tumba. Eran hombres honestos, muy trabajadores, sin mucha instrucción, que tenían familias numerosas. Lo primero que hacían era comprar una casa. Iban a trabajar por la mañana y volvían a casa después del trabajo. Según la estación del año, se ocupaban de su jardín, echaban la siesta, cenaban, tomaban un trago de whisky, se iban a la cama y se levantaban a la mañana siguiente para ira a trabajar, una rutina que nunca, nunca cambió, desde el primer día. Pagaban la hipoteca, ahorraban cada cheque que los chicos traían a casa, lo depositaban en el banco y acumulaban entre 50.000 y 55.000 dólares.

Ed had a lot of fun watching the men climb the ladder to the loft, where they had the daylights scared out of them after they "discovered" the skeleton in the hay.

Uncle David and Uncle Emilio each now had a truck. They carted the furniture of Spaniards who were leaving town or coming here to live. Some families moved to Moundsville, West Virginia, Donora, Pennsylvania, Canton, Ohio, and other places. Later on, they would make trips to as far away as Fairmont City, Illinois, Terre Haute, Indiana, and any of a number of areas where there were zinc smelters. They were also leaving for Niagara Falls and Lackawanna, New York and Detroit, where many Spaniards were going to work in the steel, iron foundries and automobile factories.

Some of the men had children old enough to work in these industries; they themselves, in some cases, were unable to work in any but menial jobs, if they could find them. In Spanish families, it was the custom for the children old enough to hold down a job to give their parents their pay and get an allowance. Besides giving the children an allowance, the parents bought them clothes. Any car bought with the children's money was designated a family car, and the children would not be allowed to go anywhere with it unless one or both parents came along. This would go on until the young man asserted his independence by going to some other area to live.

Most of the old-line Spaniards that came from Asturias to work in the smelters in America had a way of life that followed a pattern from cradle to grave. They were hard-working, honest men, mostly unschooled, who raised large families. One of the first things most of them did was to buy a house. They went to work in the morning and came home after work. Depending on the season of the year, they planted a garden, took their siestas, had their dinner, took a snort of whiskey, went to bed, got up the next morning and went to work, a routine that varied none from the first day. They paid off the mortgage, saved every check the boys brought home, deposited them in the bank and accumulated $50,000 to $55,000. They never took their wives to a movie or a restaurant. They didn't live to be much older than fifty. Soon after their deaths, their widows died, leaving the house and money to the children, who fought over who should get what and, after squabbling over the remains, never spoke to each other again.

Very few families lived differently. My father was one of the few who broke away from this way of thinking. My mother was the first Spanish lady in the town of Glenncoe to have her teeth extracted and fitted with dentures. She not only had the first set of false teeth but had a gold tooth in front on the upper plate that made her smile more becoming than ever. Father also would take her and the children to eat at Anderson's Restaurant in Clarkston or to the Manhattan Greek Restaurant (where I was destined to be a dishwasher). He also took her to Parsons-Souders, the largest department store in Clarkston, and bought tailor-made suits for her. She became the best-dressed Spanish lady in town.

My father never would get involved in the bootlegging business, although he did aid and abet the making of moonshine by dint of his selling the ingredients

Nunca llevaron sus mujeres al cine o un restaurante. No vivían mucho pasados los cincuenta. Poco después de su muerte, se morían sus viudas, dejando la casa y los ahorros a los niños, que se peleaban entre ellos para determinar quién se tenía que quedar con qué, y que, tras haberse disputado los despojos, no se volvían a dirigir la palabra en la vida.

Muy pocas familias vivían de un modo diferente. Mi padre fue uno de los pocos que se apartó de aquella manera de pensar. Mi madre fue la primera española del pueblo que se cambió la dentadura. No solamente tuvo la primera dentadura postiza, sino que también se hizo colocar un diente de oro en la parte superior, lo que hizo que su sonrisa se volviera más simpática que nunca. Mi padre también la llevaba con los niños a comer al restaurante de Anderson, en Clarkston o al restaurante griego Manhattan (donde acabaría yo fregando los platos). También la llevaba a Parsons-Souders, el almacén más grande Clarkston, y le compraba vestidos hechos a medida. No tardó en volverse la española mejor vestida del pueblo.

Mi padre no quería involucrarse en el negocio del alcochol clandestino, aunque sí ayudaba y participaba en su elaboración, vendiendo los ingredientes necesarios para su fabricación. No le gustaba la idea, pero le parecía que era perfectamente legal hacerlo. No había ninguna ley en contra, y si no lo hacía él, otros comerciantes lo harían.

La policía del estado de Virginia Occidental, montada sobre fogosos caballos, patrullaba por toda la campiña intendado encontrar instalaciones ilícitas de fabricacion de alcohol. Dos de los hombres del pueblo tenían sus destilerías en minas abandonadas. Las autoridades empezaron a concentrase en los vendedores del pueblo. Dos de los hombres le vendieron whisky a un desconocido y fueron arrestados. Sin embargo, "encargándose" de los oficiales que habían arrestado a sus hombres, Alfredo López descubrió que no se molestaría a sus "empleados."

Pero la Mano Negra decidió entrar en acción. Fueron a ver a los López y les hicieron una oferta. Querían comprar todo el whisky que fabricaba Alfredo a un precio fijo por galón. Tras pensarse la oferta, Alfredo cerró el trato. Cada dos semanas, un ancho sedán se paraba al lado de su granja y se cargaban latas de cinco galones de alcohol clandestino. El dinero cambiaba de manos y el coche salía hacia la colina Kerley.

Los gangsters hicieron que López incrementara su producción, pues empezaban a llevarse el whisky a Wheeling, Pittsburgh, Weirton y otros pueblos a lo largo del río Monongahela, que empezaba a conocerse como "el taller del mundo." Alfredo López hizo otro trato para comprar el whisky que fabricaban aquellos dos hombres en las minas. No tendrían que contratar a nadie para venderlo en el pueblo, y de esta manera, se arriesgarían menos. Poco después, empezaron a acarrear la totalidad de su producción hacia la granja de López, donde la recogían regularmente los gangsters de la colina Kerley.

for the manufacture of it. He didn't relish the idea of doing this, but felt it was perfectly legal to do so. There was no law against it, and if he didn't do it, some of the other merchants would.

The West Virginia State police, mounted on spirited horses, roamed all over the countryside trying to find the illicit moonshine operations. Two of the men in town had their stills in abandoned mines. The authorities began to crack down on the venders downtown. Two of the men sold whiskey to a person they didn't know and were arrested. They were selling Alfredo Lopez's whiskey when they were caught. By "taking care" of the arresting officers, however, Ed Lopez found out his "men" wouldn't be bothered.

But now La Mano Negra decided to get in on the action. They went to see the Lopezes and made them an offer. They would purchase all the whiskey Alfredo made and give him a set price per gallon. After mulling over the offer, Alfredo made a deal. Every two weeks, a large sedan would stop alongside his barn and five-gallon tins of moonshine would be loaded in the trunk of the car. Money would change hands and the car would be driven to Kerley Hill.

The gangsters got Lopez to increase his production, for now the whiskey was being taken to Wheeling, Pittsburgh, Weirton and towns along the Monongahela River, which was beginning to be known as the "Workshop of the World." Alfredo Lopez also made a deal. He would purchase all the moonshine whiskey the two bootleggers were making in the mines. They wouldn't have to employ anybody to sell it for them downtown. It would be safer for them. Soon they were hauling the output to Lopez's barn, where it was picked up regularly by the gangsters from Kerley Hill.

Chapter Eight

Cata de Leon and the widow Victoria Inclan became very good friends. They were about the same age and had a lot in common: good looks, pleasing personalities and an interest in some of the eligible bachelors in town.

One afternoon, as the Italian gangsters were on their way to Alfredo Lopez's to pick up the whiskey, one of them wanted to get some cigars at the Carrito. Cata was visiting Victoria when Santo Russo, the gangster, walked in. He knew very little English. He asked for "cigaros," and he pointed to one of the cigar boxes on the shelf. He looked at the widow Inclan and liked what he saw. After paying for the cigars, he walked out to the automobile and told his two partners he had just laid eyes on the most beautiful woman he had ever seen. He was going to stop for cigars every time he came this way. He said there were two beautiful ladies in the store, but this one gave him a smile he couldn't forget.

Santo was a dark, swarthy man of short stature, perhaps five-feet-six and stocky. He had black, wavy hair, a short neck and close-set eyes. One couldn't

Capítulo 8

ata de León y la viuda Victoria Inclán se estaban haciendo amigas. Tenían más o menos la misma edad y mucho en común: eran guapas, tenían buenas personalidades y compartían cierto interés en los solteros que eran buenos partidos del pueblo.

Una tarde, cuando los gangsters italianos se dirigían hacia la casa de Alfredo López para ir a recoger el whisky, uno de ellos quiso parar para comprar puros en el Carrito. Cata estaba visitando a Victoria cuando entró Santo Russo, el gangster. Sabía muy poco inglés. Pidio *cigaros* señalando una caja de puros sobre la estantería. Miró a la viuda Inclán y le gustó lo que veía. Tras haber pagado los puros, se fue hasta su automóvil y les dijo a sus dos cómplices que acababa de ver a la mujer más bella que había visto jamás. De ahora en adelante, se iba a parar a comprar puros en aquel sitio siempre que pasara por ahí. Dijo que había dos hermosas mujeres en la tienda, pero que aquella le había dedicado una sonrisa que él no podía olvidar.

Santo era muy moreno, algo bajito, acaso cinco pies y seis pulgadas, y bastante fornido. Tenía el pelo negro y ondulado, el cuello ancho y los ojos muy juntos. No era guapo pero sí atractivo. Mostraba unos dientes fuertes y blancos cuando sonreía.

Victoria le vio la sonrisa cuando él abrió su cartera, enseñando un grueso y compacto fajo de billetes gordos. En cuanto salió, le preguntó a Cata:

"¿Has visto lo que este hombre tenía en la cartera? Te apuesto a que tenía más de mil dólares."

"No he visto el dinero," respondió Cata, "pero sí tu mirada y sabía que habías visto algo interesante."

"En vez de tirarles los tejos a estos pobres diablos que trabajan en los hornos de fundición y que parece que nunca tienen un miserable dólar en el bolsillo, voy a prestar atención a un hombre que me pueda mantener con estilo. ¡Voy a ir a por él!"

" ¿Un hombre así?" —dijo Cata, sonriendo— "no vale la pena, Victoria."

"¿Cómo sabes que no vale la pena?"

"Porque sé que vive de robar el dinero de los que se lo ganan con el sudor de su frente. Es un bandido. Pero acaso no me creerás hasta que te enteres por tu cuenta."

La mayoría de los españoles solteros del pueblo entre veintiuno y treinta y cinco años estaban empezando a pensar en coches. Cuando uno se compraba un Star, otro se compraba en seguida otro Star o un Maxwell. No tardaba en aparecer otro con un Ford Coupe y salía otro con un Jewett Six. Empezaban a hacer viajes hacia Westview y Coalton, donde vivían grandes colonias de españoles que trabajaban en los hornos de fundición de aquellos pueblos.

call him good-looking, but handsome, yes. He flashed a set of strong white teeth when he smiled.

Victoria had noticed his smile as he opened his wallet, revealing a thick, compact pile of bills of large denomination. As soon as he left, she asked Cata, "Did you see what that man had in his wallet? I'll bet there were more than a thousand dollars in it."

"I didn't see the money," answered Cata, "but I did see the look in your eyes and I knew you must have seen something very interesting."

"Instead of making eyes at some of these poor working men at the smelter who never seem to have a dollar in their pockets, I'm going to pay attention to a man who can keep me in style. I'll go after him!"

"A man like him?" said Cata with a smile. "No vale la pena, Victoria."

"How do you know he's not worth my effort?"

"Because I happen to know he makes his living taking money from those who earn it by the sweat of their brow. He's a *bandido*. But perhaps you won't believe me until you find out for yourself."

Most of the Spanish bachelors in town, who ranged in age from twenty-one to thirty-five, were beginning to become automobile conscious. When one bought a Star, another soon bought another Star or a Maxwell. Still another showed up in a Ford Coupe and one had a Jewett Six. They began to make trips to Westview and Coalton, where large colonies of Spaniards were now living and working in the smelters in those towns. In addition to attending the dances in the fall at the Casa Loma, they were beginning to have dances in their own localities.

Some of the men in the other two towns were buying automobiles, too. And they would come to the Casa Loma to court the local girls in Glenncoe.

The girls' parents wouldn't let them go in the men's automobiles. They did allow the men to walk them home or even go *de paseo* with them, as long as they were being watched by the chaperones.

But one can't keep a flame from being fanned from a smoldering fire; and where there is a will, it will find a way.

One afternoon, Pepe, Jaime Vega, Dominic and Alberto Fiorito and I dug up some worms and walked all the way to Elk Creek to do some fishing. There was a shady grove nearby where picnickers gathered during the summer months. We heard an automobile drive up to the spot and stop. There was a young couple in the car, a coupe. They began to neck. Naturally, this aroused our curiosity; we were all between ten and thirteen years of age. We walked up closer to watch them. They were kissing passionately and hugging each other when the girl happened to see us. As she raised her head, I recognized her. Her brother, Lonzo, was my marble shooting partner.

The other boys didn't see her face. Soon the car started up and drove away.

That evening as we were having dinner, Malvina, the girl I had seen, came to the house. My parents greeted her cordially. My mother said, "Sit down, Mala, and have something to eat with us."

Además de ir a los bailes de otoño en la Casa Loma, estaban empezando a organizar bailes en sus propias localidades.

Algunos de los hombres de los otros dos pueblos estaban comprando automóviles también, y venían a la Casa Loma a cortejar a las chicas de Glenncoe.

Los padres de las chicas no les dejaban subirse a los automóviles de los hombres. Les permitían a los hombres que acompañaran a sus hijas a casa andando, o incluso a que fueran juntos de paseo, con tal de que alguien les vigilara.

Pero nadie puede contener las llamas de una fogata, y donde hay deseo se encuentran medios.

Una tarde, Pepe, Jaime Vega, Dominic y Alberto Fiorito y yo recogimos algunos gusanos y nos fuimos andando hasta el arroyo Elk para pescar un poco. Había un sitio a la sombra cerca de ahí, donde se reunían los que iban de picnic durante los meses de verano. Oímos un automóvil acercarse y pararse ahí. Había una joven pareja en el coche, que era un coupé. Empezaron a abrazarse. Naturalmente, esto suscitó nuestra curiosidad, ya que teníamos todos entre diez y trece años. Nos acercamos para mirarles. Se estaban besando de una manera apasionada y abrazándose cuando la muchacha se dio cuenta de nuestra presencia. La reconocí inmediatamente en cuanto levantó la cabeza. Su hermano, Lonzo, era mi compañero cuando jugábamos a las canicas.

Los otros chicos no vieron su cara. El coche no tardó en arrancar y alejarse.

Aquella noche, mientras estábamos cenando, Malvina, la chica que había visto, vino a casa. Mis padres la acogieron con cordialidad. "Siéntate, Mala" le dijo mi madre, "y come con nosotros."

"No gracias, sólo he venido a pedirle un lazo para el pelo. Vamos a bailar mañana en la Casa Loma y se me olvidó comprar uno cuando fui esta tarde a Clarkston."

Diciendo esto, me miró fijamente a los ojos. No me moví y nadie se dio cuenta de nuestro intercambio de miradas. Acabamos nuestra cena y mamá fue a buscar una cinta. Encontró una amarilla. "Este es precisamente el color que quería. ¡Maravilloso!"

Salí de la casa y fui hasta la pompa. Mientras me servía un trago de agua, Mala se acercó a la pompa y me pidió agua. Estábamos lo suficientemente lejos de la casa para que nadie nos pudiera oír.

"Tino ¿les hablaste de mí a tus padres?"

"No te preocupes Mala" —le dije— "no he visto nada."

Me tendió el recipiente. "Por favor, no se lo digas."

"No lo haré."

Me dio una palmadita en el hombro y se marchó.

Jóvenes y viejos asistían a los bailes del sábado por la noche. Los niños se sentaban sobre los largos bancos a un lado de la sala y miraban a las parejas bailar el paso doble y el fandango. Mientras los jóvenes bailadores recuperaban el aliento, las parejas mayores se levantaban y empezaban a bailar la jota.

Me encontraba fuera, jugando a las canicas mientras aún quedaba luz del día, cuando vi el mismo automóvil en el cual había visto a Mala pasar delante de

"Oh, no! I've come to ask you if you have a ribbon for my hair. We are going to the dance tomorrow evening at the Casa Loma, and I forgot to buy one for my hair when I was in Clarkston this afternoon."

With this, she looked me squarely in the eye. I didn't flinch and no one noticed our exchange of glances. We finished our dinner and Mother went to look for a ribbon. She found a yellow one. Mala said, "Oh, that's just the color I really wanted to buy. How wonderful!"

I walked out of the house and went to the pump. As I was getting a drink of water, Mala walked to the pump and asked if she could have a drink. We were far enough from the house so no one would overhear us.

"Tino, did you tell your parents about me?"

"Don't worry, Mala," I told her. "I didn't see a thing."

She handed me the water dipper. "Please don't tell them."

"I won't."

She patted me on the shoulder and left.

Young and old attended the dances on Saturday nights. The children would sit on long benches on one side of the hall and watch the couples dancing the *paso doble* and the fandango. While the younger dancers were getting their breath, the older couples would get up and begin dancing *la jota*.

I was outside playing marbles while it was still light. Then I saw the same automobile in which I'd seen Mala drive by and park alongside the road near the dance hall. A tall, good-looking man of about thirty got out and went into the dance hall. Later, after it got too dark to play marbles, we went in, and who was dancing one dance after the other with Mala, but the same man she had been smooching with by Elk Creek. She must have told him about me, because as they danced near me he kept giving me an approving look. When the music stopped for an intermission, he walked by me and put a dollar in my hand.

When there was a dance in the movie hall in Coalton, the local swains would go by automobile to attend. They would dance a few pieces and then some of them would take walks down by the river where there was a swinging bridge. It spanned the Brushy Fork River to connect the town of Coalton with the interurban trolley stop on the other side of Fairmont Pike.

The girls' parents allowed their daughters to go on these walks as long as they had a chaperon; they would not approve of these excursions unless a brother or sister lagged close enough behind to report any unusual behavior.

The swinging bridge was suspended by long double strands of cable on each side. There was a high tower on either end of the bridge, and the wire strands extended down from each tower to connect to the center. As people walked across the structure, it would begin to move up and down like a caterpillar inching its way along the ground and, at the same time, sway from side. The more people on the bridge, the livelier the movement.

This was the reason the men wanted to bring the girls. And the girls would entice the men to go across the bridge to get chewing gum or ice cream at the little shop near the car stop, although their real desire was to stop and let their

mí y aparcar a un lado de la carretera, cerca de la sala de baile. Salió de él un hombre alto y apuesto de unos treinta años y se dirigió hacia la sala de baile. Más tarde, cuando se hizo demasiado de noche para seguir jugando a las canicas, entramos y, quién estaba bailando todos los bailes con Mala sino el hombre con el cual había estado besuqueándose en el arroyo Elk. Le tenía que haber hablado de mí, ya que no paraba de lanzarme miradas de aprobación cuando bailaban cerca de mí. Cuando se paró la música, se acercó a mí y me puso un dólar en la mano.

Cuando había una danza en el cine de Coalton, los mozos de allí iban en automóvil. Bailaban algunos temas y luego algunos de ellos se iban hacia el río donde había un puente colgante. Atravesaba el río Brushy Fork para conectar el pueblo de Coalton con la parada del trolebús interurbano del otro lado de la carretera de Fairmont.

Los padres de las chicas les dejaban ir de paseo con tal de que tuvieran un acompañante: no eran partidarios de estas excursiones a no ser que se quedara algún hermano o alguna hermana lo suficientemente cerca para poder reportar cualquier tipo de comportamiento sospechoso.

El puente colgaba de un par de largos cables en cada lado. Había una alta torre en cada extremo, y los cables se extendían de cada torre sujetando el puente por el centro. Cuando andaba la gente por aquella estructura, se empezaba a mover de arriba a abajo como una oruga avanzando por el suelo, y al mismo tiempo, oscilaba hacia los lados. Cuanta más gente había sobre el puente, más animado era el movimiento.

Esa era la razón por la cual los hombres quería traerse allí a las mujeres. Y las mujeres animaban a los hombres a atravesar el puente para comprar chicle o helados en la pequeña tienda cerca de la parada del coche, aunque su verdadero deseo era pararse y dejar que sus novios les pusieran los brazos alrededor de la cintura y las abrazaran tiernamente. Esto les daba un sentimiento de abandono del cual no podían disfrutar mientras bailaban bajo la mirada atenta de los del pueblo.

La mayoría de los cortejos entre las parejas españolas empezaban durante las noches de baile del sábado en Glenncoe, Westview y Coalton. Así fue como Felicia Fernández y mi prima Lana conocieron a sus hombres. Los hombres vivían en Coalton mientras que las chicas vivían de Glenncoe. Pedro Arias y Víctor Pérez habían venido a Coalton desde Cuba, donde Pedro había sido el chofer de un tío suyo que tenía una plantación de azúcar. Compró el primer automóvil jamás poseído por un español de Coalton. Era un Cole Eight Roadster, uno de los coches más caros del mercado. Tenía ruedas de rayos cromados, con la rueda de recambio a un lado, una verdadera preciosidad de coche.

La primera vez que Pedro llevó el coche al baile en Glenncoe, pudiera haber conseguido a casi cualquier muchacha que se le antojase. Pero fue Felicia la que usó su encanto femenino para cautivarlo. Los padres de Felicia no tardaron en permitir a Pedro que cortejara a Felicia. Había dos potentes razones para su asentimiento. Ante todo, el padre conocía al tío de Pedro en Cuba; era un

boyfriends put their arms around their waists and hold them tightly. This gave them a feeling of reckless abandon that couldn't be enjoyed while they danced under the scrutiny of their townsfolk.

Most courtships between Spanish couples started at the Saturday night dances in Glenncoe, Westview and Coalton. That is how Felicia Fernandez and my cousin Lana met their men. The men lived in Coalton while the girls lived in Glenncoe. Pedro Arias and Victor Perez had come to Coalton from Cuba, where Pedro had been a chauffeur for an uncle who had a sugar plantation there. He bought the first automobile to be owned by a Spanish person in Coalton. It was a Cole Eight Roadster, one of the most expensive cars on the market. It had wire-spoke wheels with a tire-mounted wheel on the side, truly a beauty of a car.

The first time he drove it to the dance in Glenncoe, he could have had his pick of almost any single young lady of his choice. But it was Felicia who used all her feminine charms to captivate him. It wasn't long before Felicia's parents allowed Pedro to court Felicia. There were two compelling reasons for their assent. The first was that Felicia's father knew Pedro's uncle in Cuba; he was an "hombre de dinero, hombre que maneja." And the other was his Cole Eight. After all, a man who could buy that kind of an automobile and pay hard cash for it had to know how to handle money.

What they didn't know was that Pedro was receiving a monthly stipend from his uncle, for if he had to use the money from his earnings at the smelter, he probably would be going to the dances on a bicycle.

Juliana was my uncle David's daughter. She and Felicia were cousins on their mothers' side. Lana's intended was seemingly not as affluent as Pedro, for he didn't own a car. What he did have was a healthy bank account at the First National Bank in Clarkston. His parents had died in Spain and he had sold their farm in Gozon before coming to America. After taking enough money to pay for his transportation, he went to work at the new Coalton smelter as soon as it started operations. He was saving his money by sharing furnished rooms with three other men. They did their own shopping and cooking, pooling their resources.

When Lana's father asked Victor how he was going to take care of his daughter, Victor took out his bankbook and said, "Pedro and I want to make this a double wedding. As for taking care of your daughter, between you and me, I'll take care of her with this, while Pedro can take care of Felicia with his expensive automobile." Then he let Uncle David look at his bankbook. My uncle let out a long whistle and didn't say anymore. He went to the pantry, brought forth a bottle of wine and said, "Let's drink a toast."

The wedding took place at the Catholic church in Glenncoe. There was no Catholic church in Coalton, where the two couples were going to live. It was going to be a day that would long live in the memories of the town's inhabitants. There was a lively *charivari* at the home of one of the girls; then, as the girls lived just four houses away from each other, the *charivari* would move down the road to the other one. Back and forth went the celebration.

Automobile horns blew. People blew flutes and trumpets and pounded on tin cans and wash tubs. Pandemonium broke loose for several hours, first in

"hombre de dinero, hombre que maneja." En segundo lugar, estaba el Cole Eight. Después de todo, un hombre que se pudiera comprar este tipo de automóvil y pagar en efectivo sabía cómo manejar el dinero.

Lo que no sabían, era que Pedro recibía un estipendio de su tío, ya que si hubiera tenido que gastarse el dinero que ganaba trabajando en la fundición, hubiera venido a bailar en bicicleta.

Juliana era la hija de mi tío David. Ella y Felicia eran primas por el lado materno. El pretendiente de Lana no parecía tan próspero como Pedro, pues no tenía coche. Lo que sí tenía era una respetable cuenta bancaria en la First National Bank en Clarkston. Sus padres habían muerto en España y había vendido su finca de Gozón antes de venirse a América. Tras pagar el importe de su billete, empezó a trabajar en el nuevo horno de fundición de Coalton en cuanto empezó a funcionar la instalación. Ahorraba su dinero compartiendo habitaciones amuebladas con otros tres hombres. Hacían la compra y la comida ellos mismos, juntando sus recursos.

Cuando el padre de Lana le preguntó a Víctor cómo iba a mantener a su hija, Víctor sacó su libreta de ahorros y le dijo: "Pedro y yo queremos que esto sea una doble boda. Y en cuanto a mantener a su hija, entre usted y yo, me encargaré de hacerlo con esto, y Pedro se podrá ocupar de Felicia gracias a su coche caro." Dejó entonces que el tío David le echara un ojeada a la libreta de ahorros. Mi tío emitió un largo silbido y no dijo más. Se fue a las despensa, trajo una botella de vino y dijo simplemente: "Brindemos."

La boda tuvo lugar en la iglesia católica de Glenncoe. No había ninguna iglesia católica en Coalton, donde los novios iban a vivir. Iba a ser un día que quedaría grabado mucho tiempo en el recuerdo de los habitantes del pueblo. Había una fiesta muy animada en casa de una de las chicas; y ya que las muchachas vivían a sólo cuatro casas la una de la otra, el gentío iba y venía de una casa a otra.

Los automóviles pegaban bocinazos, la gente tocaba flautas y trompetas y golpeaban latas de estaño y palanganas. Aquello estuvo infernal durante varias horas, primero en frente de una casa, luego en frente de la otra. Continuaba hasta que los novios aparecieran en la veranda y los miembros de la familia salieran a distribuir bebidas y refrescos y otras buenas cosas para beber y comer.

En general, los padres de las novias dejaban esperar a todo el mundo. El tener a una muchedumbre metiendo tanto jaleo en frente de su casa era un especie de símbolo de estatuto. Sin embargo, algunos padres no daban nada, y el jaleo continuaba por la noche hasta que se decidieran a regalar a sus participantes.

Había habido un jaleo un mes antes cuando la viuda de Ulpoano Gutiérrez se había casado con Francisco Cueto. El griterío y los golpes, junto con los bocinazos, habían durado más de una semana. La viuda salía e insistía y se quejaba de que no podía darles nada. No era una novia joven sino una pobre viuda, y su nuevo marido llevaba mucho tiempo en el paro. No tenía dinero para comprar tonterías para el gentío. A pesar de todo, continuó el barullo hasta que ella se las arregló para comprar algo de vino, caramelos y chicle para distribuir.

front of one house, then the other. This would continue until the newlyweds appeared on their verandas, and then until members of their families came outside to pass drinks and soda pop and other good things to drink and eat.

In general, the parents of brides liked to keep everyone waiting. To have a large gathering in front of their houses, making so much noise, was kind of a status symbol. However, some parents wouldn't give anything, and the *charivaris* continued nightly until they came through with the goodies.

There had been a *charivari* the previous month when the widow of Ulpoano Gutierez was married to Francisco Cueto. The shouting and the clanging, along with the honking of automobiles, kept up for more than a week. The widow would come out of her house ranting and raving that she couldn't afford to give away anything. She wasn't a young bride but a poor widow, and her new husband had been out of work for a long time. He didn't have money to buy foolish things for them. Nevertheless, the din continued until by some means she found a way to get wine, candy and chewing gum to give out.

She shouted out, "Sinverguenzas!" As she strutted into her house, she yelled, "Vayanse." Go home.

"You should be ashamed," someone shouted back at her. "Your husband is still warm in his grave, and you get another one so soon!"

This was an old Spanish custom: to shout out insults in rhymes and lyrics until the newlyweds came up with the traditional giving that was certain to appease the mobs.

The *romerias* were still held near the top of Pinnick Kinnick Hill to celebrate Saints' Days. But now the spirit of the *piqueniquers* was somewhat dampened by the fact that one had to be careful with alcoholic beverages. Some of the "white mule" was so potent that some men began to argue and fight after taking only a few drinks. And some men became violently ill.

My father, who was the recognized leader of the Spaniards in town, gathered the men around him and told them that as the organizer of the annual events, he would appreciate it if no one brought intoxicating drinks to these *romerias*. It was, however, all right to have some wine, for a day without wine for a Spaniard is like a day without sunshine, he quipped.

One of the events we, as youngsters, looked forward to was the arrival of the year's first circus. The circus train would arrive in Clarkston and begin unloading all its paraphernalia, along with the animals, for the parade through the city and on to the fairgrounds between Clarkston and Glenncoe.

The first circus to come in the year 1922 was the 101 Ranch Wild West show. Then the rest of the year brought the Carl Hagenbeck and Great Wallace Shows, followed later by Ringling Brothers and then Robinson's Famous Shows. In between circuses we'd attend the Annual Fair of the Central West Virginia Agricultural and Mechanical Society. This was held in the Hillsboro County Fairgrounds near Welton, a few miles from Clarkston on the Welton Pike.

"¡Sinvergüenzas! –gritó mientras volvía a su casa– váyanse."

"Te tendría que dar vergüenza a tí –le respondió alguien– tu marido esta aún tibio en su tumba y ya te has agenciado a otro."

Esta era una antigua tradición española: gritar insultos rimados y versos hasta que los recién casados se decidieran a hacer los regalos tradicionales, manera segura de apaciguar a la muchedumbre.

Aún se organizaban las romerías en la cima de la colina Pinnick Kinnick para celebrar a los santos. Pero ahora, la moral de los que iban de picnic estaba de alguna manera minada por el hecho de que había que tener cuidado con las bebidas alcohólicas. Algunos tipos de *mula blanca* eran tan fuertes que a veces, algunos hombres empezaban a discutir y a pelear tras haberse bebido unos pocos tragos. Y algunos se pusieron muy enfermos.

Mi padre, que era considerado como el líder de los españoles del pueblo, reunió a los hombres y les dijo que, como organizador de las celebraciones anuales, les estaría muy agradecido si nadie traía bebidas intoxicantes a estas romerías. No le parecía mal, sin embargo, el tener un poco de vino, pues según él, para un español, un día sin vino era como un día sin sol.

Uno de los sucesos que más esperábamos de niños era la llegada del primer circo del año. El tren del circo llegaba a Clarkston y empezaba a descargar su material, junto con los animales, antes de desfilar por el pueblo y sobre la llanura entre Clarkston y Glenncoe.

El primer circo que llegó en el año 1922 era el Ranch Wild West Show. Aquel año le siguieron los espectáculos de Cark-Hagenbeck y de Great Wallace, el circo de los hermanos Ringling y el Robinson's Famous Shows. Entre circo y circo, íbamos a la feria anual organizada por la Sociedad de Agricultura y Mecánica del Centro de Virginia Occidental. Tenía lugar en los prados del condado de Hillsboro, cerca de Welton, a unas pocas millas de Clarkston, sobre la carretera de Welton.

Uno de los aspectos más interesantes para los hombres que asistían al circo era el momento cuando el voceador animaba a los espectadores para que se atrevieran a subirse al ring de boxeo donde se encontraba él. Voceaba que cualquiera que aguantara tres asaltos con el boxeador recibiría quince dólares.

Durante los últimos dos años, el primero en subirse a la plataforma para aceptar el reto contra el pugilista era mi hermano Andy. Esta vez, iba a ser mi otro hermano, Neto, ya que Andy había salido del pueblo con su amigo Martín Walters.

Neto era unas doce libras más ligero que Andy, y dos años y medio más joven. Y el profesional del circo pesaba unas 160 libras, en comparación con Neto, que sólo pesaba 125. Pero a pesar de todo, entraron en la tienda donde estaba el ring de boxeo, después de que el voceador hubiera acabado, y los españoles de Glenncoe se precipitaron hacia la taquilla. Sabían que Neto, a pesar de la diferencia de peso, les daría un buen espectáculo. Y lo hizo.

Desde el momento en que tocó la campana para anunciar el principio del combate, Neto empezó a bombardear a su oponente con una lluvia de puñetazos

One of the features of great interest to the men attending the circus was the moment when the barker would dare spectators to take on the boxer standing there with him. He would bark out that whoever could go three rounds with the boxer would receive fifteen dollars.

For the past two years the first one on the platform to challenge the pugilist was Andy, my brother. This time it would be my other brother, Neto, for Andy had left town with his friend Martin Walters.

Neto was lighter by about twelve pounds than Andy and was two-and-a-half years younger. And the circus pro weighed about 160 pounds, compared to Neto's 125. Nevertheless they went in the boxing tent after the barker made his spiel, and the local Glenncoe Spaniards hurried to the ticket window. They knew Neto, regardless of weight, would give them a real good show. And he did.

From the moment the bell clanged to start the fight, Neto began to rain fast rights and lefts to the other boxer's face; then he would jab and feint, step back to do a little dance, then thrust his fist with a left and then a right to the chin. In less than two minutes, he had the other man so groggy he didn't know where he was.

Neto started to leave the ring when the barker said he couldn't pay him for that short a time. He'd have to take on another boxer from the crowd. Neto was so angered he told the man to go ahead; he'd take on anyone. The barker had Neto step up onto the platform with him. When a boxer from Clarkston saw whom he would be up against, he immediately jumped up and said he would take on Neto. He thought he had "Easy Pickins" until the fight started. The fight did go three rounds. But by the end of the second round, Neto had the other fighter hanging on the ropes. After the fight, the barker handed Neto ten dollars.

"Wait a minute," Neto told him. "You said fifteen dollars."

"That's all I can give you. We didn't have as many people as I thought we'd have. Take it before I change my mind."

"Like hell you won't give me the fifteen you promised! I'll take it out of your hide!"

The man walked to the tent opening and blew a whistle. Soon there were three rough-looking men rushing to the tent.

I had gone in as Neto's second. As soon as I understood what was going on, I ran to find my father. I knew he was somewhere on the grounds with Mother, Pepe and Celia. When I found him, he told Mother to wait with the kids and he followed me to the tent. When he saw Neto surrounded by the barker and the three other men, he immediately began to call all the Spanish fellows he could find.

About twenty-five Spanish men marched in one body to the tent; the barker was back up on the platform promising to give fifteen dollars to the man who could last three rounds with the original boxer. The first one on the platform this time was my father, saying he would fight the man. He went into the tent and the crowd followed.

Father donned boxing gloves and got in the ring. The other man was about the same size and weight. The bell rang, and Father moved to where the barker

en la cara; luego se movía, esquivaba, daba un paso hacia atrás para bailar un poquito, y lanzaba ya su puño derecho ya su puño izquierdo contra la barbilla del boxeador. En menos de dos minutos, le tuvo tan grogui que el otro ni siquiera sabía donde estaba.

Neto se bajaba del ring cuando el voceador le dijo que no le podía pagar por tan poco tiempo. Tendría que pelear con otro boxeador de entre los espectadores. Neto se enfadó tanto que le dijo que lo hiciera; se sentía capaz de destrozar a cualquiera. El voceador le hizo subirse de nuevo a la plataforma con él. Cuando un boxeador de Clarkston vio quién iba a ser el adversario, se precipitó y declaró que estaba dispuesto a pelear con Neto. Pensaba tenerlo fácil hasta que empezó el combate. El combate duró tres asaltos. Pero hacia el final del segundo, Neto tenía a su adversario acorralado. Después del combate, el voceador le dio diez dolares a Neto.

"Espere un minuto –le dijo Neto– Usted había dicho quince dólares."

"Esto es todo que te puedo dar. No ha venido tanta gente como esperaba. Toma esto antes de que cambie de opinión."

"¿Que no me vas a dar lo que me prometiste? Te voy a partir la cara."

El hombre caminó hacia la abertura de la tienda y silbó. No tardaron en precipitarse hacia la tienda tres hombres con pinta de duros.

Había venido para ayudar a Neto y en cuanto me di cuenta de lo que estaba ocurriendo, corrí a ver a mi padre. Sabía que se encontraba por allí con mamá, Pepe y Celia. Cuando di con él, le dijo a mi madre que esperara con los niños y me siguió hasta la tienda. Cuando vio a Neto rodeado por el voceador y tres hombres, llamó inmediatamente a todos los españoles que pudo encontrar.

Unos veinticinco españoles marcharon como un solo hombre hacia la tienda; el voceador estaba de nuevo sobre la plataforma, prometiendo quince dólares a cualquier hombre que pudiera durar tres rounds con su boxeador. El primero en subirse a la plataforma fue mi padre, declarando que lucharía con aquel hombre. Entró en la tienda y le siguió la gente.

Mi padre se puso los guantes y se subió al ring. El otro era de su tamaño y más o menos del mismo peso. Sonó la campana, y mi padre se acercó a donde estaba el voceador, ya que hacía de árbitro, y le metió un puñetazo. Luego se dio la vuelta hacia el boxeador y le empezó a darle cortos puñetazos. Neto se subió para ayudar, justo cuando llegaban los tres hombres que habían aparecido tras el primer silbido, alertados por los gritos de hombres que provenían de la tienda.

Los hombres se precipitaron sobre el ring; al mismo tiempo, también se subieron entre quince y veinte jóvenes españoles. Hubo esfuerzos desesperados por parte de los del circo para escapar – menos por parte del voceador, a quien mi padre tenía bien sujeto.

"Paga a este chico los quince dólares que le debes –le dijo– o tú y yo nos vamos juntitos a un lugar apartado." El hombre sacó un billete de veinticinco dólares del bolsillo. Mi padre lo cogió: "Bueno chicos –dijo– vayamos a tomar algo."

En este circo como en cualquiera de los siguientes, Neto era el primero sobre la plataforma. Todos los voceadores posteriores tenían que haberse

was standing, for he was the referee, and took a swing at him. Then he turned to the boxer, jabbing. Neto climbed in to help. Just then the three men who had come at the sound of the earlier whistle came on the run as they heard all the men in the tent shouting.

The men jumped in the ring; at the same time, fifteen to twenty Spanish youth also jumped in. There was a mad scramble by the circus people to get away—all but the barker. Father had a good hold on him.

"Pay that boy the fifteen dollars he's got coming," he said, "or I'll take you apart." The man pulled a twenty-dollar bill from his pocket. My father got it and said, "Come on, fellows. Let's get something to drink."

No matter whether it was this circus or ones that followed, the first man on the platform was Neto. Each subsequent barker must have heard of the original one's experience, for he never failed to pay when the bout ended.

Most of the young men and boys in the town were now finding jobs in industries other than the smelter. The younger boys, from the age of fourteen to twenty, were going to work at the Belleport Lamp Chimney Company. Some, eighteen years and older, were being employed by the Hazel-Atlas Glass Company or by the Akro-Agate Glass Company in Clarkston. Four or five men were employed at the Philips Tinplate in Despard. Still others went to work in the McNicol Pottery in Broad Oaks. And there were a number who had forsaken the smelter during the strikes and layoffs who went into the mines to earn a living.

Father's meat business continued to grow. He now had a Ford Model T truck to make his deliveries in town and had many customers in Westview and Coalton.

After a hard day's work, Father used to saddle Whiskey and go for a canter, heading out Ashton Lane and going straight on through the *bosque* and past the orchard on the other side of the woods. One evening he brought home two baby crows. He took them in the basement and arranged a small cardboard box, padded with a cloth, and packed it with straw. Every day he looked in on them and fed them. He thought one of the little birds was a male and the other a female, so he named one Lelo and the other one Lela.

How he figured their sex, only he knew. When someone asked him, he would tell them with a straight face, "Why that's easy. All one has to do is place a pie tin with some fishing worms on it and place it in front of them. The male will only eat the male worms and the female will only eat the female worms."

The birds kept getting stronger and larger. They began to hop around the house and then out in the yard. Finally they began to find their wings. They would hop around, then lift themselves up in a tree. Before long, they began to fly away to the *bosque*. But as soon as Father came home and found the birds missing, he would put fingers to his lips and let out a shrill whistle. The crows would come flying back home, cawing all the way. They would alight on my father's shoulders or on his outstretched hands, and while he talked to them, they continued cawing and seemed to understand what he was saying.

enterado de la experiencia del primero, pues nunca dudaron en pagar al final del combate.

La mayoría de los muchachos y chicos del pueblo encontraban trabajos en otras industrias que la de la fundición. Los chicos más jovenes, de entre catorce y veinte años, iban a trabajar para la compañía de lámparas de chimenea. Algunos, de dieciocho para arriba, eran empleados de las compañías de vidrios Hazel-Atlas y Akro-Agate en Clarkston. Cuatro o cinco hombres eran empleados en la fábrica de hojalata Philips en Despard. Otros fueron a trabajar para el taller de alfarería McNicol en Broad Oaks. Muchos habían abandonado la fundición durante las huelgas y las despedidas y fueron a trabajar a las minas para ganarse la vida.

El negocio de carnicería de mi padre seguía creciendo. Ahora tenía un camión Ford Modelo T para hacer sus repartos por el pueblo y tenía muchos clientes en Westview y en Coalton.

Después de un duro día de trabajo, mi padre solía ensillar a Whiskey y salir a cabalgar, pasaba por la calle Ashton y hasta el huerto del otro lado del bosque. Una noche, trajo a casa dos crías de cuervo. Las llevó al sótano y les preparó una pequeña caja de cartón, forrada con paja y un trapo. Las iba a ver todos los días y les daba de comer. Le pareció que uno de los pajaritos era hembra y el otro macho, y les llamó Lelo y Lela.

Cómo se enteró de su sexo, nunca se sabrá. Cuando alguien se lo preguntaba, le respondía muy serio: "Pues es muy fácil. Basta con ponerles una lata con algunos gusanos en frente. El macho sólo se comerá a los gusanos machos y la hembra sólo comerá los gusanos hembras."

Los pájaros se hicieron cada día más fuertes y grandes. Empezaron a saltar por la casa y luego por el jardín. Por fin, empezaron a encontrar sus alas. Saltaban un poco y se alzaban hasta un árbol. No tardaron en volar hacia el bosque. Pero en cuanto mi padre llegaba a casa y veía que se habían marchado, se ponía los dedos entre los labios y pegaba un estridente silbido. Los cuervos volaban entonces graznando hacia casa. Se posaban sobre su hombro o sobre sus manos abiertas, y mientras les hablaba, seguían graznando y parecían entender lo que les estaba diciendo.

Mi padre les hablaba en español y en inglés. Parecían entender cuando les reñía por haber estado lejos de casa cuando llegó, luego les llevaba abajo para darles de comer. Ahora, uno podía distinguir entre el macho y la hembra, pues esta última era más pequeña y más delicada.

Un día, mi madre tenía un ancho cazo de agua sobre la lumbre. Empezó a hervir mientras los cuervos entraban en la cocina. Volaron hacia la repisa por encima de la cocina. Eran curiosos por naturaleza. Querían ver lo que había en el cazo. Cuando mi madre los vio, intentó espantarlos con movimientos agitados, para que se fueran de su percha. Lelo se tropezó con Lela y ella se cayó hacia el agua hirviendo. Su ala derecha entró en el agua y revoloteó hasta el suelo. Mi madre cogió el pájaro en la mano. La pobre cosita estaba sufriendo mucho y su ala goteaba. Mamá cogió una toalla y le secó suavemente el ala, para sacar la humedad de las plumas.

Father talked with the birds in Spanish and English. They seemed to understand when he bawled them out for being away when he got home, and then he would take them downstairs to be fed. Now one could tell the difference between the male and female, for the female was smaller and daintier.

One day Mother had a large pan of water on the stove. It began to boil as the crows hopped into the kitchen. They flew up on the ledge above the stove. They were nosey things. They wanted to see what was in the pan. When Mother saw them, she motioned excitedly for them to get away from their perch. Lelo bumped into Lela and she fell toward the scalding water. Her right wing dipped into the water and she fluttered to the floor. Mother got the bird in her hand. The poor thing was in pain and her wing was drooping. Mother got a towel and gently patted the wing to dry the moisture on the feathers.

From that day on, Lela could only fly in short hops. Lelo became her protector. Any time someone other than Father tried to pick up Lela, the male would begin to squawk and peck at the tormentor. Eventually the small one got strong enough to fly as far as the *bosque* by making several stops to rest en route. It was fun to watch the birds come back home at Father's call, Lelo stopping and looking back to see if Lela was making it back all right. People coming to the house were always amused to watch them in what seemed to be serious conversation with their benefactor.

One of the Tizadores at the smelter who had a grudge against Father because of his active participation in the Union had a large yard with a garden that had green onions, kale, lettuce, cabbages and a few stalks of corn. One day he saw the two crows around his corn stalks. He scared them away, but they were there again the next day. This time he was prepared for them. He came out of the house stealthily and let go with his shotgun and killed the birds.

Father whistled his head off calling the crows that day and for the rest of the week. He thought that they might have decided to be on their own. They were full grown birds, after all. In fact, they were encouraged by Father on a number of occasions to fly away. He would refrain from calling them to find out if they wanted their freedom. But they always came back home whether he called them or not. He resigned himself to the idea that the crows finally had decided to go on their own.

Several days went by. Then a boy we called "Fatty" came to our house and told us that he had seen two dead crows by the road and wanted to know if we still had our crows. Mother, Pepe and I walked back to where the boy had seen them. There was no doubt they were Lelo and Lela. Although everybody would say all crows looked alike, there was something indescribable about these two.

Father felt badly when he found out what had happened to his pets. There was no doubt as to how they met their demise. Pellets from a shotgun shell were found on their bodies. We placed the birds in one tin box, dug a small grave in the rear of the yard under a mulberry tree and held a little, sad ceremony.

A few days later, Father found out that Miguel Costa was the man who had killed the crows. Father went to his house, wanting to know why he had killed them. The man became infuriated and claimed that he didn't know they were

Desde entonces, Lela solamente pudo volar cortas distancias. Lelo se volvió su protector. En cuando cualquiera que no fuese mi padre intentaba coger a Lela, el macho empezaba a graznar y a picotear al torturador. Por fin, la pequeña se hizo lo suficientemente fuerte para poder volar hasta el bosque, parándose varias veces para recuperarse. Era divertido ver a los pájaros volver a casa cuando les llamaba mi padre, Lelo parándose para ver si Lela estaba bien. A la gente que venía a vernos, les divertía mucho mirarles tener lo que parecían ser serias conversaciones con su protector.

Uno de los atizadores que le guardaba rencor a mi padre por su participación activa en el sindicato tenía un ancho huerto donde plantaba cebollas verdes, coles, rizadas, lechugas, repollos, y algunas plantas de maíz. Un día, vio a los dos cuervos volar alrededor de sus plantas de maíz. Los espantó pero volvieron al día siguiente. Y esta vez, estaba preparado. Salió de su casa a hurtadillas y disparó con su escopeta, matando a los dos pájaros.

Mi padre silbó todo lo que pudo aquel día y el resto de la semana. Pensó que igual habían decidido irse a vivir por su cuenta, ya que al fin y al cabo, ya eran pájaros adultos. De hecho, mi padre les había animado a marcharse en más de una ocasión, dispuesto a no llamarles más si los pájaros preferían la libertad. Pero siempre volvían, que se les llamara o no. Mi padre se fue haciendo a la idea de que los cuervos por fin habían decidido ir a vivir por su cuenta.

Pasaron varios días, y un niño llamado "El Gorderas" vino a casa y nos dijo que había visto dos cuervos muertos en la carretera y quería saber si nosotros aún teníamos nuestros pájaros. Mama, Pepe y yo fuimos hasta donde el chaval los había visto. No había ninguna duda: se trataba de Lelo y Lela. Aunque la gente crea que todos los cuervos se parecen, aquellos dos eran especiales.

Mi padre lo pasó mal cuando se enteró de cómo habían muerto sus animales. No había duda en cuanto a la razón de su desaparición; encontramos perdigones de escopeta de caza en sus cuerpos. Pusimos los pájaros en una caja de estaño, cavamos una pequeña tumba bajo una morera al final del jardín y tuvimos una breve y triste ceremonia.

Pocos días después, mi padre se enteró de que Miguel Costa era el que había matado los cuervos. Mi padre fue a su casa para enterarse de por qué los había matado. El hombre se enfadó y declaró que no sabía que se tratara de animales domésticos. Pero mi padre no se dejó engañar. Absolutamente todo el mundo en el pueblo conocía la existencia de los cuervos.

Los cuervos no eran los únicos animales domésticos que tenían los Villanueva. Estaba Teddy, un perro, que era como un miembro de la familia. Poco después de la muerte de los cuervos, Teddy se volvió rabioso y lo mató un hombre porque, según dijo, perseguía a sus hijos. A Teddy, le salía espuma por la boca, y aquel hombre decidió matarlo antes de que pudiera morder a alguien. Cuando Neto volvió a casa ese día y se enteró de que habían matado a Teddy, le entraron ganas de ir a cargarse al que lo había hecho. Pero su ira no tardó en convertirse en amargas lágrimas. Nos preparamos para organizar un funeral bajo la morera.

Nunca habíamos estado sin un animal doméstico de algún tipo corriendo por la casa. Pero ahora, gracias a Neto, ibamos a tener los animales domésticos

his pets. But Father knew better. There wasn't a person in the town of Glenncoe who didn't know about the crows.

The crows were not the only pets the Villanuevas had. There was Teddy, a dog, who was also like a member of the family. Not long after the crows were killed, Teddy became rabid and was killed by a man who said the dog had chased his sons. Teddy was foaming at the mouth, and the man decided to kill him before he bit someone. When Neto came home that day and found out Teddy had been killed, he wanted to go get the person who did it. Neto's anger turned to salty tears. We made preparations to give Teddy a burial under the mulberry tree.

We had never been without some kind of a pet around our house. But now, thanks to Neto, we were to get two of the most unusual pets we'd ever had. The first, a ferret, was an albino: solid white with pink eyes. It had a long slender body, a beautiful animal. The other was a long blacksnake. Neto kept the ferret and the snake in the basement. He had a place for them, but soon he had them running around loose. During the hours they had off between shifts at the Lamp Chimney factory, Neto and a couple of his friends would take the shotguns and go rabbit hunting. He would take the ferret with them. When they happened upon burrows in the ground, they would send the ferret in to scare out the rabbits.

Then one day they put the ferret in front of one of these holes. It went in. The boys waited and waited, but the ferret never came out. Neto was downhearted, for he had come to love the animal. The same day he was to get a second disappointment: the black snake was gone. He would never see it again. Even if Neto was downcast, every other member of the household gave a sigh of relief.

One Sunday morning after a downpour during the early hours, several of us boys decided to go swimming in one of the tanks near Stock's farm. It was a warm summer day, the sun came out, and as we walked along the country road, the mud oozed between our toes. None of us wore shoes or *alpargatas* all summer long if we could help it. We even went to school barefooted until it got too cold to go without shoes.

As we were enjoying the fun of walking in the muddy roadway, I spotted something in the field just beyond the split-rail fence. When I climbed over the fence to see what it was, I discovered it was a new sunshade, the kind you'd see on the seat of a wagon to keep the sun off the driver. We continued to go toward the tank, with me hauling the sunshade on my shoulder. Along came Gaboon Nunez in a horse-drawn wagon. When he came along side of us, he stopped and addressed himself to me: "Where did you get that parasol?"

For a minute I thought he was going to tell me he had left it where I'd picked it up. But before I could say anything other than "It's mine," he said, "I'd like to have it. I'll give you a mule for it."

"Good! When do I get it?"

"Climb in the wagon, we'll go to the farm."

So I climbed into the wagon and sat alongside Gaboon. He had gone to live on the farm with Oliver Rainwater and his wife, Matilda, after his mother died

más insólitos que nunca habíamos tenido. El primero, un hurón, era albino: todo blanco con ojos rosados. Tenía un cuerpo largo y esbelto, era un animal precioso. El otro era una larga serpiente negra. Neto los guardaba en el sótano. Les había preparado un sitio, pero no tardó en dejarles que se pasearan a su aire. Durante sus horas de reposo entre turnos en la fábrica de lámparas de chimenea, Neto y un par de amigos cogían escopetas y se iban a cazar conejos. Se llevaban al hurón y cuando se topaban con una conejera, mandaman al hurón para hacer salir a los conejos.

Un día, colocaron al hurón en frente de uno de esos agujeros y entró. Los chicos esperaron y esperaron pero el hurón nunca volvió a apareceren. Neto estaba destrozado pues se había encariñado con el animal. El mismo día, tuvo una segunda decepción: la serpiente negra había desaparecido. Nunca la volvería a ver. Aunque Neto estuviera deprimido, el resto de la familia suspiró de alivio.

Una mañana de domingo, después de que hubiera llovido abundamente durante las primeras horas del día, algunos chicos y yo decidimos ir a nadar en los tanques cerca de la finca de Stock. Era una día cálido de verano, salió el sol, y mientras caminábamos al borde de la carretera de montaña, nos salía el barro de entre los dedos del pies. Ninguno de nosotros llevaba zapatos o alpargatas durante todo el verano si lo podía evitar. Incluso íbamos a la escuela descalzos hasta que hacía demasiado frío para andar sin zapatos.

Mientras disfrutabamos andando por la carretera embarrada, vi algo en el prado, pasada la valla de troncos. Cuando me subí a la valla para ver lo que era, descubrí que era una sombrilla nueva, del tipo de las que se ven en los asientos de los carros para proteger al conductor del sol. Seguimos hasta el tanque, yo llevando la sombrilla sobre mi hombro. Nos topamos con Gaboon Nuñez, que iba en un carro tirado por un caballo. Cuando llegó a nuestra altura, se paró y me preguntó: " ¿Dónde has conseguido este parasol?"

Por un minuto pensé que me iba a decir que él lo había dejado donde yo lo encontré. Pero antes de que pudiera decir otra cosa que "es mío," me dijo: "Me gustaría tenerlo. Te lo cambio por una mula."

"¡Vale! ¿Cuándo la puedo recoger?"

"Súbete al carro, iremos hasta la finca."

Me subí pues al carro al lado de Gaboon. Había ido a vivir a una finca con Oliver Rainwater y su mujer Matilda, después de que su madre se muriera durante la epidemia de gripe. No tenían niños, y a medida en que iban pasando los años, les venía bien la ayuda que Gaboon les podía procurar. Se encariñaron con él y le trataban como a un hijo.

Gaboon no tuvo ni que mencionarle a Oliver el intercambio que estaba a punto de hacer. Fue hasta la granja y cogió un cabestro ronzal, luego se fue al prado donde pacía la mula, junto con algunas vacas, me la trajo y me dijo: "Aquí la tienes. Es tuya. ¿La quieres llevar hasta casa o la quieres montar?"

Monté la mula hasta casa, y cuando me bajé, tras un paseo de cuatro millas y media, tenía dificultades en andar. Lo primero que hice en cuanto llegué a

during the influenza epidemic. They had no children of their own, and as they were getting on in years, they could use the extra help Gaboon could give them. They took a liking to him and treated him like a son.

Gaboon didn't even have to tell Oliver about the trade he was about to make. He went to the barn and got a halter, went to the pasture where the mule was grazing along with several cows, brought the mule to me and said, "Here he is. All yours. Do you want to lead him home or do you want to ride him?"

I rode the mule all the way home, and when I dismounted after a ride of four-and-a-half miles, I found it difficult to walk. The first thing I did as soon as I got home with my new possession was to feed him a bucket of oats. I had stopped twice on the way in for the animal to drink out of the troughs along the road. All the way home I had been trying to come up with a suitable name. Then I recalled Gaboon telling me that I should be careful because he had a tendency to kick when someone walked too close behind him; so I started to call him Zorro.

After Zorro had something to eat, we were on our way again. I didn't want to tell Mother or anyone else about my mule. This could wait until later. We took off toward the *bosque*. I didn't think Father would let me keep him, so I waited until he had been home for dinner and taken off for Clarkston, for Mother had told me he was going to the city that evening. Zorro and I finally returned home when it got dark. After giving him some water and some oats, I left him in the back yard and went into the house. The backbone on the animal had been so hard that by now I could barely walk. I was never so sore. Every step I took was painful.

The next morning I was going to put some kind of padding on the animal's back before I climbed on his back. I was going to ride him all the way to the stockyards in Belleport. I was going to be one of those cowboys we were seeing in the movies at the Bijou in Clarkston.

Imagine my surprise when I went looking for Zorro and there was no Zorro in sight. That's when I went in and told Mother and my brothers of my trade with Gaboon the day before. My father was in bed still. He heard me talking, and when he came in the kitchen he told me that he had seen a strange animal in the yard in front of the house when he came home. He thought it had strayed in and couldn't get out, so he had opened the gate and shooed it away. "If I had known it was your mule," he said, "I'd still have run him out. What would you do with such a skinny thing?"

"I'd keep him," I said. "After fattening him up, I'd sell him or trade him for a horse or a pig or a cow or anything valuable some one would give me for him."

"Very well. If that's what you want to do, you can have him if you can find him."

Of course, Father thought I wouldn't find the animal, but he was to be surprised. I walked all the way to Rainwater's farm, and there was Zorro grazing in the pasture. He still had the halter around his neck.

I got him out to the road and climbed on his back by getting it to the fence so I could climb on. But as soon as I sat on him I knew it would be impossible for me to ride him home. I led Zorro all the way home.

casa fue darle de comer un cubo de avena. Me había parado dos veces por el camino para que el animal pudiera beber de los abrevaderos a lo largo de la carretera. Había intentado durante todo el camino decidir cómo la llamaría. Entonces me acordé que Gaboon me había dicho que había que tener cuidado porque tenía tendencia a cocear en cuanto alguien se le acercaba demasiado por detrás; empecé a llamarla "Zorro."

Después de que Zorro hubiera acabado de comer, volvimos a salir. No quería hablarle a mi madre ni a nadie de mi mula. Podía esperar. Fuimos hacia el bosque. Pensaba que mi padre no me dejaría quedármela, y esperé hasta que hubiera cenado y salido hacia Clarkston, ya que mi madre me había dicho que él iría a la ciudad aquella noche. Zorro y yo volvimos por fin cuando se hizo de noche. Después de darle algo de agua y de avena, lo dejé en el prado y volví a casa. El espinazo del animal era tan duro que yo ya a penas podía caminar. En mi vida había estado tan dolorido. Me dolía cada paso que daba.

A la mañana siguiente, decidí colocar algún tipo de almohadilla sobre la espina del animal antes de montarlo. Tenía la intención de llevármelo hasta el corral de Bellebort. Iba a ser uno de esos vaqueros de los que salían en las películas que echaban en el cine Bijou en Clarkston.

Figúrense mi sorpresa cuando me fui a buscar a Zorro y no le vi por ninguna parte. Entonces les conté a mi madre y a mis hermanos mi trueque del día anterior con Gaboon. Mi padre aún estaba en la cama. Me oyó hablar y cuando entró en la cocina, me dijo que se había encontrado con un extraño animal la noche anterior, al volver, en frente de casa. Pensó que se había extraviado y que no encontraba la salida, entonces abrió la puerta y lo ahuyentó. "Si llego a saber que se trataba de tu mula —dijo— también la hubiera echado. ¿Qué vas a poder hacer con tan poquita cosa?"

"La quiero guardar –respondí– le haré engordar y la venderé o la cambiaré por un caballo, un cerdo o una vaca o por cualquier cosa que me ofrezcan por ella y que valga la pena."

"Muy bien. Si eso es lo que quieres, te la puedes quedar si la encuentras."

Claro, mi padre no pensaba que yo conseguiría encontrar al animal, pero se iba llevar una sorpresa. Me fui hasta la finca de Rainwater, y ahí estaba Zorro paciendo en el prado. Aún llevaba el cabestro alrededor del cuello.

Lo saqué a la carretera y lo acerqué a la valla para poder montarlo. Pero en cuanto me monté, en seguida me di cuenta de que sería imposible para mí montarlo hasta casa. Me contenté con llevarlo de la brida.

Pasó más de una semana antes de que pudiera montarlo de nuevo. Pero se habían formado costras sobre mis nalgas doloridas, y tuve que dar pequeños paseos hasta poder montarlo de nuevo cómodamente. Incluso con la almohadilla, era doloroso montarlo demasiado tiempo seguido.

Zorro se estaba convirtiendo en un animal en el cual se podía confiar. Aunque dejara el prado y se paseara por los alrededores, siempre volvía a la granja por la tarde. Y así fue día tras día hasta que los gitanos volvieron a Coe's Run. Cuando dejaron el pueblo, Zorro debió de irse con ellos pues desapareció ese mismo día.

It was more than a week before I was able to get back on him. By now scabs had begun to form on my sore rear-end. I had to go for short rides until I could sit on him with ease. Even with the padding, it was painful to ride for any length of time.

Zorro was getting to be an animal you could trust. Although he would leave the yard and roam around the area, he would always return to the barn later in the day. This was going on day after day, until the gypsies returned to Coe's Run. When they left town, Zorro must have gone with them, for he disappeared the same day.

Chapter Nine

When I was fourteen I got my first job in industry. The Belleport Lamp Chimney Company was going to start operations after being idled for several months. My cousin Angel went there early on a Monday morning. Mr. Durkin, the superintendent, was walking from the warehouse to the furnace where the glass was melted. We asked him if he would give us a job. He said, "You," pointing to me, "go talk with Monty over there. He needs a finisher." He pointed a finger at Angel and told him, "I'll have him call you maybe in a week."

The man started toward the melting furnaces. Then he turned about-face and said loudly, "Wait just a second. Aren't you the altar-boy at St. Francis Borgia Church?" He was looking Angel up and down as he asked the question.

Angel said, "Yes, sir."

The man looked at me. "You come next week. I'll see you get on with Jack Humphries." And then he told my cousin to go to Monty; he could start working for him that morning.

I was disappointed. It wasn't fair to send me home when he had hired me. Now I would have to take the chance of maybe not being needed the next week. But the following week I returned to the factory and was given the job. Mr. Humphries was an old glass-blower who had come to America from Germany many years ago.

At that time there were 15 shops. Each shop was comprised of three persons: the blower, the gatherer and the finisher. The gatherer would walk to the furnace and insert a long pipe through the small aperture until it touched the molten glass, then he would turn it rapidly to accumulate a gob of the glass on the end of the rod. He would walk swiftly to a marble slab where he would let the mass flatten out as he let it slide over the surface of the slab. Then he would hit it against an iron bar on the brick floor and break the cooling gob off the pipe.

Now that the marble slab was hot from the operation he had just performed, he returned to the furnace to get the second gob of molten glass. This time he would turn it rapidly over the marble until he had formed a cone-shaped mass on the end of his pipe. Then he would let the end of the tapered cone go a little

Capítulo 9

A los catorce años, obtuve mi primer trabajo en la industria. La compañía de lámparas de chimenea de Belleport se volvía a poner en marcha tras haber estado paralizada durante largo tiempo. Mi primo Ángel fue a la compañía un lunes por la mañana temprano. El señor Durkin, el superintendente, estaba andando entre el almacén y el taller donde se fundía el vidrio. Le preguntamos si nos podía dar trabajo. "Tú –me dijo, señalándome– vete a hablar con Monty que está ahí. Necesitamos un acabador." Luego, señaló a Ángel y le dijo: "Le diré que te llame dentro de acaso una semana."

El hombre empezó a alejarse en dirección a los hornos, pero dio media vuelta y dijo en voz muy alta: "Espera un segundo. ¿No eres tú el monaguillo de la iglesia de St. Francis Borgia?" Miró a Ángel de arriba a abajo mientras le hacía esa pregunta.

"Sí señor" dijo Ángel.

El hombre me miró: "Ven la semana que viene. Te colocaré con Jack Humphries." Y le dijo a Ángel que fuera a ver a Monty; podría empezar a trabajar para él aquella misma mañana.

Me decepcioné. No parecía justo que me mandara a casa después de haberme contratado. Ahora, tenía que arriesgarme a que no necesitaran a nadie a la semana siguiente. Pero a los ocho días volví a la fábrica y me dieron un empleo. El señor Humphries era un antiguo soplador de vidrio que se había venido de Alemania a América hacía muchos años.

En aquella época, había quince talleres. Cada taller incluía a tres personas: el soplador, el recogedor, y el acabador. El recogedor iba hacia el horno e insertaba un largo tubo de metal a través de la pequeña apertura hasta tocar el vidrio fundido. Lo giraba entonces rápidamente para acumular una masa de vidrio al final de la barra. Se dirigía entonces rápidamente hacia una placa de mármol donde dejaba que la masa se aplanara, haciéndola resbalar por encima del mármol. Luego la golpeaba contra una barra de hierro sobre el suelo de ladrillos y separaba la masa tibia del tubo.

Ahora que la placa de mármol estaba caliente después de lo que acababa de hacer, volvía al horno y recogía una segunda masa de vidrio fundido. Esta vez, la giraba rápidamente sobre el mármol hasta formar una masa de forma cónica al final del tubo. Dejaba entonces el final del afilado cono asomar de la placa, sin dejar de hacer girar el tubo con dexteridad hasta que se formara una bola en el extremo. Tras soplar un poco en el tubo para evitar que la masa se convirtiera en un pedazo de vidrio sólido, se la tiraba al soplador.

El soplador soplaba en el tubo y dejaba que el vidrio se estirara algunas pulgadas. Luego lo levantaba y volvía a soplar y lo hacía bajar hasta tocar una placa de hierro o de acero en el suelo. Tras formar lo que iba a ser la base de una lámpara de chimenea, continuaba a soplar, expandiendo el vidrio, sin dejar de girar el tubo para crear la forma y el tamaño que quería.

past the slab, turning the pipe dexterously all the time, until it formed a knob on the end. After a light blowing into the pipe to keep the mass from becoming a solid piece of glass, he would toss it to the blower.

The blower blew into the top end of the pipe and let the glass stretch a few inches. Then he would raise it, blow into the pipe and let it touch down on a flat slab of iron or steel on the floor. After letting the bottom out of the now-begin-ning-to-form lamp chimney, he would continue to blow so the body would expand. All the while, he would turn the pipe to form the size and shape object he wanted.

After this operation, he would let the end of the chimney get to the melting point again and would sit on a bench that had arms so that he could place the long bar with the chimney on his right. As he rolled the bar up and down the arms of the bench, he would loosen the knob on the end by first using a pair of pincers. Then, with a deft stroke, he would knock off the knob with the rounded opposite end of the pincers. After the knob was off, he would insert the pointed end of the pincers in the hole left when the knob came off. While rolling the bar up and down on the arms, he would release his grip on the pincers and would form the base of the chimney. He would try a round form that would be waxed so that it wouldn't stick and see if it fit. If the base was a little small, he would place the bar back to get the end again flowing in liquid form and then enlarge it with the open end of the pincers.

The chimney was now ready to be 'broken' from the pipe to the wooden bloat where the 'finisher' was ready to pick it up with the 'snaps' and take it up to the 'glory' hole where the neck of the chimney would be thrust into the hot fire. Taking care that the neck did not touch the sides of the hole, he would continue turning the snaps, all the while keeping the melting neck from closing up on the end by a continuous spinning. Then he would lower it towards the floor and lay it on a chute, then slide the chimney forward, turning it all the time. As the bent neck would sag down from its upward position, he would thrust it into the spinning cone until the molten end of the chimney entered the mold to form the crimp in the top of the now finished chimney.

This process was repeated for four hours. Then there would be a four-hour break before operations were resumed for another four hours.

Most of the blowers were old-timers who had learned their trade in Europe. The greater part of them at the Belleport Lamp Chimney Company were of German descent. Their talents were passed on from father to son. Along with their glass-blowing ability was the old country custom of drinking alcoholic beverages. During the spring and fall they would use up the four-hour recess from work to imbibe their favorite drink. When they came back for the next four-hour shift, they would soon realize they'd had too much, and after working for perhaps one or two hours, they would knock off. The two men and the boy would grab hold of the wooden frays holding the chimneys that were made up to that point and head for the shipping and packing room. As they passed other shops on their way out, a chorus of shouts would be heard. Everyone in the factory would call out in loud voices: "Hook-worm! Hook-worm! Hook-worm!"

Tras esta operacíon, calentaba el borde de la chimenea hasta llegar al punto de derretirse de nuevo y se sentaba en un banco con apoyabrazos para poder colocar la larga barra con la lámpara a la derecha. Mientras iba girando la barra sobre los apoyabrazos, separaba la bola del final con un par de tenazas. Luego, de un golpe hábil, separaba la bola utilizando la parte redonda de las tenazas. Una vez separada la bola, insertaba el lado puntiagudo de las tenazas en el agujero que había formado la bola la separarse. Girando la barra sobre sus antebrazos, soltaba poco a poco las tenazas hasta formar la base de la chimenea. Probaba con una forma redonda, cubierta de cera para que no se pegara para ver si cabía. Si la base era un poco pequeña, volvía a meter la barra en el horno para volver a derretir el vidrio y luego ensancharlo con la ayuda de las tenazas.

La chimenea estaba lista para ser separada del tubo y puesta sobre una tabla de madera donde el acabador la cogía con las pinzas y la metía en el horno, entre las llamas. Con cuidado de no tocar los bordes del agujero, seguía girando las pinzas y el tubo para evitar que se cerrara el extremo de la chimenea. Después, la bajaba hasta el suelo y la colocaba sobre una rampa, empujándola sin dejar de girar. Cuando el final de la chimenea descendía, lo metía en un cono hasta que la extremidad derretida de la chimenea entrara en el molde para formar el reborde del producto acabado.

Se repetía este proceso durante cuatro horas. Luego había un descanso de cuatro horas antes de que volvieran a empezar las operaciones durante otras cuatro horas.

La mayoría de los sopladores eran gente mayor que había aprendido el oficio en Europa. La gran mayoría de los que trabajaban en la compañía de lámparas de chimenea de Belleport eran de origen alemán, y habían transmitido esta habilidad de padres a hijos. Además de su talento para soplar vidrio, también tenían la vieja costumbre de su país de beber alcohol. Durante la primavera y el otoño, aprovechaban el descanso de cuatro horas para remojarse el gaznate con su bebida favorita. Cuando volvían para el turno siguiente, no tardaban en darse cuenta de que habían bebido demasiado y tras haber trabajado acaso dos horas, lo dejaban. Los dos hombres y el chico cogían las tablas de madera donde yacían las chimeneas que se habían fabricado hasta ese momento y se iban hacia las salas de envíos y de embalaje. Se oía un concierto de gritos mientras pasaban por delante de los otros talleres. Todos gritaban: "¡Enfermos! ¡Enfermos! ¡Enfermos!" Y los gritos no cesaban hasta que los hombres estuvieran demasiado lejos para oírlos. A menudo, los hombres se daban la vuelta y respondían: "Iros a la mierda. Que os den por el saco."

Justo antes de que acabara un turno típico, el acabador tenía el derecho de tomar el sitio del recogedor y el recogedor podía ocupar el asiento del soplador. El soplador se iba al almacen para examinar la producción de las cuatro horas. Así era como uno aprendía el oficio, y aquel aprendizaje podía durar hasta cinco años.

La compañía de lámparas de chimenea de Belleport empezó a principios del siglo diecinueve. Empezó con doce talleres, produciendo 6.000 lámparas al día. En 1925, la fábrica tenía 48 talleres y producía 24.000 lámparas diarias.

And the shouts wouldn't stop until the men were out of earshot. Oftentimes the men would turn and shout back, "Go to Hell! Goddamn you!"

Just before a regular shift ended, the finisher would be allowed to take the gatherer's place and the gatherer would take the blower's seat. The blower would go to the stock room to check out the four hours' output. This was how one man learned the other's trade, mastery of which could take as long as five years.

The Belleport Lamp Chimney Company was started in the early 1900s. It began operations with 12 shops and turned out 6,000 lamp chimneys a day. In 1925, the plant had 48 shops and produced 24,000 lamp chimneys a day.

For a youngster, it was a fun place to work. The pay averaged $24 a week, and many a boy was able to afford to go to high school by working either of the four-hour shifts; he could work both shifts during non-school days.

For boys and girls of all ages, berry picking was more of a picnic than a chore. The younger children weren't expected to pick many berries. They would play tag, hop-skip-and-jump and other children's games, while the older ones would either pick or play, depending on how close a watch was kept on them. Their favorite game was "Go, Sheep, Go," in which a boy and a girl would pair off and go somewhere to hide. After an interval of several minutes, the other players would try to find them. Find them they did, although sometimes not for half an hour or more. And when they did locate them, more often than not, it would be in a compromising position.

When parents or older members of a family would get no response to their calls, they would send some of the other brothers or sisters to find out where bigger brothers or sisters were. The kids would take off, and sometimes when they came up on them, they began to learn the facts of life first hand. They would hide and observe as the young couple "wrestled" on the ground.

Pasquale Rancilio, the baker's son, was about fifteen years old when the trolley line began operating between Clarkston and Belleport.

Before he was born, his mother had contracted German measles. When she gave birth to her son, it wasn't long before she realized he was abnormal. As he grew up, she decided there was no sense in sending him to school. But at about the age of ten, he developed an uncanny ability to add a long row of figures given to him orally.

When the trolley car arrived in Glenncoe from Clarkston, it would roll on past Victoria's Carrito and wait until the other car arrived from Belleport. Pasquale would be waiting, sitting on the bench under the car-stop shelter. As the Belleport car made a right turn heading for Clarkston, he would grab the cable on one end of the car and swivel the pole to the other end of the car, making the necessary contact with the overhead electric line. The motormen were getting used to having the young boy do this for them, for he was there in all kinds of weather. They would give Pasquale money so that he could buy his Beechnut chewing tobacco. There was always a big wad in his jaw.

Era un sitio divertido en el cual trabajar para un chaval. La paga era de una media de 24 dólares por semana, y muchos chicos se podían permitir ir a la escuela, trabajando durante uno de los turnos de cuatro horas, y podían hacer ambos turnos los días durante los cuales no había escuela.

Para los niños y las niñas de cualquier edad, ir a coger bayas era más una excursión que una tarea. Nadie esperaba que los más pequeños recogieran muchas bayas. Jugaban a corre que te pillo, *hop skip and jump* y a otros juegos de niños, mientras que los mayores o recogían bayas o jugaban, según se les vigilara de cerca o no. Su juego favorito era *Go sheep go* en el cual un chico y una chica se iban a esconder. Tras algunos minutos, los demás jugadores intentaban encontrarles. Siempre los acababan encontrando, aunque a veces podían tardar media hora o más en hacerlo. Y cuando los encontraban, la gran mayoría de las veces, era en una postura algo comprometida.

Cuando los padres o los demás miembros adultos de una familia les llamaban y no obtenían respuesta, mandaban a algún hermano o hermana para que averiguaran dónde se encontraba su hermano o su hermana mayor. Los niños salían disparados y a veces, cuando los encontraban, se enteraban de las realidades de la existencia de una manera directa. Se escondían y observaban mientras la joven pareja "luchaba" en la hierba.

Pasquale Rancilio, el hijo del panadero, tenía unos quince años cuando se abrió la línea de trolebús entre Clarkston y Belleport.

Antes de que naciera, su madre había contraído el sarampión, y cuando dio luz a su hijo, no tardó en darse cuenta de que era anormal. A medida que fue creciendo, decidió que no tenía sentido mandarlo a la escuela. Pero a los diez años, Pasquale desarrolló una insólita habilidad para sumar largas cifras mentalmente.

Cuando el trolebús llegaba a Glenncoe desde Clarkston, pasaba por delante del carrito de Victoria y esperaba a que llegara el otro coche de Belleport. Pasquale esperaba, sentado en un banco, en la parada del trolebús. Cuando el coche de Belleport giraba a la derecha para dirigirse hacia Clarkston, Pasquale cogía el cable de una extremidad del coche y giraba el poste, conectándolo con las líneas eléctricas para que pudiera seguir funcionando. Los maquinistas estaban acostumbrados a que Pasquale hiciera ese trabajo para ellos, ya que siempre estaba sentado allí, hiciera buen tiempo o lloviera. Le daban a cambio suficiente dinero para que pudiera comprarse su tabaco de mascar Beechnut. Siempre tenía una bola en la boca.

Durante los viajes de noche hacia Belleport, dejaban que el chico se subiera con ellos. No tardó en manejar los mandos y en llevar el trolebús mientras que el conductor se sentaba a leer el periódico de la tarde.

Si se subía al trolebús alguien cargado de maletas o de paquetes, Pasquale le ayudaba a llevarlos y siempre le daban algo por el esfuerzo. Se portaba bien con todos. No quería dinero cuando se le ofrecía, hacía cosas para la gente porque tenía buen corazón y nada más. Le tenían que obligar a aceptar.

On the late-night trips to Belleport, they would let the boy ride along. Before long, he was handling the controls and running the car as the motorman sat on a seat to read his evening newspaper.

If someone arrived on the trolley with suitcases or packages, Pasquale would help carry them and would always be rewarded for his efforts. He was kind to everyone. He didn't want to take money when it was offered, for he was doing things for people out of the goodness of his heart. They would almost have to force it on him.

But Pasquale had one obsession: he hated anyone who tried to make fun of him, and he tolerated no kidding. If a person was his friend and treated him right, he had a friend for life. Once a person crossed him, he had no more use for him. He would never talk to him again.

With Pasquale there was no compromise. When asked about a person, he had one of two opinions: either the person was a "Good paisano" or a "Somanabitch."

In later years, when the town got its volunteer fire department, Pasquale was the first fire chief and chauffeur. He took great pride in keeping the equipment in tip-top shape. No matter where Pasquale was when the whistle was blown at the Carbon Company, he would be the first one at the firehouse and was ready to take off as soon as the other volunteers got there. Many years later, when the trolley line was replaced by bus service, the Monongahela Power Company gave Pasquale a pension for life for the services he had unofficially rendered the company throughout the years of its operation through the town of Glenncoe.

When my father decided to buy the Model T Ford, the salesman from Wilson Motor Company in Clarkston drove the touring car and left it in front of our house. Cousin Lano was to come to our house the next morning to teach Father to drive.

That night I couldn't sleep a wink. My bed was near the window from where I could look out and see the shiny new automobile beaming in the moonlight. At daybreak I got up, went out of the house quietly and climbed into the front seat of the Ford. I turned the magneto switch, got out and turned the crank. The spark was set too high—I could tell because the crank handle spun back and jerked loose from my hand. After I turned the spark lever down, the motor started. Then I stepped on the clutch, let it move forward until I gained momentum and away I drove down Ashton Lane. Then I turned right to the Pike and all the way up Joe Nutter's Hill, where I turned around and headed for home. When I got to the house, there was a reception committee waiting for me: Mother, Father, Andy, Neto, Pepe, Celia and Teddy, the dog.

Everyone got in the car and we took off again. I drove the car back up Joe Nutter's Hill and down to the crossroads, made a left turn and headed for Belleport. But before reaching Belleport, I took the turn to the left on the Belleport-Glenncoe Road and headed for home. Before reaching home, we

Pero Pasquale tenía un obsesión: odiaba a cualquiera que se riera de él, y no toleraba las bromas. Si alguien era su amigo y lo trataba bien, tenía un amigo para toda la vida. Si alguien le traicionaba, dejaba de conocerle. Nunca le volvería a dirigir la palabra en su vida.

Con Pasquale, no había medias tintas. Cuando se le preguntaba su opinión acerca de una persona, sólo tenía una de dos opiniones: o la persona era un buen paisano o un hijo de puta.

Años más tarde, cuando el pueblo tuvo un departamento de bomberos voluntarios, Pasquale fue el jefe de la sección y el conductor. Se enorgullecía de mantener el equipo en óptimas condiciones. Daba igual donde se encontraba cuando se oía el silbido de la compañía Allied Carbon, siempre era el primero en presentarse al cuartel y ya estaba preparado para salir cuando llegaban los demás. Mucho tiempo después, cuando se reemplazó la línea de trolebús por un servicio de autobuses, la compañía de electricidad Monongahela le dio a Pasquale una pensión de por vida, por los servicios no-oficiales que prestó a la compañía cuando operaba en Glenncoe.

Cuando mi padre decidió comprar el Ford a, el vendedor de la compañía de coches Wilson, en Clarkston condujo el coche y lo dejó en frente de nuestra casa. El primo Lano tenía que venir al día siguiente para enseñarle a mi padre a conducir.

No pude pegar ojo aquella noche. Mi cama estaba cerca de la ventana desde la cual podía ver el nuevo automóvil, brillando a la luz de la luna. En cuanto amaneció, me levanté, salí silenciosamente y me subí al asiento del conductor del Ford. Conecté el motor, volví a salir y giré la manivela. El arranque estaba regulado demasiado alto – lo supe porque la manivela saltó en mis manos girando del otro lado. Ajusté la palanca del arranque y arrancó el motor. Embragué y dejé que el coche se empezara a mover hasta ganar algo de impulso y me fui conduciendo por la calle Ashton. Luego, torcí a la derecha hacia la carretera y hasta la colina de Joe Nutter, donde me di la vuelta y volví a casa. Cuando llegué, me esperaba todo un comité de recepción: mi madre, mi padre, Andy, Neto, Pepe, Celia y Teddy, el perro.

Nos subimos todos al coche y salimos de nuevo. Conduje el coche de nuevo hasta la colina de Joe Nutter y en el cruce, torcí a la izquierda y me dirigí hacia Belleport. Pero antes de llegar a Belleport, volví a torcer a la izquierda en la carretera entre Belleport y Glenncoe y me dirigí hacia casa. Antes de llegar a casa, nos paramos en frente de la tienda del tío David. En cuando Lano me vio conduciendo, entendió que no tendría que enseñar a ningún miembro de la familia a conducir. Yo sería el maestro.

Era la primera vez que había conducido un automóvil. Pero había estado en los coches de los demás. Siempre había mirando con gran interés como arrancaban el coche, y había seguido cada uno de sus movimientos. De vez en cuando, si me tocaba esperar en un coche mientras el conductor estaba en una tienda o haciendo algo, arrancaba el motor, me metía en el coche y avanzaba y retrocedía varias yardas. En cuanto volvía a aparecer el conductor, apagaba el motor. Me quedé pues tan sorprendido como los demás cuando el coche se

came to a stop in front of Uncle David's store. As soon as Lano saw me driving the car he knew he didn't have to show anyone in the Juan Villanueva family how to drive. I would be the teacher.

It was the first time I had driven an automobile. But I had been going in other people's cars. I always watched with intense interest as they started the car, and I followed each movement they made. Once in a while, if I was waiting in a car while the driver was in a store or doing something somewhere, I would start the engine, get in the car and run it back and forth several yards. As soon as the driver appeared, I would turn it off. So I was as surprised as anyone when the car performed as if I had been its regular driver.

Andy was now working at the Hazel-Atlas Glass Company in Clarkston. He had started as a finisher and was one of the few to learn by the third year to be a gatherer. After the Saturday morning shift stopped work at ten in the morning, the gatherers and blowers would gather gobs of molten glass and would fool around making glass fountain pens, goblets, and other glass objects. Some would come out in odd shapes and sizes. One of the items the blowers took pride in making out of glass was the likeness of a male's organ and testicles. The glass penis was so realistic looking that some of the men in the area would have paid a high price to become its owner.

One afternoon in the fall of the year, Neto and Jose Moran walked out of the Lamp Chimney Company after the 2 p.m. shift ended. They had four hours before having to return for their 6 until 10 shift. They decided to pick chestnuts near the *bosque*. The first frost of the year had caused a lot of the burrs to open up and fall to the ground, releasing the chestnuts from their burr pod covering.

They filled the pockets of their heavy coats with chestnuts and were going to go home for a little rest before returning to the factory.

As they were walking along the forest, keeping on the well-worn path, Neto, who was a little ahead of Jose, saw a skunk in the center of the path. It turned around and hunched its back, and as its tail went up, a stream of vile-smelling liquid squirted all over Neto. He began to run in the opposite direction, discarding his coat and shirt. He then stopped to take his trousers and underwear off. He couldn't stand the smell, and he thought that by keeping moving, the smell would lessen. It didn't. He asked Jose for his coat, and the two ran home to our house without stopping.

They went to the barn. When Mother stepped into the barn, she said, "What's that I smell? You didn't bring home another animal, did you?"

"No, Mother," Neto replied. "A damned skunk peed all over me. I left my clothes in the woods."

Mother called for Pepe to put some water on the stove. When I got home from school, she had me take Neto some underwear, pants and a shirt. When I walked in the barn, my breath was taken away by the foul smell. We poured hot water into a tub, then added water from the rain barrel. Even after soaping himself and rinsing with clear, warm water, Neto smelled as if he'd fallen into an outdoor privy.

portó bajo mis manos como se hubiera portado bajo las manos de su conductor habitual.

Andy trabajaba ahora para la compañía de vidrio Hazel-Glass de Clarkston. Empezó como acabador y fue uno de los pocos en haber aprendido el oficio de recogedor al cabo de tres años. Los sábados, cuando acababa el turno de la mañana, a las diez, los recogedores y los sopladores reunían masas de vidrio fundido y se divertían haciendo bolígrafos, vasos y otros objetos de cristal. Algunos salían con formas y tamaños raros. Uno de los objetos que los sopladores se preciaban hacer con cristal era la reproducción de un pene masculino y de los testículos. El pene de cristal era tan verosímil que algunos de los hombres del lugar hubieran dado mucho dinero por ser su propietario.

Una tarde del otoño de aquel año, Neto y José Morán salieron de la compañía de lámparas de chimenea después de que hubiera acabado el turno de las dos. Tenían cuatro horas hasta volver al trabajo para el turno de las seis. Decidieron ir a recoger castañas cerca del bosque. La primera helada del año había hecho que sus cáscaras se abrieran y cayeran al suelo, dejando salir las castañas de su piel de erizo.

Llenaron los bolsillos de sus pesados abrigos con castañas y se dirigían hacia casa para descansar un poco antes de volver a la fábrica.

Mientras iban andando bordeando el bosque, siguiendo el camino ya bien trazado, Neto, que se había adelantado un poco a José vio una mofeta en mitad del camino. Se dio la vuelta y se encorvó, y mientras levantaba el rabo, un chorro de maloliente líquido salpicó a Neto por todo el cuerpo. Empezó a correr en dirección opuesta, quitándose el abrigo y la camisa. Luego, se paró para quitarse los pantalones y los calzoncillos. No podía soportar el olor, y pensó que si seguía moviéndose, el olor desaparecería un poco. Pero no fue así. Le pidió su abrigo a José, y los dos corrieron hasta casa sin detenerse.

Fueron a la granja. "¿Pero qué es este olor? —exclamó mamá al entrar en la granja— ¿no te habrás traído otro animal?"

"No mamá —respondió Neto— una maldita mofeta me ha meado encima. He tenido que dejar la ropa en el bosque."

Mamá le pidió a Pepe que pusiera agua a calentar. Cuando llegué a casa de la escuela, me hizo llevarle calzoncillos, pantalones y una camisa a Neto. Cuando entré en la granja, me quedé sin aliento del repugnante olor. Llenamos una palangana de agua caliente, con algo de agua de lluvia recogida en una barrica. Incluso después de enjabonarse y de enjuagarse con agua clara y tibia, Neto olía como si se hubiera caído dentro de un cagadero.

A pesar de todo, volvió al trabajo aquella misma tarde. Sus compañeros le acogieron diciendo: "Tío, ¡cómo apestas!"

Pasó otro año sin que ocurriera nada importante, salvo algunos problemas en los pueblos de mineros. Los mineros estaban empezando a organizarse, pero los propietarios de las minas estaban usando las mismas tácticas que los propietarios de las fundiciones para que sus trabajadores se mantuvieran dóciles.

Nevertheless, he returned to work the same evening. His co-workers greeted him by saying, "Man, you stink!"

Another year went by without much happening except some trouble around the mining communities. The miners were beginning to organize, but the mine owners were using the same tactics the smelter owners had used to keep their employees docile.

In most of the mining communities, the miners never saw their pay. The houses they lived in were owned by the companies, the stores were company-owned, and instead of money, they were paid in script. Now the men wanted to buy their own plots of ground; they wanted to get paid in hard cash and buy their feed where they could bargain. They wanted some coins to jingle in their pockets. The mine owners tried their old tactics of scaring the most active members of the union movement by encouraging forays into town by the Knights of the Ku Klux Klan.

In Glenncoe there were mass layoff again in 1922. Then the Carbon Company had its first big strike. By now all of the offspring of the Asturians, born either in the old country or in the United States, were old enough to find work in other industries and in other parts of the country. These sons and daughters of the original settlers had gone to school and learned English. They were beginning to get jobs in steel plants, iron and tin mills, in offices and in numerous other industries throughout the state.

Before this time, youngsters had generally quit going to school after they completed the sixth grade. Now they were graduating from the eighth grade, and some parents were giving their children permission to attend high school. When the first high school graduate in town got his diploma, the Spaniards celebrated. One would think he had graduated summa cum laude from Oxford. But his achievements didn't stop: he went on to graduate from the St. Louis University School of Medicine and become a doctor at the John's Hopkins University Hospital in Baltimore, Maryland.

My uncle Diego never married. He was now going from one of his brother's houses to the other. He helped them whenever they had things they wanted him to do and he would do them willingly. His asthmatic condition began to bother him more as the years went on. Then he injured his leg. He had a sore spot on his right leg, just below the knee. He went to the doctor to have it treated, but it wouldn't heal. It was an open sore that would keep draining and filling with puss. One day a man told him to go see Oliver Rainwater, the farmer who owned the mule Gaboon had given me in exchange for the big sun-shade. This man told my father that Mr. Rainwater was an "herb doctor" and that he had cured many people who'd had seemingly incurable maladies.

Father, Diego, Neto and I got in the Model T and took off for the Rainwater farm one Saturday afternoon. Oliver Rainwater looked at the sore on my uncle's leg. He had his wife bring a pail of hot water to the porch. He sat on a bench with Diego and cleansed the wound with warm salted water. Then he

En la mayoría de las comunidades mineras, los trabajadores no veían nunca su sueldo. Las casas en las que vivían eran propiedad de las compañías, las tiendas también, y en vez de dinero, se les pagaba con vales. Ahora, los hombres querían comprar sus propias parcelas; querían ser pagados con dinero y comprar sus alimentos donde pudieran regatear. Querían oir monedas sonar en sus bolsillos. Los propietarios de las minas probaron su viejas tácticas de espantar a los miembros más activos del sindicado, animando a los caballeros de Ku Klux Klan para que hicieran excursiones por los pueblos.

En Glenncoe, hubo una oleada de despidos de nuevo en el año 1922. Luego, la compañía Allied Carbon tuvo su primera gran huelga. Ya por aquel entonces, los descendientes de los asturianos, nacidos en la vieja Europa o en los Estados Unidos, eran lo suficiente mayores para encontrar trabajo en otras industrias y en otras partes del país. Estos hijos e hijas de los primeros colonos habían ido a la escuela y habían aprendido inglés. Empezaban a encontrar trabajo en las fábricas de acero, de hierro y de estaño, en las oficinas, y en otras numerosas industrias en todo el estado.

Antes, los chicos tenían que dejar la escuela cuando cumplían los doce o los trece años. Ahora se graduaban a los quince o dieciséis años, y algunos padres les daban permiso a sus hijos para que siguieran estudiando en la escuela secundaria. Cuando el primer graduado volvió al pueblo con su título, los españoles lo celebraron. Uno hubiera creído que aquel chaval se había graduado con honores de la universidad de Oxford. Pero ahi no se detuvieron sus triunfos: fue a estudiar medicina a la universidad de San Luis y acabó de médico en el hospital de la universidad de John's Hopkins, en Baltimore, en el estado de Maryland.

Mi tío Diego nunca se casó, y ahora iba y venía entre las casas de sus hermanos. Ayudaba cuando querían que él hiciera algo y lo hacía sin rechistar. Su asma le empezó a molestar cada vez más a medida en que iba envejeciendo. Luego, se lastimó una pierna. Tenía una irritación en la pierna derecha, debajo de la rodilla. Fue al médico para que se la curaran pero no se consiguió nada. Era una herida abierta que seguía sudando y llenándose de pus. Un día, un hombre le dijo que fuera a ver a Oliver Rainwater, el granjero propietario de la mula que Gaboon me había cambiado por la gran sombrilla. Aquel hombre le dijo a mi padre que el señor Rainwater era un "médico de hierbas" y que había curado a mucha gente que sufría de enfermedades aparentemente incurables.

Mi padre, Diego, Neto y yo nos metimos en el Modelo T y fuimos a la finca de Rainwater un sábado por la tarde. Oliver Rainwater examinó la herida que tenía mi tío en la pierna. Hizo que su mujer le trajera un cubo de agua caliente sobre el porche. Se sentó en el banco con Diego y limpió la herida con agua salada tibia. Luego se fue hacia una pequeña cabaña donde conservaba el pienso para los animales y volvió con cinco o seis pequeños objetos circulares cubiertos de musgo. Les preguntó si sabían lo que llevaba en la mano. Tras mirarlos de cerca, mi padre dijo que parecian garbanzos.

"No sé como los llaman ustedes – dijo el granjero, – yo les llamo *chik peas*." Y cogió uno de los garbanzos y lo puso contra el agujero en la pierna de mi tío.

went to the shed where he kept feed and returned with four or five mold-covered small round objects. He asked if they knew what he had in his hand. After a close look, my father said, "They look like *garbanzos.*"

"I don't know what you call them," said the farmer. "I call them chickpeas." Then he got one of the peas and put it in the hole in my uncle's leg. He told my father that he should see that the wound was cleansed again for the next three days and one of the chickpeas put in the sore spot. He charged $5 for the visit, and we got back in the Ford and headed home.

After my uncle received the third treatment, which was administered by my mother, the sore miraculously healed. When the scab hardened enough during the next week or ten days, it came off and the leg was in fine condition. It didn't bother my uncle again. This was in the late spring of 1922.

Conditions in the town had deteriorated so much that Father decided to move to Coalton, where he opened a combination grocery store and meat market. Because the whole town was owned by the company, the only way he could acquire a building for the business was by becoming a partner with Mr. and Mrs. Aldo Genetti. Mrs. Genetti and her niece, Rosario, worked for the company cleaning Doctor Finch's office (he was the company doctor) and the company's general offices. Mr. Genetti had retired from work because of a bad back and did menial things around the store.

Coalton was where I started school in the seventh grade. Before going to school in the morning, I would go to the customers' houses to get their grocery and meat orders. At noon, I would deliver them to each house in the Model T Ford truck belonging to the partnership. After school, I would play for a short while with other boys, then I would go and help out at the store again.

In the early morning hours, Father and I would go to the interurban trolley stop to get the beef quarters and other boxes and crates from the meat and wholesale companies in Clarkston. There were generally one or two freight cars along with the passenger cars on this run. They would unload supplies all the way from Clarkston to Gore, Hepzibah, Meadowbrook, Shinnston, Monongah and so on until the train reached Fairmount.

There was also a large company-owned store just a block away from Father's and Genetti's store. A young Spanish boy who was my age and later was to become my best friend worked there. Like all other smelters throughout the country, this town had Spaniards working in the furnaces, Italians working the coal mines, some Poles and Slavs working in the other 'dirty' departments, such as the ore storage, the pottery and the cinder dumps, and what every immigrant referred to as Rednecks working in the best jobs, the offices, the laboratory, and the foremen jobs, except for the jobs held on each furnace block by the Tizadores. Most of the Rednecks were Kluxers, while the Tizadores were simply bigots.

The business at the store was growing every week. Customers included the twenty Russian men working on the large strip-mining operation going on about five miles northwest of the town. The men had their own cooks and lived in a

Le dijo a mi padre que se tenía que limpiar la herida de nuevo los próximos tres días y que había que poner un garbanzo en la herida. Cobró cinco dólares por la visita, nos volvimos a subir en el Ford y nos fuimos a casa.

Después de que mi tío hubiera recibido el tercer tratamiento, que le administraba mi madre, la herida se curo, milagrosamente. Cuando las costras endurecieron lo suficiente para caerse al cabo de más o menos una semana o diez días, la pierna estaba en perfectas condiciones. Nunca le volvió a molestar a mi tío. Aquello fue durante la primavera de 1922.

Las condiciones de vida en el pueblo se habían deteriorado de tal manera que mi padre decidió la mudanza hacia Coalton, donde abrió una tienda a la vez de ultramarinos y de carnicería. Como la compañía era propietaria de todo el pueblo, la única manera de conseguir un edificio para el negocio era asociándose con el señor Aldo Genetti y su señora. La señora Genetti y su sobrina, Rosario, trabajaban para la compañía, ocupándose de la limpieza del despacho del doctor Finch (el médico de la compañía) y de los despachos generales de la compañía. El señor Genetti se había retirado porque sufría dolores de espalda y hacía pequeñas tareas en la tienda.

Coalton fue donde empecé el séptimo año de escuela. Antes de ir a la escuela por la mañana, iba a la casa de los clientes para recoger sus pedidos de compras variadas y de carne. A las doce, hacía las entregas en el camión Modelo T que pertenecía a la asociación. Después de la escuela, jugaba un poco con los demás chicos, luego volvía a la tienda y seguía ayudando.

Por la mañana temprano, mi padre y yo íbamos hasta la parada del trolebús interurbano para recoger los cuartos de buey y otras cajas y cajones provenientes de la compañía de carne y de venta al pormayor de Clarkston. En ese viaje, había generalmente uno o dos vagones de mercancía, además del coche de pasajeros. Descargaban material desde Clakston hasta Gore, Hepzibah, Meadowbrook, Shinnston, Monongahela, hasta que el tren llegara a Fairmont.

También había una importante tienda que pertenecía a la compañía, a una manzana apenas de la tienda de mi padre y de Genetti. Allí trabajaba un joven español de mi edad, que se convertiría en mi mejor amigo. Como en tantos otros hornos de fundición en todo el país, los españoles de este pueblo trabajaban en los hornos, los italianos trabajaban en las minas, algunos polacos y eslavos trabajaban en otros "sucios" departamentos, como el almacén de mineral, la cerámica o la evacuación de la ceniza. En cuanto a los que todos los inmigrantes se referían con el nombre de paletos, tenían los mejores trabajos, los despachos, el laboratorio, y de capataces, excepto por los puestos ocupados en los hornos por los atizadores. La mayoría de los paletos eran del Klan, mientras que los atizadores eran solamente intolerantes.

El negocio de la tienda crecía cada semana. Entre los clientes, había veinte rusos que trabajaban en la gran operación de minas, a unas cinco millas al norte de la ciudad. Esos hombres tenían a su propio cocinero y vivían en una ancha barraca. Tras un día de trabajo duro, bebían vodka y cantaban canciones durante toda la noche. El sábado por la mañana, se subían al trolebús y se iban a

Pinnick Kinnick Hill, also known as "El Pico"

La colina Pinnick Kinnick, también conocida como "El Pico"

Clarkston, y luego a la casa de los Rooks en Glenncoe. Volvían el domingo por la tarde y estaban tan cansados y agotados que parecía increíble que fueran capaces de levantarse a la mañana siguiente para ir a trabajar.

Había un portugués llamado Jorge Pereira que vivía en Coalton. Era uno de los hombres que se ganaban la vida fabricando alcohol clandestino. También tenía una mina abandonada donde los rusos tenían su barraca. El también compraba su maíz y su azúcar en la tienda. Como Andy y Neto estaban ahora también trabajando como "chicos de Connie" en la fundición, yo era el que hacía las entregas en el camión Ford. Tenía un carné de conducir y una placa de metal brillante sobre mi gorra. No me acuerdo si tuve que mentir para sacar el carné, pues sólo tenía trece años en aquella época.

Pero me hizo sentirme mayor e importante. Creo que he sido una de las personas más jóvenes en sacar un carné de conducir en Virginia Occidental.

Uno de los sucesos más importantes del pueblo era cuando equipos de fútbol de otros pueblos venían a jugar con el equipo local. La mayoría de los españoles habían jugado, o habían visto partidos en España. Andrés Navarro era el entrenador del equipo local. Este domingo iba a ser uno de los mejores partidos de la temporada. Los adversarios venían de Donora, en Pennsylvania. Iba a haber un picnic y una fiesta empezando pronto por la mañana y culminando en un baile por la noche en el salón de actos del pueblo.

El partido acabó con empate a tres, y todos se alegraron de que acabara así. Había mucha rivalidad amistosa, pero aunque el partido se disputara con ahinco, sobre todo porque los jóvenes querían impresionar a las chicas, siempre era la ocasión de reunirse con muchos amigos. La mayoría de los hombres no se habían visto desde que habían dejado España. Aquel partido empezó una tendencia que duraría años. Los partidos se jugaban contra equipos de San Luis, de Terre Haute, de Canton y de Moundsville, además de los equipos locales de Glenncoe y de Westview. También había partidos contra los mineros escoceses que vivían alrededor de Morgantown, Gore y Fairmont.

Los chicos más jóvenes del pueblo formaron un equipo y me escogieron para que fuera su entrenador. Decidimos llamarnos "Los invencibles" y perdimos los tres partidos que disputamos aquel año contra equipos de Glenncoe y de Westview, y contra un grupo de chavales escoceses, que se jugó el mismo día que se disputaba el gran partido en Morgantown. Pero no perdimos por mucho; los dos primeros partidos acabaron en uno a cero, y el que jugamos contra los escoceses, en tres a dos.

Una tarde mi padre tenía un pedido que yo tenía que llevarles a los mineros rusos. También cargó tres sacos de cien libras cada uno de azúcar que tenía que llevar a la mina donde el portugués tenía su destilería. Tras descargar la carne, conduje hasta la mina y me paré. Mi hermano pequeño, Pepe, y Juan Menéndez, un chico de mi edad, venían conmigo. Apenas me bajé del camión y mientras se preparaban los otros dos chicos a ayudarme, oímos cascos de caballos venir en la otra dirección. Subimos al camión y salimos en dirección a donde provenían

large bunkhouse. After a hard day's work, they drank vodka and sang songs all evening long. On Saturday nights they would get on the trolley cars and go to Clarkston and then on to the Rooks' house in Glencoe. They would return on Sunday afternoon and were so tired and worn out that it was a wonder they were able to return to their jobs the next morning.

There was a Portuguese fellow living in Coalton by the name of Jorge Pereira. He was one of the men in town who made his living making moonshine. He also had an abandoned mine not far from where the Russians had their bunkhouse. He, too, bought his corn and sugar from the store. Because Andy and Neto were now working as "Connie Boys" at the smelter, it was I who delivered the goods in the Ford truck. I had a chauffeur's license, a bright metal tag on my cap. I don't recall if I had to lie about my age in order to get it, for I was just 13 at the time.

But it made me feel big and important. I think I must have been one of the youngest persons in West Virginia to have a chauffeur's license.

One of the main events in town was when teams of soccer players would come from other towns to play the local team. Most of the Spanish men had played or watched games in Spain. Andres Navarro was the manager of the local team. The coming Sunday was going to be one of the best games of the season. The opponent was going to come in from Donora, Pennsylvania. There was going to be a "piquenique" and fiesta beginning early in the morning and culminating at the hall with an evening dance.

The game ended in a tie, 3 to 3, and everybody was glad it turned out that way. There was a lot of friendly rivalry, but although the game was always hard fought, mostly because the single men were vying for the girls, it was always an affair that brought many friends together. Most of the men had not seen each other since they'd left Spain. This game started a trend that would go on for years. Games were played with teams from St. Louis, Terre Haute, Canton and Moundsville, besides the local teams from Glenncoe and Westview. Then there were games with Scottish miners living around Morgantown, Gore and Fairmount.

The younger boys in town formed a team and selected me as the manager. We called ourselves the Invincibles and lost the three games we played that year against teams from Glenncoe and Westview and a group made up of Scottish kids, which we played when the big team went to play in Morgantown. But the scores were close; the first two games ended 1 to nil, while the one against the Scots was 3 to 2.

One evening Father had a meat order for me to take to the Russian miners. He also loaded three, 100-pound bags of sugar I was to take to the mine where the Portuguese had his still. After unloading the meat, I drove to the mine and stopped. My younger brother, Pepe, and Juan Menendez, a boy my age, were along. Just as I stepped off the truck and the other two boys were getting ready to help me, we heard horses' hoofs coming from the opposite direction. We got

los hombres. Iban de uniforme y no podía haber ninguna confusión: se trataba de la policía montada de Virginia Occidental. Les habíamos visto muchas veces subiendo y bajando a caballo las colinas alrededor de Glenncoe, y teníamos alguna idea de lo que estaban buscando. Volví a Coalton con los tres sacos de azúcar. Lo que había que hacer, según mi parecer, era entregar el azúcar en casa del portugués. Cuando llegué a unas pocas casas de la suya, me llevé la sorpresa de ver una redada, efectuada por oficiales de la policía del estado y del sheriff.

Volví entonces a la tienda y le conté a mi padre lo que había ocurrido. Volvimos a colocar el azúcar en la tienda. Fue la última vez que fui encargado de ir a entregar azúcar a fabricantes de alcohol clandestino.

Empezaron a echar una película todas las semanas en el salón de actos del pueblo. Aquel salón servía de iglesia los domingos, de sala de baile los sábados por la noche y de cine los miércoles por la noche. Mi padre nos daba a Pepe y a mí dinero para ir al cine siempre que se lo pedíamos. Nunca recibí salario por el trabajo que hacía en la tienda; tampoco pedí que se me pagara. Pero algo ocurrió un sábado que me hizo ir en contra de la voluntad de mi padre por primera vez en mi vida.

La señora Genetti tuvo a Pepe trabajando en la tienda todo el día aquel sábado, mientras yo repartía los pedidos por el pueblo. Llegaba de una distribución y ahí estaban varias cestas de comida para que las fuera a entregar. Cuando cerró la tienda aquella noche a las nueve, la señora Genetti le dio dos dólares cincuenta a Pepe. Mientras caminábamos hacia el salón de actos para mirar a las parejas bailando a través de los anchos ventanales, Pepe me enseñó el dinero.

"¿De dónde has sacado eso?" le pregunté.

"La señora Genetti me lo ha dado por haber trabajado hoy" respondió.

"¡No te fastidia! A mí nunca me pagan."

Aquello me enojó mucho pero no dije más.

Los lunes por la mañana, Nick y yo íbamos a correos en Meadowbrook. El recogía el correo para la tienda de la compañía donde trabajaba, y yo recogía el correo para mi familia y para la tienda. Aquel lunes, mientras salíamos de la oficina de correos y empezábamos a cruzar el puente para subir las escaleras hacia Coalton, un hombre nos llamó. La escuela había concluido para el resto del año y quería saber si queríamos trabajo.

"No, ya tengo trabajo" respondió Nick.

"¿Qué tipo de trabajo?" pregunté yo.

"Hijo —dijo— lo único que tienes que hacer es llevar un caballo a lo largo de la vías ferroviarias allí mismo." Señaló una alta colina, por encima de la carretera de Fairmont. " Ha habido un derrumbamiento y las vías están cubiertas. Se tardarán de dos a tres meses en despejarlas. Alguién llenará el carro, y cuando llegues al final, alguien lo vaciará por ti. Se te pagará cinco dólares por día. Trabajarás de lunes a sábado. ¿Qué te parece?"

Había empezado a pensar muy deprisa. Y Nick también por lo visto, ya que los dos dijimos:

back in the truck and started to drive in the direction the men were coming from. They were dressed in uniforms, and there was no mistaking them for anything other than West Virginia Mounted Police. We had seen them many times riding up and down the hills around Glenncoe, and we had an idea what they were looking for. I drove back to Coalton with the three sacks of sugar. The thing to do, I thought, was to deliver the sugar to the Portuguese fellow's house. When I got a few houses from his house in town, imagine my surprise to see a raid in progress by other state police and sheriff's deputies.

So I drove back to the store and told Father what had happened. We took the sugar back into the store. It was the last time I had to deliver sugar to moonshiners.

There was a movie now being shown weekly at the hall in town. This hall served as a church on Sundays, a dance hall on Saturday nights and a motion picture house on Wednesday nights. Father would give Pepe and me money to go to the movies any time we asked him for it. For the work I did at the store I was never paid any kind of a salary; neither did I ask to be paid. But something happened one Saturday that made me go against my father's will for the first time in my life.

Mrs. Genetti had Pepe working in the store all day that Saturday while I delivered the orders in town. I would come in from delivering to a number of houses and there would be several other baskets of food for me to take out again. When the store was closed at nine that night, Mrs. Genetti gave Pepe $2.50. As we were walking up to the hall to look through the large windows and watch the men and women dance, Pepe showed me his money.

"Where did you get that?" I asked him.

"Mrs. Genetti gave it to me for working today," he replied.

"Well, I'll be darned! They never pay me."

This made me furious, but I didn't say any more.

On Monday mornings, Nick and I would go to the post office in Meadowbrook. He got the mail for the company store where he worked and I got the mail for my family and the store where I worked. This Monday, as we came out of the post office and started to walk across the trestle to climb the stairs to Coalton, a man hollered at us. School had just let out for the year, and he wanted to know if we wanted a job.

Nick said, "No, I've got a job."

I said, "What kind of job?"

"All you have to do, son, is drive a horse up and down the railroad tracks up there." He pointed to a high hill up above the Fairmount Pike. "There's been a landslide and the tracks are covered. It will take about two to three months to clear them. Someone will fill the scoop, and when you get to the end, someone will empty it for you. It will pay $5 a day. You will work Monday through Saturday. How about it?"

I had been doing some fast thinking. And Nick must have been, too, for we said, "Yes. When do we start?"

"De acuerdo. ¿Cuándo empezamos?"

"Ahora mismo si quereis – dijo el hombre – podéis ir a casa a decirselo a vuestros padres. Os esperaré aquí hasta que volváis. Traed un bocadillo."

Mientras nos apresurábamos en volver a casa, le pregunté a Nick cuánto ganaba trabajando en la tienda. "Mientras voy a la escuela, me dan tres dólares por semana y durante el verano, cinco dólares por semana – me dijo – imagínate, ganaré treinta dólares por semana trabajando en las vías de B&Q. ¿Cuánto te paga tu padre?"

"Dinero para películas y bastante para helados. Pero no recibo salario."

Cuando le dije a mi madre lo que iba a hacer, me miró y dijo: "Tu padre no te dejará hacerlo. Te necesita en la tienda."

Le dije entonces que la señora Genetti había dado dos dólares cincuenta a Pepe el sábado por la noche y que a mí no me habían dado nada. "En este caso, acepta ese trabajo. Yo le explicaré a tu padre por qué has dejado de trabajar en la tienda. Espera y te daré algo de comer."

Nick y yo empezamos entonces a trabajar en las vías y nos convertimos en parte del equipo. Era divertido, aunque había una larga caminata de un lado de las obras al otro. Teníamos una ventaja sin embargo, porque el sol desaparecía detrás de la colina toda la tarde y podíamos andar a la sombra hasta casi el final de la jornada.

Cuando volví a casa de trabajar aquel día, mi padre me estaba esperando. "¿Dónde has estado? – gritó – He tenido que hacer todas las entregas. ¡Quiero saber qué demonios has estado haciendo!"

"He estado trabajando."

"¿Qué quieres decir con que has estado trabajando?"

"Estoy trabajando donde me pagan. No me pagas por trabajar en la tienda."

"Ven aquí" dijo mi padre.

Me acerqué a él y por primera y última vez, según recuerdo, me pegó un cachete.

"Todo lo que me das son diez céntimos para el cine y un poco de dinero para comprar helados –dije– Pepe sólo trabaja un día, ayudando, y la señora Genetti le da dos dólares cincuenta por trabajar el sábado. No es justo. He encontrado un trabajo en los ferrocarriles, llevando un caballo. Es divertido y me pagan cinco dólares al día."

Mi padre no sabia que la señora Genetti le hubiese dado ese dinero a Pepe. Me miró compasivamente y me dijo: "Deja ese trabajo y vuelve a la tienda. Te necesito más que el equipo ferroviario. Me encargaré de que se te pague cada sábado."

"¡No voy a dejarlo! Puedes contratar a Pepe. Puede hacer el trabajo lo mismo que yo."

En ese momento, ya me esperaba que mi padre me diera una buena paliza. Me miró fijamente a los ojos y me dijo: "Me recuerdas a tu tío David. Cuando tenia algo que decir y pensaba que tenía razón, lo decía sin preocuparse de las consecuencias. Esto será una buena lección para Kate Genetti. Adelante, sigue trabajando donde quieras."

The man said, "Now, if you want to. You can go home and tell your folks. I'll wait here until you return. Bring a sandwich."

As we hurried home, I asked Nick how much he was being paid for working at the store. "During school they give me three dollars a week and during the summer they give me $5 a week," he said. "Just think, I'll make $30 a week working on the B&O tracks. How much does your father pay you?"

"Show money and enough for ice cream. But no salary."

When I told Mother what I was going to do, she looked at me and said, "Your father won't let you do it. He needs you at the store."

So I told her about how Mrs. Genetti gave Pepe the $2.50 on Saturday night and how I got nothing. Mother said, "In that case, you go ahead and take the job. I'll explain to your father why you quit working at the store. Wait and I'll get you something to eat."

So Nick and I went to work on the railroad with the section gang and became part of the team. It was fun, although there was a long walk from one end of the huge slide to the other. We had an advantage, however, because the sun was on the back of the hill all afternoon and we could walk in the shade until almost quitting time.

When I got home from work that day, Father was waiting for me. "Where have you been?" he shouted. "I had to make all the deliveries. I want to know what you've been up to!"

"I've been working."

"What do you mean, you've been working?"

"I'm working where they pay me. You don't pay me for working at the store."

"Come here," my father said.

I walked to him, and for the first and only time that I can recall, he cuffed me on the neck.

"All you give me is a dime for the show and some money to buy ice cream," I said. "Pepe works just one day helping me out, and Mrs. Genetti gives him $2.50 for working Saturday. That's not fair. I got a job on the railroad driving a horse. It's fun, and they're paying me $5 a day."

Father didn't know that Mrs. Genetti had given Pepe the money. He looked at me compassionately and said, "You quit that job and come back to the store. I need you more than the railroad gang needs you. You'll get paid every Saturday. I'll see to that."

"I'm not going to quit! You can hire Pepe. He can do the work the same as me."

At this point I fully expected my father to really give me a good beating. He looked me squarely in the eye and said to me, "You remind me of your uncle David. When he had something to say and he thought he was right, he would say it, come hell or high water. This will teach Kate Genetti a lesson. You go ahead and keep on working where you want."

The job with the section gang was fun. All but the foreman were Italian immigrants. None of them spoke English, but Nick and I could understand quite a lot of the words they used because of their similarity to Spanish words. We learned a lot of Italian, including most of the bad words.

El trabajo con el equipo era divertido. Todos menos el capataz eran inmigrantes italianos. Ninguno de ellos hablaba inglés, pero Nick y yo entendíamos muchas de las palabras que empleaban, por ser tan similares a las palabras españolas. Aprendimos mucho italiano, tacos incluídos.

Se nos pagó el sábado a las cuatro, justo antes del final de la jornada. Cuando el capataz nos dio a Nick y a mí un trozo de papel, nos quedamos parados y miramos lo que habíamos recibido. En mi papel venía escrito a mano: "Páguese a Tino Villanueva la suma de treinta dólares."

Y estaba firmado: "Walter Patterson."

Nick y yo nos miramos. "¿Esto vale algo?" preguntó.

"A mí me parece que no vale nada – le respondí – vamos a preguntarselo."

Esperamos a que el señor Patterson volviera hacia nosotros. Parecía que les estaba dando el mismo tipo de papel a los demás trabajadores. Cuando estuvo cerca de nosotros, hablé: " Dígame, señor Patterson, ¿qué hacemos con este papel?"

"Esta es tu paga para la semana – dijo – llévalo al banco en Shinnston. Te harán firmar tu nombre por detrás y te darán treinta dólares. No te preocupes. El dinero está allí y te está esperando."

Y así fue. Me moría de impaciencia por volver a casa y darle el dinero a mamá.

Nick y yo trabajamos todo el verano. El trabajo acabó dos semanas antes de que empezara la escuela en septiembre.

En primavera, me gradué de octavo. Sólo éramos siete en la clase, y hacia el final del año, nos mandaron a Clarkston, donde pasamos las últimas cuatro semanas preparándonos para graduarnos con los estudiantes de allí.

Cápitulo 10

La asociación entre mi padre y los Genetti acabó justo después de mi graduación. El encargado de la tienda de la compañía había estado quejándose de perder muchísimo dinero por culpa de una tienda llevada por una persona que no era ni siquiera un empleado de la fundición. Llamaron a la señora Genetti y le informaron de que ya no le alquilarían el edificio.

La mercancía y el mobiliario se vendieron a un hombre, candidato aceptable ya que trabajaba en la fundición. El manager de la compañía no tuvo ninguna objección, pensando que aquel hombre no le haría la competencia que le había hecho Juan Villanueva. Y tenía razón, ya que aquel hombre no sabía nada acerca de cortar la carne o de ocuparse de una tienda. La llevó seis meses y abandonó.

Volvimos a nuestra casa de Glenncoe. El tío Diego había estado viviendo en ella. Fue entonces cuando fui a Belleport con mi primo Ángel y encontré un trabajo en la compañía de lámparas de chimenea de Belleport.

Muchos de los trabajores de la fundición habían dejado el pueblo para ir a trabajar en otras instalaciones, más cerca o más lejos. La producción de la

We got paid Saturday afternoon, just before quitting time at four o'clock. When the foreman gave Nick and me a scrap of paper each, we stood and looked at what we'd received. On my scrap, written in long hand, were these words: "Pay to the order of Tino Villanueva the sum of $30."

And it was signed: "Walter Patterson."

Nick and I looked at each other. "Is this any good?" he asked.

"It doesn't look any good to me," I replied. "Let's ask him."

We waited until Mr. Patterson walked back our way. It looked like he was giving all the other workers the same kind of paper. As he came near us, I spoke up: "Say, Mr. Patterson, what do we do with this paper?"

"That's your pay for the week," he said. "You take it to the bank in Shinnston. They will have you sign your name on the back and give you $30. Don't worry. The money is there for you."

And so it was. I couldn't wait to get home to give Mother the money.

Nick and I worked all summer long. The job ended two weeks before school started in September.

In the spring, I was graduated from the eighth grade. There were only seven in the class, and toward the end of the school year we were sent to Clarkston, where we spent the last four weeks preparing to graduate with the students there.

Chapter Ten

Father's partnership with the Genettis ended just after my graduation. The manager of the company store had been complaining about losing so much business to a store being run by a person who was not an employee of the smelter. They called Mrs. Genetti in and told her she could no longer rent the building.

The merchandise and fixtures were sold to a man who was eligible because he worked in the smelter. The manager of the company store didn't object, as he thought this man would not give him the competition Juan Villanueva had given him. And he was right, for the man didn't know the first thing about meat cutting or running a store. He ran it for six months and gave up.

We moved back to our house in Glenncoe. Uncle Diego had been living in it. This is when I went to Belleport with my cousin Angel and got the job at the Belleport Lamp Chimney Company.

Many of the smelter workers had left for other smelters near and far. Production at the local smelter had been down for months and was just now beginning to pick up. Father decided to stay out of business because of the economic conditions in the town. He went to see the superintendent at the office and asked for a job. Otto Ahrens said yes, he would give him a job as a metal drawer. He told him to report for work the next afternoon.

The next day Father went to the office to find out from Mr. Ahrens what Tizador he should report to. Mr. Ahrens looked at Juan and said, "You know the

fundición local había estado muy baja durante meses y empezaba justo a recuperarse. Mi padre decidió no montar un negocio dadas las condiciones económicas del pueblo. Fue a ver al superintendente al despacho y le pidió trabajo. Otto Ahrens dijo que sí, que le daría trabajo en el taller. Le dijo que se presentara a trabajar a la tarde siguiente.

Al día siguiente, mi padre fue a la oficina para que el señor Ahrens le informara del nombre del atizador ante el cual se tenía que presentar. El señor Ahrens miró a Juan y le dijo: "Sabes con cuál quieres trabajar. Dime quién es y trabajarás para él."

Tras considerar la cuestión algunos momentos, mi padre dijo: "Trabajaría con cualquiera de ellos, pero puestos a escoger, prefiero a Crispín Sirgo."

"Muy bien, pero por favor, que no se hable de sindicatos. Bastante hemos tenido con eso en el pasado."

"No se preocupe. Lo único que quiero es trabajar para mantener a mi familia. Si tuviera todo el dinero que se me debe, no tendría que trabajar en mucho tiempo."

Crispín Sirgo era un jefe duro. Pero no intentaba sacarles favores a los hombres que dirigía. Era uno de los mejores atizadores de la instalación. Le encantó ver a mi padre presentarse para trabajar bajo sus órdenes. No sabía leer, pues no había tenido la oportunidad de ir a la escuela, pero le interesaban mucho los asuntos del mundo. Le pedía a mi padre que pasara algo de tiempo antes de empezar su turno leyendo el Clarkston Courier en voz alta. Varios hombres se juntaban para escuchar a mi padre traducir al español las palabras inglesas.

Pero a varios atizadores le pareció mal que mi padre trabajara en la fundición. Dos en particular le odiaban por su pasado de actividades sindicales, y uno de ellos iba a hacer algo al respecto, según declaró a los demás. No sabía que se enteraría mi padre. Crispín fue quien le avisó. No sabía lo que el hombre tenía planeado, pero era traidor. "Ten cuidado" le aconsejó Crispín.

Una mañana en que volvía del primer turno en la fábrica de lámparas de chimenea de Belleport, me encontré a mi padre en la cama. Tenía una venda alrededor de la cabeza y estaba dormido cuando entré en su habitación. Fui hasta la cocina y le pregunté a mamá lo que había pasado, pues había visto huellas de sangre sobre la venda. Mama me hizo un gesto para que bajara la voz. Me murmuró que alguien había atacado a mi padre cuando volvía del trabajo a las doce de la noche. No sabía quíen le había dado, pero si había visto a tres hombres correr hacia él, y no se acordaba de nada más. Se había quedado tirado ahí unos treinta minuntos antes de volver a casa tambaleándose a la una de la madrugada. Mamá había limpiado el corte que tenía en la frente, y después de haberlo vendado, le hizo quedarse despierto y hablar con ella hasta la tres de la mañana, antes de ayudarle a meterse en la cama. Había tenido miedo de dejarle irse a la cama demasiado pronto tras haber recibido aquel duro y vicioso golpe.

Andy y Neto se habían quedado en Coalton trabajando en los altos hornos. Cuando se enteraron de que alguien había atacado a papá se pusieron furiosos. Pero no dejaron que nadie se enterara de lo que sentían. No tardó en correrse la voz en Coalton de que habían atacado a Juan Villanueva y se sabía quién lo

one you would want to work with. You tell me who it is and that is who you will work for."

After considering this for a few moments, Father said, "I'll work for any of them, but as long as there is a choice, I'll go with Crispin Sirgo."

"Very well, but please, let us not have any union talk. We've had enough of that in the past."

"Don't worry about that. All I want to do is to work and take care of my family. If I had all the money owed to me, I wouldn't have to go to work for a long time."

Crispin Sirgo was a hard taskmaster. But he didn't try to curry any favors from the men he directed. He was one of the best firemen in the plant. He was delighted when my father reported to work for him. He didn't know how to read, as he had never had the opportunity to attend school, but he was very interested in the affairs of the world. He would have my father spend some time before starting his shift reading the *Clarkston Courier* aloud. Several of the other men would gather round to listen as Father translated the English words to Spanish.

But several of the other Tizadores resented having my father working in the smelter. Two of them, especially, hated him because of his past union activities, and one in particular was going to do something about it, he told some of the others. He didn't know that word would get back to my father. Crispin was the one who warned him. He didn't know what the man had in mind, but he was treacherous. "So be careful," Crispin advised.

One morning I came home from the early morning shift at the Belleport Lamp Chimney Company to find Father in bed. He had a bandage wrapped around his head. He was asleep when I walked through his bedroom. I went to the kitchen and asked Mother what was wrong, for I had noticed the bandage had a little blood on it. Mother made a sign to lower my voice. She whispered to me that someone had jumped Father as he was coming home from work at midnight. He didn't know who hit him, but he did notice that there were three men running towards him, and he couldn't remember anything else. He had lain there for thirty minutes before he stumbled into the house at one o'clock. Mother had washed the cut on his forehead, and after bandaging it, she made him stay up and talk with her until three in the morning before helping him into bed. She had been afraid to let him go to bed too soon after receiving the malicious and vicious blow.

Andy and Neto had remained in Coalton working at the smelter. When they found out about father getting ambushed, they were furious. But they didn't let anyone know how they felt. It wasn't long before word got out in Coalton about Juan Villanueva getting assaulted, and who did it. The treacherous Tizador was too smart to have done it himself, but he had one of his *mamadores* and his two sons do the dirty work for him. Andy got one of his friends, a man he could trust, to seek out the two brothers the next time he was in Glenncoe and tell them how glad he was that they had beaten up that "anarchist bastard."

había hecho. El atizador traidor era demasiado listo para haberlo hecho él mismo, pero había encargado a uno de sus *mamadores* [*sic*] y a sus dos hijos que hicieran el trabajo sucio por él. Andy le pidió a uno de sus amigos, un hombre en el cual se podía confiar, que encontrara a los dos hermanos la próxima vez que estuviera en Glenncoe y les dijera lo contento que estaba de que le hubieran partido la cara a ese "cabrón de anarquista."

Los dos hijos de *mamador* también eran empleados en los altos hornos. Tenían 18 y 20 años, y trabajaban en el mismo horno que su padre. Los chicos trabajaban de mañana y el padre iba en el mismo turno que mi padre. No tuvieron reservas en decirle al hombre de Coalton que ellos eran los responsables del ataque a mi padre. No sabían que ese hombre era el mejor amigo de Andy. Andy le contó a Neto lo que había descubierto. Sin decirle una palabra a papá o a mamá o a nadie, fueron al campo de fútbol al lado de la curva aquel domingo por la tarde. Iba a haber un partido de fútbol entre Coalton y Glenncoe. Sabían que las tres personas que querían ver estarían allí. La gente empezó a llegar, y el partido estaba a punto de empezar. El padre y los hijos estaban andando por un camino hacia el campo cuando los vio Neto.

"Aquí vienen Andy, ¡a por ellos! Yo me ocupo del viejo. Tú te encargas de los hijos."

"¡Espera! Les cogeremos donde todos nos puedan ver darles de leches."

Mis hermanos esperaron hasta que el padre y los hijos llegaran hasta el campo y se enfrentaron con ellos.

"Así que ustedes son los valientes que atacan a un hombre solo a las doce de la noche." dijo Andy, mirándole al padre a los ojos. Mientras los tres se quedaban parados, no sabiendo qué responder, Andy empezó a pegarle al padre mientras que Neto empezaba con los otros dos. Acababa de llegar con Pépe y el primo Ángel, cuando vimos la pelea, nos precipitamos hacia ellos. Andy estaba dándole por todos los lados al viejo, aporreándole hasta que sus ojos se pusieron negros e hichados; Neto estaba pegando a un hermano mientras que caía el otro al suelo. El que se había caído se levantó con una gran piedra en la mano y estaba a punto de darle a Neto cuando salté sobre su espalda. Se cayó sobre mí. Pepe y Ángel le empezaron a pegar en la cara. Se levantó y empezó a correr lo más rápido que pudo. Luego el otro hermano también salió a escape.

La gente ya se había reunido para ver como le partían la cara sin piedad al viejo. Fue entonces cuando Andy vio al atizador que les había convencido para que atacaran a papá aquella noche. Andy no le dijo nada. Se acerco y le metió un buen puñetazo. Cuando empezaron a gritarle la mujer del hombre y sus dos hijas mayores, Andy se dio la vuelta, y con la mano abierta, les abofeteó, diciéndoles que se fueran a la mierda.

El partido empezó poco después de las peleas, pero el tema de conversación durante el resto del día y de la noche fue el alboroto de la pelea en que la gente había visto a los chicos Villanueva vengar a su padre.

Al crecer en Virginia Occidental, y especialemente en el condado de Hillsboro, uno se podía enorgullecer de vivir en un riquísimo medio ambiente,

The two sons of the *mamador* were also smelter workers. They were 18 and 20 years old and on the same furnace as their father. The two young men worked mornings and the father the same shift as my father. They readily told the man from Coalton that they were responsible for the attack on Father. They didn't know the man they were telling this to was Andy's best friend.

Andy told Neto what he had found out. Without saying a word to Father or Mother or anyone else, they went to the soccer field near the "Curva" that Sunday afternoon. There was going to be a soccer game between Coalton and Glenncoe. They knew the three people they wanted to see would be there. The crowd began to arrive, and the game would be starting within the next few minutes. The father and sons were walking along a lane nearing the field when Neto spotted them.

"Here they come, Andy. Let's get 'em! I'll take the old man. You take the sons."

"Wait! Let's get 'em where everyone can see us beat the hell out of 'em."

My brothers waited until the three had reached the field. Then they confronted them.

Andy said to them, while looking straight into the eyes of the father, "So you are the brave men who jumped a defenseless man at midnight!" As the three stopped, not knowing what to say, Andy began battering the father while Neto started in on the other two. I had just arrived with Pepe and Cousin Angel. When we saw the fight going on, we ran to them. Andy was all over the older man, pummeling him until his eyes were beginning to blacken and puff up; Neto was hitting one son as the other fell to the ground. The fallen one got up with a big rock in his hand and was ready to let Neto have it when I jumped on his back. He fell back on top of me. Pepe and Angel started to hit him in the face. He got up and started to run as fast as he could. Then the other brother raced off.

By this time, the crowd had been gathering around to watch the older man being beat up mercilessly. Then Andy spotted the Tizador who had put them up to jump on Father that night. Andy didn't say a word to him. He just walked up to him and gave him a good going over. When the man's wife and two grown daughters began to scream and holler at Andy, he turned around and with his open hand slapped them across their faces and told them to go to hell.

The game started shortly after the fights, but the topic of conversation the rest of the day and evening was the excitement of the battle people had watched as the Villanueva boys got sweet revenge for their father.

Growing up in West Virginia, and especially in the county of Hillsboro, one could take pride in living in the most abundant habitat, for there were so many things a person could enjoy if he just looked for it. In early spring, the wild strawberries growing in the fields were there for the picking. And as the weeks went by, there were May apples growing in the woods. Nothing was more delicious than to squeeze the cool "meat" out of its cover as you held it to your lips. Then there would be huckleberries, blue and red raspberries, gooseberries,

donde uno podía disfrutar de tantas cosas con tan sólo prestar atención. Al principio de la primavera, las fresas silvestres de los prados estaban listas para ser recogidas. Y a medida que transcurrían las semanas, crecían las manzanas de mayo en el bosque. No había nada más delicioso que apretar la fruta para hacer surgir su carne jugosa contra los labios. También había arándanos, frambuesas rojas y negras, grosellas, bayas de saúco, moras, uvas silvestres, cerezas salvajes, asiminas y zarzamoras. También había gran variedad de manzanas, de perales, de cerezos, de melocotoneros y de membrillos. Hacia el final de la temporada, había avellanas al borde de la carretera. En los bosques y en los prados, se podían encontrar castaños y nogales. Nos aprovechábamos de todo esto a medida que la primavera se hacía verano y el verano se volvía otoño.

El invierno empezaba hacia finales de octubre o al principios de noviembre. Cuando llegaba la nieve, todos los del pueblo, jóvenes y mayores, salían a diverstirse resbalando por la nieve en trineo. Se podía bajar en trineo desde la colina Pinnick Kinnick hasta la escuela, a más de media milla de distancia. Desde lo alto de la colina Joe Nutter, uno podía deslizarse por las numerosas curvas que bajaban, hasta la parada de trolebús de Glenncoe. Había dos o tres hogueras encendidas, y uno se podía parar mientras vovía a subir la cuesta para calentarse las manos.

Grupos de niños y de niñas cantaban alrededor de cada hoguera. Y sentían algunos adolescentes la mayor emoción de su vida cuando una chica se les subía detrás en el mismo trineo y bajaban juntos hasta abajo de la cuesta de una milla y media.

Una mañana, Ángel y yo habíamos hecho el turno de las seis hasta las diez en la fábrica de lámparas de chimenea y habíamos vuelto a casa para descansar antes del turno de dos a seis. El suelo estaba cubiero por una profunda capa de nieve, de acaso siete pulgadas de espesor. Cuando miré por la ventana, vi a Ángel que se dirigía hacia el bosque. "¿Qué haces – le grité – espera, voy contigo."

Sin deternese, volvió la cabeza y me gritó: "Volveré dentro de poco. Espérame."

Siguió caminando con dificultad por la nieve hasta que desaparecer de mi vista. Volvió a la media hora, se quitó las botas y entró en la casa.

"¿Dónde fuiste?" le pregunté.

"Oh, sólo hasta la casa de las Húngaras." Y en seguida cambió de tema.

Después de unos minutos, me dijo que se iba a casa. "Pásate y pega un silbido cuanto estés listo para ira a trabajar" me dijo.

En cuanto se marchó, me entró curiosidad de su misterioso comportamiento. Me puse las botas y seguí sus huellas en la nieve hasta la casa de las Húngaras y más allá. Las huellas eran frescas, y nadie más que mi amigo había pasado por ahí. Las huellas seguían hasta el bosque y por un despeñadero donde desaparecían. Había ramas y trozos de troncos aún con hojas. Parecía obvio que servían para esconder algo y tras urgar un poquito, levanté algunas ramas y descubrí una lata de cinco galones. Intenté levantarla y me di cuenta de que estaba llena de líquido. Tras quitar la tapa, olí el contenido: era alcohol. La lata

dewberries, elderberries, blackberries, wild grapes, wild cherries, paw-paws, red-haws and mulberries. There were also a variety of apple trees, as well as pear, cherry, peach and quince trees. Later in the season, there would be hazelnuts along the roadside. In the woods and fields one could find groves of chestnut trees as well as hickory nut and black walnut trees. We took advantage of all of this as spring became summer and summer became fall.

The winter would set in starting in late October or early November. When the snows came, everyone in town, young and old, turned out for the fun of sled and sleigh riding. One could ride on his sled from Pinnick Kinnick Hill all the way to school, more than half a mile away. From the top of Joe Nutter's Hill, one would be able to coast around the many downhill curves until reaching the trolley stop in downtown Glenncoe. There would be two or three bonfires going on the sides of the hill, and one could stop on the way back up the hill to warm one's hands.

There would be singing at each bonfire by groups of boys and girls. Then the thrill of a lifetime for many of the older teenagers: a girl would get on a boy's back and ride all the way down the mile-and-a-half long hill to the bottom.

One morning, Angel and I had worked the 6 to 10 morning shift at the Lamp Chimney Company and had come home to rest until the 2 'til 6 shift. There was a deep snow on the ground, perhaps seven inches deep. As I looked out the window I saw Angel walking toward the *bosque*. I shouted out, "Where are you going? Wait, I'll go with you!"

Without stopping, he turned his head and shouted, "I'll be back soon. Wait for me!"

He continued to trudge through the snow until he went out of sight. In about thirty minutes, he came back, took off his boots at the front door and came in the house.

"Where did you go?" I inquired.

"Oh, just over to the Hungaras' house." Then he changed the subject.

After a few minutes, he said he was going to go home. He said, "Come by and whistle when you're ready to go back to work." And he took off.

As soon as he left I became curious about his mysterious actions. I put on my boots and followed his footsteps in the snow all the way to the Hungaras' house and beyond. The tracks were fresh, and no one else had gone that way but him. The tracks went on into the forest and then down to a ravine where they stopped. There were branches and tree limbs with leaves still on them. They were evidently being used to hide something there, and after a little probing, I raised some of the branches and there was a five-gallon tin. I tried to lift it up and realized it was full of liquid. After taking the cap off to get a whiff, I smelled alcohol. It was full of moonshine or hooch or whatever the name might be; I took it home and left it in the basement.

Mother and Pepe and Celia were visiting Cristina Fernandez a few houses away and Father was asleep. After eating a sandwich Mother had on the table for me, I left to go get Angel and return to the Glasshouse.

estaba llena de alcohol clandestino o de cazalla casera o como quiera que se llamara aquello. Llevé la lata a casa y la puse en el sótano.

Mi madre, Pepe y Celia estaban visitando a Cristina Fernández, que vivía a unas pocas casas de la nuestra, y mi padre estaba durmiendo. Tras comerme el bocadillo que mamá había dejado para mí sobre la mesa, fui a recoger a Ángel y volvimos a la fábrica de vidrio.

Cuando volví del trabajo, sobre las once, mi padre me llamó. Estaba en el sótano. "¿De dónde sale este whisky?" me preguntó.

"Lo encontré en el bosque" le respondí.

"Sabes de quien es, ¿verdad?"

"Creo que pertenece a Manín de la vaca."

Al día siguiente, Manín vino a nuestra casa. Tras algo de charla amistosa, Manín le dijo a mi padre que su whisky había desaparecido de su escondite. Papá fue al sótano y volvió con la lata de cinco galones. "Aquí lo tienes – dijo – pero la próxima vez, arreglátelas para esconderlo mejor, sobre todo si ha habido una nevada. Has tenido suerte de que Tino tuviera la suficiente sensatez para traerlo a casa antes de que otro siguiera las huellas de Ángel hasta el escondite."

El hombre estaba muy contento de poder recuperar su whisky. Se lo llevó a casa y estaba a punto de verter el contenido en botellas de una pinta cada una cuando llamaron a la puerta. Mientras su mujer iba a abrir, se precipitó escaleras abajo con el whisky. Había una despensa en el sótano, con una trampilla, y ahí escondió del whisky. Había dos hombres en la entrada. Querían comprar whisky. Dijeron que alguien en el salón de billar les había asegurado que lo podían comprar allí.

La mujer de Manín entendía muy poco inglés, y seguía repitiendo: "No haber whisky. Haber leche. No whisky. Mirar... – y señalaba las vacas en el prado, al lado de la granja – ¡Leeeeche! ¿Ver vaca?"

Riéndose, los dos hombres se dieron la vuelta y se fueron caminando por la carretera. Eran empleados de Hacienda y tenían una orden judicial para registrar la casa, pero la incapacidad de aquella mujer en expresarse en inglés y los ládridos de lo que parecía ser un perro feroz les disuadieron de hacerlo.

Manín de la Vaca se había procurado whisky a través de Alfredo López hasta que este último hiciera un trato con la Mano Negra para venderles la totalidad de su producción. Manín entonces había empezado a comprar el whisky de Pereira, el portugués de Coalton.

Mi tío José, el hermano de mi madre, se había venido a vivir a Coalton. Había estado trabajando en San Luis, en la fundición, y luego en Neodoshe, en Kansas. Había ido a Neodoshe porque la familia que le había hospedado cuando estaba en San Luis se había mudado a Kansas, y él quería estar cerca de la hija de la casa, Mercedes, de la cual se había enamorado en secreto. Encontró un trabajo como "chico de Connie" y empezó a cortejar a la muchacha. Estaba muy enamorada, y cuando él les pidio la mano de su hija a sus padres, consintieron sin dificultad.

When I returned home from work at about eleven, my father called to me. He was in the basement. "Where did this whiskey come from?" he asked.

"I found it in the ravine in the *bosque*," I told him.

"You know who it belongs to, don't you?"

"I think it belongs to Manin de la Vaca."

The next day, Manin came to our house. After exchanging a few pleasantries, Manin told Father about the whiskey being missing from its hiding place. Father went to the basement and came up with the five-gallon tin. "Here it is," he said. "But next time do a better job of hiding it, especially when there is snow on the ground. You are lucky Tino had the presence of mind to bring it home before someone followed Angel's tracks to the hiding place."

The man was happy to get his whiskey. He took it home, and just as he was ready to start pouring its contents into pint bottles, he heard a knock on the door. While his wife went to the door, he hurried downstairs with the whiskey. There was a pantry in the basement with a trap door, and he hid the whiskey behind it. There were two men at the door. They wanted to buy whiskey. A man down by the pool hall, they said, had told them they could buy it here.

Manin's wife understood very little English, and she kept telling them "No gottee weesky. Gottee milkee. No weesky. See!" And she pointed to the cows in the yard near the barn. "Milkee! See cow?"

Laughing, the men turned and walked down the Pike. They were Revenue agents and actually had a warrant to search the premises, but the woman's inability to talk with them and the barking of what sounded like a vicious dog kept them from it.

Manin de la Vaca had been getting his whiskey from Alfredo Lopez until Alfredo had made a deal to sell exclusively to the Mano Negra. Lately Manin had been purchasing it from Pereira, the Portuguese from Coalton.

My uncle Jose, Mother's brother, had come to live in Coalton. He had been working in St. Louis at the smelter and from there had gone to work in the smelter in Neodoshe, Kansas. He had gone to Neodoshe because the family he had been boarding with in St Louis had moved to Kansas and he wanted to be near their daughter Mercedes, with whom he had secretly fallen in love. He got a job as a "Connie Boy" and began courting the girl. She was deeply in love with him, and when he asked her parents for her hand, they readily consented.

Two weeks after they were married and getting ready to set up housekeeping in Neodoshe on their own, Uncle Jose got home just in time to hear a girl scream. He ran to a barn at the edge of the lot. Inside, he saw a horrifying scene: a man was trying to rape Mercedes. The man was no stranger; he was Mercedes' uncle. Jose ran back into the house and came out with a pistol. He ran to the barn just as the attacker was muffling the girl's cries and holding her down on the dirt floor. Jose put the pistol to the man's head and fired.

Jose grabbed Mercedes and ran to the house with her. There was no one home at the time. Her father was working at the smelter and her mother was visiting the home of a neighbor who had just given birth to a son.

Dos semanas después de la boda, cuando se estaban preparando para poner su propia casa en Neodoshe, mi tío José volvió a casa justo a tiempo para oir gritar a una muchacha. Corrió hasta la granja, que estaba en un extremo de la parcela y allí presenció una horrible escena: un hombre estaba intentando violar a Mercedes. Y aquel hombre no era un forastero: era el tío de Mercedes. José corrió hasta la casa y salió con una pistola. Corrió de nuevo hasta la granja y entró cuando el agresor estaba intentando cubrir los gritos de la chica y manteniéndola tumbada sobre el suelo de tierra. José puso la pistola contra la cabeza del hombre y disparó.

José agarró a Mercedes y corrieron hasta la casa. No había nadie en aquel momento. Su padre estaba trabajando en los altos hornos y su madre visitando la casa de una vecina que acababa de tener un hijo.

José tenía un amigo que vivía en el pueblo y en el cual podía confiar. Él y su joven esposa fueron a su casa. Le contó lo que había ocurrido y el amigo le aconsejó que se rindiera a las autoridades. Mi tío estaba de acuerdo. Mercedes se quedaría con los amigos de la familia mientras que José se iría a ver al policía del pueblo para entregarse.

La familia del hombre muerto juró vengarse. José estuvo en la cárcel sin posibilidad de fianza. Su amigo quería pagar la fianza pero decidieron que sería más prudente el permanecer bajo vigilancia. Aquella noche, hubo una gran agitación en frente de la casa del policía. La cárcel no era más que una pequeña habitación en la parte de atrás de la casa. Tenia barrotes en las ventanas, pero se mantenía la puerta cerrada con una barra por fuera. Un grupo de unas treinta personas se reunió y amenazó con tirar la puerta. El policía pidió ayuda. Se alzó en frente de la puerta, trazó una línea en el suelo con el pie, y amenazó con dispararle a cualquiera que intentara pasarla. Prometió que se celebraría una audiencia para juzgar al prisionero.

Cuando se hubo dispersado la gente, el policía llevó a José a Independence, donde lo dejó hasta el día de la audiencia.

Después de una audiencia durante la cual Mercedes atestiguó que su tío la había llevado por la fuerza de la casa hasta la granja y había intentado violarla, José fue absuelto, considerándose su acción como homicidio justificable. Ese mismo día, tomó el tren con su mujer y llegó dos días más tarde a Clarkston. Ahí, le dieron un empleo en una tienda de la compañía. Ya había empezado a aprender bastante inglés. Él y su mujer alquilaron una casa de la compañía y mandaban dinero a España para que Ángel, el hermano gemelo de José, se pudiera venir a América. Al mánager de la tienda de la compañía le gustaba José, y le permitió a Ángel trabajar con él.

José iba al banco una vez por semana con los recibos de la tienda. Tomaba el trolebús, depositaba una bolsa llena, producto de las transacciones efectuadas en dinero líquido durante toda la semana, y volvía con cierta cantidad, destinada a cambiar cheques. Cuando su hermano empezó a trabajar, se lo llevó al banco con él. De ahora en adelante, sería tarea de Ángel el ir al banco cada semana.

Dos meses después de su llegada, Ángel fue al banco el quince del mes, como siempre. Cuando se bajó del trolebús interurbano, dos hombres se bajaron

Jose had a friend living in the town whom he could trust. He and his young wife went to his home. He related what had happened and the friend urged him to give himself up to the authorities. This he agreed to do. Mercedes was to stay with the friend's family as Jose walked to the town's constable to turn himself in.

The slain man's family vowed revenge. Jose was held in jail without bail. His friends wanted to post his bail, but they decided it would be best if he remained under guard. That night there was a commotion in front of the constable's house. The jail was just a small room in the back. It had bars on the two windows, but the door was held closed by a bar on the outside. A mob of about thirty persons gathered and threatened to batter the door down. The constable called for help. He stood in front of the mob and threatened to shoot anyone getting any closer to the door than a line he made on the ground with his foot. He promised there would be a hearing to try the man being held.

After the mob dispersed, the constable took Jose to Independence, where he left him until his hearing.

After a hearing during which Mercedes testified that her uncle had taken her forcibly from the house to the barn and was trying to rape her, Jose was acquitted on the grounds of justifiable homicide. That same day, he took a train out of town with his wife and arrived two days later in Clarkston. There he was given a job in the company store. He had already started to learn quite a bit of English. He and his wife rented a company house and he sent money to Spain for his twin brother, Angel, to come to America. The manager of the company store took a liking to Jose and allowed Angel to work with him.

Jose would go to the bank once a week with the store's receipts. He would take the trolley, deposit a bag with the week's cash transactions and return with a certain amount of money for check cashing purposes at the store. When his brother started to work, he took him to the bank with him. From now on it would be Angel's job to go to the bank every week.

About two months after his arrival from Spain, Angel went to the bank on the 15th of the month, as usual. When he got off the interurban trolley, two other men got off at the same time. As Angel started to go up the steps to the swinging bridge, he paid no attention to the men, as there had always been someone getting off the car at the same time he did. As he neared the center of the span, he allowed himself to enjoy the movement of the bridge. Then one of the men bumped against him, and with a swift movement, grabbed the black bag from Angel's hand and handed it to the other man, who turned and ran in the opposite direction. The man who remained pulled out a gun, but Angel pushed him violently, and the man fell and the gun flew from his hands. Quickly, the man stood and raced after his partner. An automobile pulled up near the end of the bridge, and both men climbed in. The car sped away.

Angel stood on the bridge trying to get his bearings. He didn't know how much money there was in the bag, but he knew that it must be at least two or three thousand dollars. Then he started to walk toward the store.

As he looked down forlornly, he saw the gun the man had dropped when he got pushed. He picked it up. Instead of walking up the cinder walk to the

con él. Mientras iba subiendo las escaleras hacia el puente colgante, no prestó atención a los dos hombres, ya que siempre había más gente que se apeaba en esa paraba al mismo tiempo que él. Se iba acercando hacia el centro del puente, y se estaba divirtiendo con el movimiento cuando uno de los hombres se tropezó con él y de un movimiento seco, le arrancó la bolsa negra de las manos y se la pasó al otro que inmediatamente se dio la vuelta y empezó a correr en la dirección opuesta. El que se había quedado sacó una pistola, pero Ángel le dio un violento empujón y el hombre se cayó, mientras se escapaba la pistola de las manos. En seguida se levantó y salió corriendo detrás de su cómplice. Un automóvil se acercó a la entrada del puente y los dos hombres se subieron. El coche salió disparado.

Ángel permaneció sobre el puente, intendando recuperarse. No sabía cuánto dinero habría en la bolsa, pero calculaba que tenía que haber por lo menos dos o tres mil dólares. Luego se dirigió hacia la tienda.

Mientras caminaba triste y cabizbajo, vio la pistola que había dejado caer el hombre al recibir el empujón. La recogió. En vez de caminar por el sendero de ceniza hacia la tienda, a apenas unas doscientas yardas de ahí, se dio la vuelta y se puso a seguir las vías hasta la oficina de correos de Meadowbrook. Estaba pensando en muchas cosas a la vez. De repente, algo pareció encajar. Se paró. Miró al cielo como para pedirle consejo a Dios todopoderoso. Luego se sentó y escribió un mensaje. Era un mensaje breve, dirigido a su hermano. Ecribió que dos hombres en el puente le habían robado su dinero. Eran italianos, porque estaban sentados detrás de él en el trolebús y los había oído hablar. Pero no sabía quiénes eran o lo que tenían la intención de hacer. Sentía el tener que quitarse la vida pero pensaba que nadie creería que le habían robado.

Se puso la pistola contra la sien y disparó el tiro que acabó con su vida.

El suicidio de Ángel le partió el corazón a su hermano. Y cuando Mercedes se enteró del final de Ángel, quedó muy desequilibrada por aquella muerte y por las traumáticas experiencias que había vivido desde que se había casado con José.

Era casi seguro que los ladrones eran miembros de la Mano Negra. Había una lucha sin piedad entre diferentes facciones rivales de la Camorra, para conseguir el poder. Un barbero había sido asesinado en Meadowbrook, y los asesinos habían sido perseguidos y asesinados por miembros de su propia banda. Cada día se ponían más chulos en Clarkston y en Glenncoe.

Santo Russo, el miembro del gang que se interesaba por Victoria, en el Carrito, empezó a pasar por allí con regularidad para comprar sus puros. Pero lo que quería no eran los puros. Quería llegar a conocer a la joven viuda, y ella respondía amáblemente a sus atenciones. Era un hombre que iba limpio y que tenía dinero, mucho dinero. Empezó entonces ella a animarle, hasta que un día, le dejó que la llevara a ver una película en el teatro de Moore, en Clarkston.

El cortejo continuó durante varios meses. Ella hablaba muy poquito inglés y no sabía italiano, y él no hablaba nada de inglés y sabía muy poquito español. Sin embargo se las arreglaban para comunicarse. Existen muchas similitudes

store just two hundred yards away, he turned and walked along the railroad tracks toward the post office in Meadowbrook. A lot of thoughts were going through his mind. Then something seemed to click. He stopped. He looked up to the sky as if to ask God Almighty what he should do. Then he sat down and wrote a note. It was a short note addressed to his brother. He had been robbed of his money on the bridge by two men, he wrote. They were Italian, for they had sat behind him on the trolley and had heard them talking. But he didn't know who they were or what they had intended to do. He was sorry that he was going to take his life, but he thought no one would believe that he was robbed.

Then he raised the gun to his temple and fired the shot that ended his life.

Angel's suicide broke his twin brother's heart. And when Mercedes learned of Angel's demise, she became unbalanced because of his death and the traumatic experience she had been through since she had married Jose.

There was little doubt that the robbers were members of the Mano Negra. There was big trouble brewing between rival factions of the Camorra for power. A barber had been killed in Meadowbrook, and the killers were themselves hunted and killed by their own members. They were now getting bolder around Clarkston and Glenncoe.

Santo Russo, the member of the gang who had taken a liking to Victoria at the Carrito, began to make regular stops for his cigars. But it wasn't cigars he was after. He wanted to become better acquainted with the young widow. She began to welcome his attention. He was a dapper looking individual and he had money. Lots of money. So she began to encourage his attentions until one day she allowed him to take her to see a movie at Moore's Opera House in Clarkston.

The courtship continued for a number of months. She spoke very little English and no Italian; he spoke no English and very little Spanish. Nevertheless, they managed to communicate. There is a lot of similarity between the two Latin tongues, and they managed to understand each other well enough to decide to get married.

Victoria's brother was opposed to the marriage, however. "Don't you know he belongs to the Mano Negra?" he told her.

"He says he's a bricklayer," Victoria replied. "And he has a kind heart. La Mano Negra or not, we're going to be married."

"You do that and you'll be a widow again before long. Mind what I tell you! Es persona de dos caras. He tells you what you want to hear. He's nothing but a two-faced liar."

When Victoria told her lover of her brother's objections to their marriage, she noticed a look come over Santo's face that caused her to recoil from him. His face drained of blood, his eyes narrowed to a hateful look and he gave out a curse in his native tongue that sounded ominous. Then, just as if nothing had bothered him, he looked at his sweetheart and with the smile that was so becoming to her, said, "Pero bella mia, te amo con todo mi corazone. No pueso vivir sin tu amore." Then he held her tightly, so tightly she thought her rib cage

entre estas dos lenguas latinas, y se entendieron lo suficientemente bien como para decidir casarse.

El hermano de Victoria, no obstante, se opuso a la boda. "¿Es que no te has enterado que es miembro de la Mano Negra?" le preguntó.

"Me ha dicho que era masón – respondió Victoria – y tiene buen corazón. Mano Negra o no, nos casamos y punto."

"Hazlo y te quedarás viuda de nuevo dentro de nada. ¡Fíjate lo que te digo! No es de fiar. Te dice lo que quieres oir. No es más que un cabrón mentiroso e hipócrita."

Cuando Victoria le comentó a su novio las objeciones de su hermano en contra de la boda, notó una expresión apoderarse de las facciones de Santo que le hizo echarse para atrás. La cara de Santos estaba pálida como la muerte, sus ojos menguaron despidiendo una mirada de odio, y dejó escapara un taco en su lengua nativa que sonaba de lo más ominoso. Luego, como si nada hubiera pasado, miró a su amante y con la sonrisa que a ella tanto le gustaba dijo: "Pero, bella mía, te amo con todo mi corazone. No pueso vivir sin tu amore." Y la abrazó fuertemente, tan fuertemente que ella pensó que le iba a partir las costillas. Se abandonó al abrazo y decidió una fecha para que les casara el juez en Clarkston.

Después de la boda, Santos llevó a su mujer a su apartamento lujosamente amueblado de la colina Kerley. Hasta había una radio. Era la primera radio que Victoria jamás había visto u oído. El apartamento también tenía un baño y un water y agua corriente. Sabía que existían tales cosas, pero nunca se había imaginado el poder disfrutar de tanto lujo. Él la cubrió de regalos hasta que ella le pidiera por favor que no se gastara tanto dinero por ella. Eran muy felices.

Ignoraba sus actividades. Él supuestamente estaba cumpliendo un contrato de masonería. Pero salía de casa por la mañana y a veces no volvía. Le dijo que no se preocupara, que se habían tenido que ir hasta Fairmont o Morgantown o Mannington, y que mejor valía quedarse a dormir allí en vez de intentar volver a casa para ir a trabajar tan lejos al día siguiente. Pero la intuición femenina le dijo a ella que algo no andaba bien. Entendió que su hermano tenía razón en cuanto a su novio. A pesar de todo, creció su amor por él, porque se mostraba tan atento que ella estaba convencida de que no podía hacer nada malo. Y siempre mandaba dinero a sus padres en Caltanissetta, en Sicilia, y a sus abuelos en Bagheria, también en Sicilia.

Santo salió para ir a trabajar a la hora de siempre el día que Ángel se suicidó en Coalton. Volvió a casa acerca de las once y media con un amigo. Victoria les vio llegar en el Buick de Santos y le miró mientras caminaba hacia el apartamento, con una bolsa negra en la mano.

La saludó alégremente y le presentó a su amigo. Ella nunca había oído su nombre, y supuso que acababa de llegar al pueblo. Empezaron a hablar en italiano, pero no en el italiano al cual ella estaba acostumbrada, sino más bien en un dialecto siciliano.

Luego se levantó su marido, y esparció el dinero que estaba en la bolsa sobre la mesa. Victoria en su vida había visto tantos billetes de cinco, de diez y de veinte dólares.

would cave in. She gave in to his embrace and made a date to be married before a justice of the peace in Clarkston.

After the marriage, Santo took his wife to his lavishly furnished apartment in Kerley Hill. The apartment even had a radio. It was the first radio Victoria had ever heard or seen. The apartment also had a bath and toilet and running water. She knew such things existed, but she didn't know she would ever get to enjoy such luxuries. He showered her with gifts until she begged him not spend so much money on her. They were very happy.

She knew little of his activities. He was supposed to be working on a brick-laying contract. But he would leave home in the morning and some days would not return home. He told her not to worry, that they had to go to Fairmount or Morgantown or Mannington, and it was best to stay overnight rather than to try to get home and return so far to work the next day. But woman's intuition told her he was up to no good. She now knew her brother had been right about him. Nevertheless, her love for him became greater, for he was so considerate of her she felt he could do no wrong. And he was always sending money to his parents in Caltanissetta, Sicily, and his grandparents in Bagheria, Sicily.

Santo left for work at the usual hour the same morning that Angel committed suicide in Coalton. He returned home at about 11:30 with a friend. Victoria saw them drive up in his Buick and watched him start for the apartment with a black satchel in his hand.

He greeted her cheerfully and introduced his friend. She had never heard his name mentioned before so she figured he must have just come to town. They began to talk in Italian, but not the Italian she was used to. Rather, they spoke in the idiomatic tongue of the Sicilians.

Then her husband got up and spread the money that was in the satchel on the table. Victoria had never seen so many fives, tens and twenties in her life.

She asked, "De quien es tanto dinero?"

"No venga meter la pata!" her husband barked at her.

The two men finished counting the money. There was some arguing between them. Evidently the friend wanted to keep some of the money, but Santo would have none of it. There was more than one reason for his refusal: he didn't know his friend well enough, and his friend might have been testing him to see if he was loyal to the Cammorista. Besides, the newspapers would report on the robbery of the Coalton Company's messenger and name the amount of money stolen.

There is nothing that travels any faster among Spanish people in the United States than bad news. Good news gets around, too, but never as swiftly.

When Santo and his friend went to the gang's headquarters, located in the basement of Carminato's house, he heard about the suicide of the store's messenger.

And Victoria, who had left Cata de Leon running the Carrito until she decided what to do with it, had taken the trolley to Glenncoe to go to her old business.

She was talking with Cata when Pasquale walked in and told them that a Spanish man had killed himself in Coalton. That was all he knew about it. But a

"¿De quién es todo este dinero?" preguntó.

"¡No empieces a meter la pata!" le ladró su marido.

Los dos hombres acabaron de contar el dinero. Hubo algo de discusión entre los dos. Por lo visto, el amigo quería quedarse con una parte del dinero pero Santo se negaba rotundamente. Tenía dos razones para hacerlo: no conocía a su cómplice lo suficiente, y su amigo podía estar poniendo a prueba su lealtad hacia los camorristas. Además, los periódicos publicarían la noticia del robo del recadero de la compañía Coalton y mencionarían la cantidad desaparecida.

Nada viaja más deprisa entre los españoles de los Estados Unidos que las malas noticias. También circulan las buenas, sólo que nunca tan rápidamente.

Cuando Santo y su amigo se fueron al cuartel general de la banda, situado en el sótano de la casa de Carminato, se enteró del suicidio del recadero de la tienda.

Y Victoria, que había dejado que Cata de León se ocupara del Carrito hasta decidir lo que iba a hacer con él, había tomado el trolebús hacia Glenncoe para ir a ver su antiguo negocio.

Estaba hablando con Cata cuando Pasquale entró y les dijo que un español se había suicidado en Coalton. No sabía nada más. Pero unos pocos minutos más tarde, Pura Robledo entro a comprar tabaco de fumar Five Brothers para su padre y les preguntó si se habían enterado que el sobrino de Marilena se había suicidado mientras iba a la oficina de correos de Meadowbrook. Luego, llegó otra señora e improvisó más detalles sobre las circunstancias. El joven había sido robado mientras cruzaba el puente colgante por dos hombres al parecer de origen italiano. Se habían llevado unos tres mil quinientos dólares, se habían metido en un automóvil y habían salido en dirección a Clarkston.

Por poco se desmayó Victoria al oir todo aquello. Le dijo a Cata que tenía una terrible jaqueca y que iba a coger el próximo trolebús para volver a casa. Se estaba empezando a enterar de todo. Cuando su marido llegara a casa, se enfrentaría con él acerca de sus acciones de los últimos dos días.

Santo no volvió a casa aquel día ni aquella noche, y Victoria no pudo dormir. Se meneaba en la cama, se levantaba, bebía un poco de té y volvía a la cama, sólo para levantarse unos pocos minutos más tarde. Oyó a alguien llamar a la puerta y se encontró con dos hombres en la entrada. Le dijeron que su marido habíado sido hallado muerto de un tiro cerca del río Elk. En las aguas poco profundas se encontró un fusil cuyo número de serie había sido limado para evitar la identificación. Los hombres sentían ser los mensajeros de tan mala noticia. Luego se fueron.

Unas tres semanas más tarde, Victoria, ahora viuda por segunda vez en poco más de dos años, volvía a su pequeño puesto de Glenncoe. Nadie parecía saber lo que había pasado entre el momento en que se entregó el dinero en la casa de Carminato y el hallazgo del cuerpo sin vida de Santo. Lo más seguro es que el jefe de la camorra local habría decidido que aquello era un trabajo estropeado por sus autores y que establecía una relación entre la camorra y el crimen. Dos días después de que se hubiera encontrado el cuerpo de Santo a la orilla del río, se halló el cadáver de su amigo al lado del túnel, sobre las vías

few minutes later, Pura Robledo came in to get some Five Brothers smoking tobacco for her father and asked them if they had heard of Marilena's nephew killing himself while on his way to the post office in Meadowbrook. Then another lady came in and elaborated on the circumstances. The young man had been robbed as he walked across the swinging bridge by two men supposedly of Italian extraction. They had taken about $3500 and had jumped into an automobile at the foot of the bridge and had gone in the direction of Clarkston.

Victoria almost fainted on hearing all of this. She told Cata she had a terrible headache and was going to take the next trolley back home. She was beginning to get the picture. When her husband came home, she was going to pin him down about his action the last two days.

Santo didn't return home that day or night, and Victoria couldn't sleep. She tossed around in bed, got up, drank some tea and returned to bed, only to get up a few minutes later. She heard a knock on the door and saw two men standing there. Her husband had been found shot to death near the Elk River, the men said. A shotgun, with the serial numbers on it filed so it couldn't be traced, was found in the shallow water. The men were sorry they had brought bad news. Then they left.

About three weeks later, Victoria, now a widow for the second time in a little over two years, was back running her little stand in Glenncoe. No one seemed to know what had transpired between the time the money was delivered to Carminato's and the finding of Santo's body. The head of the local Camorra had probably decided the job had been bungled by the perpetrators, linking the Camorra to the act. Two days after Santo's body was found on the river bank, the body of his accomplice was found near the tunnel on the railroad tracks just outside of town. It, too, had been shot full of pellets from a shotgun held at close range.

La Mano Negra remained inactive for several months—that is, as far as violence was concerned, for they were trafficking in liquor on a bigger scale. They were now running whiskey as far as Youngstown and Columbus, Ohio. They were demanding steep discounts from the two local distilleries in Glenncoe.

Then one day they thought of an idea to extort money from the moonshiner who was becoming more and more prosperous.

Success had gone to Alfredo Lopez's head. Besides the big house he had purchased from Doctor Applewhyte, he now owned a Dodge touring automobile and a Federal Truck and he had purchased a new Jewett for his older son and two ponies for his two younger boys.

Alfredo's sister-in-law, Cata, had been taking care of the children after her sister died during childbirth. The children looked on her as their mother. They loved her; Alfredo, too, had been noting her more as time went on. He was also noting the attention she was getting from some of the single bachelors, especially Benny Menendez, the young man with whom she conversed in French. They both could speak it fluently, and Alfredo didn't like it because he couldn't understand what they were saying. He would bring this up time and again with Cata.

ferroviarias, a la salida del pueblo. A él también le habían pegado un tiro de escopeta de muy cerca.

La Mano Negra se quedó inactiva durante varios meses – o por lo menos, en cuanto a los criménes violentos se refiere, pues hacían tráfico de alcohol clandestino más que nunca. Ahora, se llevaban el whisky hasta Youngstown y Columbus, en Ohio, y pedían grandes descuentos a las dos destilerías locales de Glenncoe.

Y un día, se les ocurrió una idea para extorsionar al fabricante de alcohol clandestino que se estaba haciendo cada vez más rico.

El éxito se le había subido a la cabeza a Alfredo López. Además de la gran casa que le había comprado al doctor Applewhyte, ahora tenia un automóvil Dodge, un camión y acababa de comprarles un Jewett nuevo a su hijo mayor y dos ponis a sus hijos más pequeños.

La cuñada de Alfredo, Cata, se había ocupado de los niños después de que muriera su hermana dando a luz. Los niños la consideraban como su madre y la querían. También Alfredo se había estado fijando en ella cada vez más. también se fijaba en la atención que Cata recibía por parte de los solteros, y en particular de Benny Menéndez, el joven con el cual conversaba en francés. Los dos lo hablaban de corrido y no le gustaba a Alfredo porque no podía entender lo que decían. Se lo volvía a mencionar a Cata una y otra vez.

"Cuando hablamos francés no estamos hablando de tí – le dijo – ¿por qué te enfadas tanto?"

"No me gusta que este chico esté dando vueltas a tu alrededor con esos ojos."

"A mí me gusta – respondió Cata – y no tienes ninguna autoridad sobre mí. Si no te gusta que esté aquí, le compraré el comercio a Victoria. Me lo quiere vender. Tu cena está sobre la cocina. La puedes calentar cuando estés listo para comer. Me voy a pasar unas horas con la gente al Carrito."

Mientras andaba por la carretera, no podía evitar sonreirse. Se había dado cuenta de lo que le estaba pasando por la mente a Alfredo, y se había enterado de que él la quería y le entraban celos de lo que pensaba era coqueteo entre Cata y Benny. Cata se había empezado a preguntar si Alfredo jamás se iba a fijar en ella.

Se quedó con Victoria hasta que cerrara la tienda. Eran las once y la noche era muy oscura. Victoria escondió sus recibos en su escote y las dos fueron hasta la casa de Victoria. Hablaron algunos instantes en frente de la puerta y se dieron las buenas noches. Cata se dirigió hacia su casa. Un automóvil llegaba por detrás, y se apartó del lado de la carretera McAdam. El coche se paró. Una puerta se abrió detrás del asiento del conductor, y antes de que Cata se enterara de lo que estaba ocurriendo, una mano le tapó la boca. Emitió un grito sordo mientras fuertes brazos la obligaban a subirse al asiento trasero.

El coche siguió por la carretera hasta llegar a la carretera T, pasada la granja de Joe Nutter. Esta carretera les llevaba a Broad Oaks y luego a Clarkston. Cata había sido amordazada y le habían vendado los ojos. Por fin, el coche salió de la carrtera y se paró. Cata fue llevada al sótano de la casa. Le pareció que aquel sitio frío y húmedo olía a vino y también reconoció el olor incofundible del salchichón.

"When we're speaking in French, we aren't talking about you," she said. "Why do you get so upset?"

"I just don't like that guy hanging around making moon eyes at you."

"I like it," Cata replied. "You don't have any power over me. If you don't like me around here, I'll buy Victoria's shop. She wants to sell it to me. Your supper is on the stove. You can warm it up when you are ready to eat. I'm going down to spend a few hours with the people at the Carrito."

As she walked down the Pike, she couldn't help chuckling to herself. She realized what was going through Alfredo's mind, realized he cared for her and was jealous of what he thought of as her flirtation with Benny. She had been beginning to wonder if Alfredo would ever notice her.

She stayed with Victoria until she closed the store. It was 11 o'clock and the night was very dark. Victoria hid the receipts in her bosom and the two walked as far as Victoria's house. They talked at the front gate for a few minutes and bade each other goodnight. Then Cata started up the incline toward her house. An automobile was coming from behind and she stepped to the side of the McAdam roadway. The car stopped. A door opened behind the driver, and before she knew what was happening, a hand was placed on her mouth. She gave a muffled scream as she was forced into the back seat by strong arms.

The car traveled on up the Pike until it got to the T Road past Joe Nutter's farm. This road would take them to Broad Oaks and on to Clarkston. By now Cata was gagged and blindfolded. Eventually, the car turned off the road and stopped. Cata was taken to the basement of a house. She could smell wine. And there was the unmistakable smell of salami in the dank place.

There was a cot. They forced her on the cot, placed a pillow under her head and tied her hands in front of her in such a way that she couldn't untie herself. They took off the gag but kept the blindfold over her eyes. She was given a drink of water. No one had uttered a word from the time she was picked up, and they didn't speak now.

Alfredo Lopez thought it was time for Cata to be getting home when the clock struck 12. When she wasn't back by 12:50, he became concerned. When the clock chimed 1 with her still out, he decided to go look for her. He thought she would be talking with Victoria by her gate, as was their custom. Victoria's house had a light on in the kitchen. He went to the front door and Victoria opened it and was surprised to see Alfredo. Her eyes widened when he told her his concern.

"We talked for about twenty minutes by the fence," she explained. "It must have been 11:50 when I went in the house and she went up the road."

"My God!" Alfredo said. "I wonder what has happened to her. She didn't come home!"

Victoria called her brother and sister-in-law. They joined Alfredo as he walked from one side of the road to the other, looking in the shallow troughs running alongside the road. They couldn't understand why the young lady hadn't returned home. They knocked at every door as they walked up the Pike. Every yard, both front and back, was carefully scanned. But there was no Cata.

Había una litera. La obligaron a tumbarse en la litera, le colocaron un cojín detrás de la cabeza y le ataron las manos por delante de tal forma que no se las podía desatar. Le quitaron la mordaza pero no la venda sobre los ojos. Le dieron un vaso de agua. Ninguno de los hombres había dicho una palabra desde el momento en que la habían raptado y seguían sin hablar.

Alfredo López pensó que iba siendo hora de que Cata volviera a casa cuando dieron las doce. Como aún no había llegado a la una menos diez, se empezó a preocupar. Y cuando el reloj dio la una sin que hubiera vuelto, decidió ir a buscarla. Pensó que estaría hablando con Victoria ante la reja, como tenían costumbre de hacerlo. Victoria tenía la luz encendida en la cocina. Alfredo fue hasta la puerta principal y Victoria se llevó una sorpresa al verle cuando abrió la puerta. Sus ojos se abrieron más aún cuando él le comentó su preocupación.

"Estuvimos hablando unos veinte minutos en frente de la reja – explicó Victoria – serían las doce menos diez cuando entré en casa y ella se fue."

"¡Dios mío! – exclamó Alfredo – me pregunto qué le ha podido pasar. Aún no ha llegado a casa."

Victoria llamó a su hermano y a su cuñada. Se juntaron con Alfredo, que andaba de un lado a otro de la carretera, examinando la pequeñas depresiones de terreno al borde de la carretera. No podían entender por qué la muchacha no había vuelto a casa. Llamaron a la puerta de cada casa caminando por la carretera. Se exploraron todos los jardines, todos los huertos. Pero no se halló rastro de Cata.

Entonces Alfredo López pensó en algo. Volvió por la carretera hasta el carrito y torció a la derecha en la carretera de Belleport. Llamó a la puerta de la casa de los Rancilio y preguntó por Pasquale. Mientras la señora Rancilio intentaba despertar a su hijo de un profundo sueño, Alfredo le explicaba a Dominic, el otro hermano, por qué estaba allí.

A Pasquale le sorprendió la presencia de Alfredo. Se preguntaba lo que quería.

Alfredo entonces les dijo a Pasquale por qué estaba allí. "¿Viste a las mujeres cuando Victoria cerró la tienda y ella y Cata se echaron a andar? ¿Les seguía alguien?"

"Sí, les vi dejar la tienda. Luego fui al salón de billar a pasar un rato. Cuando volví a casa, había un automóvil. Era un Buick. Subió por la carretera y lo vi pararse. Luego, arrancó de nuevo y siguió hacia la colina."

A la manana siguiente, Pasquale se levantó como siempre a las siete menos diez. A las siete, ya estaba cambiando la línea del trolebús que iba de Clarkston a Belleport. Se fijó que había una carta sobre la puerta del Carrito. Luego vio a Victoria que llegaba por la carretera para abrir la tienda. En cuanto vio la carta, llamó a Pasquale: "Toma – le dijo – lleva esto a Alfredo lo más rápido que puedas."

Alfredo y Paulo y Ramón estaban a punto de marcharse en el Jewett cuando Pasquale le dio la carta. Alfredo la abrió apresuradamente y se la pasó a Paulo para que la leyera, porque estaba en inglés.

La carta contenía un mensaje de los raptores. Estaba escrita a lápiz y en mal inglés y decía lo siguiente: "No llamar polisia. Poner 2.500 dineros en bolsa

Then Alfredo Lopez thought of something. He went back down the road to the Carrito and then turned to the right on the Belleport Road. He knocked on the door of the Rancilio home. He asked for Pasquale. While Mrs. Rancilio was trying to get her son up out of a sound sleep, Alfredo was telling Dominic, the other son, why he was there.

Pasquale blinked at Alfredo. He wondered what he wanted with him.

Then Alfredo told him why he was there. "Did you see the women when Victoria locked the store and she and Cata started up the street? Was anyone following the ladies?"

"Yes, I saw them leave the store. Then I went to the poolroom for a while. Then when I started for home there was an automobile. It was a Buick. It went up the Pike and I saw it stop. Then it took off on up the hill."

The next morning Pasquale got up at his usual time of 6:50. By seven he was changing the trolley line on the run from Clarkston to Belleport. He noticed there was a letter on the door of the Carrito. Then he saw Victoria coming down the Pike to open the store for business. As soon as she saw the letter, she called Pasquale. "Here," she said, "take this to Alfredo Lopez as fast as you can get there."

Alfredo and Paulo and Ramon were just getting ready to leave in the Jewett when Pasquale handed him the letter. Alfredo opened it hurriedly and turned it over to Paulo to read, for it was in English.

The letter contained a message from the kidnappers. It was written in pencil in misspelled English and read as follows: "Don call policmans. You put $2500 money in sack and puts the money in tens and tuenti under the car stop one clok in a morni. We keel women u tel policmans."

There was no signature, but there was the unmistakable imprint of La Mano Negra.

Paulo wanted to go to the police, but Alfredo wouldn't think of it. He sat down on a chair and began to cry, holding his face with his strong hands. "We're going to pay," he said. "Let's go to the bank. Go call Juan Villanueva. We'll need him."

Paulo hurried to our house. Father was getting up from bed and wondered what Paulo wanted with him. As soon as my father was told about Cata, he got dressed as fast as he could and hurried to the Lopez house. This was the second time he had become involved with La Mano Negra. He advised Alfredo to pay the ransom, but he had a plan he wasn't going to divulge to him.

My father, Alfredo and Paulo went to the First National Bank in Clarkston and arranged the loan. Alfredo used all his savings, which amounted to $1500, and had to borrow just $1000.

No more was heard from the gangsters.

My father went to see the sheriff as soon as he left Alfredo and Paulo. When the sheriff heard the story, he was visibly angry. "Why in hell didn't he come to me as soon as he knew the girl was being held?" he said. "That's what I'm here to do. What the hell do you want me to do now?"

My father outlined his plan. The sheriff listened and looked at his two deputies, who were intently nodding at every word being spoken.

y poner dinero en diez y veinte bajo parada de coche a la una de la matina. Matamos mujer si llamar polisia."

No había firma, sólo la inconfundible marca de la Mano Negra.

Paulo quería ir a la policía pero Alfredo no lo quería ni pensar. Se sentó sobre una silla y empezó a llorar, cubriéndose la cara con sus fuertes manos. "Vamos a pagar – dijo – Vayamos al banco. Llamad a Juan Villanueva, le vamos a necesitar."

Paulo se apresuró en llegar hasta nuestra casa. Mi padre se estaba levantando y se preguntó qué era lo que quería. En cuanto se le informó de la situación de Cata, se vistió lo más rápido del mundo y se precipitó hacia la casa de los López. Era la segunda vez que se encontraba involucrado con la Mano Negra. Le aconsejó a Alfredo que pagara el rescate, pero tenía un plan que no le comentó.

Mi padre, Alfredo, y Paulo fueron a la First National Bank de Clarkston y pidieron el préstamo. Alfredo se gastó todos sus ahorros, que llegaban a sumar unos mil quinientos dólares y sólo tuvo que pedir mil prestados.

No había ninguna noticia de los gangsters.

En cuanto dejó a Alfredo y a Paulo, mi padre se fue a ver al sheriff. Cuando el sheriff se enteró de lo que había pasado, se enfadó visiblemente: "¿Y por qué demonios no vino aquí en cuanto se enteró de que habían raptado a la chica? – preguntó – Para eso estoy yo. ¿Qué demonios quiere que haga ahora?"

Mi padre le expuso su plan. El sheriff escuchó y miró a sus dos adjuntos, que estaban asintiendo a cada palabra que oían.

La línea de trolebús salía de Glenncoe hacia Clarkston por el lado izquierdo de la carretera de Clarkston, en paralelo durante unos tres cuartos de milla, hasta que la cruzaba para quedarse del lado derecho hasta Clarkston.

El plan de mi padre consistía en tener un trolebús sobre la vía cerca de donde esta última cruzaba la carretera. Unos hombres se tenían que esconder en el vagón, a oscuras hasta que el automóvil que transportaba a la mujer y a los gangsters hubiera recogido el dinero del rescate. En cuando los gangsters se hubieran quedado fuera de vista, se empujaría el trolebús hasta colocarlo en mitad de la carretera. Cuando volvieran los gangsters, los hombres surgirían de la oscuridad con sus pistolas y les podrían detener.

El sheriff escuchó con mucha atención. Luego preguntó: "¿Y si la mujer no está con ellos?"

"Entonces, les tendremos a ellos y les haremos hablar" respondió mi padre.

"Manos a la obra. Esto puede marchar."

Se dejó el dinero siguiendo las instrucciones de la carta. El último trolebús salió de Glenncoe a las doce menos diez. Se paraba a recoger algunos de los hombres que habían hecho el turno de tres a once y que vivían en Clarkston. Luego se paraba el servicio de trolebús hasta la mañana siguiente, a las cinco.

Uno de los adjuntos había sido conductor de trolebús. Lo había dejado para hacerse adjunto del sheriff porque siempre había querido entrar en la policía. Esto hizo que el plan se pudiera ejecutar fácilmente. La compañía de trolebús le dejó llevarse un coche. Dentro iban el sheriff y cinco otros adjuntos armados. Se agacharon cuando vieron el automóvil pasar en dirección de Glenncoe a la una de la mañana.

The car tracks ran from Glenncoe towards Clarkston on the left side of Clarkston Pike for about three-fourths of a mile. Then the tracks crossed the Pike to travel on the right side of the Pike for the rest of the way to Clarkston.

Father's plan was to have a trolley car setting on the tracks a short way from where the tracks crossed the road. Men were to hide in the darkened car until the automobile carrying the woman and the gangsters went by to pick up the ransom money. As soon as the gangsters were out of sight, the trolley car was to be rolled to the middle of the road. When the gangsters returned, the men would emerge with drawn guns and capture them.

The sheriff listened intently. Then he said, "What if they don't have the woman with them?"

"Then we will have them and make them tell us," Father answered.

"Let's get the thing rolling. It may work."

The money was left according to the instructions in the letter. The last trolley left Glenncoe for Clarkston at 11:50 p.m. It would stop to pick up some of the men on the 3 to 11 shift who lived on the way to Clarkston. Then there would be no more trolley service until 5 in the morning.

One of the deputies was a trolley car motor man at one time. He had quit the line to be a deputy sheriff because he had always wanted to be in law enforcement. This made the plan easy. The trolley company let him take the car. It contained the sheriff and five other armed deputies. They hid low in the car as they saw the automobile being driven toward Glenncoe at one p.m.

My father was hiding on the roof of the hotel about a hundred and fifty feet east and across from the car stop. He was to give a flashlight signal after the car stopped to pick up the money. He would flash once if the girl wasn't released and twice if they let the girl out of the car.

But he wasn't to do this until the car had turned and headed toward Clarkston. Now the darkened trolley was in the middle of the road. There was the flashlight signal. It flashed twice. The sheriff and the deputies got out hurriedly and hid behind the trolley. As the automobile containing the four gangsters screeched to a halt when they saw the road was blocked, the sheriff and his men ran to the car with guns ready. They arrested four Italians. The money was taken from them as they tried to appear as if they didn't know what was going on. They understood little English. Two of them had guns. The other two had long bladed knives. They were handcuffed to each other and taken to the county jail.

All four of the gangsters were found guilty of first degree murder in the slaying of three Italian businessmen in Hillsboro County in the past year. They, along with five other members of the Mano Negra, were executed in the state penitentiary in Moundsville in the summer of 1925. Every one of them was given a fair trial. No Ku Klux Klansmen was allowed to serve on the jury. One of the juries returned a verdict of guilty of first degree murder in seven minutes, one of the shortest trials in the history of West Virginia. The nine men were hanged by the neck until dead. Because of this kind of capital punishment, the back of the Camorra was broken and everyone breathed a sigh of relief.

Mi padre estaba escondido sobre el tejado de un hotel a unos ciento cincuenta metros del otro lado de la parada de trolebús. Tenía que hacer una señal con una linterna cuando se parara el coche a recoger el dinero. Señalaría una vez si la chica no había sido liberada y dos veces en caso de que ya hubiera salido del coche.

Pero no lo haría hasta que el coche se hubiera dado la vuelta y hubiera salido en dirección a Clarkston. Ahora, el trolebús apagado estaba en mitad de la carretera. Por dos veces, la linterna emitió su señal luminosa. El sheriff y sus adjuntos salieron precipitadamente y se escondieron detrás del trolebús. Cuando el automóvil donde iban los cuatro gangsters pegó un frenazo que hizo chillar los neumáticos al ver que la carretera estaba bloqueada, el sheriff y sus hombres rodearon el coche amenazando a sus ocupantes a punta de pistola. Detuvieron a cuatro italianos. Se les quitó el dinero mientras hacían como si no sabían lo que estaba pasando. Entendían poco inglés y dos de ellos llevaban pistola. Los otros dos tenían navajas de hojas largas. Se les esposó entre ellos y se les llevó a la cárcel del condado.

Los cuatro gangsters fueron juzgados culpables de asesinato con premeditación en el caso de la muerte de tres hombres de negocios italiano en el condado de Hillsboro el año anterior. Junto con otros cinco miembros de la Mano Negra, fueron ejecutados en el presidio del estado en Moundsville, durante el verano de 1925. Cada uno de ellos tuvo un juicio justo. No se permitió que ningún miembro del Ku Klux Klan sirviera en el jurado. Uno de los jurados presentó el veredicto de culpable de asesinato con premeditación en siete minutos, uno de los juicios más cortos de la historia de Virginia Occidental. Los nueve hombres fueron ahorcados. Gracias a este tipo de castigo ejemplar, se rompió la espalda de la camorra y todos suspiraron con alivio.

Alfredo fue el primero en ver a Cata, y corrió con Paulo y Ramón hacia ella. Cata estaba despeinada, su vestido se había roto y su cara estaba sucia, pero corrió por la cuesta hacia Alfredo que la abrazó con tanta fuerza que le hizo daño a las costillas. Había llegado el momento de la verdad para ella. Ahora, estaba segura de que la quería; y sabía que ella le quería a él. ¿Pero casarse con él? No podía pensar en ocupar el sitio de su hermana en la familia.

Pero a partir de aquel día, fueron amantes. Intentaron que no se enterara nadie. Al principio, creyeron que lo habían conseguido, pero los niños se dieron cuenta de su relación. Primero fue Paulo. Volvía a altas horas de la madrugada de sus actividades relacionadas con la fabricación de alcohol clandestino, y una noche tenía algo que decirle a su padre que no podía esperar hasta el día siguiente. Alfredo no estaba en la cama. Mientras Paulo bajaba las escaleras para coger algo de comer, vio a su padre que salía a escondidas de la habitación de su tía y se apresuraba en meterse en la suya.

Alfredo spotted Cata first as he, Paulo and Ramon ran down to meet her. Cata's hair was disheveled, her dress was torn and her face was dirty, but she ran up the hill to meet Alfredo, who embraced her so tightly that her rib cage hurt her. This was the moment of truth for her. Now she was certain of his love for her; and she knew she loved him. But marriage to him? She couldn't think of taking her sister's place in the family.

But from that day on, they were lovers. They tried to keep it a secret from everyone. They thought they were successful, but eventually the children became aware of their relationship. First it was Paulo. He would come home in the wee hours of the morning from his moonshine operation, and one night he wanted to tell his father something that couldn't wait until morning. Alfredo wasn't in bed. As Paulo started to go downstairs to get a bite to eat, he saw his father sneak quietly out of his aunt's room and hurry to his own room.

Chapter Eleven

Armando Belmonte was the owner of Belmonte's Cafe. It was almost identical to the Cafe Colon in Aviles, Spain, where most of the men who came to work in Glenncoe had spent many an enjoyable day playing *brisca* or dominoes. On the side of the cafe there was even the metal frog like the one in Spain. The amphibian stood about three feet high, and as it sat on its hind legs, staring straight up with its mouth open wide, the men would toss metal discs, hoping to land one in the frog's mouth. The first player to score the necessary points would be the winner, while the loser would pay for coffee or chocolate or ice cream.

On the opposite side of the building there was a metal bar, also about three feet high. This bar had three metal rings with arms extending one below the other about three inches apart. This game was called La Llave. The same size discs as were used for the frog game were used for this one. The object was to toss three rings. Scoring was so many points for hitting the bottom bar, so many for the second and so many for the top. It was a game that required concentration, and like the frog, some of the men were very good at playing, especially if it was being played for stakes.

La Loteria Nacional, Spain's National Lottery, was conducted for this area by Juan Belmonte. He would receive books of tickets and sell them to the townspeople. Each book contained twenty coupons. Juan Belmonte would get one free ticket every time he sold nineteen. Every time tickets would arrive for the next lottery, men and women would stop by to purchase them. Sometimes they would send their children to get them for them. Juan had been selling the tickets for several years without having any winning tickets in town. Everyone always hoped to hit with "La Gorda," the big one.

Then it happened! "La Gorda," worth 166,000 pesetas, was won by each of the tickets in a certain book of twenty coupons. My father had one ticket; he had

Capítulo 11

Armando Belmonte era el propietario del Café Belmonte. Era casi idéntico al Café Colón, en Aviles en España, donde la gran mayoría de los hombres que había venido a Glenncoe habían pasado muchos días agradables, jugando a la brisca o al dominó. Había incluso la misma rana de metal que en España a un lado del Café. El amfibio medía unos tres pies y se tenía sobre las patas traseras, mirando hacia adelante con la boca abierta; los hombres lanzaban discos de metal intentando acertar a la boca de la rana. El primer jugador que llegaba a reunir los puntos necesarios era el ganador, mientras que el perdedor pagaba los cafés, el chocolate o el helado.

En el lado opuesto del edificio, había una barra de metal, también de unos tres pies de altura. Esta barra tenía tres aros de metal situados el uno sobre el otro a unas tres pulgadas de distancia. Ese juego se llamaba "La llave." Se utilizaban los mismos discos que para jugar a "La rana." Se trataba de lanzar los discos a través de los tres aros. Se contaban los puntos según si se había tocado la primera barra, tantos por tocar la segunda y tantos por tocar la de arriba. Era un juego que requería concentración, y como para la rana, algunos hombres eran muy buenos jugando, sobre todo si se habían apostado algo.

Juan Belmonte era el encargado de llevar la lotería nacional española por aquellas partes. Recibía libretas de billetes y las vendía a la gente del pueblo. Cada libreta contenía veinte décimos. Juan Belmonte recibía un billete gratuito en cuanto vendía diecinueve. Cada vez que llegaban los billetes para la próxima lotería, los hombres y las mujeres se paraban a comprarlos. Algunas veces mandaban a sus hijos a por ellos. Juan llevaba varios años vendiendo billetes por le pueblo y nunca le había tocado a nadie. Todos querían que les tocase "el gordo."

¡Y de repente ocurrió! El gordo, de un valor de 166.000 pesetas fue ganada por cada uno de los billetes provenientes de cierta libreta de veinte décimos. Mi padre tenía un billete, me había hecho comprarlo hacía varios días. Nos llegó la noticia de la cantidad ganada a través de un agente en Nueva York y se publicó también en *La Prensa*, el semanal publicado en Nueva York y al cual suscribía un número de residentes de Glenncoe.

Se corrió la voz a la velocidad del rayo en todo el pueblo. Todos los que tenían billetes ganadores se apresuraron hacia el Café Belmonte ese mismo día. Hubo una reunión y se les pidió a todos que volvieran por la noche para decidir qué conducta adoptar ante la situación. Un hombre de Coalton había comprado tres décimos; había dos personas en Glenncoe con dos décimos cada uno, Juan Belmonte siendo uno de ellos; los demás tenían un sólo décimo. Hubo fiesta y regocijo toda la noche en el Café. Todos intentaban hacer la cuenta del dinero que representaba aquella suma en dólares. No sabían el cambio exacto en aquel momento. Todo lo que sabían, es que iban a tener más dinero del que nunca habían tenido en su vida.

told me to buy it for him several days earlier. Word of the winnings came from the agent in New York City and was also published in *La Prensa*, the weekly paper printed in New York and subscribed to by a number of Glenncoe residents.

Word spread like wildfire throughout the community. All the winning ticket holders hurried to Belmonte's Cafe that day. There was a meeting, and everyone was urged to return in the evening to decide how to handle the situation. One man living in Coalton had purchased three coupons; there were three people in Glenncoe with two each, Juan Belmonte being one of them; then there were single ticket holders. There was fun and rejoicing at the cafe all evening long. Everyone was trying to figure out how much money would be realized in dollars. They didn't know the exact exchange value at the time. All they did know was that they would have more money than they had ever had.

It was decided that Juan Belmonte would go to Spain to collect the prize money. The lottery winners weren't going to trust the agent in New York City. They didn't know him personally and they did know Juan Belmonte to be an upstanding middle-aged man. He had never married, and he had talked many times of returning to Asturias to marry his childhood girlfriend with whom he had been corresponding for years. He was the ideal courier. He took all the coupons after he gave each coupon-holder a signed paper bearing the serial number of their coupon and the amount of pesetas each winner was entitled to.

The party at Belmonte's Café broke up at one o'clock in the morning. Juan would leave on the seven a.m. train for New York, then sail for La Coruna on the first available ship. In the morning there were several people at the depot to see him off and wish him God-speed.

One month went by and no one had heard from Juan Belmonte. Then several letters were sent to his relatives. They replied that they had not seen nor heard of Juan arriving in that area. Another thirty days went by with no word. Then one morning there was a story in *La Prensa* about how Juan Belmonte, a winner of the Spanish Lottery, had purchased a new French-made automobile with some of his winnings. The chauffeur teaching him to drive the new car told him he was ready to do his own driving, and he had passed the test. He sent for his intended bride. They were married in the Cathedral in Madrid and started on a drive that would take them to Segovia, the city where King Ferdinand and Queen Isabella reigned and commissioned Christopher Colombus to set sail to find America. Juan Belmonte told his wife that this was where they would live in comfort for the rest of their lives. He didn't tell her the money they were to live off of belonged to a number of other people.

The article in *La Prensa* didn't mention this either. It went on to state, however, that the winner of "La Gorda" and his bride were instantly killed when he lost control of the automobile on a steep downgrade after it had struck a boulder. The car careened against the embankment on the left of the road and plunged several hundred feet to the bottom of the mountain, where, some days later, it was discovered by a man tending goats.

Belmonte's Cafe was sold to Hilario and Esperanza González. The building and contents were sold for $1500. The Gonzálezes were the holders of three of

Se decidió que Juan Belmonte iría a España a recoger el dinero del premio. Los ganadores no iban a confiar en el agente de Nueva York. No le conocían personalmente, mientras que sabían que Juan Belmonte era un hombre respetable de edad madura. Nunca se había casado y había hablado muchas veces de volver a Asturias para casarse con su novia del colegio con la cual había estado en relación epistolar durante años. Sería el recadero ideal. Recogió todos los décimos y les dio a cada uno de los ganadores un papel firmado donde figuraba el número de serie de su décimo y la cantidad de pesetas que le correspondían.

La fiesta en el Café Belmonte duró hasta la una de la madrugada. Juan saldría en el tren de las siete hacia Nueva York, y se embarcaría hacia La Coruña en el primer barco. Por la mañana, algunos le vinieron a despedir a la estación y le desearon que tuviera un viaje agradable y breve.

Pasó un mes y nadie había recibido ninguna noticia de Juan Belmonte. Se mandaron entonces varias cartas a su familia. Respondieron que no habían visto a Juan, ni se habían enterado que hubiera pasado por ahí. Pasaron otros treinta días sin que nadie se supiera nada. Y una mañana, se publicó un artículo en La Prensa, acerca de cómo Juan Belmonte, el ganador de la lotería nacional, se había comprado un coche francés con parte de sus ganancias. El chófer que le enseñaba a conducir el coche nuevo le dijo que estaba listo para conducir él solo y se sacó el carné. Mandó a que le trajeran a su novia. Se casaron en la catedral de Madrid, y salieron de viaje hacia Segovia, la ciudad donde el rey Fernando y la reina Isabel reinaron y donde ayudaron a Cristóbal Colón a emprender la expedición que le haría descubrir el nuevo mundo. Juan Belmonte le dijo a su mujer que ahí vivirían cómodamente el resto de sus vidas. No le dijo que el dinero del cual iban a vivir pertenecía a otra gente.

El artículo en La Prensa tampoco mencionó aquello. Pero sí expuso, sin embargo, cómo el ganador de "el gordo" y su novia se habían matado instantáneamente cuando había perdido el control del vehículo en una cuesta abrupta, tras haber chocado con una roca. El coche chocó contra el terraplén y cayó por la ravina hasta el pie de la colina, a varios centenares de pies, donde lo descubrió días más tarde un pastor con sus cabras.

El Café Belmonte se vendió a Hilario y Esperanza González. Se vendieron el edificio y su contenido por mil quinientos dólares. Los González poseían tres de los décimos que Juan Belmonte se había llevado abusando de su confianza. Hilario había estado viviendo en Coalton con su mujer y había decidido dejar su empleo en la fundición por razones de salud. Era muy delgado y ajado, y algunos decían que podía estar tuberculoso. Los González tenían dos hijos y dos hijas y se ganaron la vida con el Café Belmonte durante muchos años.

Mi padre perdió su empleo en los altos hornos. El trabajo empezaba a fallar tras un par de años de buen empleo en la zona. Los mineros, ellos también, tenían muchos problemas. Varios propietarios de minas sabían que se estaba organizando un movimiento. Hombres de aspecto extraño empezaron a llegar de otras partes del estado para crear problemas y tensiones. Hubo peleas con pistolas y se volaron algunas casas. La Carbon se puso en huelga. Otras industrias

the coupons they had entrusted to Juan Belmonte. Hilario had been living in Coalton with his wife and had decided to give up his job at the smelter because of his health. He was very thin and rundown and some persons were saying he might be tubercular. The Gonzálezes were the parents of two boys and two girls and they made a living out of the Cafe Belmonte for years.

Father was laid off at the smelter. Work was beginning to slacken after a couple of years of steady employment in the area. The miners, too, were having a lot of trouble. A number of mine owners knew that a movement was on to organize them. Strange looking men began to come from other areas to create trouble and dissension. There were shootings and the dynamiting of some houses. The Carbon went on strike. Other industries were laying off workers. Politics may have had a lot to do with economic conditions throughout the country. Steel mills, automobile factories and mines in Southern Illinois were having fights and riots. Many people were killed.

The Republicans were having their convention in Cleveland, Ohio, the Democrats in New York City. John W. Davis, the Democratic nominee for president in 1924, was the talk of the town. He was from Clarksburg, not too far from where we lived. My father took me to a suburb of Clarksburg, Goff Plaza, to hear Mr. Davis give his acceptance speech after he had been nominated on the 103rd ballot at the convention. There were automobiles from many states as well as from all parts of West Virginia. I had never seen so many people in my life.

I was 15 years old. By now there were five boys and two girls in the Villanueva family, and one more child on the way. The house was too small, and Father decided something had to be done about our housing situation. As he was about to go into the Southern Pine Lumber Company in Clarkston, he met John Byers coming out. John had been one of Father's beer customers when he was in the brewery business. They greeted each other cordially and stopped to talk for a few minutes.

"I'm going to buy some lumber," my father told him. "The house is getting too small for my family."

"Well, you're the man I want to see. I just tried to sell the lumber in my field where the sawmill is. They won't give me what it's worth. Why don't you come with me this afternoon to see it. I'll give you a bargain."

So Father went with Mr. Byers to the sawmill and looked at what he had. The sawmill operation hadn't worked out because one of the partners had left the state to work as a lumberman for a big mill in Georgia.

"Tell you what I'll do," said Mr. Byers. "You give me $75 and you can have all the lumber you see here. But you'll have to haul it out yourself."

My father didn't have to look twice to know he had all the lumber he would need to add two rooms and more to our house. "I'll take it," he said.

The next day, we started to carry the heavy boards and timbers, one by one, up the steep hill until we got to the top and started the long descent to the Pike and then up the other hill until it was deposited in our yard. Andy had gone to live in Donora, Pennsylvania. Neto was staying in Coalton and would come

estaban despidiendo obreros. La política tuvo que tener mucho que ver con las condiciones económicas en todo el país. Hubo luchas y revueltas en las fábricas de acero y de automóviles, así como en las minas del sur del Illinois. Muchos perdieron la vida.

Los republicanos celebraban su convención en Cleveland, en Ohio, y los demócratas en Nueva York. John W. Davis, el nominado por el partido republicano para la elección presidencial de 1924 era el tema de todas las conversaciones en el pueblo. Era de Clarksburgh, cerca de donde vivíamos. Mi padre me llevó a Goff Plaza, un suburbio de Clarksburgh, para oir al señor Davis pronuniar su discurso de ignauguración tras haber sido nominado en el escrutinio 103 de la convención. Había automóviles de muchos estados además de Virginia Occidental. Nunca había visto a tanta gente en mi vida.

Tenía quince años. Por aquel entonces, había cinco chicos y dos chicas en la familia Villanueva, y otro bebé al llegar. La casa era demasiado pequeña y mi padre decidió hacer algo acerca de nuestra situación. Estaba a punto de entrar en el maderero Southern Pine en Clarkston cuando se encontró con John Byers que salia. John había sido uno de los clientes de mi padre cuando llevaba el negocio de la venta de cerveza. Se saludaron con cordialidad y se pararon a hablar algunos minutos.

"Voy a comprar algo de madera – le dijo mi padre – la casa se está volviendo demasiado pequeña para mi familia."

"Pues entonces eres la persona que quería ver. Acabo de intentar vender la madera que tengo en mi prado donde está el aserradero. No me quieren dar lo que vale. Por qué no te pasas esta tarde a verla, te la pondré a precio de ganga."

Mi padre fue entonces a ver al señor Byers al aserradero y examinó lo que tenía. La explotación no había funcionado porque uno de los socios había dejado el estado para ir a trabajar de leñador en una gran explotación de Georgia.

"Mira lo que vamos a hacer: me das setenta y cinco dólares y te puedes llevar toda la madera que ves aquí. Pero la tendrás que cargar tú mismo."

Mi padre no tuvo que mirar dos veces para saber que ahí había toda la madera que necesitaba para añadir dos habitaciones o más a nuestra casa. "Me la llevo" dijo.

Al día siguiente, empezamos a acarrear los pesados tablones y tablas, uno por uno, cuesta arriba hasta llegar a la cima de la colina y luego por la larga bajada hacia la carretera, luego de nuevo cuesta arriba hasta depositarlos en nuestro patio. Andy se había ido a vivir a Donora, en Pennsylvania. Neto estaba en Coalton y venía a casa los fines de semana. Fuimos mi padre, Pepe y yo quienes hicimos viaje tras viaje para llevar toda la madera a casa. Fue el trabajo más duro y más agotador que haya hecho jamás. Era urgente poder llevarnos la máxima cantidad de madera en la mínima cantidad de tiempo, ya que algunos habían empezado a llevarse maderos para su uso personal y sin permiso. Cuando Neto llegó a casa para el fin de semana, se le contrató de inmediato. Trabajamos por la noche.

Tardamos casi una semana en acarrear toda la madera hasta casa. La única manera de transportarla era a mano por culpa de los árboles que bloqueaban el

home on weekends. It was Father, Pepe and I making trip after trip to carry the lumber home. It was the most trying and excruciating work I've ever done. There was urgency in having to bring all the lumber we could in the least amount of time, for we learned that other people in town had been carting some of it for their own use without permission. When Neto came home for the weekend, he was pressed into service. We worked during the night.

It took almost a week to carry all the lumber out. Carrying the wood by hand was the only way to move it because of the trees that were blocking one lane. They had been felled weeks earlier and had not been stripped of limbs or bark. It would have taken another two weeks to have them cleared away.

We added two rooms and a large porch besides making two smaller rooms in the basement. Little Vera was born as soon as we had finished the improvements. Father started his own business again. He was able to get the same building he had before. He decided to buy a mule and a wagon, for he was going to do some butchering in the field and then deliver the meats to his customers in the wagon.

The first day he started up the hill from the Pike to our house, the mule stopped half way. Father tried everything he could to get the animal moving again. The previous owner had warned him about the stubbornness of this Missouri beast of burden. He had told Father to put some cubes of sugar in his coat pocket and offer them to him to get him to move forward. Pepe and I were at the top of the hill, for we knew Father would be coming home soon. When Father spotted us, he told me to run home and get some sugar cubes. I came down the hill with a handful and handed them to him. He walked up about fifteen to twenty yards and held out his palm so that the animal could see he had something white in his hand. The mule took off with a rush and was soon eating the sugar out of Father's hand. Then Father got him by the bridle and led the mule all the way home without stopping.

On level ground, the animal behaved in a normal way. But every time the road was steep, he pulled the same trick. Sometimes Father had to give him sugar two or three times if the pull up hill was long.

This mule had another characteristic: when Pepe or I would ride him to the creek to let him drink after Father had unhitched him from the wagon, he would jump every time he came to a deep rut in the lane, almost throwing us off his back. He did this no matter if it was Father, Pepe, Neto or I on him. If one of us were thrown off, he would look around and almost seem to be laughing.

During a heavyweight championship fight, groups of men would leave Glenncoe for Clarkston and would congregate in front of the *Clarkston Courier* office. A man would stand on the roof near the entrance. One of the editors would be listening on the inside to the broadcast, and he would pass on updates to the announcer on the roof. A lot of betting occurred. And all went wild the time the Dempsey-Firpo fight took place, for a great part of the crowd watching were from Glenncoe and they were partial to Firpo because he was from a Spanish-speaking country. They thought he should have won

camino. Se habían caído unas pocas semanas antes y aún conservaban las ramas y la corteza. Se hubiera tardado otras dos semanas en quitarlos del medio.

Añadimos dos habitaciones y un ancho porche además de dos habitaciones más pequeñas en el sótano. La pequeña Vera nació en cuanto acabamos nuestras obras. Mi padre abrió de nuevo su propio negocio. Le fue posible conseguir el mismo edificio que antes. Decidió comprar una mula y un carro, ya que iba a hacer de carnicero en el prado y luego repartir la carne a sus clientes en su carro.

El primer día que empezó a subir la cuesta hacia nuestra casa, la mula se paró a mitad de camino. Mi padre hizo todo lo que pudo para que el animal se volviera a poner en marcha. El anterior propietario le había puesto en guardia acerca de la testarudez de aquel animal de carga de Missouri. Le dijo a mi padre que llevara algunos terrones de azúcar en el bolsillo de su abrigo y que se los diera para hacerla avanzar. Pepe y yo estábamos en la cima de la colina porque sabíamos que papá no tardaría en llegar a casa. Cuando nos vio, nos dijo que fuéramos a casa a buscar terrones de azúcar. Bajé la cuesta con un puñado y se los di. Se alejó unas quince o veinte yardas y extendió la palma de su mano para que el animal pudiera ver que tenía algo blanco dentro. La mula se precipitó y no tardó en ir a comer el azúcar de la mano de mi padre. Entonces mi padre la cogió por la brida y la llevó hasta casa sin detenerse.

En terreno plano, el animal se comportaba debidamente, pero siempre que había una cuesta, volvía a hacer lo mismo. A veces mi padre le tenía que dar azúcar dos o tres veces si la cuesta era larga.

Esta mula tenía otra característica: cuando la montábamos Pepe o yo hasta el río para dejarla beber después de que papá la hubiese soltado del carro, saltaba cada vez que se encontraba con un surco profundo en el camino, casi tirándonos al suelo. Siempre lo hacía, la montara mi padre, Pepe, Neto o yo. Y cuando se caía uno de nosotros, miraba a su alrededor y casi se reía.

Durante los campeonatos de pesos pesados, grupos de hombres dejaban Glenncoe para ir a Clarkston y se reunían delante de las oficinas del Clarkston Courier. Había un hombre sobre el tejado cerca de la entrada. Uno de los editores dentro del edificio escuchaba la retransmisión, y le informaba de las últimas novedades al comentador del tejado. Había muchas apuestas. Y la gente se entusiasmó locamente cuando tuvo lugar la pelea entre Dempsey y Firpo, ya que la mayoría de la gente era de Glenncoe y eran parciales hacia Firpo porque venía de un país donde se hablaba español. Pensaban que tenía que haber ganado la pelea, convencidos de que le habían ayudado a Jack Dempsey a reincoporarse al ring de una manera ilegal. Hubo mucha discusión hasta que se decidieron a pagar los que había perdido sus apuestas.

Sentado en la cima de la colina Pinnick Kinnick, tras una ausencia de medio siglo, cierro los ojos y veo un panorama de sucesos, a parte de los que ya se han mencionado en esta narración. Me recuerdan de nítidamente, la forma en que mi familia y cientos de familias lucharon para volverse parte de los Estados Unidos de América. A pesar de nuestros triunfos y de los muchos beneficios

the fight, believing Jack Dempsey had been unfairly helped back into the ring. There was a lot of arguing before the losers paid off.

Sitting on the summit of Pinnick Kinnick Hill after an absence of half-a-century, I closed my eyes and saw a panorama of events besides the ones already mentioned in this narrative. They brought to mind vividly how my family and hundreds of other families struggled to become a part of the United States of America. Despite our many accomplishments and the many benefits we derived from being a part of this great country, there still is a feeling of not having been taken for what we really are: just as American as any American whose forefathers arrived on these shores 100 or more years ago.

I can still hear the words of a man when he said, "Might as well dig a hole and bury him here. He's just another one of them damn Spics." The man and two young boys had discovered a body in Stock's Field. Before long, two men identified the corpse as Jorge "Nosey George" Martinez.

The headlines in the *Clarkston Courier* that afternoon read: "'Nosey George' Found Dead in Stock's Field." Then the rest of the story told about bullet holes found on the back of his head. Body badly decomposed, funeral arrangements incomplete.

But it wasn't Nosey George at all, for he showed up the next day. He had been living in Donora, where he worked in the local smelter. He didn't know he was supposed to be dead. He had come to take his mother to live with him. His father had been one of the first men in town to succumb to the Spanish Influenza of 1918.

When he got on the trolley in Clarkston, he saw a friend he used to work with at the Glenncoe smelter. The man looked at him for a long while in disbelief. "What's the matter?" Jorge asked. "Something wrong?"

"I just read in the paper you were found dead yesterday," he said.

Then the man sat by him and told him about the discovery of the dead man in the field. Jorge had his friend go ahead of him when they got off the trolley car so he could prepare Jorge's mother for the good news. There was a tearful reunion.

Jorge Martinez had been a hard worker at the smelter until he became involved with gambling. When he was laid off, he decided to go to Donora, where he got a job at the smelter there. Then he met a Spanish girl and was married. He quit gambling when his first baby boy arrived. Now he had come to get his mother, for he wanted to take care of her in his new home.

Jorge, whose prominent nose inspired his nickname, and his wife had four boys and three girls. When the United States entered the war in 1941, the two older boys volunteered their services. One went to the Pacific, where he was killed by a Japanese sniper; another was an infantryman in the Eastern Theater of Operation and was killed in the Battle of Normandy. One of the girls became an Army nurse and another also served in the war effort.

que otorga el ser parte de esta gran nación, aún permanece el sentimiento de que no se nos ha considerado como lo que realmente somos: tan estadounidenses como cualquier estadounidense cuyos padres llegaron a estas costas hace cien años o más.

Aún puedo oir las palabaras de aquel hombre cuando dijo: "Con cavar un agujero y meterlo dentro, va que chuta. Es otro de estos malditos *spics*."

El hombre y dos muchachos habían descubierto un cuerpo en Stock Field. Dos hombres no tardaron en identificar el cuerpo: se trataba de Jorge "el curioso" Martínez.

Aquella tarde, se podía leer lo siguiente en los titulares del *Clarkston Courier*: "Jorge 'el curioso' Martínez hallado muerto en Stock Field." El resto del artículo hablaba de impactos de bala encontrados en la nuca del muerto. Descomposición avanzada del cuerpo, preparaciones funerarias inacabadas.

Pero no se trataba de Jorge "el curioso", ya que éste último apareció al día siguiente. Había estado viviendo en Donora, donde trabajaba en los altos hornos locales. No sabía que tenía que estar muerto. Había venido a buscar a su madre para que se fuera a vivir con él. Su padre había sido uno de los primeros en sucumbir a la epidemia de gripe española de 1918.

Cuando se subió en Clarkston, vio a un amigo con el cual había trabajado en los altos hornos de Glenncoe. El hombre le miró un rato largo anonadado. "¿Qué pasa? – preguntó Jorge – ¿te encuentras bien?"

"Acabo de leer en el periódico que te habían hallado muerto ayer" le respondió.

El hombre entonces se sentó al lado suyo y le habló del descubrimiento de un muerto en el prado. Jorge hizo que su amigo se le adelantara cuando se bajaron del trolebús para ir a preparar a su madre para las buenas noticias. Fue una conmovedora reunión.

Jorge Martínez había trabajado duro en los altos hornos hasta que empezó a jugar. Cuando le despidieron, decidió ir a Donora, donde consiguió un empleo en los altos hornos locales. Conoció a una española y se casaron. Dejó de jugar cuando nació su primer hijo. Ahora, había venido a por su madre porque quería cuidarla en su nueva casa.

Jorge, cuya prominente nariz le había merecido su apodo, y su mujer tenían cuatro niños y tres niñas. Cuando los Estados Unidos entraron en la guerra en 1941, los dos chicos se alistaron como voluntarios. Uno fue al pacífico, donde lo mató un francotirador japonés; el otro formaba parte de la infantería en la parte este del teatro de las operacines y murió en la batalla de Normandía. Una de las chicas se hizo enfermera en el ejército y la otra también sirvió en la guerra.

Sentado en la cima cubierta de hierba, aún puedo ver la salida del Ku Klux Klan aquella noche, hace muchos años. Me pregunté si el que había descubierto el cadáver que se supuso era el de George "el curioso" y le había llamado maldito *Spic* pertencía a ese grupo de fanáticos.

También puedo oir el chirrido de las carretas por las cuestas abruptas de la colina Pinnick Kinnick, llenas de grandes rocas, y yendo hacia el sitio donde

While sitting on the grassy hilltop, I could still see the flight of the Ku Klux Klan on that night many years ago. I wondered if the man who had discovered what was thought to be Nosey George's dead body and had called him a "damn Spic" was one of the leaders of that group of bigots.

I could also hear the screeching of the *carretas* being pulled down the steep slopes of Pinnick Kinnick Hill, loaded with huge rocks, and taken to the site where one of the men was building a house. Although its ride was all down hill, the two-wheeled cart, with the axles made of dogwood trees, still needed plenty of pushing, which was done by three or more men.

Then there was the Syrian peddler who carried a large leather case on his shoulders all the way from Kerley Hill, near Clarkston, on foot. He would make his rounds from house to house all day long, then would walk back home to load his case for the next day's trip to start from where he had left off the previous day. He would arrive at a house and most of the women and children from nearby houses would convene and spend an hour or two looking at the numerous items the man would show them. If some of the buyers were short of money, he gave them whatever they wanted on credit. He learned to bargain with the customers in their language; if he called on a Spanish family, he spoke Spanish—maybe not too well, but well enough to be understood. If they happened to be Italian or Polish, he still spoke mostly Spanish, for almost every one in town, including some of the people who had come to the area to scab when the smelter had been on strike, spoke it now.

"El Peto," as every one called the peddler, didn't keep a list of what his customers owed him. It was all in his head. He knew exactly what amount each creditor had received in credit, and there was never any argument either by him or his customers about the bill not being right.

Then there was that time long ago when many houses had been robbed of valuables during the *romerias* or *verbenas* near the top of the Hill. Everyone supposed it was the work of a lone man. When this lone robber entered what he thought was an empty house, believing its inhabitants had gone to have a good time up on the Hill, he was surprised to find a man in bed. He got panicky and hit the sleeping man on the head with a flat iron that he grabbed from a table. Luckily it was a glancing blow, for the man had started to turn in bed when he got hit. Nevertheless, it knocked the man unconscious, and he was still in a stupor when his wife and children returned home. The sheriff's office was notified of the attack, and bloodhounds were brought to pick up the scent of the intruder.

The bloodhounds took up the trail. They barked furiously as they went around the house, to the back fence and down an alley that ran around to connect with Ashton Lane. Then they circled until they reached the other side of Pinnick Kinnick Hill and headed for the house where Howard Polk lived. A search of the shed behind the house brought forth a number of the stolen items.

No one was surprised that Howard was the robber. Howard was fifteen, a large overgrown boy for his age. His parents were broken hearted when he was sentenced to the reform school in Pruntytown.

uno de los hombres estaba construyendo una casa. Aunque se tratara de ir cuesta abajo, tres hombres o más tenían que empujar el carro de dos ruedas, cuyos ejes estaban hechos de madera.

También estaba el vendedor ambulante sirio que acarreaba una pesada maleta de cuero al hombro desde la colina Kerley, cerca de Clarkston, a pie. Se pasaba el día visitando todas las casas, y luego volvía andando a casa para volver a cargar su maleta y volvía a empezar por donde lo había dejado el día anterior. Llegaba a una casa y la mayoría de las mujéres y de los niños de las casas vecinas se reunían y pasaban una o dos horas examinando los numerosos artículos que aquel hombre les enseñaba. Si a algunos compradores no les alcanzaba el dinero, les daba lo que querían a crédito. Aprendió a regatear con los clientes en su lengua; si visitaba a una familia española, hablaba español – acaso no muy bien, pero lo suficiente para que se le entendiera. Si la familia era italiana o polaca, seguía hablando español, ya que casi todos lo habían empezado a hablar, inclusive los que vinieron de esquiroles durante la huelga en los altos hornos.

"El Peto," así es como le llamaba la gente, no conservaba una lista de lo que sus clientes le debían. Lo tenía todo en la cabeza. Sabía exactamente qué cantidad le debían los que habían comprado a crédito y nunca hubo ninguna discusión acerca de si las cuentas estaban bien hechas.

También hubo esa vez hace muchos años cuando se robaron cosas de valor en muchas casas durante la romería en la cima de la colina. Todo el mundo supuso que aquello era la labor de un sólo hombre. Cuando este ladrón solitario entró en lo que creía ser una casa vacía, convencido de que sus ocupantes se habían ido a divertir sobre la colina, le sorprendió encontrar a un hombre en la cama. Se puso nervioso y le pegó al hombre que dormía con una plancha que cogió de una mesa. Afortunadamente le pegó de refilón, pues el hombre dormido se estaba moviendo en la cama cuando recibió el golpe. Sin embargo, el ladrón lo dejó sin sentido y aún permanecía bajo el estupor cuando volvieron a casa la mujer y los hijos. Se le notificó al sheriff la agresión, y se utilizaron sabuesos para identificar el olor del intruso.

Los sabuesos empezaron a seguir una pista. Ladrando furiosamente, atravesaron la casa y salieron por detrás, siguiendo un camino que llevaba hasta la calle Ashton. Luego dieron la vuelta hasta llegar al otro lado de la colina Pinnick Kinnick y se dirigieron hacia la casa donde vivía Howard Polk. Un registro del cobertizo detrás de la casa permitió descubrir una cantidad de objetos robados.

Nadie se sorprendió de que Howard fuese el ladrón. Howard tenía quince años y era muy grande para su edad. A sus padres, se les partió el corazón cuando se le sentenció a ir a un reformatorio en Pruntytown.

Mirando hacia abajo a la izquierda de donde estoy sentado, veo el sitio donde solía estar la tienda de ultramarinos de Fowler. Cuando cierro los ojos, todavía puedo ver las llamas en la noche. Si no llega a ser por Pasquale, mucha gente hubiera perecido en la hoguera. Pero tal y como transcurrió todo, no hubo ni heridos de poca importancia. Fue el peor incendio que tuvimos jamás en Glenncoe.

Tino's school in Anmoore
◆◆
La escuela de Tino en Anmoore

La tienda de Fowler había ido creciendo a lo largo de los años gracias a la presencia de dos nuevas instalaciones, la compañía de industria química Crossetti y la compañía Allied Carbon. Al principio, se trataba de una estructura de un piso. Se había ensanchado con suelo suplementario por la parte de detrás. Luego se añadió un segundo piso, con viviendas en la parte de delante y almacenes en la de detrás. Luego, para acoger a todas las familias que llegaban al pueblo sin tener en dónde instalarse, Fowler añadió una fila de apartamentos a la parte de detrás del edificio. Allí vivían ocho familias cuando estalló el fuego, cuatro en el primer piso y cuatro en el segundo.

Pasquale Rancilio había ido con el conductor Flaherty hasta Belleport en el último trolebús de la noche. Le gustaba a Flaherty tener al joven presente durante ese viaje, en particular durante la vuelta, cuando le dejaba a Pasquale que llevara el coche mientras se relajaba y leía la página de los deportes del Clarkston Courier.

Mientras el coche bajaba por la recta y ralentizaba en la curva antes de la última recta que entraba en Glenncoe, Pasquale vio llamas escapándose del tejado de un edificio. Al principio, creyó que se estaba quemando la ganadería de Wright, pero cuando aceleró el trolebús y se acercó un poco, vio que se trataba de la tienda de Fowler. Ya había alertado a Flaherty. Había cuatro pasajeros que volvían de su trabajo en la compañía de lámparas de chimenea. Eran todos jóvenes españoles y uno de ellos tenía a un tío que vivía en uno de los apartamentos de Fowler.

Flaherty paró el coche justo cuando las llamas se empezaban a extender por toda la tienda, hacia la fila de apartamentos. Les dijo a los chicos que se fueran a avisar a la gente de los apartamentos mientras salía disparado hacia la parada. Pasquale saltó del coche antes de que se parara, corrió hasta el cuartel de bomberos y preparó el coche de bomberos para salir mientras que Flaherty corría hasta las oficinas de la Carbon. No tardó en oirse el silbido del alarma de incendios y en verse a voluntarios acudiendo de todas partes hacia el siniestro.

Los chicos que habían salido del trolebús empezaron a gritar mientras llamaban a las puertas. La familias empezaron a salir precipitadamente mientras empezaban a caerse vigas y se incendiaban otras partes del edificio. Pasquale dirigió el chorro de agua hacia los apartamentos, sabiendo que no había nadie en la tienda. Esta actuación salvó a dos de las familias que estaban a punto de quedarse atrapadas en el segundo piso.

Mucha gente pensó que el fuego había sido intencionado. Muchos trabajadores habían sido despedidos, tanto en las minas como en los altos hornos, y una huelga estaba a punto de estallar en la Carbon. Había inquietud y resentimiento en el aire.

Otro motivo para provocar aquel incendio podía haber sido la competencia, ya que se habían abierto varias nuevas tiendas que competían con las tiendas locales. La tienda de Angelo tenía muchos de los artículos que vendía Fowler, y los vendía más baratos. Fowler había pensado que como había contratado José María Castillo para que trabaja para él, los españoles, que componían la mayoría de la población del pueblo, le darían su clientela incondicionalmente; también

As I looked down to the left of where I was sitting on the Hill, I saw the site where Fowler's General Store once stood. When I closed my eyes, I saw the flames shooting up into the dark of night. If it hadn't been for Pasquale, many people would have perished in the blaze. As it was, no one was even slightly injured. It was the largest conflagration ever to take place in Glenncoe.

Fowler's Store had grown through the years because of the two new plants, the Crossetti Chemical Company and the Allied Carbon Company. It was originally a one-story frame structure. It had been enlarged by adding extra floor space to the rear. Then a second story was added for living quarters in the front part and storage rooms in the rear. Then to take care of the many families who arrived in town with nowhere to live, Fowler added a row of apartments adjacent to the rear of the building. Eight families were living there at the time of the fire, four on the ground floor and four on the second floor.

Pasquale Rancilio had gone with Motorman Flaherty to Belleport on the last trolley run of the night. Flaherty enjoyed having the young man on this trip, particularly because on the return trip Pasquale would run the car while Flaherty relaxed and read the sports sheet of the *Clarkston Courier*.

As the car traveled down the stretch and slowed down for the curve to straighten out for the run into Glenncoe, Pasquale saw flames shooting from the roof of a building. At first he thought it was Wright's Livery Stable on fire, but as he speeded up the trolley and got a little closer, he knew it was Fowler's Store. By now he had alerted Flaherty. There were four passengers returning from work at the Lamp Chimney Company. They were all young Spanish boys, and one of them had an uncle living in one of Fowler's apartments.

Flaherty stopped the car just as the flames were beginning to spread to all parts of the store and beginning to lick at the row of apartments. He told the boys to go warn the people in the apartments while he took off for the car stop. Pasquale jumped off before the car came to a stop. He ran to the firehouse and got the fire truck going while Flaherty ran to the office of the Carbon. Soon the fire whistle was blowing and the volunteers began to run to the scene from all directions.

The boys who had been on the trolley began to shout as they knocked on doors. Families began rushing out as timbers fell and other areas caught on fire. Pasquale directed the streams of water to the apartments, knowing there was no one in the store. This action saved two of the families who were just about to be trapped on the second floor.

Many people thought the fire had been set deliberately. Many workers were laid off, both in the mines and at the smelter, and a strike at the Carbon Company was imminent. Uneasiness and anger were in the air.

Another motive for setting the blaze might have been competition, for a number of people had opened businesses to compete with the local merchants. Angelo's store carried many of the items that had been handled by Fowler, and was selling them for less. Fowler had thought his place was the only one the Spanish people, who made up the majority of the town's population, would patronize because he had hired Jose Maria Castillo to work for him; he had Delfina, his niece, who spoke Castillian perfectly, working there too.

tenía trabajando ahí a su sobrina, Delfina, que hablaba el castellano perfectamente.

Durante los días que siguieron al incendio, Fowler dejó a quien quisiera hacerlo urgar en los escombros del edificio y llevarse lo que encontrara.

Después del fuego, mi primo Emilio Junior pasó por casa y me pidió que le acompañara. Tenía una bolsa debajo del brazo. Cuando llegamos a la cumbre de la colina Pinnick Kinnick, abrió la bolsa y sacó dos latas. Las etiquetas habían sido quemadas y en realidad, él no sabía lo que había en las latas, pero debido a su tamaño, supuso que podían contener algún tipo de fruta. Las abrió con su navaja. Nos sentamos ahí y comimos lo que había dentro, melocotones en almíbar, charlando durante largo rato. Luego se metió la mano en el bolsillo de atrás del pantalón y sacó un paquete de tabaco de mascar Mail Pouch. Cogió un taco gordo de tabaco y se lo metió en la boca, se formó de inmediato un bulto en su mejilla derecha. Me pareció tan bueno y tan apetitoso que le pedí que me diera. Cogí un taco gordo y la mejilla se me puso igual que la suya. Mi hermano Andy siempre tenía tabaco de mascar en la boca, pero yo nunca lo había probado, aunque sí había pensado que me gustaría hacerlo algún día. Este era el día. Emil y yo nos quedamos sentados ahí durante un rato largo. Hacía buen tiempo y se estaba muy bien sentado ahí, dejando que el resto del mundo siguiera a lo suyo.

Cuando decidimos levantarnos para irnos a casa, me quedé parado un minuto. Luego, todo empezó a dar vueltas. Giraba todo tan rápidamente alrededor mío que antes de que me diera cuenta de lo que estaba ocurriendo, me encontré sentado en el suelo con una sonrisa boba en la boca. Se me cayó el tabaco de la boca y mientras empezaba a escupir los jugos que había producido, Emil se quedó mirándome, desternillado de risa. Nunca volví a mascar tabaco.

Mirando directamente hacia abajo, puedo ver la escuela donde ingresé el primer año. No ha cambiado en absoluto, ni siquiera el color. Sigue siendo un edificio de dos pisos con una escalera que va del primer piso al segundo por la parte de atrás.

Al principio de mi primer año, la larga verruga en la punta de mi índice derecho me llevaba molestando más de un año. Estaba justo debajo de la uña. Habíamos atado muchas veces hilos finos y resistentes alrededor de la verruga para que se cayera, pero no había dado resultado. Se cayó el primer día de clase, y bastante fácilmente. Así fue como ocurrió.

"Gorderas" Muñiz empezó la escuela la misma mañana que yo. Se sentó detrás de mí y cuando la maestra me preguntó mi nombre, yo respondí: "Justo." La maestra me pidió que lo deletrara. Así lo hice.

Como la maestra seguía teniendo dificultades con mi nombre, Gorderas dijo: "Le llamamos 'Pecas'." Era verdad, tenía pecas en la cara, y hasta en el cuello y en la nariz.

Me di la vuelta y le grité: "¡Cierra el pico Gorderas!"

La maestra, la señorita Auburn, se acercó a nosotros mientras Gorderas me llamaba Pecas de nuevo. Me estaba dando la vuelta cuando la señorita Auburn me pegó en el dedo donde estaba la verruga, haciendo que se cayera tan

In the aftermath of the fire, Fowler let anyone who wanted to rummage around the ruins of his burned buildings and help themselves to anything they could find.

Soon after the fire, my cousin Emilio, Jr., stopped by our house and asked me to go with him. He had a bag under his arm. When we walked to the top of Pinnick Kinnick Hill, he opened the bag and took out two cans. The labels were burned and he didn't really know what was in the cans, but by the size of them he thought they might contain some kind of fruit. He opened them with a pocket knife. We sat there and ate what was inside, peaches, and talked for a long while. Then he reached in his rear pocket and brought forth a package of Mail Pouch chewing tobacco. He took a large wad of the tobacco and put it in his mouth, where it made a big bulge on his right cheek. It looked so good and tempting to me that I asked him for some. I took a large wad and had my cheek bulging like his. My brother Andy always had chewing tobacco in his mouth, but I had never tried it, although I thought I would like to some day. This was the day. Emil and I sat there for a long time. The weather was warm, and it felt good to sit there and let the rest of the world go by.

When we decided to get up and go home, I stood still for a minute. Then the world began to spin. It whirled so fast that before I knew what was happening, I was sitting on the ground with a silly grin on my face. The tobacco fell out of my mouth, and as I began to spit the tobacco juice out, Emil stood there looking at me and laughing his head off. That was the last time I ever chewed tobacco.

Looking straight down, I saw the schoolhouse where I entered the first grade. It hadn't changed one bit, not even in color. It was still the two-story frame with the stairway running from the first floor to the second in the rear of the building.

At the start of my first-grade year, the long wart on the tip of my right index finger on my right hand had been a bother for a year or longer. It was just below the fingernail. Many times we had tied strong, thin thread around the wart to try to cut it off, but with no success. On my first day in school it came off with little trouble. This is the story:

"Fatty" Muniz started school the same morning I did. He sat behind me, and when the teacher asked me my name, I said: "Justo." The teacher asked me to spell it. I said, "J-U-S-T-O."

When the teacher continued to struggle with my name, Fatty said, "We call him 'Freckles.'" It was true: I had a freckled face. Even my neck was freckled, as was my nose.

I turned in my seat and shouted at him, "Shut up, Fatty!"

The teacher, Miss Auburn, came up to us as Fatty was calling me Freckles again. I had turned around to face him when Miss Auburn hit me on the finger that had the wart, knocking the wart off as cleanly as if it had been cut with a razor blade. It never did grow back.

The principal of the school was an outgoing, happy-go-lucky individual who seemed to get a kick out of the Spanish children. He would visit their parents

limpiamente como si se hubiera cortado con una hoja de afeitar. Nunca volvió a crecer.

El director de la escuela era un individuo extrovertido, alegre que parecía pasarlo en grande con los niños españoles. Visitaba a los padres y todos empezaron a llamarle "el payaso." Se fue al ejercito durante la primera guerra mundial, y cuando regresó, había perdido el uso de su mano derecha. Pero todos los chavales sabían que no tenía dificultad en azotar con la izquierda. Solía salir al patio y podía saltar una valla de cuatro pies sin dificultad. Podía hacer saltos mortales o volteretas hacia atrás sin tocar el suelo con las manos.

Al payaso le encantaba la comida española, y no tardó mucho tiempo en darse cuenta que los atizadores eran los miembros más ricos de la comunidad. Les visitaba a casa. Le daban chorizo, una de sus cosas favoritas, para que se llevara a casa. Le compraba un pan italiano recién hecho a Rancilio y se comía un gran pedazo de pan con el chorizo, relamiéndose de gusto mientras jugábamos durante el recreo.

El payaso les daba un tratamiento de preferencia a los hijos de los atizadores. Cuando yo estaba en el quinto año, una mañana, camino de la escuela, Gorderas le pegó a Pepe, mi hermano pequeño. Gorderas era tres años mayor que Pepe. Estaba atizando a Pepe cuando llegué. En seguida salté y le di un puñetazo a Gorderas en la mandíbula, haciéndole perder un diente y descolocando otros dos.

Cuando Gorderas llegó a la escuela estaba llorando. Su maestra llamó al director que me llevó a su despacho y me preguntó por qué había pegado al chico. Se lo dije. Me hizo agacharme sobre una silla y con una larga paleta con agujeros, me pegó lo más fuerte que pudo con la mano izquierda. Era la primera vez que nadie me había pegado jamás. Pero no lloré. Cuando volví al aula de clase, todos me miraron. Habían oído los azotes y se esperaban todos verme volver berreando. Me dolió cuando me senté, mi cara estaba del color de la remolacha pero no dejé escapar ni un quejido.

Gorderas era el hijo de Simón Muñiz, el atizador del alto horno número cuatro de la fábrica. Cuando volví a la escuela después del almuerzo, vi a Simón Muñiz y a Gorderas en el despacho del director. Un minuto más tarde, Gorderas entro en el aula y me dijo que el Payaso me quería ver en su oficina. Cuando entré, Simón empezó a gritarme en español: "¿Por qué has pegado a mi hijo?" El director me hizo agachar de nuevo sobre la silla, y esta vez, me pegó más veces y más fuerte que por la mañana. Cuando me dejó levantarme, bajé las escaleras corriendo y no paré hasta llegar a casa. Cuando le dije a mi madre lo que había ocurrido, me dijo que me fuera a la tienda y se lo contara a mi padre.

Estaba llorando cuando entré para decirle a mi padre lo de la segunda paliza. No lloraba porque aquellos azotes me dolieran más, sino porque no me parecía bien que me hubieran azotado por segunda vez.

Mi padre cerró la tienda y me dijo: "Vamos a ver a ese Payaso."

El director, paralizado, con una ancha sonrisa fija en los labios, estaba ahí, preguntándose lo que mi padre le iba a decir. Mi padre no le dijo ni una palabra. Se armó de valor y le dio una bofetada en la mejilla derecha, luego otra en la izquierda, se dio la vuelta y bajó lentamente las escaleras para volver a la tienda.

and everybody began to call him "Payaso," the clown. He left for service in the army in World War I, and when he returned, he couldn't use his right arm. But all the boys would say he had no trouble spanking with his left hand. He used to get out in the schoolyard and could jump a four-foot high fence with ease. He could do somersaults backwards without touching the ground with his hand.

El Payaso loved Spanish food. And it didn't take him long to find out that the Tizadores were the most affluent members of the Spanish community. He would visit their homes. They would give him *chorizo*, one of his favorite Spanish dishes, to take home. He would get a loaf of Rancilio's fresh baked Italian bread and eat a large chunk of bread with a long piece of the Spanish sausage wrapped in it and relish it with gusto as we played games during the recess period.

El Payaso gave preferential treatment to the children of the Tizadores. There was the time when I was in fifth grade when Fatty was fighting Pepe, my younger brother, on the way to school one morning. Fatty was about three years older than Pepe. He was getting the best of Pepe when I came on the scene. I jumped in and socked Fatty in the mouth and knocked out one tooth and loosened two others.

When Fatty got to school, he was crying. His teacher called the principal, who took me to his office and asked me why I had hit the boy. I told him. Then he made me bend over on a chair, and with a long paddle that had holes in it, he beat me as hard as he could with his left arm. It was the first time I had been beaten by anyone. But I didn't cry. When I returned to my classroom, everyone turned to look at me. They had heard the paddling and expected me to return bawling. It hurt when I sat down, my face was red as a beet, but I didn't let out a whimper.

Fatty was the son of Simon Muniz, the Tizador on number four furnace at the smelter. When I returned to school after lunch, I saw Simon Muniz and Fatty in the principal's office. A minute later, Fatty came into our classroom and told me Payaso wanted me in his office. When I stepped inside, Simon began to shout at me in Spanish: "Why did you hit my boy?" The principal made me turn over on the chair again, and this time he hit me oftener and harder than he had that morning. When he let me up, I ran down the stairs and all the way home. When I told Mother what happened, she told me to go to the shop and tell Father about it.

When I walked in to tell Father about the second spanking, I was crying. I wasn't crying because the spanking had hurt me more, but because I didn't think it was right for him to hit me a second time.

Father closed the shop and said, "Vamos a ver a este Payaso."

There was a wide-mouthed grin on the principal's face as he stood transfixed, wondering what Father was going to say to him. Father didn't say a word. He just hauled off and gave him a hard, open-handed slap on the right side of his face, then another on the left, and turned and walked slowly down the steps to go back to the shop.

In later years he told me that the reason he didn't say anything was because if he had, he might have gotten so mad that he could have done something he would have regretted the rest of his life.

Años más tarde, me dijo que no había dicho nada porque si lo hubiera hecho, se hubiera podido enfadar tanto que hubiera hecho alguna barbaridad de la cual se hubiera arrepentido el resto de su vida.

Mirando hacia la derecha de la escuela, puedo ver la casa con las flores pintadas en la pared. La casa aún está ahí. Pero hace mucho que las flores han perdido su antiguo brillo, pues El Pintor ya no vive aquí.

Augustín Pelaez y su hermano vinieron a Glenncoe por las mismas razones por las cuales habían venido los demás, para trabajar en la fundición. Pero Augustín era un artista y le animó mi padre a que le dejara la labor de los altos hornos a su hermano, Francisco, y se ganara la vida dedicando su tiempo a su trabajo sobre la tela, el trabajo que le gustaba hacer, expresándose a su manera.

Papá hizo que los paisajes pintados por Augustín se expusieran en Parsons-Souders, el almacén de moda femenina más importante de la ciudad. No tardó en crearse una demanda para su trabajo. Era un pintor versátil y no tardó en estar tan ocupado que hasta el final de su carrera, siempre tuvo más trabajo del que podía hacer.

Un día el Clarkston Courier publicó una pintura proveniente de una pared en frente de la casa de Augustín. La pintura representaba un largo banco a lo largo de la veranda. El banco tenía una caja de madera que contenía una variedad de rosas de diferentes colores. La pintura producía la ilusión de que las rosas crecían entre las dos ventanas de la casa. La carretera de Belleport pasaba por delante de la casa, y la gente en el trolebús, o pasando por delante de la casa en carros tirados por caballos o automóviles podían ver el arreglo. Era tan realista que la gente no podía creerse que estuviera pintado. La gente del pueblo andaba largas distancias para admirar aquel trabajo.

Los domingos, Augustín invitaba a la gente a ver su pintura de la última cena en la pared de su comedor. El mural tenía tantos detalles que casi se podía oir hablar al Señor y a sus discípulos.

Augustín se convirtió en el amigo del alma de mi padre. Como suele ser la regla con los artistas, sus ideas políticas eran más bien de izquierdas. Salvo su trabajo, nada le gustaba más que algo de buen licor y una discusión animada con alguien que compartiera la mayoría de sus puntos de vista.

Desde la cima de la colina Pinnick Kinnick, miro la carretera de Clarkston que se va estrechando hasta convertirse en un puntito que pasa entre dos altas colinas hacia Clarkston. Los circos solían instalar sus tiendas a la derecha de esta estrecha carretera. Esto me recuerda el día que el circo Sells-Floto desfiló desde las vías hasta el campo. Solíamos sacar billetes gratuitos para la tienda principal ayudando a llevar los animales a lo largo del desfile, proveyendo cubos de agua recogida en los surcos para que bebieran a lo largo de la carretera, y ayudando de otras muchas maneras.

Un día, mi hermano pequeño, Pepe, fue uno de los niños más envidiados: estaba vestido con un chal y con un turbán, y estaba sobre un camello. Nuestro hermano mayor, Andy, estaba trabajando en Pennsylvania y había venido a casa

Looking down to the right of the schoolhouse, I could see the house with the painted floral mural on the wall. The house was still there. But the flowers had long ago lost their former brilliance, for "El Pintor" no longer lived there.

Augustin Pelaez and his brother had come to Glenncoe for the same reason most of the others had come here, to work at the smelter. But Augustin was an artist and was encouraged by my father to leave the smelter to his brother, Francisco, and earn his living by devoting his time to his work on the canvas, the work he loved to do by expressing himself in his own style.

Father had Augustin's landscapes displayed at Parsons-Souders, the leading women's wear store in the city. Soon his work was in demand. He was a versatile artist and was soon so busy that for the rest of his workaday life he had more work than he could handle.

One day the *Clarkston Courier* published a picture painted on the stucco wall in front of Augustin's house. The painting was of a long bench running the length of the veranda. The bench had a wooden box containing a variety of roses of different colors. The painting made it seem as if the roses were growing between the house's two windows. The Belleport Road ran in front of the house, and people riding the trolley or passing the house by horse-drawn vehicle or automobile could plainly see the display. It looked so realistic that people couldn't believe it was painted. Townspeople would walk long distances to admire the work.

On Sundays, Augustin would invite people inside to see his painting of the Last Supper on the wall in his dining room. The mural was so detailed that one could almost hear the Lord and his disciples talking with each other.

Augustin became Father's bosom friend. As is characteristic of most artists, he was somewhat to the left in his political beliefs. With the exception of his work, he liked nothing better than some good liquor and a lively discussion with a person who shared most of his viewpoints.

From the top of Pinnick Kinnick Hill, I gazed out at the Clarkston Pike tapering to a small point as it passed between the high hills on its way to Clarkston. To the right of this narrow ribbon of road is where the circuses set up their tents. This brought to mind the day the Sells-Floto Circus had its parade from the rail yards to the grounds. We used to get free tickets to the main tent by helping to lead the animals along the parade route, by getting buckets of water for them along the way from the watering troughs along the Pike and by assisting in numerous other ways.

On one particular day, my younger brother, Pepe, was one of the envied boys: he was clothed with a shawl and a turban and sat atop one of the camels. Our oldest brother, Andy, had been working in Pennsylvania and had come home for a visit. He was watching the circus parade go past him when an "Arab" yelled out, "Hi, Andy!" He looked as the camel kept going and wondered why an Arab had called him by name.

He followed the circus to the grounds. When the Arabs dismounted from the camels, the young Arab who had hollered his name came running to him. "When did you get home?" he asked.

de visita. Estaba mirando el desfile del circo que pasaba delante de él cuando gritó un "árabe": "¡Hola Andy!" Andy miró mientras se alejaba en camello, preguntándose por qué un árabe le llamaba por su nombre.

Siguió al circo hasta el campo. Cuando los árabes se bajaron de sus camellos, el joven árabe que había gritado su nombre vino corriendo hacia él: "¿Cuándo has llegado?" le preguntó.

Fue entonces cuando Andy se dio cuenta de que el árabe era su hermano pequeño.

"Te has quedado conmigo – le dijo – pensaba que eras un verdadero africano y me preguntaba por qué me conocías."

Se rieron. Cuando Andy llegó a casa y nos habló del incidente, nos reímos incluso más.

Los mismos árboles que estaban sobre la cima de la colina Pinnick Kinnick cuando era niño aún siguen ahí cinco décadas más tarde. Mientras íbamos creciendo, grabamos nuestras iniciales sobre la tierna corteza. Ahora los árboles han seguido creciendo, están más anchos y más altos, deformando las letras, los corazones y las flechas que grabamos en ellas.

Veo un avión. Es un Whisperjet que va a aterrizar en el aeropuerto de Belleport. Le miro preparse para aterrizar, y me acuerdo con nitidez de mis experiencias en el parque de atracciones de Hillsboro con el Dr. Harold Caldwell y su avión de la primera guerra mundial con el puesto de mando al descubierto.

El doctor Caldwell era dentista. Había sido piloto de guerra en Francia. Era un cuarentón bajito, fuerte y musculoso. Un día me vio andando en Goff Plaza. Iba a coger el próximo trolebús para ir a casa. "Dime hijo – me dijo – me pregunto si me ayudarás a llevar algo hasta el parque de atracciones. Te daré dos dólares si lo haces."

Fui con el doctor hasta su garage, donde tuve la sorpresa de ver un avión. Estaba montado sobre un carro de dos ruedas con neumáticos que parecían como de bicicleta, y le ayudé a sacarlo. Era un avión de puesto de mando al descubierto. Quería que me sentara en el asiento trasero mientras tiraba del avión en su coche Dodge. Tenía que apartar las ramas del avión mientras conducía el coche a través de Broad Oaks hacia el campo de atracciones.

Cuando llegamos al parque de atracciones, bajamos el avión del carro y lo tiramos y lo empujamos hasta llevarlo hacia el interior del circuito. Entonces, tras haber mirado el nivel de gasolina, el doctor Caldwell me hizo bloquear una de las ruedas y sujetar el ala mientras giraba la hélice para arrancar el motor. Me dijo que me iba a llevar con él. Me tenía que sentar en el asiento de delante, ponerme el cinturón y no tocar ninguno de los controles.

El avión rodó a lo largo del interior del circuito antes de empezar a elevarse poco a poco. Perdí la gorra. Cuando el avión giró a la izquierda, los edificios y los campos debajo empezaron a cobrar un aspecto completamente diferente. Estaba fascinado por el movimiento de la palanca que tenía en frente. No sabía que lo controlaba el piloto sentado detrás de mí.

It was then that Andy realized the Arab was his little brother.

"You sure had me fooled," he said. "I thought you were a real African and wondered how you knew me."

They had a laugh about it. When Andy got home and told us about the incident, we all got a bigger laugh.

The same trees that had been on top of Pinnick Kinnick Hill when I was a small boy were still here five decades later. As we grew older, we carved initials in the tender bark. Now the trees had grown rounder and higher, distorting the letters cut on them and misshaping the hearts and arrows.

An airplane came into sight. It was a Whisperjet on its way to land at the Bridgeport Airport. Watching it head in for a landing brought to mind vividly my experiences at the Hillsboro County Fairgrounds with Dr. Harold Caldwell and his World War I open cockpit plane.

Dr. Caldwell was a dentist. He had been a fighter pilot in France. He was a short, stocky, well-muscled man in his early forties. One day he saw me walking in Goff Plaza. I was going to get on the next trolley to go home. He said, "Hey, son, I wonder if you will help me get something to the Fairgrounds. I'll give you two dollars if you will."

I went with the Doctor to his garage where, to my amazement, there was an airplane. It was mounted on a two-wheeled carriage that had what looked like bicycle tires, and I helped him push it out into the open. It was an open cockpit plane. He wanted me to ride in the rear seat as he pulled the plane with his Dodge car. I was to keep tree limbs up and away from the plane as he drove along the road going through Broad Oaks to the Fairgrounds.

When we got to the Fairgrounds, we got the plane off the carriage and pulled and pushed it until we got to the infield of the race track. Then, after Dr. Caldwell checked the gas tank, he had me block one of the wheels and then hold on to the wing while he turned the propeller to get the engine started. He had told me he was going to take me up with him. I was to sit in the front seat, and after strapping myself in, I wasn't to touch any of the controls.

The plane rolled along the infield and then started a gradual climb. My cap blew off my head. Then as the plane turned to the left, the buildings and the fields down below began to take on a totally different look. I was fascinated by the movement of the stick in front of me. I didn't know that the stick was being controlled by the pilot sitting in the seat behind me.

This was the beginning of a "father-son" relationship between the doctor and me. After a number of trips to the Fairgrounds, he began to instruct me in the art of flying. Before winter came, he let me take the plane up for my first solo trip.

There were four other pilots who had planes in a small hangar where Dr. Caldwell was now keeping his, and they all watched me take off. When the Doctor had accompanied me, I had always taken off and landed perfectly. This time, I tailed to the end of the field, turned for the straightaway run, gave the plane full throttle and soon was up and away—a very fine takeoff. I flew over

Este fue el principio de una relación como de padre e hijo entre el doctor y yo. Tras varios vuelos en el parque de atracciones, empezó a enseñarme el arte de pilotar un avión. Antes de que llegara el invierno, me dejó que sacara el avión yo sólo para mi primer vuelo en solitario.

Otros cuatro pilotos tenían sus aviones en el pequeño hangar donde el doctor Caldwell tenía el suyo. Cuando me había acompañado, yo siempre había despegado y aterrizado perferctamente bien. Esta vez, fui hasta el final de la pista, giré para salir derecho, aceleré y no tardé en subir – un buen despegue. Sobrevolé la colina que separaba esta zona de Glenncoe y podía ver la colina Pinnick Kinnick, nuestra casa y el resto del pueblo cuando me disponía a aterrizar. Cuando giré hacia la izquierda para emprender la bajada, hice presión con mi pie derecho, una costumbre contra la cual el doctor me había puesto en guardia: "No apoyes tu pie en el timón – solía decirme – ¡no estás poniendo los frenos!"

Me acordé de su consejo mientras iba bajando en una curva que me parecía la adecuada para conseguir un aterrizaje suave y bien ejecutado. Todo iba bien hasta el momento en que las ruedas estuvieron a punto de tocar el suelo. Seguí tirando de la palanca como hacía siempre y toque la pista de rebote. El avión pareció saltar veinte pies en el aire.

El doctor Caldwell me hizo un señal para que emprendiera otro vuelo. Fui hasta el final de la pista, y esta vez no me entretuve con el paisaje. El despegue fue perfecto, como siempre. Luego, di mi giro a la izquierda y me dispuse a hacer mi segundo aterrizaje en solitario. Esta vez me salió impecable. Incluso el doctor Caldwell no lo hubiera podido hacer mejor.

Cuando me acerqué a donde estaban los otros cuatro pilotos y el doctor Caldwell, todos me dieron la mano. Mientras iba hacia la pompa, cerca de uno de los establos, se precipitaron hacia allí, cogieron dos cubos de agua y me iniciaron en el "Club." ¡Era piloto a los quince años!

A los diecisiete, recorría las zonas rurales, yendo de una feria a otra junto a una escuadra de intrépidos pilotos. Hacíamos turnos haciendo maniobras acrobáticas, pasando de un avión a otro con la ayuda de una escalera de cuerda mientras sobrevolábamos la feria. Estaba acostumbrado a este tipo de cosas. A los once años, me subí a lo alto de la torre de perforación y me sostuve boca abajo mientras los niños del vecindario me miraban extasiados. Cuando vivíamos en Coalton, atravesaba el puente colgante por encima del río Brushy Fork colgándome de los cables. Me quedaba boca abajo en lo alto de la torre, y volvía de la misma manera hasta el centro del puente. Entonces me quitaba la ropa salvo los calzoncillos y me tiraba al río desde una altura de treinta y cinco a cuarenta pies. Las alturas no me impresionaban, pero cuando hacía mis malabarismos en el aire, procuraba no mirar hacia abajo, sino ocuparme con calma del negocio de darle un espectáculo emocionante a los espectadores. Mi paga para esta peligrosa operación dependía de la generosidad de los que la presenciaban; pasábamos la gorra antes de la actuación. Una vez pasamos la gorra después de los vuelos, y descubrimos que no era bueno para el negocio.

El cuatro de julio era un gran día en la feria del condado de Hillsboro. El doctor Caldwell y otros dos pilotos salían en sus aviones y emocionaban a la

the hill separating this part of the area from Glenncoe and could see Pinnick Kinnick Hill, our house and the rest of the town as I headed back to the grounds for the landing. When I made a left-hand pattern as I began the descent to the field, I put pressure on my right foot, a habit the Doctor had been warning me about. "Don't press down on the rudder with your foot," he would say. "You're not putting on the brakes!"

I remembered his advice as I came down the flight path in what I thought would be a nice, smooth landing. Everything seemed to be going right until just before the wheels touched down. I pulled the stick back the way I had been doing, and I hit with a bounce. The plane seemed to jump twenty feet in the air.

Doctor Caldwell waved me on for another flight. I went to the end of the field. This time I didn't go sightseeing. The takeoff was perfect, as usual. Then I made my pattern going to my left and headed down for my second solo landing. This time it was flawless. Even Doctor Caldwell couldn't have come in any better.

When I walked to where the four pilots and Dr. Caldwell were standing, they all shook my hand. As I started to walk to a pump near one of the stables, they rushed up and grabbed two large buckets filled with water and initiated me into the "club." A pilot at the age of 15!

By the age of 17, I was barnstorming, going from one county fair to another with a group of flying daredevils. We would take turns doing acrobatics, going up a rope ladder from one plane to another as we flew over the fairgrounds. I'd had experience in similar endeavors. When I was 11 years old, I'd climb to the top of a gas well derrick and stand on my head as the neighborhood boys watched in awe. When we lived in Coalton, I would go hand-over-hand up the cables leading to the top of the towers on the swinging bridge over the Brushy Fork River. I'd stand on my head on top of the tower, then go down again, hand-over-hand, until I got to the center of the span. Then I would take my clothes off, all but my underpants, and dive down about thirty-five to forty feet into the river. Heights didn't bother me, but as I did my stunts up in the air, so high above the ground, I wouldn't look down, but just calmly go about the business of giving the spectators a thrill. My pay for this dangerous operation depended on the generosity of the watchers; we passed around a hat before the flights. One time we passed the hats after performing and discovered it wasn't conducive to good business!

The 4th of July was the big day at the Hillsboro County Fair. Doctor Caldwell and two other pilots would take off in their planes and thrill the crowds with their acrobatic maneuvers. Hundreds of people would go from Glenncoe with picnic baskets to the top of the hill from where they could get a closer view of the planes as they flew just a couple of hundred feet above the ground.

Then the two-winged planes would take off from the infield of the fairgrounds. I would go in one, and as the two planes flew, slowly, one above the other, I would grab the rope ladder and hang head down, waving my arms below my head at the crowds. Then I would climb the few feet to get between the wings and then make my way carefully to the top of the upper wing and do a headstand.

This was the day my parents found out about my daredevil exploits. My two older brothers and Pepe knew about my activities. They had promised not to

gente con sus maniobras acrobáticas. Cientos de personas venían de Glenncoe con sus cestas de picnic hasta la cima de la colina donde podían ver los aviones de más cerca ya que estos últimos sólo volaban a unos cien pies del suelo.

Luego los biplanos despegaban desde el interior del circuito del campo de la feria. Yo iba en uno, y mientras los dos aviones volaban lentamente uno encima del otro, cogía la escalera de cuerda y boca abajo, saludaba a la muchedumbre haciendo movimientos con los brazos. Luego subía unos pocos pies para colocarme entre las alas y llegar con cuidado hasta el ala superior donde hacía el pino.

Fue aquel día cuando mis padres se enteraron de mis actividades de intrépido piloto. Mis dos hermanos mayores y Pepe estaban al corriente de mis actividades. Me habían prometido que no se lo dirían a mamá o a papá, y habían cumplido su promesa, aunque siempre me perseguían para que lo dejara. Pero ese día mis padres y mis tres tíos y sus familias se habían instalado en la colina para contemplar las festividades. Fue mi tío Diego el que me vio cuando el avión del cual yo estaba colgado con la escalera de cuerda estuvo a la vista, volando bajo por encima de la colina. La segunda vez que pasó, toda la familia me reconoció, y también mucha gente del pueblo.

Cuando llegué a casa aquella noche, mi padre me llamó. Me hizo sentar y empezó: "¿O sea que así es cómo te ganas el dinero que traes a casa? ¿Cuánto tiempo llevas haciendo esta estupidez? ¿Y si te caes y te matas? ¿Quién te va a enterrar? De ahora en adelante, si quieres volar, lo puedes hacer, con tal de que siempre conserves un pie en el suelo."

Ya en varias ocasiones le había dado las gracias al Señor por dejarme llegar a al suelo sano y salvo. Tras escuchar a mi padre aquel día, decidí dejarlo mientras seguía ganando. Ahora, son magníficos recuerdos. Lo volvería a hacer si me tocara vivir de nuevo.

No importa la dirección en que miro desde la cima de la colina Pinnick Kinnick, a la izquierda, a la derecha, hacia el norte, el sur, el este o el oeste, o simplemente hacia adelante, no tengo más que cerrar los ojos para que surja algo del pasado. Contemplando la oficina de correos, que sigue en el mismo sitio después de cincuenta y cinco años, recuerdo la más brutal – y la única – pelea de mujeres que haya presenciado en mi vida.

Goldie Gerguson y Beulah Smith se habían arañado, dado puñetazos, tirado del pelo, luchado sobre el porche de madera hasta caerse de él y habían forcejeado sobre el suelo hasta hacerse sangre y agotarse completamente, y todo por el amor de un hombre, Martín Walters.

Martín tenía veinte años cuando vino a vivir con sus tíos a Glenncoe. Medía unos cinco pies y nueve pulgadas y pesaba unas 175 libras. Tenía el pelo negro, ondulado, se vestía bien y era considerado como uno de los hombres más apuestos de la ciudad. Mi hermano Andy y Martín se hicieron amigos a través de su común interés por el arte de la defensa propia. Aunque Martín nunca se había puesto los guantes antes de llegar a Glenncoe, se entrenaba en el gimnasio que habíamos instalado en lo alto de la granja. Luego, Andy y Neto se ponían

tell Mother or Father, and they had kept their promise, although they were always after me to quit. But on this day my parents and my three uncles and their families had camped on the hill to watch the festivities. It was my uncle Diego who spotted me as the plane I was hanging from on the rope ladder came within view, low over the hilltop. On the second pass, all the family recognized me. So did a lot of the townspeople.

When I got home that evening, Father called me to him. He told me to sit down. Then he began, "So that's how you've been earning the money you bring home? How long have you been doing this foolishness? What if you fell and got killed? Who would bury you? From now on, if you want to fly, you can do so, providing you keep one foot on the ground."

There had been several occasions when I was thankful to God for bringing me down safely. After listening to Father that day, I decided it was time to quit while I was ahead of the game. Now they are wonderful memories. I would do it all over again were I born anew.

No matter where I looked from the top of Pinnick Kinnick Hill, whether left or right, north, south, east, or west, or just straight ahead, all I had to do was close my eyes and something from the past would flash before them. Looking at the post office, still in the same location after fifty-five years, I recalled the most brutal—and the only—female fight I'd ever seen.

Goldie Ferguson and Beulah Smith had scratched, punched, pulled hair, wrestled on the wooden porch, tumbled off the porch and fought on the ground until they were a bloody mess and completely exhausted, all for the love of one Martin Walters.

Martin Walters was twenty years old when he came to live with his uncle and aunt in Glenncoe. He was about five feet nine and weighed around 175 pounds. He had black, wavy hair, he dressed neatly, and he was considered one of the handsomest young men in town. My brother Andy and Martin became good friends through their mutual love of the manly art of self defense. Although Martin had never put the gloves on before coming to Glenncoe, he worked out in the "gym" we had in our barn loft. Then he, Andy and Neto would put the boxing gloves on and spar with each other until he became pretty good at ducking, feinting and throwing punches.

Martin had been promised a job at the Carbon Company, but there was a strike going on when he arrived in town. So he decided to take a fling at boxing. There were boxing matches being conducted at the auditorium in Clarkston once or twice a month. They gave Martin a spot in one of the preliminaries. He wanted to earn some money. Andy was his second on the night Martin climbed in the ring to fight a light heavyweight from Baltimore. When he got back to Glenncoe that night, he had two blackened eyes and a nose twice its normal size. But as he plopped down on a chair in the pool hall, he still could smile and wave the fistful of money he'd earned. A number of the men had been to the auditorium and congratulated him on his gameness.

los guantes de boxeo y peleaban entre ellos y Martín se iba volviendo bueno en esquivar, engañar y dar puñetazos.

Le habían prometido un trabajo a Martín en la Carbon, pero había una huelga cuando llegó al pueblo. Decidió entonces probar el boxeo. Se organizaban combates de boxeo en el auditorio de Clarkston una o dos veces al mes. Le hicieron competir a Martín en las eliminatorias. Quería ganar algo de dinero. Andy le asistió la noche en que se subió al ring para combatir con un peso ligero de Baltimore. Cuando volvió a Glenncoe aquella noche, tenía los dos ojos morados y la nariz el doble del tamaño normal. Pero mientras se dejaba caer sobre una silla en el salón de billar, aún podía sonreir y agitar el puñado de dólares que había ganado. Varios hombres habían estado en el auditorio y le felicitaron por su espíritu deportivo.

Al día siguiente, Beulah Smith fue hasta la casa del vecino, donde Martín vivía con sus tíos, y por poco se echó a llorar cuando vio la cara de Martín destrozada. Tenía sangre seca alrededor de los agujeros de la nariz y uno de sus ojos estaba casi completamente cerrado. Beulah ayudó a la tía de Martín a lavar la cara y puso toallas frías alrededor de sus ojos hinchados.

Beulah no sabía que le gustaba el joven a Goldie Ferguson. Goldie había conocido a Martín durante la cuadrilla que había organizado Tom Byers una noche, y la había acompañado hasta casa. Después de aquella noche, se solía parar y hablar con ella cuando la veía por el pueblo.

La mañana de la pelea entre Beulah y Goldie, Martín se encontró con Beulah mientras esta última iba a la tienda de ultramarinos de Fowler. Goldie vio a los dos caminando juntos por la carretera y manteniendo una conversación animada. No sabía que Martín le estaba agradeciendo con efusión que le hubiera curado las heridas.

Cuando Goldie salió de correos aquella misma tarde, quién sino Beulah apareció andando por la carretera con Martín Walters. Martín fue al barbero, y Beulah continuó hasta correos para mandar una carta. Ella andaba pavoneándose, pensando en lo simpático que era Martín, cuando oyó a alguien decirle de un tono sarcástico: "¡Oye tú, zorra del año del chicle! ¡No te me acerques a mi hombre!"

"¿Me está hablando a mí?"

" ¡Sí te estoy hablando a tí! ¡Martín es mío! ¡Déjalo en paz!" Y chilló literalmente: "¿Me oyes zorra?"

Entonces Beulah le dio una bofetada en la boca a Goldie, y en un abrir y cerrar de ojos, las muchachas empezaron. Peleaban como tigres. Varios hombres llegaron e intentaron detenerlas. Pero se escapaban de sus brazos y volvían a empezar una y otra vez.

Mientras las chicas se caían del porche y forcejeaban en el suelo, el hombre responsable de la algarabía se acercó para ver lo que estaba pasando. Cuando las reconoció, se interpuso entre las dos mientras se levantaban. Y cuando le vieron y se dieron cuenta del aspecto que tenían, se dieron la vuelta y cada una salió corriendo en dirección opuesta hacia sus respectivas casas. Martín no sabía que se habían peleado por él.

The next morning, Beulah Smith went to her neighbor's house, where Martin was living with his uncle and aunt, and almost cried when she saw Martin's battered face. He had dried blood around his nostrils and one of his eyes was almost shut tight. Beulah helped Martin's aunt bathe his face and put cold towels over his swollen eyes.

Beulah didn't know Goldie Ferguson was sweet on the young man. Goldie had met Martin at the square dance given by Tom Byers one night, and he had walked her home. Afterwards, he would stop and talk with her when he saw her downtown.

On the morning of the fight between Beulah and Goldie, Martin caught up with Beulah as she was going to Fowler's General Store. Goldie saw the two walking down the Pike in animated conversation. She didn't know Martin was thanking her profusely for treating his wounds.

As Goldie was walking out of the post office the same afternoon, who was walking down the Pike with Martin Walters but Beulah. Martin went to the barbershop and Beulah continued on to the post office to mail a letter. She was strutting along, thinking how nice Martin was, when she heard someone say in a sarcastic tone of voice: "You flapper bitch! You stay away from my man!"

"Are you talking to me?"

"Yes, I'm talking to you! Martin Walters belongs to me! You stay away from him." And then she literally screamed, "Hear me, you bitch?"

Just then Beulah slapped Goldie across the mouth. Before anyone could bat an eye, the girls went at it! They fought like two wild tigers. Several men came running and tried to stop them. But the girls slipped away from their grasps and went at each other again and again.

As the girls fell off the low porch and were wrestling on the ground, the man responsible for the melee came to see what was going on. When he recognized the two he got between them as they got on their feet. When they saw him and realized how they looked, they both turned and ran in opposite directions to their respective homes. Martin didn't know they had been fighting over him.

Neither one of the girls got Martin Walters. He and Andy had been making plans to take Horatio Algers' advice. They rode the rails as nonpaying passengers all the way to the west coast. In the Los Angeles area, there was no work to be found. Then they went to San Francisco; the same situation existed. After being away from home for about six weeks, a letter came to our house from Deadwood, South Dakota. Andy wanted Mother to send him his clothes; he and Martin were working on a ranch. So I went to the Express Agency in Clarkston with a heavy cardboard box filled with Andy's clothing and shoes. He never did get them.

Just six months after Andy left home, I was awakened by someone's ice cold feet against mine. I looked, and in the glow of the gas stove, I saw Andy in bed with me, sound asleep. It was just two days before Christmas, and we were all happy to have him home. We had been worrying, for he had sent us a letter telling us about the severe weather in the west.

Ninguna de las dos consiguió a Martín Walters. Él y Andy habían planeado seguir el consejo de Horatio Alger. Viajaron en tren sin billete hasta la costa oeste. No se podía encontrar trabajo en la zona de Los Angeles. Fueron a San Francisco y se encontraron con la misma situación. Más o menos seis semanas después, llegó una carta a casa proveniente de Deadwood, en el Sur Dakota. Andy quería que mamá le mandara su ropa. Él y Martín estaban trabajando en un rancho. Fui a la agencia Express en Clarkston con una pesada caja de cartón llena con la ropa y los zapatos de Andy. Nunca la recibió.

Justo seis meses después de que Andy se hubiera ido de casa, me despertaron los pies helados de alguien contra los míos. Miré, y en el resplandor de la estufa, vi a Andy en la cama conmigo, profundamente dormido. Faltaban dos días para Navidad y nos pusimos todos muy contentos de tenerlo con nosotros. Nos tenía preocupados pues nos había mandado una carta comentando el duro clima del oeste.

Martín Walters no volvió con él. Se quedó en el rancho trabajando de vaquero. El ranchero tenía dos hijas. Martín se casó con una de ellas y se convirtió en un miembro de la familia.

Varios meses más tarde, llegó una carta dirigida al tío de Martín. Martín, decía la carta, se había matado accidentalmente al intentar subir una valla. Llevaba el rifle en la mano izquierda y mientras se agarraba con la derecha, se disparó justo debajo de la barbilla. Murió en el acto y fue enterrado en el rancho.

Capítulo 12

Cientos de españoles vinieron a los Estados Unidos entre 1900 y 1920, casi todos de la provincia de Asturias. Los hombres venían a trabajar en los 25 o más altos hornos de zinc espacidos por los pueblos y comunidades rurales de diez estados. Las mujeres trajeron miles de niños al mundo en América, además de los cientos que se habían traído del viejo mundo.

Al principio, vivían en colonias, luego en vecindarios, manteniendo las costumbres y los hábitos del viejo mundo. Se les aceptaba sin dificultad en algunas comunidades, en otras se tardó varios años, y en otras siempre se les consideró con resentimiento y como extranjeros que venían a robar trabajo.

Muchos de esos españoles se naturalizaron en cuanto hubieron vivido los cinco años prescritos por la ley antes de poder pedir la ciudadanía; sus mujeres y sus hijos se volvían automáticamente ciudadanos americanos en cuanto el jefe de la familia se hacía él mismo ciudadano. Los hijos nacidos aquí se convertían en ciudadanos americanos por derecho de nacimiento en el país. Algunos españoles esperaban años antes de pedir la nacionalidad por su incapacidad de aprender el inglés. De hecho, muchos de los hombres y mujeres que vinieron a América nunca aprendieron suficiente inglés para poder ser entendidos.

Pero a pesar de sus faltas y de sus debilidades, representaron una ayuda valiosa para su país de adopción. Trabajaron duro en la industria, ayundando a

Martin Walters didn't come back with him. He stayed on the ranch working as a cowboy. The ranch man had two daughters. Martin married one of them and became one of the family.

Several months later, a letter came from the ranch man addressed to Martin's uncle. Martin, the letter said, had accidentally killed himself as he was trying to climb over a fence. The rifle was in his left hand, and as he braced himself with his right, it fired, hitting him below the chin. He had died instantly and was buried on the ranch.

Chapter Twelve

Hundreds of Spaniards came to the United States between 1900 and 1920, almost all from the province of Asturias. The men came to work in the 25 or more zinc smelters scattered in hamlets, villages and towns in ten states. The women came to bear thousands of children in America, besides the hundreds they brought with them from the old country.

At first, they lived in colonies, then in neighborhoods, maintaining their old-world cultures and habits. In some communities they were readily accepted, in others it would take several years and in still others, they were always deeply resented and looked upon as foreigners coming to take away jobs.

Many of these Spaniards became naturalized as soon as they had lived in the country the prescribed five years before being eligible to become citizens; their wives and children became automatic citizens when the head of the household became one. Then their children became American citizens by right of birth in this country. Some of the Spanish men waited years before applying for citizenship because of their inability to learn English. In fact, many of the men and women who came to America never learned English well enough to be understood.

But regardless of their faults or shortcomings, they became assets to their adopted country. They worked hard in industry, helping make America the great industrial power it is. They brought prosperity to thousands of merchants in all kinds of industries and business enterprises. Thousands of girls married "American" boys and had children who lost their identity as "Spics." Meanwhile, the children of "Spanish" boys and "American" girls continued to be discriminated against in many areas because of their surnames. Unlike a lot of other immigrants who Anglicized their last names to disguise their country of origin, few Spanish people changed their name regardless of how difficult it would be for them to get ahead. To this day, I know of only two families who thought their name would be more American if they wrote the last letter of their name with an 's' instead of a 'z.'

For some reason, the Artimez family wrote their name as Artimes, thinking it would sound more American. And they were right in one sense, but wrong for doing it. The other was the González family, which began to use the 's'

que América se convirtiera en la gran potencia industrial que es hoy en día. Trajeron prosperidad a miles de comerciantes y de negocios de todo tipo. Miles de chicas se casaron con "Americanos" y tuvieron niños que perdieron su identidad de *spic*. Mientras tanto, los niños de los chicos "españoles" y de la chicas "americanas" siguieron discriminados en muchas zonas por culpa de sus apellidos. Contrariamente a muchos de los demás inmigrantes que "anglicizaban" sus apellidos para disimular su país de origen, muy pocos españoles cambiaban su nombre, a pesar de lo difícil que podría resultar el subir los escalafones sociales. Hasta hoy, sólo conozco a dos familias que pensaron que su apellido sonaría más americano si cambiaban la "z" final por una "s".

Por alguna razón, la familia Artímez escribía su nombre Artímes, pensando que sonaba más americano. Y tenían razón, de alguna manera, pero no la tenían por haberlo hecho. La otra era la familia González, que empezó a usar la "s" en vez de deletrear su nombre de la manera correcta e única – González. Muchos niños y niñas de origen español nacidos en este país hubieran tenido una vida mejor en este gran país si hubieran estado dispuestos a sacrificar el orgullo por la comodidad cambiado sus nombres. Incluso a medida en que fueron pasando los años y que los niños se empezaron a graduar por varias universidades – o se volvieron expertos en sus oficios o negocios – sus apellidos siempre les perjudicaron.

Los españoles que vinieron a este país durante los años sobre los cuales se hace crónica en estas páginas contribuyeron mucho más a la grandeza de los Estados Unidos de América que anteriores españoles que vinieron a violar y explotar. Dieron sus vidas trabajando en los infiernos de los altos hornos de zinc, contribuyendo a cualquier tipo de negocio, produciendo no solamente beneficios para sus patrones sino también mejorando el nivel de vida de esos mismos a los que molestaban con su presencia.

Sentado aquí en la colina Pinnick Kinnick, me acuerdo de la familia de Alonso García. Durante la segunda guerra mundial, perdió a su hijo mayor, Benjamín, durante la invasión de Sicilia. Su hermano, Ricardo, perdió a su hijo mayor en Pearl Harbor, que se había alistado en la marina y que estaba a bordo de uno de los barcos atacados por los Japoneses el siete de diciembre de 1941.

Alonso y Ricardo se habían casado con hermanas y vivían en casas vecinas. Las dos mujeres se negaron a dejar sus casas después de enterarse del destino trágico de sus hijos. Pero Alonso tenía otro hijo, Salvador, que fue rechazado del ejército cuando le convocaron por sus problemas de asma. Se fue a Phoenix, en Arizona, y no tardó en sentirse muy bien. Volvió a casa y le dijo a su familia que iba a entrar de voluntario en el ejército. Pero su estado empeoró de nuevo y de nuevo tuvo que volver a Arizona. Salvador era un hombre alto de aspecto fornido, y tenía el pelo rubio, lo cual no es raro para un español del norte.

Salvador fue a pedir trabajo en la nueva instalación de defensa en Phoenix. La sala del personal estaba llena de hombres. Un hombre no tardó en ir hasta el despacho y empezó a examinar a los candidatos. Le hizo un gesto a Salvador y otro joven para que se acercaran al despacho. Les dijo que quería que se

instead of the correct and only way to spell the name—González. Many native-born boys and girls of Spanish extraction would have had a better life in this great country had they been willing to sacrifice pride for convenience by changing their names. Even as the years passed and the children began to graduate from colleges and universities—or become proficient in the trades or in business—their surname still had a detrimental effect.

The Spaniards who came to this country during the years chronicled here made a greater contribution to the United States of America than the earlier Spaniards who came to ravish and exploit. They gave their lives working in these zinc smelting infernos, contributing to every kind of business, producing not only profits for their employers but raising the standard of living of the very ones who most resented having them in their midst.

While sitting here on Pinnick Kinnick Hill, I am reminded of the family of Alonzo Garcia. During World War II, he lost his oldest son, Benjamin, in the invasion of Sicily. His brother, Ricardo, lost his oldest son in Pearl Harbor, for he had joined the navy and was aboard one of the ships hit by the Japanese on December 7, 1941.

Alonzo and Ricardo were married to sisters and they lived in neighboring houses. Both women refused to leave their houses after learning of their sons' fate. But Alonzo had a second son, Salvador, who was rejected from going into the service when he was called because of an asthmatic condition. He went to Phoenix, Arizona, and soon was feeling great. He returned home and told his family he was going to volunteer for the army. But his condition became bad again, and again he returned to Arizona. Salvador was a husky looking six-footer. And he was blond-haired, which is not unusual for a Spaniard from the north of Spain.

Salvador went to apply for work in a new defense plant in Phoenix. The personnel room was full of men. Soon a man walked to a desk and began looking the applicants over. He motioned for Salvador and another young man to come to his desk. He said he wanted them to report for work the next morning at seven. He gave them each an application and told them to return with it in the morning.

The next morning, the man greeted the two men cordially and told them to have a seat. He said he would return in a few minutes and tell them which department they would work in. About thirty minutes later, the man returned and told the man sitting next to Salvador to report to building No. 2. To Salvador, he said, "Mr. Garcia, I'm sorry, we cannot hire you."

"Why not? You told me to come ready for work."

"Well, I have nothing to do with this, you understand, but we can't hire Mexicans."

"But I'm not a Mexican. I'm an American."

"The name Garcia is not an American name."

"The name Garcia happens to be my father's name and I'm proud of it."

"Then you must be Spanish. You don't look like a Spaniard."

"I was born in this country, and I'm just as American, or more so, than you are! One of my brothers gave his life in the war, and if I hadn't been

presentasen a trabajar al día siguiente a las siete. Les dio a cada uno un formulario y les pidió que lo trajeran por la mañana.

A la mañana siguiente, el hombre les saludó cordialmente, y les invitó a sentarse. Dijo que en seguida volvería para decirles en qué departamento iban a trabajar. Volvió al cabo de treinta minutos y le dijo al hombre sentado al lado de Salvador que se presentara en el edificio número dos. Y le dijo a Salvador: "Señor García, lo siento, pero no le podemos contratar."

"¿Por qué no? Usted me dijo que viniera preparado para trabajar."

"Bueno, yo no tengo nada en contra de usted, usted me entiende, pero no podemos contratar mejicanos."

"Pero no soy mejicano, soy estadounidense."

"El apellido 'García' no es de los Estados Unidos."

"El apellido 'García' era el apellido de mi padre y estoy orgulloso de él."

"Entonces tiene que ser español pero usted no tiene pinta de ser español."

"Nací en este país, y soy tan estadounidense como usted, o incluso más. Uno de mis hermanos dio la vida en la guerra, y si no me hubieran clasificado 4-F 1, estaría defendiendo mi país en estos momentos. ¡Y ahora me viene usted con que no se me puede contratar porque me llamo García!"

Tras este intercambio, el encargado del personal se dio la vuelta para alejarse.

"Espere un segundo señor – dijo Salvador – Déjeme que le dé un mensaje para los que hacen su reglamento." Levantó al hombre y le dio un puñetazo en los pectorales, tirándolo al suelo. "¡Este es un mensaje de parte de García! ¡Diles que le llevaste un mensaje a García y que ahora les traes un mensaje de parte de García."

El encargado del personal corrió hacia una puerta y no tardó en volver con dos guadias de seguridad. Vigilaron a Salvador hasta que llegara la policía. Le detuvieron y le llevaron al cuartel general. Se le declaró inocente de lo que se le acusaba y pidió un juicio con jurado. Pero su caso nunca fue juzgado: se cerró sin más explicaciones.

Y luego estaban los hijos de las familias con el apellido de González. Cuando eran lo suficientemente mayores para ir a trabajar, tenían que soportar que se les llamara "Speedy."

Casi cincuenta años tras haber salido del sitio donde nací, fui criado y educado hasta la escuela secundaria, me gusta volver a la cima de la colina Pinnick Kinnick para meditar sobre el pasado. Ahora, mi vista se vuelve hacia la iglesia protestante, a solamente unas ciento cincuenta yardas por debajo de la Casa Loma.

Ángel Castillo y yo volvíamos a casa una noche cuando se paró un automóvil en la carretera. Dentro había un hombre y una mujer. "Chicos – dijo el hombre– os daré dos dólares a cada undo si vais a la iglesia ahí y servís de testigos para nuestra boda."

"¡Vale! – respondimos – Vayamos allá." Nos sentamos entonces en el asiento trasero del coche y fuimos testigos de la ceremonia de boda de la pareja. Firmamos nuestros nombres, y hasta este día, seguimos sin saber quién era esa pareja."

Anmoore residences with Pinnick Kinnick Hill in the distance
❖❖
Las viviendas de Anmoore con la colina Pinnick Kinnick en la distancia

El recuerdo más triste de los días pasados es cuando miro el sitio donde solía estar nuestra casa. La parcela está ahora cubierta de árboles y de matorrales, triste espectáculo. Un día, fue el sitio de interés turístico del pueblo. Los manzanos, que producían una variedad de las manzanas más gordas que he visto en mi vida, han desaparecido hace mucho. Como también han desaparecido las docenas de rosales que producían rosas rosas y rojas que las muchachas se colocaban orgullosamente en el escote o en el pelo, en particular durante los bailes del sábado por la noche en la Casa Loma. También han desaparecido las largas hileras con diferentes variedades de vid, con sus enredaderas a lo largo de la valla, desde la entrada hasta el final de la parcela. Muchas veces, me he sentado a la sombra de la vid, comiéndo uvas hasta hartarme. También había dos melocotoneros, una morera y cuatro grandes acacias blancas detrás de la casa, cerca de la valla. Solíamos sentarnos sobre la valla y nos columpiábamos mientras mirábamos nuestras vacas de Jersey rumiar y veíamos el caballo Whiskey y la mula mirándonos mientras comían su avena.

Aún puedo ver a mamá colgando la colada en el porche detrás de la casa. Movía la cuerda con los vestidos lejos de la polea sobre la rosca inferior hasta tener ropa tendida a secar desde la casa hasta los acacias. Solía haber una pompa a un lado de la casa, de la cual sacabamos agua para el lavado. También había un pozo cerca del porche que era tan profundo que tardaba el largo y fino tubo de metal mucho tiempo en tocar el agua. El agua de ese pozo siempre estaba tan fría que nos hacía daño a los dientes cuando nos llevábamos el cazo a los labios.

Cuando llegó el cavador de pozos con su equipo para preparse a cavar un pozo en el mejor sitio, se paseó con una rama del melocotonero. De repente se paró, cuando la ramita empezó a moverse sola en sus manos.

Me acuerdo que le dijo a mi padre: "Voy a empezar aquí. ¡Es que es ideal! El Señor dice que este es el sitio y será lo más práctico para los señores."

Se tardó casi dos semanas en cavar el pozo. Dijo que iba a ser más profundo que lo que había creído. Y un día, salió el taladro cubierto de barro húmedo. Vi cómo lo probaba con la lengua y dijo: "Aquí está. Este va a ser uno de los mejores pozos del pueblo." ¡Y lo era!

Llenábamos palanganas de agua para que papá pudiera poner la cerveza a enfriar para sus clientes del patio, y ellos decían que era la cerveza más fría que jamás hubieran bebido.

No puedo evitar acordarme de aquellos días, hace mucho, cuando acarreamos todos esos maderos con el fin de construir dos habitaciones suplementarias para poder responder a las necesidades de nuestra familia, cada vez más numerosa. Cuando nos mudamos por última vez hacia el medio-oeste, mi madre había tenido nueve hijos. Y he dejado a mucha gente intrigada cuando me han preguntado cuántos hermanos tenía y he respondido: "Somos siete hermanos y cada uno de nosotros tiene dos hermanas."

Pero la casa donde solíamos vivir no es lo único que ha desaparecido. A la derecha de donde vivíamos y al otro lado de la carretera comarcal y de la de Coe, el sitio de la compañía química Crossetti está ahora ocupado por una gran explotación de carbón.

classified 4-F, I would be defending our country right now. And now you tell me you won't hire me because my name is Garcia!"

After this exchange, the personnel man turned to walk away.

"Wait just a minute, Mister," Salvador said. "Let me give you a message to take to your policy makers." Then he hauled off and punched the man in the chest, knocking him to the floor. He yelled, "This is a message from Garcia! Tell them you delivered the message to Garcia and now you're bringing them a message from Garcia!"

The personnel man ran through a door to the shipping department and soon returned with two security guards. They held Salvador Garcia until the police arrived. He was arrested and taken to headquarters. He pleaded not guilty to the charge against him and demanded a jury trial. But his case never did go to trial. It was dismissed with no explanation.

Then there were the sons of families with the name of González. When they were old enough to go to work, they had to hear themselves referred to as "Speedy."

Almost fifty years after moving away from my birthplace, where I was reared and educated as far as high school, I enjoyed returning to the summit of Pinnick Kinnick Hill to reflect on bygone days. Now my vision turned to the Protestant Church, just a hundred and fifty yards or so below La Casa Loma.

Angel Castillo and I were walking home one evening when an automobile stopped on the Pike. A man and woman were inside. The man said, "I'll give you boys two dollars each if you will go to the church over there and witness our marriage."

We said, "Sure! Let's go." So we got into the back seat of the car and witnessed the wedding ceremony of the couple. We signed our names, and to this day we don't know who the couple was.

The saddest recollection of bygone days was when I looked down to the spot where our house once stood. The lot is now overgrown with trees and brush, a sad sight. Once it was the showplace of the town. The apple trees, bearing a variety of the largest apples I have ever seen, are long gone. So are the dozens of rose bushes bearing pink and red roses the young girls wore proudly in corsages or in their hair, especially at the Saturday night dances at the Casa Loma. Gone, too, are the long rows of several varieties of grapes, their vines running along the fence from the front yard to the end of the lot. Many a day I sat under the shade of the vines and ate grapes to my heart's content. Then there were the two peach trees, the Mulberry tree and the four large locust trees in the back near the fence. On the fence, we would swing to and fro as we watched our Jersey cows chewing their cuds and saw the horse Whiskey and the mule looking up at us as they munched their oats.

I could still see Mother hanging out the wash from the back porch. She would move the clothes' line away from the pulley on the lower strand until she had clothes drying all the way from the house to the locust tree. There used to

Donde los árboles y la vegetación fueron destruidos dando lugar a constantes demandas judiciales en contra de la compañía Crosseti, la compañía de explotación de carbón está ahora dejando una capa negra y pegajosa.

Se han publicado dos libros recientemente describiendo los efectos de la polución sobre el medio ambiente en esta zona, por culpa de la industria del carbón: uno se titula *Citizen Nader*, escrito por Charles McCarry, y el otro es *Disturbers of Peace* de Colman McCarthy.

Poco después de que nos fuéramos de Glenncoe, el juzgado del condado de Hillsboro se quemó completamente en Clarkston. Cientos de niños españoles habían nacido en las tres comunidades españolas de Glenncoe, Westview y Coalton. Pero sólo los que habían nacido al final de los años veinte figuraban en los registros, ya que en el pasado, las mujeres solían ser asistidas por una comadrona cuando daban a luz. Durante años, unas tres mujeres españolas oficiaron de comadronas para las mujeres embarazadas. Hablaban muy poco inglés y no sabían escribir, ni en español ni en inglés. Esto significaba que los niños nacidos con la ayuda de estas comadronas se tenían que hacer inscribir ellos mismos sobre el registro produciendo una declaración jurada atestando el hecho.

Se volvió muy difícil para muchos de ellos obtener empleo en la rama de la defensa porque no se consideraba su partida de nacimiento como un documento oficial.

Benito y Dolores Fuentes tenían una de las familias más numerosas del pueblo. Tenían diecisiete hijos, cuatro de ellos nacidos después de que nos fuéramos del pueblo, y todos habían nacido sin la ayuda de una comadrona ni de un médico. La señora Fuentes era una mujer grande y fuerte. Daba luz a un niño y ese mismo día ya estaba de pie, cocinando y haciendo otras tareas de la casa. Asombraba a todo el mundo con tanta capacidad de resistencia.

Una vez, durante una huelga en los altos hornos, Benito Fuentes, un hombre alto, delgado y ya padre de diez hijos, fue a buscar trabajo en los altos hornos de Palmerton, Nueva Jersey, donde vivían una importante colonia de españoles. Pero la compañía estaba despidiendo a hombres y no tenían trabajo para él. Por alguna inexplicable razón, decidió mandarle un telegrama a su mujer en Glenncoe notificándola de que él había muerto de repente. El telegrama, con el remite de un nombre ficticio, decía que se mandaría el cuerpo a una funeraria de Clarkston.

Calculó para que su vuelta a casa ocurriera poco después de que su familia hubiera recibido el telegrama. Se subió al porche sin que le viera nadie. Se paró a escuchar y pudo oir a su mujer y a sus hijos sollozar y llorar, hablando de lo bueno que había sido. Cuando hubo oído lo suficiente para convencerse de que su mujer realmente le quería, abrió la puerta y entró, haciendo como si nada. Al verle, su familia se quedó atónita y se puso eufórica, pero cuando su mujer se calmó, quiso saber lo que pasaba. Juró no saber nada acerca de aquel telegrama. Alguien les tenía que haber gastado una broma pesada. Pero por mucho que intentara que su mujer le creyera, me parece que nunca lo consiguió.

be a pump on the side of the house from which we drew water for the wash. There was also a well off the back porch that was so deep it would take the long slender metal tube a long time to hit the water level. The water from this well was always so cold it would hurt our teeth when we put the dipper to our lips.

When the well digger came with his rig to get ready to start drilling in the best spot, he walked around with a branch from the peach tree. Then he stopped all of a sudden when the twig began to move uncontrollably in his hands.

I remember him telling my father, "I'm going to start here. Say, this is ideal! The Lord says this is the spot, and it's where it will be the handiest for the Missus."

It took almost two weeks of drilling. He said it was going a lot deeper than he thought. Then one day the drill came out with soft wet mud on it. I watched him taste it on his tongue and say, "This is it. This is going to be one of the finest water wells in town." And it was!

We would fill tubs with water so Father could cool beer for his customers in the beer garden, and they would say the beer was the coldest they had ever drunk.

I couldn't help thinking of the days we worked carrying the lumber that time long ago to build the two extra rooms to take care of our growing family. By the time we moved away the last time for the middle-west, Mother had borne nine children. And I've puzzled many people who asked me how many brothers and sisters I had by saying, "There are seven of us boys, and each one of us has two sisters!"

But the house we lived in wasn't the only thing that was missing. Down the right from where we used to live and across the Pike and Coe's Run, the site of the Crossetti Chemical Company is now occupied by a huge new carbon company.

Where once trees and foliage were destroyed and lawsuits became commonplace against the Crossetti Company, now the carbon company is laying a film of black sticky carbon all over the area.

Two books have recently been published describing the effects of the pollution on the environment in this locality by the carbon company: one titled *Citizen Nader* by Charles McCarry, the other *Disturbers of the Peace* by Colman McCarthy.

Not long after we moved away from Glenncoe, the Hillsboro County Courthouse burned to the ground in Clarkston. Hundreds of Spanish children had been born in the three Spanish communities of Glenncoe, Westview and Coalton. But only the ones born in the later twenties were registered, as before this time almost every Spanish woman had used a midwife when she delivered her baby. For years, about three Spanish women ministered to the pregnant women as midwives. They spoke no English and didn't know how to write either Spanish or English. This meant that children born with the assistance of these midwives had to have themselves registered as having been born in the county by furnishing affidavits attesting to the fact.

Poco después de este incidente, estaba yo caminando por el bosque con la intención de recoger castañas. La primera helada del año había hecho los abrojos caer al suelo y sabía que me llenaría los bolsillos en un santiamén. Mientras iba caminando, había dos chicos haciendo algo que no pude ver hasta acercarme. Eran Manolo y Eloy Fuentes. Estaban agachados, despellejando una vaca. La vaca era suya y había muerto de forma misteriosa la noche anterior. Estaba hinchada. Los chicos iban a vender la piel. Cuando les dije que nadie compraría la piel de una vaca que había muerto de alguna enfermedad o de haber comido algo envenenado, me dijeron que cerrara el pico y que no se lo contara a nadie. Les dije que aquello no era asunto mío y seguí mi camino. Cuando volví a casa con los bolsillos llenos de castañas, no hablé de la vaca.

Lo pasamos muy bien con las castañas aquel día. Mi madre llenaba un balde de castañas y las metía en el horno para asarlas. Lo había hecho muchas veces en el pasado, porque le gustaban las castañas asadas y sabía que a nosotros también. Y nos reímos mucho cuando abrió el horno para ver qué tal estaban. Mi padre acababa de llegar a casa, y Pepe, Celia, Vera, el pequeño Enrique y yo la estábamos mirando. Se abrió la puerta del horno y las castañas empezaron a saltar y a reventar como fuegos artificiales un cuatro de julio. Mi madre bailaba por la cocina, sin atreverse a pisar y haciendonos gestos para que nos fuéramos. Se estaba riendo y nosotros nos reíamos aún más mirando la expresión de su cara. Se le había olividado hacer el pequeño corte en cada castaña antes de meterlas en el horno. Sabía lo que ocurriría pero las había metido en el horno sin pensar.

La mayoría de los antiguos monumentos históricos aún seguían allí cuando visité la colina Pinnick Kinnick, salvo el viejo juzgado, que ahora se ha reemplazado por un edificio de muchos pisos. Del otro lado de la calle, han puesto un nuevo hotel nombrado para honrar la memoria del general de la guerra civil e hijo del pueblo, Thomas "Stonewall" Jackson. Ya no está el viejo puesto de perritos calientes en la calle cuatro, pero hay varios puestos sirviendo perritos calientes. Me parecieron casi tan buenos como los me solía comer por docenas hace años. También hay un McDonalds que vende hamburguesas en la entrada de Clarkston. Me pregunto si las hamburguesas tendrán tanto éxito en esta zona como lo tuvieron los perritos calientes.

El viejo edificio donde el juez solía llevar los juicios aún está en pie. Es aquí donde le demandaron a mi padre por 250 dólares por culpa de un accidente en el cual tomé yo parte.

Ocurrió una noche, cuando vivíamos en Coalton. Yo estaba trabajando en las vía ferroviarias, llevando un caballo todo el día, seis días a la semana. Pepe trabajaba en la tienda. Mi padre me dejó su Ford Touring para ir a ver una película en Clarkston. Había otros cuatro chicos conmigo: Pepe, Enrique Rodríguez, y Jaime y Julio Pérez. Cruzamos el puente por encima del río Brushy Forks y giramos en la carretera de Fairmont, hacia el este en dirección a Clarkston. Pasamos por el pueblo de Hepzibah y empezamos a subir la larga cuesta hasta la parada del coche de línea Lyon. Había un terraplén a la derecha de la cuesta abrupta que subíamos. A la izquierda, había una ravina que descendía hasta el río Brushy Fork.

It became very difficult for many of these people to obtain employment in sensitive industries because their birth certificates were not recognized as being genuine documents.

Benito and Dolores Fuentes had one of the largest families in town. There were seventeen children, four of them born after we moved away, and each one was born without the services of either a midwife or a doctor. Mrs. Fuentes was a big, strong woman. She would give birth to her child, and on the same day, she would be up and about, cooking and doing other household chores. She amazed everyone with her stamina.

Once, during a strike at the smelter, Benito Funtes, a tall, thin man and already the father of ten children, went to find work in a smelter in Palmerton, New Jersey, where there was a large Spanish colony. The company, however, was laying off men and had no work for him. For some unexplained reason, he decided to send a telegram to his wife in Glenncoe notifying her that he had died suddenly. The telegram, with a fictitious name listed as the sender, stated that the body would be shipped to an undertaker in Clarkston.

He timed his return home to occur shortly after his family received the wire. He walked up on the porch without being seen by anyone. He listened and could hear his wife and children talking and sobbing and crying out loud, saying what a good man he had been. When he had heard enough to convince him that his wife really cared for him, he opened the door and walked in, pretending to be unconcerned. His family was dumbfounded and elated to see him, but when his wife got her senses back, she wanted to know what was going on. He swore he knew nothing about the telegram. Someone must have done it as a practical joke, he claimed. But no matter how hard he tried to make his wife believe him, I don't think she ever did.

One day shortly after this incident, I was walking through the *bosque*, intending to pick some chestnuts. The first frost of the year had made the chestnut burrs fall to the ground and I knew I would get my pockets full in no time. As I walked along, there were two boys doing something I couldn't tell until I got closer. They were Manolo and Eloy Fuentes. They were bent down skinning a cow. The cow had belonged to them and had died for some mysterious reason the evening before. It was bloated. The boys were going to sell the cow hide. When I told them the man wouldn't buy a hide from a cow that had died of some disease or from eating poisonous food, they told me to shut up and not to tell anyone about it. I told them it was none of my business and went my way. When I got home with my pockets filled with chestnuts, I didn't mention the cow.

We had a lot of fun with the chestnuts that day. Mother got a pail full of the largest chestnuts and placed them in the oven to roast. She had done this many times in the past, for she liked roasted chestnuts and knew we all did, too. Then we all got a big laugh when she opened the oven door to see how they were coming along. Father had just come home, and Pepe, Celia, Vera, and little Henry and I were watching her. The oven door opened and the chestnuts began to pop

Llevaba el Ford en primera, ya que la cuesta era de unos cuarenta y cinco grados. Ibamos subiendo lentamente cuando salió otro Ford en frente, bajando la cuesta. Sólo llevaba el conductor. Mientras bajaba a nuestro encuentro, se iba acercando más y más a mí. Me paré, con el lado derecho del Ford casi tocando el terraplén. El conductor se mantenía de mi lado evidéntemente por miedo a acercarse demasiado a la ravina al lado de la carretera a su derecha. Chocó contra mi parachoques izquierdo y se paró. Empezó a dar marcha atrás. Se puso nervioso y antes de que pudiera darse cuenta de lo que estaba ocurriendo, el coche salto el bordillo de la carretera y empezó a rodar por la abrupta cuesta, hasta que el coche se diera un bandazo y se cayera de lado. El impulso que llevaba le hizo rodar hasta la orilla del río.

Los cinco chicos corrimos lo más rápido que pudimos hacia donde se había parado el coche. El hombre seguía dentro, aún agarrado al volante. El coche estaba volcado. Lo levantamos y sacamos al hombre. Estaba muy aturdido pero pudo ponerse en pie y pronto recobró la compostura. Pusimos el coche en marcha. Todavía andaba, pero el guardabarros estaba doblado y el capó y la carrocería estaban abollados. Nos subimos al coche y lo empujamos valle abajo hasta que conseguimos volverlo a poner en la carretera. Apuntamos el nombre y la dirección del hombre y él apuntó los nuestros y cada uno siguió su camino.

Decidimos que ya era muy tarde para ir al cine porque mi padre nos había dicho que estuviésemos en casa a cierta hora y habíamos pasado dos horas ayudando a aquel hombre que los había dado un golpe con su coche.

Compramos un par de bolsas de perritos calientes y refrescos y nos fuimos a casa.

Tuvimos que cambiar el guardabarros del Ford pues había quedado muy dañado. Unos días despúes, Andy llevó el Ford al taller para cambiar el guardabarros. No tenían ningún repuesto en el almacén, y tardaron tres semanas en reponerlo.

Aproximadamente dos meses despúes, mi padre recibió una carta de un abogado exigiéndole el pago de 250 dólares para el hombre que nos había dado el golpe con el coche. Tras eschuchar nuestra historia, mi padre le dijo al abogado que no iba a pagar. Una semana después, mi padre recibió un llamamiento judicial para presentarse en una audiencia en Clarkston.

Juntamos a todos los chicos que habían estado conmigo esa noche. La audiencia comenzó, y el juez de paz nos hizo relatar nuestra versión de los hechos. Mi padre contrató a un abogado italiano para que nos representase. El hombre que nos golpeó subió al estrado y dijo que nosotros le habíamos dado el golpe a él. Cuando bajó, subió otro hombre y dijo que él había estado en el otro coche; luego otro hombre contó la misma historia, ¡y aún lo hizo otro más!

Perdimos el caso. Le dijeron a mi padre que tendría que pagar los 250 dólares de la reparación del coche del otro hombre, más los 25 dólares que costaba el juicio.

Esta fue la primera y la última vez que he estado en un juicio. Cuando mi padre y el abogado me preguntaron por qué no les había hablado de los otros hombres, les dije que no había habido otros hombres. Me acerqué al juez y le

and explode like a bunch of firecrackers on the Fourth of July. Mother danced gingerly around, shooing us away. She was laughing, and we were laughing even harder watching the expression on her face. She had forgotten to cut a little of the skin on each chestnut before putting them in the oven. She knew what would happen, but had put them in the oven without thinking.

Most of the old landmarks in Clarkston were still there when I visited Pinnick Kinnick Hill, except for the old picturesque courthouse, now replaced by a modern, many-storied building. Across the street was a new hotel, named in honor of Civil War General and local son Thomas "Stonewall" Jackson. The old hot dog stand on Fourth Street was no longer there, but there were a number of stands serving hot dogs. I found them to be almost as good as the ones we used to get by the sack years ago. There was also a McDonald's Hamburger Stand on the outskirts of Clarkston. I wondered if hamburgers would ever become as popular as hot dogs in this area.

The old building where court was held by justices of the peace still stood. This is where Father was sued for $250 because of an incident I'd been involved in.

It happened one evening when we were living in Coalton. I was working on the railroad, driving a horse all day long, six days a week; Pepe was working at the store. Father allowed me to take the Ford Touring car he owned to see a movie in Clarkston. There were four other boys besides myself: Pepe, Enrique Rodriguez, and Jaimne and Julio Perez. We crossed the bridge spanning the Brushy Fork River and turned on the Fairmont Pike going east to Clarkston. Then we passed the town of Hepzibah and started up the long steep grade to the Lyon car stop. There was a high bank on the right of the high hill we were climbing. On the left, there was a steep side off the road that went down a great distance to the Brushy Fork River.

I had the Ford in low gear, for the climb at this point was more than a forty-degree angle. As we slowly went up, there was another Ford on the way down. There was only the driver in it. As he rolled down to meet us, he kept getting closer and closer to me. I came to a full stop with the right side of my Ford almost touching the embankment. The man was evidently keeping on my side for fear of getting too close to the edge of the road on his right. He hit my left front fender and came to a stop. Then he began to back up his car. He got excited, and before he knew what was happening, the car backed over the rim of the road and began rolling down the steep hill. Then the car lurched and turned on its side. The momentum caused it to keep rolling all the way to the bank of the river.

All five of us boys ran as fast as we could to where the car had stopped. The man was still in the car, still clutching the steering wheel. The car was on its side. We raised it up and got the man out. He was badly shaken, but was able to get on his feet and soon regained his composure. We got the car started. It was still in running condition, although the fenders were bent and there were dents on the hood and body. He got in the car, and we pushed it down the valley until

dije que aquellos hombres eran unos mentirosos. Insistí en que sólo había un hombre en el coche aquella noche. El juez me dijo que creía a los mayores, dijo que nosotros los chavales teníamos demasiada imaginación.

Me encaré con el hombre que había chocado con nosotros y le dije: "Te apuesto a que tú y el juez y tu abogado no sois más que un atajo de miembros del Ku Klux Klan podridos y repugnantes. ¡Todos! ¡No sois más que atajo de ladrones mentirosos!"

"Lléveselo usted de aquí – le dijo a mi padre – o le meto una multa de cien dólares más, y lo mando al reformatorio."

Yo estaba ya a punto de decir algo más cuando mi padre me dijo: "Te creo hijo."

Volvimos a Glenncoe la primavera siguiente, después del juicio. Mi primo Emilio nos vino a ver. Quería saber si me apetecía trabajar en un restaurante de Clarkston con él. No había mucho trabajo en el pueblo. Estaban despidiendo a gran parte de los trabajadores de los altos hornos. La Carbon también estaba licenciando a mucha gente. Andy se había ido a trabajar a Donora, en Pennsyvania, y Neto aún estaba en Coalton, trabajando el los altos hornos como "chico de Connie." Mi padre no trabajaba, por primera vez en muchos años. Todavía no había decidido lo que le apetecía hacer. Le dije entonces a mi primo que iría con él.

El restaurante, situado en la calle principal de Clarkston era uno de los dos que pertenecían a los griegos. Mi trabajo era fregar los platos. El horario era desde las siete de la tarde hasta las siete de la mañana. La paga: cuarenta dólares al mes. Había una sala con una barra en la cual se podía comer. Separado del sitio donde se almorzaba por una pared, había un ancho comedor.

Emilio y yo éramos buenos y duros trabajadores. Después de medianoche, cuando el comedor estaba cerrado, limpiábamos las baldosas del suelo. El otro comedor estaba abiero veinticuatro horas al día.

Tras haber fregado el comedor, lo teníamos relativamente fácil el resto de la noche. Teníamos derecho a comer lo que quisiéramos. Luego sacábamos varios bloques de hielo de la máquina de hacer hielo situada en frente, donde el panadero estaba ocupado todas las noches haciendo tartas, pan y rollitos. Luego nos teníamos que ocupar de los platos y de los cubiertos. A eso de la dos, nos metíamos en una de esas anchas cestas que se utilizaban para guardar los manteles hasta que los viniera a recoger el hombre de la lavandería y dormíamos o descansábamos tres horas o más. Por la mañana, nos daban las sobras para que las lleváramos a casa.

El segundo mes que trabajé allí, me pagaron cincuenta dólares, el tercero sesenta y el cuarto y último, setenta. Nunca pedí ningún aumento. Desde entonces, tengo debilidad por los griegos.

La escuela empezó al mismo tiempo que yo me ponía a trabajar en el retaurante. No pude ir a la escuela de Belleport a inscribirme. Mi madre quería que me inscribiese en la escuela secundaria de Belleport, pero mi padre había ido a Langeloth, en Pennsylvania, para enterarse de un puesto de manager para

we were able to get it back on the road. We took the man's name and address and he took ours, and we all drove off toward where we'd been going.

By now we decided it was too late to go to the motion picture house, for Father had told us to be home by a certain time and we had already spent two hours helping the man who hit us with his car.

So we got a couple of bags of hot dogs and pop and headed for home.

The fender on the Ford was damaged enough that it had to be replaced. Andy took the Ford a few days later to have a new fender installed. The shop didn't have any in stock, so it was about three weeks before it was replaced.

About two months later, Father got a letter from a lawyer demanding payment of $250 to the man who hit us with his car. After listening to our story, Father told the lawyer he wasn't going to pay it. A week later, Father received a court order to appear for a hearing in Clarkston.

We rounded up all the boys who had been with me on the night we were hit by the car. The hearing started, and the justice of the peace had us tell our part of what had happened. Father had an Italian lawyer representing us. The man who hit us got on the stand and said we had hit him! When he stepped down, another man got in the chair and said he had been in the other car; then another man told the same story, and still another one!

We lost the case. Father was told he would have to pay not only the $250 for repairs to the other man's car but twenty-five dollars in court costs.

This was the first and only time I had ever been in a court hearing. When Father and the lawyer asked me why I hadn't told them about the other men, I said, "There weren't other men." I walked to the judge and told him these men were liars. There was only one man in the other car that night, I said. The judge told me he believed the grown men. We kids, he said, had active imaginations.

I confronted the man who had hit us, saying, "I'll bet you and the judge and your lawyer are all a bunch of rotten, low down Ku Kluxers. All of you! You're all a bunch of thieving liars!"

The judge said to my father, "Get him out of here or I'll fine you another $100 and send him to reform school!"

I was going to say something else when Father said, "I believe you, son."

The spring after the court hearing found us living back in our old hometown of Glenncoe. My cousin Emilio came to see us. He wanted to know if I wanted to work in a restaurant in Clarkston with him. There wasn't much work in the town. Most of the smelter workers were laid off. The Carbon had a lot of men furloughed also. Andy had gone to work in Donora, Pennsylvania, and Neto had remained in Coalton, working in the smelter as a "Connie Boy." Father was not working for the first time in years. He was undecided as to what he wanted to get into. So I told my cousin I would go with him.

The restaurant, on the main street in Clarkston, was one of two owned by Greeks. My job was dishwasher; the hours would be from seven in the evening until seven in the morning. The pay: $40 a month. There was one room with a lunch counter. On the other side of the wall from the lunchroom was a large dining room.

la tienda de la compañía, y me pareció que era mi deber trabajar para ayudar en casa.

A mi padre le dieron el empleo y yo dejé el mío. La escuela había empezado desde hacía más de dos meses cundo me inscribí. Fue difícil para mí ponerme al tanto de algunas de las tareas, pues mis compañeros ya estaban estudiando álgebra y yo no sabía nada de eso. Nunca nos habían dado algebra en el séptimo u octavo año. Dejé entonces la escuela y volví al restaurante. Una de las cosas de las cuales más me arrepiento es de haber entregado mis notas cuando me inscribí en la escuela secundaria. Las hubiera podido conservar para enseñárselas a mis hijos y a mis nietos, pues saqué la máxima nota en todas las asignaturas que tomé durante el octavo año.

Durante mi cuarto mes fregando platos, mi primo Emilio y yo nos divertimos mucho con los jóvenes griegos que se habían traído de su país para que trabajasen en los dos restaurantes que poseían los griegos en Clarkston. Uno de los muchachos, Chris, no hablaba inglés. Nos hizimos amigos y algunas tardes, nos venía a visitar a Glenncoe. Nos íbamos a la colina Pinnick Kinnick y nos sentábamos y jugábamos a las cartas y hablábamos. Se traía pasteles o tartas y comprábamos refrescos. Algunas veces, nos íbamos por el bosque o por los campos, a cazar conejos y a levantar codornices. Un día Chris no apareció cuando solía hacerlo.

Nos enteramos al día siguiente de que lo habían llevado al hospital. Le operaron de apendicitis. Pero había estallado y le gangrena se había declarado una peritonitis. Murió aquella noche. Emilio y yo le echamos terriblemente de menos.

Había otros dos hermanos griegos trabajando como camareros en el restaurante. Eran mellizos idénticos, de unos dieciocho años de edad. Me confundieron cuando empecé a trabajar en el restaurante. Se vestían igual y yo veía a Stavros llegar a la cocina y gritarle un pedido al cocinero, que a su vez lo repetía. Luego se daba la vuelta y desaparecía de nuevo dentro de la sala donde se almorzaba. Y justo cuando desaparecía, aparecía de nuevo, saliendo del comedor, gritando un pedido al cocinero. Y en cuanto volvía al comedor, ahí estaba de nuevo saliendo de la otra sala para gritar otro pedido.

Stavros y su hermano, Nick, tardaron varios días en aparecer juntos en la cocina para gritar sus pedidos. Aunque no se lo hubiera mencionado a Emilio, él sabía que yo no me había enterado de nada todo este tiempo. También nos hicimos amigos de los gemelos y nos visitaban en Glenncoe, pero no podían reemplazar el afecto que habíamos sentido hacia Chris.

Una mañana, antes de que amaneciera, nos metieron en la parte de atrás de la camioneta de Roscoe Wright y nos llevaron al depósito B&Q en Clarkston. Mamá estaba sentada en la cabina con el conductor mientras que nosotros estábamos arropados en una manta, apiñados. Pocos minutos después de que llegáramos a la estación, nos subimos a un tren.

Cuando nuestro tren llegó a Wheeling, fuimos a la pequeña estación para tomar un tren en dirección de Burgettstown, en Pennsylvania. Mientras esperábamos en Wheeling, un mozo de cuerda negro se nos acercó y habló con

Emil and I were good hard workers. After midnight, when the dining room was closed, we would mop the tiled floors. The lunchroom was open twenty-four hours a day.

After mopping the dining room, we had it rather easy for the rest of the night. We were allowed to eat what we wished. Then we would get several blocks of ice from the ice-making machinery across the alley, where a baker was busy every night baking pies, bread and rolls. Then we would catch up with the dishes and silverware. By two in the morning, we would get into one of the large laundry baskets where the table linens from the dining room were kept for the laundry man, who would pick them up in the morning, and sleep or just rest for three or more hours. In the morning, we were given leftovers to take home to our families.

The second month I worked there, they paid me $50, the third month $60 and the fourth and last month $70. I never had asked for a raise. Ever since, I have always had a soft spot in my heart for Greeks.

At the same time I started to work in the restaurant, the school term started. I was unable to go to the high school in Belleport to enroll. Mother wanted me to enroll in the high school in Belleport, but Father had gone to Langeloth, Pennsylvania, to see about taking a job managing the company store there and I felt it was my duty to work and help out at home.

Father got his job, so I quit mine. School had already been in progress for almost two months when I enrolled. It was difficult for me to catch up on some of the schoolwork, for my classmates were now studying algebra, and I knew nothing at all about it. We had never had any algebra in the seventh or eighth grades. So I quit school and went back to the restaurant. One of my greatest regrets was turning in my eighth grade report card when I enrolled in high school that year. I could have kept it to show my children and grandchildren, for it showed a grade of 100 percent in every subject I took in the eighth grade.

During my fourth month as a dishwasher, Cousin Emilio and I had a lot of fun with several young Greek boys brought from their homeland to work in the two Greek-owned restaurants in Clarkston. One of the young men, Chris, spoke no English. We became friends, and some afternoons he would come visit us in Glenncoe. We would go to Pinnick Kinnick Hill and sit around and play cards and talk. He would bring cakes or pies and we would buy the pop. Sometimes we walked through the woods and fields, chasing rabbits or flushing quail. Then one day Chris didn't show up as expected.

We learned the next day that he had been taken to the hospital. He was operated on for removal of his appendix. But it had burst and gangrene had set in. He died the same evening. Emilio and I missed him terribly.

There were two other young Greek brothers working as waiters in the restaurant. They were identical twins, about eighteen years of age. They had me confused for days when I first started to work at the restaurant. They dressed alike, and I would see Stavros come to the kitchen and yell out his order to the chef, who, in turn, would repeat the order. Then he would turn and disappear back into the lunchroom. And just as he disappeared from view, there he was,

nosotros. Aunque habíamos visto a mucha gente negra en Clarkston, esta era la primera vez que uno me preguntaba cómo me llamaba y adónde iba. Habló con mi hermano Neto y con mis hermanos y hermanas pequeños. Luego se alejó. No tardarmos en verle regresar con cornetes llenos hasta arriba de helado amarillo. Incluso le trajo un cornete a mi madre. Le dimos las gracias y nos dio unas palamaditas en la cabeza. Mientras se alejaba con una ancha sonrisa en los labios, seguíamos diciéndole: "Gracias, muchas gracias, vaya usted con Dios señor."

Mi padre nos acogió en Burgettstown. La casa donde íbamos a vivir en Langeloth era una casa de cemento propiedad de la compañía. Tenía el agua corriente pero los aseos por fuera.

Desde Burgettstown, anduvimos hasta un pueblo llamado Slovan, y luego por unas largas escaleras hasta la cima de una colina desde donde se dominaba el paisaje del pueblo de Langeloth, anidado en el valle. Un río caudaloso pasaba por el medio del valle y las casas estaban construidas a cada lado de la abrupta colina. Pasamos delante de los altos hornos que vomitaban humo por sus altas chimeneas.

Como en Glenncoe y en otras comunidades basadas en la industria de la fundición, la mayor parte de esas casas estaban ocupadas por familias españolas. Y daba igual dónde se iba uno a vivir en esas comunidades, siempre había hombres, mujeres y niños que se conocían de otras comunidades. A la sazón, había varias familias conocidas viviendo allí. El único inconveniente en cuanto al futuro de mi padre en el pueblo era que había ahora cuatro o cinco atizadores que habían venido de Glenncoe y que estaban trabajando en los altos hornos. Habían boicoteado la carnicería de mi padre tanto en Glenncoe como en Coalton. ¿Qué iban a hacer aquí, en Langeloth, donde había una sola tienda de la compañía? ¿Iban a quedarse sin carne porque Juan Villanueva era el nuevo jefe del departamento de la carnicería?

Tal y como ocurrieron las cosas, nunca dejaron de comer buenos bistecs. No sólo eso, sino que además tuvieron la oportunidad de conocer a mi padre y él a ellos.

Aquellos hombres por fin se estaban dando cuenta de que sus patrones les explotaban. Era algo que mi padre hace años les había intentado explicar, cuando ellos mismos explotaban a los que trabajaban bajo sus órdenes. Los negocios, les decía mi padre, son lo que el nombre implica: no tienen corazón.

La compañía había atraído a aquellos hombres a esta parte del país, y en cuanto estaban instalados en sus frías casas de cemento, se recortaban sus salarios y se alargaban las horas de trabajo. Y para colmo de inri, se les dobló el precio del alquiler y pagaban precios elevados por cualquier cosa en la tienda de la compañía.

La cosas en la indústria de la fundición estaban empeorando. Un día, la compañía cerró, por las buenas, y sin avisar.

Algunos de los hombres dejados sin empleo cuando se apagaron los altos hornos tenían la edad de jubilarse. Muchos de ellos habían tenido hijos, que en algunos casos habían trabajado con sus padres en los altos hornos. Unos pocos

coming out of the dining room, shouting out his order to the chef. As soon as he went back into the dining room, there he was again, coming out of the lunch-room to call out another order.

It wasn't until several days later that Stavros and his brother, Nick, appeared in the kitchen together to shout out their orders. Although I hadn't mentioned it to Emilio, he knew I had been confused all the while. The twins also became our good friends and would visit us in Glenncoe, but no one could replace the affection we had for Chris.

One morning before light set in, we were piled on the back of Roscoe Wright's flatbed truck and driven to the B&O Depot in Clarkston. Mother was sitting in the cab with the driver while we were wrapped in blankets, huddled together. A few minutes after we arrived at the station, we hopped on the train.

When our train pulled into Wheeling, we went to the little station where we would take another train to Burgettstown, Pennsylvania. While we waited in Wheeling, a Negro porter came and spoke with us. Although we had seen black people in Clarkston, this was the first time I recall having one ask my name and where I was going. He talked to my brother Neto and to my younger brothers and sisters. Then he walked away. Soon we saw him coming back carrying ice cream cones filled with heaping scoops of yellow ice cream. He even had a cone for Mother. We thanked him and he patted our heads. As he walked away with a big smile on his face, we kept on saying, "Gracias. Thank you. Muchisimas gracias. Vaya con Dios, señor."

Father met us in Burgettstown. The house we were to live in Langeloth was a company-owned cement house. It had running water inside, but an out-side toilet.

From Burgettstown, we walked to a village called Slovan, then up a long steep flight of steps to the top of a hill overlooking the town of Langeloth, nestled in a valley. A wide creek flowed down the middle of the valley, and the houses were built on each side of the steep hills. We passed the smelter spewing smoke from its high chimneys.

As in Glenncoe and other zinc smelting communities throughout the country, Spanish families occupied a majority of the houses in the community. And no matter where one would go to live in these towns, there were always men, women and children you had known in some of the other communities. There were several familiar families living here now. The only drawback to Father's future in the town was that there were now four or five former Glenncoe Tizadores working at the plant. They boycotted Father's *carniceria* in both Glenncoe and Coalton. Would they do it here in Langeloth when the town had only a single, company-owned store? Or would they go meatless because Juan Villanueva was the head man in the meat department?

As it turned out, they didn't stop eating good *biftec*. Not only that, but they had the opportunity to get to know my father and he them.

These men were finally realizing they were being exploited by their employers. It was something my father had tried to tell them years ago when they

chicos y chicas se graduaron de la escuela secundaria. Pero no había ningún sitio donde pudieran encontrar trabajo a millas a la redonda de su pueblo. Los hijos se fueron entonces a trabajar a Pittsburgh, Akron, Cantón, Detroit o cualquier otro sitio donde pudieran encontrar trabajo.

Menos de un año después del invierno peor, del más frío que nunca habíamos vivido, mi padre alquiló un vagón cubiero a la compañía de ferrocarriles e hizo llevar nuestros muebles a Clarkston. De ahí, el camión del tío David los llevó hasta Glenncoe. Estábamos de nuevo en el mundo de las colinas y entre los que amaban las colinas.

No nos quedamos mucho tiempo. El tío David se había ido con su familia a vivir a San Luis. Se estaba convirtiendo en carpintero. Aunque nunca había estado de aprediz de carpintero, había aprendido bastante construyendo su propia casa y ayudando a los demás. Mi padre había trabajado con él y le había enseñado lo básico. Aún había una importante colonia de españoles en San Luis y también del otro lado del río, en La parte este de San Luis y en Fairmont City, en Illinois.

Mi tío David le invitó a mi padre a asociarse con él porque tenía más trabajo del que podía efectuar. Mi padre no tardó en hacernos venir a todos. Nunca volvimos a vivir en Virginia Occidental.

Andy todavía vivía en Donora, en Pennsylvania, donde no tardaría en organizar actividades sindicales. Esto le mantendría ocupado hasta su jubilación, muchos años y muchas frustraciones más tarde.

Epílogo

Mi padre dejó Glenncoe para San Luis en mayo de 1926. En agosto, Neto y yo nos reunimos con él. Nos alojamos en una casa española, y mientras papá, el tío David y el primo Lano estaban ocupados haciendo su trabajo, Neto me llevó a buscar trabajo. Fuimos por Broadway y nos bajamos del autobús en la avenida de Washington. Mientras íbamos recorriendo las calles, vimos un cartel en una ventana. Decía en letra gruesa:

"Se busca chico de color."

"Vamos – me dijo Neto – ya tienes un trabajo."

Tras haber pasado la puerta, Neto recogió el cartel y empezamos a subir hacia el primer piso donde estaba el taller. Salió un hombre a preguntar si nos podía ayudar.

"Sí –dijo Neto— ¡Ponga este chico a trabajar! Necesita un empleo."

"Quiero un chico de color. Usted no es de color."

"¿Tiene usted un corcho? Lo quemaré un poquito y le enbadurnaré la cara. Yo le daré color."

El hombre me miró y me preguntó si conocía las calles de San Luis. Neto me dio un golpe en las costillas mientras declaraba: "Pues claro que las conoce. Dele usted el trabajo."

were themselves exploiting the men working under their command. Business, my father told them, is just what the name implies. It has no heart.

The company had lured these men to this part of the country, and as soon as they were settled in their cold cement houses, their wages were cut and their working hours lengthened. In addition, their rents were doubled and they paid high prices at the company-owned store.

Things in the zinc smelting industry were getting worse. The company shut down abruptly one day.

Some of the men, left without jobs when the smelter shut down, were now at an age when they were finished. A lot of them had grown children, some of whom had been working in the smelter alongside their fathers. A few of the boys and girls had graduated from high school. But there wasn't a place they could find work within miles of their town. The offspring headed off to work in Pittsburgh, Akron, Canton, Detroit or anywhere they thought they could find work.

After less than a year of the coldest, meanest weather we had ever experienced, Father hired a boxcar from the railroad and had our furniture hauled back to Clarkston. From there, Uncle David's truck brought it to Glenncoe. We were once again in the land of the hills and the home of the hill lovers.

We didn't stay long. Uncle David had gone with his family to live in St. Louis. He was going to become a carpenter contractor. Although he had not been a carpenter's apprentice, he had learned enough by constructing his own house and helping others. Father had worked along with him and shown him the fundamentals. There was still a large colony of Spaniards in St. Louis and also across the river in East St. Louis and Fairmont City, Illinois.

Uncle David sent for Father to join him because he was getting more work than he could handle. Soon Father sent for the rest of the family. We never again lived in West Virginia.

Andy was still living in Donora, Pennsylvania, where he was to begin labor organizing activities. This would keep him busy until his retirement years, many years and a lot of frustrations later.

Epilogue

Father left Glenncoe for St. Louis in May of 1926. In August, Neto and I joined him. We boarded at a Spanish house, and while Father and Uncle David and Cousin Lano were busy with their work, Neto took me on a job hunt. We went up Broadway and got off the streetcar at Washington Avenue. Then as we walked along various streets, we read a sign in a window. It had large letters: "Colored Boy Wanted."

Neto said, "Come on. You've got a job!"

After we walked in the door, Neto picked up the sign, and we started up the stairway to the second floor of a machine shop. A man came up to us and asked if he could be of assistance.

"La paga es de doce dólares por semana. Tendrás que trabajar media jornada los sábados."

"¿Cuando empiezo?"

"Puedes empezar a las 12:30. Vete a comer algo y vuelve."

Sobra decirlo, volví a la hora indicada y empecé mi primer trabajo en San Luis. Mi nuevo patrón me dio un pesado paquete para que fuera a entregarlo. "Esto va a Caravelli, en el cruce entre DeGigerville y Debaliver. ¿Sabes cómo coger el autobús?"

"Sí señor" respondí.

Cogí el paquete y bajé la calle hasta donde un policía estaba dirigiendo el tráfico. Le pregunté qué tranvía tenía que coger para llegar a la dirección indicada. Seguía repitiendo el nombre de las dos calles para que no se me olvidara.

Me las arreglé para entregar aquel paquete y otro más antes del final de la jornada.

Neto encontró un trabajo en una tienda de ultramarinos que ofrecía el género español en el sur de San Luis. Mi madre y el resto de la familia llegaron en septiembre y nos mudamos a una casa de ladrillos de dos pisos en la avenida Michigan.

Un día, una chica española le preguntó a mi madre si me gustaría trabajar en una fábrica de sombreros. Dijo que me podría conseguir un empleo ahí. Por aquel entonces, todos los españoles que se habían quedado en San Luis después de que se cerraran para siempre los altos hornos en Carondelet habían encontrado empleos en la construcción de barcos, en la fundición de acero, en las cervecerías y, como era el caso con casi todos los antiguos obreros de los altos hornos, en las fábricas de sombreros, como planchadores. Cuando mi madre me habló de la chica y del trabajo que me podía conseguir, le dije que lo intentaría. Varios chicos de mi edad trabajaban allí y pensé que me gustaría trabajar con algún conocido.

Tuve suerte de empezar a trabajar para la fábrica de sombreros cuando lo hice, ya que poco después, se instaló la recesión. Miles de hombres no tardaron en quedarse sin trabajo en toda la zona de San Luis. La caída de la bolsa en 1929 y la gran crisis económica llegaron justo después. Andy se había venido de Pennsylvania, el negocio de carpintería de mi tío David y de mi padre se quedó paralizado. Yo era el único que traía dinero a casa. Afortunadamente, me habían dado un trabajo de operador de una máquina de hacer ojetes. Mi trabajo consistía en poner entre dos y cincuenta y seis ojetes en sombreros de granjeros para la cosecha. Pagaban la pieza según la cantidad de ojetes. El precio de la pieza estaba basado en la candidad de ojetes que perforaba en cada docena de sombreros. Si cada sombrero tenía dos ojetes, me pagaban dos centavos por cada docena de sombreros. Por treinta y seis ojetes en cada sombrero, me pagaban diez centavos por docena. Acabé ganando treinta y cinco dólares por semana haciendo agujeros en sombreros. En tiempos de crisis, aquello era una fortuna. Durante muchos meses, le di toda mi paga a mi familia.

Había tres o cuatro fábricas de "Sombreros de cosecha" en San Luis, todas trabajando a pleno rendimiento. Los españoles del sur de San Luis se acabaron

Neto said, "Yes! Put this boy to work! He needs a job!"

"I want a colored boy. You're not colored."

Neto said, "You got a cork? I'll burn some cork and rub some on his face. I'll make him black."

The man looked at me and asked me if I knew St. Louis's streets. Neto poked me in the ribs as he said, "Sure he knows how to get around. Give him the job."

"It pays $12 a week. You'll have to work a half-day on Saturday."

"When do I start?"

"You can start at 12:30. Go get something to eat and come back."

Needless to say, I returned at the appointed time to begin my first job in St. Louis. My new boss gave me a heavy package to deliver. "This goes to Garavelli's on DeGiverville and Debaliver. Do you know where to take the streetcar?"

"Yes, sir," I replied.

I took the package and went down the street to where a policeman was directing traffic. I asked him what car I should take to my destination. I kept repeating the name of the two streets so I wouldn't forget them.

I managed to deliver the package and deliver another one before the end of the work day.

Neto got a job in a grocery store catering to the Spanish trade in South St. Louis. In September, Mother and the rest of the children came, and we all moved to a two-story brick house on Michigan Avenue.

One day a Spanish girl asked Mother if I would like to work in a hat factory. She said she could get me a job there. By now most of the Spaniards who had remained in St. Louis after the smelter in Carondelet had closed down for good had found jobs in shipbuilding, steel foundries, breweries and, as was the case with almost all the older smelter workers, in hat factories as pressers. When Mother told me about the girl and the job she could get me, I said I would give it a try. There were several boys my age working there, and I thought I'd like to work with someone I knew.

It was a good thing I went to work at the hat company, for not long after I started, a recession set in. Before long, thousands of men were out of work in the Greater St. Louis area. The Stock Market crash of 1929 and the Great Depression were soon upon us. Andy had come from Pennsylvania, the carpentry work Uncle David and Father were doing came to a halt. I was the only bread-winner. Luckily, I had been given a job operating an eyelet machine. My job was to put anywhere from two to fifty-six eyelets in farmers' harvest hats. It was a piece rate job. The piece rate price was based on the number of holes punched in each dozen hats. If there were two eyelets in each hat, I was paid two cents for each dozen hats I did. For thirty-six eyelets in each hat, I was paid 10 cents per dozen. I got so that I could make about $35 a week for punching holes in hats. In depression times, that was magnificent. For many months, I gave all my pay to my family.

There were three or four 'harvest hat' factories in St. Louis, all working full-time. The hard, hot work of changing dies according to the shapes of hats

quedando con el duro y caluroso trabajo de cambiar el color de los sombreros según su forma. Esas fábricas ofrecían a sus mujeres, sus hijas y sus hijos trabajos en el mismo edificio. Las cinco o seis pagas por familia les permitían ir tirando. De hecho, hubiera sino difícil, si no imposible, para una familia de cuatro vivir con una paga nada más, a no ser que el trabajador solitario fuese tan rápido por pieza que podía hacer el trabajo de dos o tres días en uno solo.

Se podría mencionar una cosa acerca de aquellas fábricas de sombreros de paja para los granjeros: los sombreros estaban a un precio asequible para los compradores durante estos años de depresión.

Durante los años de depresión, muchos hijos e hijas de los primeros inmigrantes españoles empezaron a estudiar más allá del octavo año. No había empleo en muchos de los pueblos donde vivían los españoles. Y si había uno para el padre en los altos hornos, no lo había para los hijos. Esto les permitió seguir en la escuela. Se inscribieron en la escuela secundaria. Algunos de los chicos se conviertieron en estrellas locales de fútbol americano. Empezaron a recibir becas para ir a estudiar a la universidad.

Durante los años de la depresión, muchos de los altos hornos de zinc empezaron a cerrar para siempre. Muchas familias se quedaron sin medios de subsistencia pero no se precipitaron a las oficinas de ayuda social. Se mudaban a otras zonas donde les acogían y les ayudaban familiares o amigos. En grandes ciudades como Detroit, San Luis y Nueva York, el hombre se las apañaba para encontrar un trabajo para él o para sus hijos o hijas. En muchas ocasiones, la mujer o la hija iban a trabajar a una lavandería. Mientras fuera trabajo honrado, lo hacían. La única ley a la cual podía desobedecer un español era la ley seca. Y sólo un porcentaje diminuto de los miles de españoles que vinieron de Asturias a ganarse la vida a América desobedecían esa ley.

El fútbol siempre ha sido uno de los deportes favoritos de los jóvenes españoles. Donde quiera que hubiese un a colonia de españoles, siempre había uno o dos equipos de fútbol. En San Luis, varios equipos de fútbol llevaban más de seis años disputando partidos en el parque Carondelet. Muchos de los españoles se hicieron jugadores de fútbol profesionales y han contribuído a que los equipos de San Luis se hagan famosos por ser los mejores del país.

Se solía reunir mucha gente en el parque Jones, en La parte este de San Luis, para ver el club de fútbol American Zinc jugar contra equipos de jugadores ingleses o escoseses de Edgemont y de las comunidades del French Village.

Había clubs de fútbol españoles en Donora, en Pennsylvania, y en Gary y Terre Haute, en Indiana, y en Canton y Akron, en Ohio, y en otros estados.

El cuatro de julio era el día del partido de fútbol anual en Donora.

Durante los años treinta, los cuarenta y hasta los cincuenta, siempre se invitaba a los equipos de San Luis o de La parte este de San Luis a jugar contra Donora en ese gran día. Cientos de españoles venían de muchos lados.

Cuando nos mudamos de Glenncoe a San Luis, mi padre se encontró con su viejo amigo del barco La Mariposa y de sus días de ejército en Ceuta. Nicolás

being made went to the older Spanish workers from South St. Louis. These factories offered their wives, daughters and sons jobs in the same building with them. The five and six paychecks per household kept these families going. Indeed, a family of four would have found it difficult, if not impossible, to live on one check alone, unless the lone worker was fast enough on piece jobs to do two or three days' work in one.

One thing could be said for these factories turning out farmers' straw hats: the hats were in a price range a buyer could afford during those depression years.

The depression years saw many of the sons and daughters of the original Spanish immigrants begin to get more than an eighth grade education. There was no work in many of the towns in which Spaniards lived. Or if there was work in the smelter for the father, the children couldn't find jobs. This enabled a lot of them to keep going to school. They enrolled in high schools. Some of the boys became star football players. They began to get scholarships from colleges and universities.

During the years of the depression, many of the zinc smelters began to shut down for good. Many families were left with no means of income, but they didn't hurry to the relief offices. They would move to some other area where they were taken in and helped out by relatives or friends. In large cities such as Detroit, St. Louis and New York, the men either managed to find a job for themselves or for their sons or daughters. In many instances, the wife or daughter went to work in a laundry. As long as it was honest work, they took it. The only law a Spaniard would break was the prohibition law. And this law was broken only by a minute percentage of all the thousands who came from the province of Asturias to earn a living in America.

Soccer has always been a favorite game of young Spanish men. Wherever there was a Spanish colony, there would be one or two soccer teams. St. Louis has had soccer teams playing in Carondelet Park for more than sixty years. Many of the Spanish players became professional soccer players and have helped St. Louis teams gain recognition as having the best soccer teams in the nation.

Jones Park, in East St Louis, was a popular place for hundreds of spectators to gather on Sundays to watch the American Zinc Soccer Club play against teams of English and Scottish players from the Edgemont and French Village communities.

Then there were Spanish soccer clubs in Donora, Pennsylvania, Gary and Terre Haute, Indiana, Canton and Akron, Ohio, and other states.

The Fourth of July was the day of the annual soccer game in Donora.

During the thirties, forties and into the fifties, teams from St. Louis or East St. Louis were always invited to be one of Donora's opponents on this great day. Hundreds of Spaniards would be there from many parts of the nation.

After we moved from Glenncoe to St. Louis, Father found his old friend from the ship La Mariposa and from his army days in Ceuta. Nicolas Artimez

Artímez era ahora el cocinero de un hotel de San Luis. Nicolás vivía en Carrondelet con su mujer y tenía dos hijos y dos hijas.

Los españoles de la colonia habían formado un club llamado "La Sociedad Española." Los miembros del club tenían un bonito edificio nuevo de ladrillos donde se podían encontrar y jugar a las cartas y organizar bailes y montar obras de teatro. Invitaban a los jóvenes a que se hicieran miembros y salvaran su identidad cultural del olvido.

Cuando Franklin D. Roosevelt fue elegido presidente, los altos hornos en el lado este del Mississippi contrataron a unos pocos hombres. Mi padre no tuvo más remedio que trabajar en lo que encontraba. Se hizo obrero en la industria del metal. Un día, volvió a casa y se quejó de que le dolía el omoplato. Al final, el dolor se hizo insoportable. Tras haber ido al médico y haberse hecho una radiografía, el médico nos llamó a Neto y a mí y nos dio la triste noticia: papá tenía cáncer de pulmón.

Papá había dejado de trabajar desde hacía tres meses por culpa de su enfermedad cuando murió a la edad de cincuenta y seis. Fue otra víctima de los gases y de las emanaciones mortales que respiraban los obreros de los altos hornos durante su trabajo. No teníamos ninguna duda de que eso era lo que había causado la muerte prematura de miles de obreros de los altos hornos. Conocíamos los peligros que acarrea el trabajar o el estar en contacto con el plomo que contiene el mineral de zínc. Agricultores de varios estados llevaron a estas compañías a los tribunales por contaminar el atmósfera y arruinar sus tierras y sus cosechas. A muchos, se les compensó por sus pérdidas. Pero a los inmigrantes españoles que trabajaron tan duro, raras veces se les ocurría llevar a estas compañías a los tribunales por haberles arruindo la salud; tampoco dejaban que los otros miembros de su familia pensaran siquiera en hacerlo.

Pensamos con detenimiento el hacer una demanda después de la muerte de papá, pero teníamos muy poco dinero que gastar en un juicio. Además, sabíamos que nos enfrentábamos con la potencia de una gran empresa. Hubiera sido una locura intentarlo.

Cuando empezó la guerra civil española, en 1936, casi el cien por cien de los asturianos que vivían en América se pusieron del lado de la república. En todos los estados donde vivían españoles, se organizaron mítines, reuniones y colectas para hacer que la población Estadounidense simpatizara con un gobierno español debidamente elegido.

Alemania e Italia estaban del lado de Franco. Y cuando oradores viajaban por el país para presentar las dificultades de la república española, el grupo más solidario era el de los trabajadores españoles de los altos hornos. Casi todos aún tenían familia viviendo en España. Lo que no sabían es que padres luchaban contra hijos, hermanos contra hermanos, tíos contra sobrinos, y acaso, también sobrinas, ya que había cantidad de mujeres con armas en la mano para defender la causa republicana. No había manera de que la gente de aquí se enterara de lo que estaba ocurriendo en una España desgarrada por la guerra.

was now the chef of a hotel in St. Louis. Nicolas lived in Carondelet with his wife and now had two sons and two daughters.

The Spanish men in the colony had formed a club called "La Sociedad Espanola." Club members had a beautiful new brick building where they could meet and play cards and hold dances and plays. They invited the younger men to join and keep up their particular kind of culture, preserving it from loss.

When Franklin D. Roosevelt was elected President, the smelter on the east side of the Mississippi began to hire a few more men. Out of necessity, Father had to work where he could find a job. He became a metal drawer. One day, he came home from work and complained of pain in his shoulder blade. Eventually, the pain became unbearable. After going to a doctor and having x-rays taken, the doctor called Neto and me aside and told us the sad news: Father had lung cancer.

Father had been out of work because of his illness for three months when he died at the age of fifty-six. He was another casualty of the deadly gases and fumes breathed by smelter workers in their occupations. There was no doubt in our minds as to what caused the premature deaths of thousands of smelter workers. We well knew the occupational hazards of working with lead contained in the zinc ore they were exposed to. Farmers in various states sued these companies for polluting the atmosphere and ruining their land and crops. Many were compensated for their losses. But the hard-working immigrant Spanish workers rarely thought of suing these companies for ruining their health; neither would they let their families think about doing such a thing.

We thought hard about suing after Father passed away, but we had little money to spend on a lawyer. Besides, we knew the chips were stacked against us by big business. It would have been folly to try.

When the Spanish Civil War began in 1936, the sentiments of almost 100 percent of the Asturians living in America were with the Loyalists. In every state where Spanish people were living, rallies, meetings and fund raising activities were held to get the American people to sympathize with Spain's duly elected government.

Germany and Italy were on the Franco side. And while in this country speakers were touring the nation to present the plight of the Spanish Loyalists, the most sympathetic groups were the Spanish smelter workers. Almost all of these people had close relatives still living in Spain. What they didn't know was that fathers were fighting sons, brothers were fighting brothers, uncles were fighting nephews, and, perhaps, nieces as well, for there were great numbers of women bearing arms in defense of the Loyalist cause. There was no way the people here could know what was going on in that war-torn country.

Although there was an effort made to recruit volunteers to go to the aid of their countrymen, none of the men who had come from Asturias went; neither did their sons. The Abraham Lincoln Brigade consisted of more than 600 Americans, but none of Spanish birth or descent.

Aunque se hiciera un gran esfuerzo con el fin de reclutar voluntarios para que ayudaran a su compatriotas, no fue ningún Asturiano; y tampoco fueron sus hijos. Había seiscientos voluntarios en la brigada Abraham Lincoln, pero ninguno era español ni de origen español.

La guerra civil en España duró tres años, durante los cuales muchos de los miembros de las familias afincadas en los Estados Unidos que se habían quedado en Europa perdieron la vida, algún miembro o la vista.

Los Alemanes utilizaron esta guerra para probar su nuevo armamento y destrozaron un número de ciudades y de pueblos españoles. La más famosa demostración de su fuerza aérea fue Guernica.

La falange, los nazis y los fascistas acabaron ganando la guerra. Ahora España estaba controlada por el caudillo Franco que se las arregló para sujetar con puño de hierro el destino de su país.

Mi padre no llegó a leer nada sobre la guerra civil española. Murió un año antes de que empezara, pero vivió lo suficiente para poder disfrutar el final de la ley seca. Era una ley que, en su opinión, como en la opinión de millones de personas en este pais, no era buena.

Juan Villanueva también vivió lo suficiente como para poder disfrutar de varios nietos. Si viviera hoy en día, tendría veintiocho nietos, doce biznietos y cinco tataranietos.

También hubiera visto a cuatro de sus hijos defender los Estados Unidos de América en el ejército, en la marina y en el Centro de Defensa Estratégica.

Y de los nueve hijos que trajo a ese mundo a través de mi madre, hubiera visto a uno de ellos casarse con una americana de origen español, mientras que los demás se casaban con americanas de diversas nacionalidades y orígenes: polacas, danesas, alemanas, mejicanas, irlandesas, francesas y con algunas de origen inglés, irlandés y escocés.

Miles de hijos y de hijas de inmigrantes españoles originarios de la provincia de Asturias nacidos en este país se metieron en el ejército para hacer lo que se les pedía. La gran mayoría fueron reclutados aunque también hubo muchos voluntarios. Unos pocos de los que habían salido en el reclutamiento fueron eximidos porque trabajaban en industrias vitales, pero ninguno de los que fueron llamados a servir se negó a ir.

Muchos murieron en acto de servicio, otros resultaron gravemente heridos, mientras que otros no resultaron heridos de gravedad, pero heridos al fin y al cabo. Sirvieron en todos los departamentos de la fuerzas armadas, y con diferentes puestos, y en muchos casos, con un grado inferior al que merecían a causa de la actitud discriminatoria de superiores racistas. A los que tenían apellidos que no eran difíciles de escribir o de pronunciar, les iba mejor que a los que tenían apellidos difíciles de pronunciar o de escribir, o nombres que inmediatamente les causaban ser considerados como hispanoamericanos, puertorriqueños, cubanos, mejicanos o simplemente "latino."

Después de la segunda guerra mundial, como consecuencia de la ley GI, muchos de los hombres fueron a estudiar a la universidad. Se especializaron en muchos temas. Hoy hay diplomados de esas escuelas un varios campos.

The Civil War in Spain went on for three years, during which time many relatives of the people living here lost their lives, their limbs or their eyesight.

The Germans used this war to experiment with their weapons and exterminated a number of Spanish towns and cities. The most famous demonstration of their aerial might was in Guernica.

The Falange, the Nazis and the Fascists eventually won the war. Now Spain was and is controlled by Caudillo Franco, who has managed to keep an iron hand on the destiny of the country.

My father missed reading about the Spanish Civil War. He died one year before it started, but he did live long enough to enjoy the lifting of prohibition. It was a law that, in his opinion and in the opinion of millions of people in this country, was no good.

Juan Villanueva also lived long enough to enjoy several grandchildren. Were he alive now, he would have twenty-eight grandchildren, twelve great-grandchildren and five great-great-grandchildren.

He also would have seen four of his sons defending the United States of America in World War II in the Army, the Navy and the Office of Strategic Services.

And out of the nine children he brought into this world through Mother, he would have seen the eldest married to a woman of Spanish descent, but born an American, while all the rest would be married to Americans of various nationalities and descents: Polish, Danish, German, Mexican, Irish, French and some with English-Scotch-Irish mixtures.

Thousands of American-born sons and hundreds of daughters of Spanish immigrants from the province of Asturias entered the service to do what was asked of them. The greatest number of the men were drafted, although many of them volunteered. A few of those eligible to be drafted were deferred because of being employed in vital industries, but none of the men called to active duty refused to go. None of them deserted or left the country to keep from going to serve when they were called.

Many were killed in the line of duty, others were severely wounded, while others weren't injured severely but were wounded nevertheless. They served in all branches of the service; they served in various grades, and in many, many cases with a lower grade than was merited because of the discrimination shown them by bigoted superiors. Some men with surnames that were not hard to spell or pronounce had it a lot better than some with hard-to-pronounce or spell surnames or with names that automatically caused them to be looked on as being Spanish-American, Puerto Rican, Cuban, Mexican or plain "Latino."

After World War II, because of the GI Bill of Rights, many of the men went on to colleges and universities. They majored in many subjects. Today there are graduates of these schools in many and varied occupations. There are high school teachers, college professors, scientists, coaches, athletic directors, doctors, chemists, automobile designers, bankers, dentists, psychiatrists, men in investment and real estate companies, and, in fact, in thousands of small and large industries across the country and, indeed, the world.

Son maestros, profesores, científicos, entrenadores, directores atléticos, médicos, químicos, ingenieros mecánicos, banqueros, dentistas, psiquiatras, hombres de negocios y promotores imobiliarios, en miles de pequeñas y grandes industrias por todo el país y por todo el mundo.

Durante la guerra de Corea, se volvió a llamar a muchos para servir su país, o a sus hermanos pequeños para que fueran a luchar a ese país lejano.

Luego llegó la guerra del Vietnam. Se le pidió entonces a la tercera generación de españoles nacidos en los Estados Unidos que fueran a luchar en lo que se llamó "la guerra inútil." Sin embargo, estos hombres también fueron a defender el país adoptado por sus abuelos. Ninguno se negó a servir. Muchos perdieron la vida. Uno de los funerales más grandes organizados en la comunidad española de San Luis fue para un chico de veintidós años muerto en Vietnam. Se había casado justo tres meses antes de que fuera reclutado. Un año más tarde, un francotirador le pegó un tiro en la sien en las afueras de Saigón mientras viajaba a bordo de un convoy de camiones par ir a intentar detener a los Viet Congs a más o menos una milla en la Highway One.

Justo un año más tarde, murió su padre de una serie de complicaciones, la peor de todas era de tener el corazón hecho pedazos. Había perdido a su único hijo en una guerra que los Estados Unidos ni siquiera habían declarado.

Hoy hay nietos y biznietos de los primeros trabajadores españoles de la fundición repartidos por todos los Estados Unidos e involucrados en todos los aspectos de la vida americana.

No hay ninguna razón por la cual los descendientes de los trabajadores asturianos de la fundición tendrían que seguir diciendo que están orgullosos de ser españoles. España nunca hizo nada por ellos. De hecho, si sus antepasados se hubieran quedado en España, ellos nunca hubieran existido. Sus antepasados se habrían muerto de hambre antes de poder concebirlos.

Y esto vale para los descendientes de los otros países europeos, tanto como para los africanos, los mejicanos, los filipinos, los puertorriqueños y todos los que fueron traídos a este país. Hoy, se les llama Chicanos, Latinos, Negros, Hispanoamericanos, etc. Es insultante el ser clasificados de esta manera. Sólo los que nos quieren mantener separados utilizan estas definiciones.

Cuando menciono las diferentes nacionalidades, también me refiero a los italianos, a los japoneses, a los chinos y a los de todas las nacionalidades que componen la población de los Estados Unidos. Si se les mandara todos de vuelta a sus países, como les gustaría hacerlo a los supuestos "colonos originales," ¿quién quedaría? ¡Sólo los indios! Son los únicos americanos de verdad.

Dejémonos de nombres malsonantes. Cualquiera que haya nacido en este gran país es nuestro "paisano," nuestro "compadre" o nuestro "vecino" porque es nuestro igual. La única "madre patria" que conocemos los que hemos nacido en este país es ésta, nuestra patria de todos.

Ahora, setenta y cinco años después de la inmigración en masa de los españoles de Asturias que llegaron a las costas americanas, muchos de los altos

During the Korean War many were called back for the second time to serve their country; or their younger brothers were sent to fight in this faraway place. Then came the Vietnam War. Now the third generation of Spanish youth born in the United States was asked to fight what has been called "The Unnecessary War." Nevertheless, these men also went to defend their grandparents' adopted country. None of them refused to serve. Many lost their lives. One of the largest funerals conducted in the Spanish community in St. Louis was for a 22-year-old boy killed in Vietnam. He had been married just three months when he was drafted. A year later he was shot through the temple by a sniper on the outskirts of Saigon as he rode in a truck convoy on his way to try to block the Viet Cong a mile or so down Highway One.

Just one year later, his father died of a combination of complications, foremost among them being a broken heart. He had lost his only child in a war that was never declared by the United States.

Today there are grandchildren and great-grandchildren of original Spanish smelter workers scattered throughout the United States engaged in every aspect of American life.

There is no viable reason why the descendants of the Asturian smelter workers should keep saying they are proud of being Spanish. Spain never did a thing for them. In fact, if their ancestors had stayed in Spain, they never would have existed. Their ancestors would have starved to death before they could have been conceived.

And this goes for the descendants of other European peoples, as well as Africans, Mexicans, Filipinos, Puerto Ricans and all others who came or were brought to this country. Today, they are referred to as Chicanos, Latinos, Negroes, Indians, Spanish-speaking Americans, etc. It is an insult to be so classified. This definition is used only by people who want to continue separating us.

In mentioning the various nationalities, I also mean the Italian, the Japanese, the Chinese and all nationalities who make up the population of the United States. Take all of these people and send them back to the countries the so-called "original settlers" would like to see them go to, and what would you have? Just the Indians! The only real native Americans!

So let's cut out this name calling. Refer to any person born in this great country of ours as "paisan" or "compadre" or "neighbor" or any other name that lets him know he is your equal. The only "mother country" we who were born in America know is this, your country and ours!

Now, seventy-five years after the mass migration of Asturian Spaniards arrived on American shores, many of the zinc smelters that flourished through the years are a thing of the past. There are still a good number of the smelters in various states, but instead of depending on the brawn and sweat of the hardy Asturians to man the furnaces, they are being run by electric furnaces. The system is called "Electrolitic." The process is modernized and improved to the extent that whereas it took hundreds of men to turn out certain numbers of zinc

hornos que florecieron durante años son una cosa del pasado. Aún queda un buen número de altos hornos en varios estados, pero en vez de depender de los músculos y del sudor de los resistentes asturianos para manejar los hornos, estos últimos son eléctricos. El sistema se llama "Electrolitic." El procedimiento está modernizado y mejorado hasta tal punto que donde se necesitaban cientos de hombres para producir cierto número de placas de zinc, ahora se necesita un mínimo de personal para producir diez veces más.

Esta evolución ocurrió por varias razones: primero, se debió a la sindicalización organizada después de la elección del presidente Franklin D. Roosevelt. Los líderes sindicales recibieron la señal de la nueva administración para organizarse libremente sin que los patrones les pudieran recriminar.

Muchos de los altos hornos de zinc nunca se organizaron. Otros propietarios de altos hornos empezaron a mudar sus instalaciones a otros estados en cuanto se rumoreaba acerca de la posible amenaza de un sindicato. Y otros luchaban con todos los recursos que pudieran reunir para evitar que se formara un sindicato.

La compañía American Zinc en Fairmont City, en el estado de Illinois, antes conocida como "Granby" fue el escenario de una de las huelgas más largas y más violentas de la historia de la industria americana del zinc. La huelga costó miles y miles de dólares a la compañía, mientras intentaba disolver el sindicato que se había formado varios años antes de la segunda guerra mundial. En cuanto acabó la guerra, hizo todo lo posible para sabotear su afiliación. Se sobornaron a varios compañeros con la orden de hacer todo lo posible para romperle la espalda al sindicato. Estaba naciendo tensión entre hermanos, entre padres e hijos, entre familiares. Esquiroles intentaron entrar y hacer el trabajo de los obreros en huelga pero no lo consiguieron. Se utilizaron aviones que volaban a la más baja altitud legal por encima de los vecindarios de los trabajadores para diseminar información, tirando pamfletos. Se utilizaban altavoces desde el aire para decirles que todos sus esfuerzos eran en vano, que la instalación se iba a cerrar para siempre si los hombres no volvían al trabajo en los próximos días. Hubo peleas con puños, tiroteos, amenazas de bomba – se intentó todo. También se lanzaron amenazas de represalias por parte del gobierno en contra de algunos indivduos que la compañía acusaba de ser "comunistas" o generalmente "anti-americanos."

Incluso se trajo la religión a colación como uno de los factores teniendo algo que ver con esta huelga. La compañía pretendía que los católicos en huelga estaban desobedeciendo a la iglesia. La compañía intentó absolutamente todo lo que creía que podía funcionar para acabar con la huelga. Después de trece meses, la compañía finalmente aceptó su derrota y firmó un contrato sindical, reconociendo el derecho del sindicato a representar a los obreros.

Mientras ocurría todo esto, la compañía estaba en secreto preparando su nueva instalación Electrolitic para empezar sus operaciones. También se preparaba para vender su instalación de Fairmont a la Goldfiel Limited de Londres, en Inglaterra, que en seguida empezó a desmantelar la instalación para limitar la competencia en el mercado.

plates, it can now be done by a minimal number who produce ten times more than formerly.

The evolution came about for a number of reasons; primarily, it was due to the unionization brought about after the inauguration of President Franklin D. Roosevelt. Union leaders received a "go ahead" sign from the new administration and felt free to organize without recrimination from their employers.

Many of the zinc smelters were never organized. Other smelter owners began to move their operations to other states when the threat of a union was rumored. And others fought with all the resources they could muster to keep the unions out.

The American Zinc Company in Fairmont City, Illinois, formerly known as the "Granby," had one of the longest and most violent strikes in the history of the American zinc industry. This strike cost the company thousands upon thousands of dollars as it tried to break the union that had been started several years before World War II. As soon as the war was over, every effort was made to sabotage the membership. Fellow workers were paid off to do everything in their power to break the union's back. There was violence pitting brother against brother, father against son, relative against relative. Goons were brought in from different parts of the country. Scabs tried to get in and do the work of the striking workers, without success. Airplanes were used to fly as low as regulations would allow in order to disseminate information by dropping leaflets over the neighborhoods of the workers. Loud speakers were used from the air to tell them that their efforts were in vain, that the plant would shut down permanently if the men didn't return to work within the next few days. Fist fights, shootings, bomb threats—anything was tried. Threats of governmental reprisal against persons the company tried to say were "communists" or some other kind of "anti-American" were hurled.

Religion was even brought in as one of the factors in the strike. The company claimed that striking Catholics were disobeying their church. Any and everything the company felt would work to break the strike was used. After thirteen months, the company finally had to admit defeat and sign a union contract recognizing the union's rights to represent the men.

While all of this was going on, the company was secretly getting its new Electrolitic plant ready for operation. It was also preparing to sell its Fairmont City plant to Goldfieds Limited of London, England, which proceeded to dismantle the plant in order to limit competition in the marketplace.

Perhaps it was the best thing that could have happened to the Spanish smelter worker. For by this time the old-timers were nearing the point of utter exhaustion and would not have lasted much longer. Their sons were educated enough to go on their own and there would be very few people left with the determination and the guts to man the antiquated furnaces.

Acaso fue lo mejor que le hubiera podido ocurrir a un trabajador español de los altos hornos. Los veteranos estaban completamente exhaustos y no hubieran durado mucho más. Sus hijos eran lo suficientemente instruidos para irse por su cuenta, y pronto ya no quedaría casi nadie con la determinación y las agallas suficientes como para poder hacer funcionar uno de aquellos anticuados altos hornos.

CPSIA information can be obtained at www.ICGtesting.com
Printed in the USA
BVOW06s1834120116

432666BV00027B/305/P